Aux douceurs du temps

DE LA MÊME AUTEURE

Le Cri des hyènes, Éditions des monts d'Auvergne, 2015.

Une promesse bleu horizon, Éditions De Borée, 2018 ; coll. « Terre de Poche », 2020.

Le Dernier Salut de l'amazone, Éditions De Borée, 2020.

L'Éclair d'argent, Éditions De Borée, 2021.

VÉRONIQUE CHAUVY

Aux douceurs du temps

ROMAN

J'AI LU

Ouvrage paru sous la direction de Julie Fallon

Confiseuse

Femme qui fabrique ou vend des confiseries. Ce personnage de la confiseuse était autrefois plus répandu qu'il ne l'est aujourd'hui ; des gravures comme *La Confiseuse* de Nicolas de Larmessin (XVIIe siècle), en témoignent.

Annie Perrier-Robert, *Dictionnaire de la gourmandise*, Robert Laffont, 2012.

Nicolas de Larmessin, « La Confiseuse »,
Les Costumes grotesques et les Métiers, 1695.

Prologue

Apt, Vaucluse, janvier 1892

Du tranchant de son couteau qu'il fit tinter contre son verre, l'homme réclama le silence. Le banquet arrivait à son terme avec la présentation, après les desserts, de plateaux en osier garnis de confiseries joliment dressées. Malgré quelques rires résiduels qui continuaient de répondre à des interjections avinées, la plupart des convives obéirent au signal cristallin et tournèrent la tête vers celui qui interrompait leurs bavardages.

— Oh ! Le Jules va parler ! Chut ! Taisez-vous, vous autres !

— Jules, un discours ! répétèrent certains en chœur avant qu'on ne les fasse taire, parfois au prix d'une claque sur la tête.

L'homme se leva lentement, déployant une carcasse impressionnante. Les manches relevées de la chemise compressaient des biceps en forme de tonnelet, et la ceinture de flanelle se rétrécissait sous un embonpoint qui saillait comme une proue de navire.

— Pardi que je vais vous faire un discours, les amis ! tonna-t-il de sa voix de stentor dont le timbre méridional roula comme une bourrasque de mistral jusqu'aux quatre coins de la salle.

Il se tut un instant, permettant à tous de concentrer leur attention sur lui, avant de poursuivre :

— Il y a une vingtaine d'années, quand nos gouvernants décidaient de mettre en sommeil leurs querelles politiques lors des fêtes de Noël, ils ne se doutaient pas que cette « trêve des confiseurs », ainsi que l'ont nommée quelques plaisantins, favoriserait particulièrement notre corporation. En guise de trêve, nous avons connu une saison fructueuse, personne à cette table ne me fera mentir. Ni toi, Rigoulet, qui as vendu plus de nougat que nous tous réunis, ni toi, Farinelli, qui as confit les plus belles figues du pays, ni toi, Gasparin, qui as tourné les dragées les plus fines…

— Oh là, le Jules ! Flagorneur, va ! Tu vas pas faire le tour de la tablée, tu nous auras endormis avant ! Ou c'est-y que tu veux te citer à la fin ? On le sait que tu es le confiseur le plus renommé de notre bonne ville d'Apt !

— Jules Rébiscoul, fournisseur de Sa Majesté la reine d'Angleterre ! clama un autre. Personne n'ignore que tu es le confiseur de la reine, et le roi des confiseurs !

L'homme étendit la main devant lui dans un appel au calme.

— Vous me faites trop d'honneur, les amis. Puisque vous ne voulez pas entendre mon hommage rendu aux qualités de chacun, qui concourent à faire de notre cité la capitale du fruit confit, je vais aller droit au but. Si j'ai souhaité prendre la parole, en effet, c'est pour vous annoncer une nouvelle d'importance. Vous connaissez tous mon bras droit, Pierre.

De la main, il aida les regards à converger vers un jeune homme placé à quelque distance de lui. Un foulard rouge noué autour du cou donnait un petit air bravache à la figure d'ange où flottait un sourire ingénu. Sous des boucles blondes à rendre jalouses les brunettes du pays, les yeux d'un bleu pur finirent par se baisser, dans une mimique qui se voulait modeste.

— Pierre Joulet, oui, on le connaît ! Ne dis pas que tu vas t'arrêter et que c'est le Pierrot qui reprend le commerce ?

— Moi, m'arrêter ? Tu perds la boule, mon couillon ! Non, je continue toujours vaillamment, mais le Pierrot, comme vous l'appelez, vous allez devoir lui porter le même respect qu'à moi. Car un jour, Dieu me garde que ce soit le plus tard possible, c'est le Pierre qui sera le patron du *Chaudron d'Or*.

— Qu'est-ce qu'il a dit ? Que c'est le Pierre qui lui succédera ? se fit confirmer un des confiseurs auprès de son voisin, un chauve ventripotent.

— Pardi, il n'a qu'une fille ! rétorqua celui-ci. C'est pas la Séraphine, bien qu'elle soit taillée comme son père, qui va lui succéder au fourneau !

— À boire ! réclama un autre. Il faut fêter ça !

Jules Rébiscoul fit un geste à la serveuse qui n'attendait qu'un signal pour remplir les verres d'un vieux marc de raisin.

— Commence par moi, la Mathilde, ma jolie ! dit un quinquagénaire moustachu en lorgnant le décolleté de la jeune fille.

Jules patienta le temps que Mathilde ait largement entamé le tour de la tablée pour conclure :

— Et non seulement, le Pierrot, il est appelé à me succéder, mais il marie ma Séraphine ! Dans trois mois, on refait la fête et vous êtes tous invités à la noce !

— Le beau coup du Pierrot ! s'exclama ironiquement le chauve.

Et comme il répétait la nouvelle à son voisin sourd d'oreille, il ajouta :

— Le Pierrot, il rafle la mise ! Et de un, la fille du patron. Et de deux, la boutique !

C'est à peine si l'on entendit un bruit de verre brisé. La jolie Mathilde, mortifiée, rougissait d'avoir laissé échapper un gobelet.

— C'est pas grave, ma belle. Sers-moi dans le verre de rouge. Je n'y perds pas au change ! ajouta le convive en lui pétrissant les fesses.

*

— Tu disais que tu n'aimais que moi ! ne se lassait pas de geindre la jeune fille entre deux sanglots, les bras noués autour du cou de Pierre.

— Ma chérie, mais c'est vrai, c'est toi que j'aime ! Ça, tu peux en être sûre ! répétait le jeune homme en caressant de la nuque aux reins une échine qui ondoyait sous ses mains. C'est pas parce que je me marie que ça va changer quoi que ce soit au fait que nous nous aimons tous les deux...

Mathilde se détacha de lui et le regarda d'un air apitoyé.

— Mon pauvre Pierrot, tu es trop gentil. Tu cherches à me consoler comme tu peux. Mais nous ne pourrons plus nous voir comme avant...

— Qu'est-ce que tu en sais, petite sotte ? murmura-t-il à son oreille.

Dans la minuscule chambre qu'occupait Mathilde, aménagée au sous-sol de l'atelier de confiserie et qui recevait la lumière blafarde de la rue par un soupirail affleurant le pavé, il s'employa à calmer la jeune fille. Les mains et les lèvres du jeune homme surent prodiguer, en habituées des lieux, un apaisement bienvenu, si l'on peut nommer ainsi l'embrasement qu'il provoqua et qui remplaça avantageusement la fébrilité larmoyante de Mathilde.

— Je n'aurai pas plus de difficultés à te rejoindre en étant logé au premier étage chez Rébiscoul, susurra-t-il, que j'en ai actuellement en étant au deuxième. Ma nouvelle situation me fera descendre d'un palier, on peut dire qu'elle me rapprochera de toi !

Sans vouloir le dire à la jeune fille pour ne pas la blesser, il songeait comme elle lui apporterait le réconfort auquel il aurait droit après avoir rempli son devoir conjugal auprès de la monstrueuse Séraphine. En pensant à la fille de son patron, il eut un rictus de dégoût. Mais son ascension dans le monde de la confiserie était à ce prix, se réconfortait-il en même temps.

— Il faudrait que tu te retires, souffla la jeune fille, hors d'haleine.

Comme il la regardait, frustré, elle ajouta :

— C'était convenu entre nous, mais maintenant on devra faire encore plus attention.

Alors qu'il esquissait à regret un mouvement de recul, il se sentit empoigné avec force par le dos de la chemise. Il atterrit sur les fesses, les chevilles entravées par son pantalon et mit quelques secondes avant de réaliser la raison de sa confusion. Les cris apeurés de Mathilde se mêlaient aux rugissements de Jules Rébiscoul.

— Petit salaud ! éructait le confiseur. Je te donne ma fille et mon magasin, et voilà comment tu fêtes ça ! Avec cette traînée !

Se reboutonnant hâtivement, Pierre se remit sur ses pieds. Mathilde rajustait ses vêtements avec des tremblements dans les doigts, tout en se tapissant au fond de sa couche.

— Je... je..., bredouilla Pierre. Je suis... désolé. Ça ne se reproduira plus.

— Pardi que ça ne se reproduira plus ! Tu vas foutre le camp sur-le-champ ! Et je ne parle pas que de cette chambre ! Tu es viré !

— Monsieur Rébiscoul, je vous en conjure...

— Pas un mot ! Tais-toi, traître !

Il serra les dents.

— Je préfère que ma fille pleure toutes les larmes de son corps parce que le salaud qu'elle aimait est parti plutôt que parce que le salaud qu'elle a épousé la trompait. Alors, tu vas faire tes bagages et me virer d'ici ton petit cul de merde !

Blanc comme un linge, Pierre comprenait ce que cela signifiait : ses années d'apprentissage chez un confiseur réputé d'Apt, un commerce florissant offert dans la corbeille de mariage de Séraphine, le rêve de devenir un jour son propre patron, tout était réduit à néant pour un simple amour ancillaire.

— Comme je suis un honnête homme, poursuivait le confiseur, je vais te faire un certificat de travail conforme aux bons services rendus. Tes années d'apprenti rue des Lombards à Paris, où tu as découvert les ficelles du métier chez un des plus grands, tes deux ans à Carcassonne, où tu as appris à tourner la dragée, tes trois ans ici, dans cette bonne ville d'Apt, tout ça, je vais pas te le faire perdre. Je vais taire que tu es un saligaud de la dernière espèce, mais j'écrirai que tu es bon à l'office.

Il reprit son souffle et lâcha, le regardant toujours droit dans les yeux :

— La condition, c'est que tu dégages ce soir même. Va faire ton balluchon. Et si tu croises ma fille, pas un mot. Je trouverai bien une chose à dire. Et tu ne remets pas les pieds à Apt, ni dans le périmètre alentour, ce qui englobe Avignon, Aix-en-Provence, et j'en passe. Qu'est-ce que tu n'as pas fait ? L'Auvergne ? Va te frotter là-bas. Toi qui dépenses du côté de l'entrejambe sans compter, tu y apprendras l'économie. Allez, file, grand couillon !

Blessé dans l'affection qu'il portait à l'ouvrier qui aurait dû être son gendre, Jules Rébiscoul ferma les yeux tandis que Pierre rasait les murs pour sortir de la chambrette. Ce furent les hoquets larmoyants de Mathilde qui les lui firent rouvrir.

— Quant à toi, petite garce, soupira-t-il, tu réalises bien que je ne peux pas te garder à mon service. Je vais trouver à te caser chez un confrère.

La tête dans les mains, la jeune fille se remit à pleurer. Il comprit que c'étaient des larmes de soulagement. Il haussa les épaules en tournant les talons.

— Peuchère ! J'suis pas un mauvais bougre, maugréa-t-il.

Première partie

L'HÉRITAGE

I

Clermont-Ferrand, Puy-de-Dôme, avril 1892

Suivant un rituel bien établi, la journée commençait pour Gustave Marquand, avant même le dépouillement du courrier, par la lecture de deux quotidiens que d'aucuns auraient jugés d'obédience contradictoire, voire franchement incompatible : *Le Moniteur du Puy-de-Dôme* et *Le Gaulois*. Le confiseur clermontois parcourait le premier, journal républicain, par attachement à son terroir, et se délectait du second, prisé des conservateurs et des légitimistes, pour satisfaire ses convictions de catholique nostalgique de la monarchie. En ce mercredi matin, feuilletant *Le Moniteur*, il passa rapidement sur l'annonce du procès de Ravachol qui allait s'ouvrir le lundi suivant. Il était saturé des comptes rendus détaillés de l'arrestation de l'anarchiste le plus célèbre du moment, son interrogatoire et son renvoi devant la cour d'assises de la Seine. L'homme, tirant nerveusement sur sa barbiche blanche, parcourut avec agacement les articles qui critiquaient l'intervention du clergé dans les prochaines élections municipales. « Rien de plus normal, protestait Marquand en son for intérieur, que l'Église appelle à voter pour de bons chrétiens qui soutiennent les intérêts de la religion. » Passant alors à son journal favori, il se trouva parfaitement conforté dans son opinion.

Repliant soigneusement *Le Gaulois*, qu'il déposa sur le coin de son bureau, et jetant à la poubelle *Le Moniteur*, il se consacra alors au courrier. Il garda pour la fin la mystérieuse enveloppe bistre portant l'en-tête d'une étude notariale que sa secrétaire avait pourtant mise au-dessus du paquet. Sa curiosité l'incitait plutôt à vérifier en priorité, par l'examen des factures et des bons de commande, la vitalité de son entreprise. Il déplia enfin le courrier de l'homme de loi, un notaire de Clermont-Ferrand, le lut une première fois, puis une seconde plus attentivement.

— Adélaïde ! cria-t-il.

Sa voix ne parvint pas à couvrir le cliquetis de la machine à écrire sur laquelle sa secrétaire semblait taper comme une forcenée, et qu'il entendait derrière la porte fermée de son bureau. Il s'extirpa de son fauteuil en soupirant. Par bonheur, la vue d'Adélaïde était plus fiable que son ouïe. La stature de son patron s'encadrant dans l'embrasure lui fit lever les yeux du brouillon qu'elle dactylographiait.

— Vous pouvez dire à la petite Montel que je désire la voir ?

Adélaïde Récamier garda un visage impassible malgré son dépit de devoir s'interrompre. Si le directeur arborait une mine préoccupée, c'est que l'affaire était d'importance. Voire d'une gravité particulière.

D'un imperceptible mouvement des lèvres, comme il convenait à une personne aux émotions apparemment peu visibles, elle prononça un « oui, monsieur » déférent, mais parfaitement inutile : l'homme avait déjà refermé la porte sur lui. Le parquet grinça sous le pas lourd de Gustave Marquand puis ce fut au tour du capitonnage en cuir du fauteuil de gémir sous le poids de l'imposant quinquagénaire.

« Trop de sucre », pensa Adélaïde sans lier à sa remarque intérieure la moindre parcelle d'ironie ou de désapprobation. Gustave Marquand gourmand de sa propre production, c'était une évidence qui ne prêtait pas à sourire. Comment aurait-il pu en être autrement quand l'odeur suave des fruits, pénétrés de sucre jusqu'au cœur de leurs fibres, s'échappait des fourneaux et des bassines situés au rez-de-chaussée de l'usine pour élever des volutes parfumées vers l'étage du bureau directorial ? Et lorsque, soucieux du bon déroulement des opérations, Marquand descendait aux ateliers de confiserie, comment pouvait-il échapper à la tentation de goûter une cuillerée prélevée dans chaque nouveau chaudron de confiture ? Comment résister à la nécessité de vérifier par des papilles exercées la finesse du sucre dans lequel des petites mains habiles avaient roulé les découpes d'une plaque de fruits savamment cuits, avant que soient conditionnées les pâtes de fruits Marquand, qui figuraient parmi les plus réputées d'Auvergne ?

Adélaïde Récamier, la secrétaire sans âge à la loyauté inébranlable, était pétrie du respect le plus absolu envers l'homme qui, ayant reçu de son père une entreprise prospère, avait cependant suivi toutes les étapes qu'exigeait le métier de confiseur. Après avoir été cueilleur de fruits, apprenti à l'atelier de fabrication des confitures puis contremaître à celui du découpage des pâtes de fruits, Gustave Marquand avait imprimé son propre savoir-faire. Aussi, quand il lui fut commandé d'aller chercher la « petite Montel », la secrétaire s'exécuta sans délai. Elle écarta d'emblée l'éventualité d'un blâme ; même si la jeune employée était connue pour avoir un caractère bien trempé, elle n'avait jamais donné l'occasion de subir des remontrances particulières. Une promotion ? Adélaïde en douta. Juliette Montel avait occupé tous les postes dévolus à une femme dans ce genre d'entreprise et était dorénavant affectée au service des relations avec acheteurs et fournisseurs. C'est elle qui préparait les courriers, avant qu'ils ne soient revêtus de la griffe du directeur, tâche aisée quand il s'agissait de remercier des clients satisfaits, plus délicate lorsqu'il fallait relancer des débiteurs récalcitrants. À quoi pouvait-elle prétendre de plus ? C'était déjà un exploit que d'en être arrivée à ce poste, en ayant manqué de peu son certificat d'études, ainsi qu'elle l'avait confié à Adélaïde qu'elle semblait prendre en affection malgré l'apparence austère de la secrétaire.

Se reprochant de ne pas avoir fait le lien immédiatement, celle-ci se rappela le pli notarial qu'elle avait découvert dans le courrier du jour et qu'elle avait remis à son patron une heure auparavant. D'où lui vint alors l'intuition que le sort de la « petite Montel » était lié à la réception de cette lettre ? Elle aurait pu sourire de cette appellation si le masque de marbre qu'elle avait moulé sur son visage depuis des années – suffisamment sévère pour laisser juger de son efficacité – ne s'était pas définitivement figé. Âgée de vingt et un ans, la « petite Montel » n'était plus si petite que cela ! Sans doute Gustave Marquand n'avait-il gardé de son employée que l'image de la fillette embauchée lors de l'été 1882 pour la cueillette des abricots, sans la voir grandir et se transformer en une ravissante jeune fille, à la fois délicate et robuste, réservée et entreprenante. Quel parcours avait depuis lors effectué ce petit bout de fille de onze ans !

Les pas d'Adélaïde la dirigèrent d'emblée vers le bureau de la comptabilité, où s'acharnait un homme, les poignets de la chemise protégés par des manchettes, sur des colonnes noircies de chiffres.

— Elle n'est pas là, réalisa-t-elle à voix haute. Monsieur Roger, où peut bien se trouver Mlle Montel ?

Le comptable prit un air évasif.

— Elle m'a dit avoir terminé les lettres de recrutement des prochains saisonniers. Mais je ne sais pas où elle est allée… Peut-être m'a-t-elle parlé de matériel à vérifier…

En descendant au rez-de-chaussée, Adélaïde Récamier réalisa qu'elle devrait sans doute, pour retrouver Juliette, traverser toute l'usine, depuis la grande salle où l'on triait les fruits, jusqu'à l'enfilade des ateliers où ils étaient réduits en marmelade ou bien lentement imprégnés de sucre pour être confits. Peut-être trouverait-elle Juliette dans l'un d'eux, sinon il lui faudrait progresser encore, chercher dans les pièces où l'on coulait la confiture en pots, ou bien celles où l'on découpait les pâtes de fruits avant de les mettre en godet, en boîte, en bonbonnière de porcelaine ou en vannerie.

La salle de préparation des fruits était déjà apprêtée. Juliette avait veillé à ce que tout soit rafraîchi après des mois où l'inactivité avait empoussiéré les tables et les chaises. Dans quelques semaines, des charrettes pleines déverseraient dans la cour, juste devant l'entrée, des kilos de marchandises jetant leurs feux telles des pierres précieuses : les cerises pareilles à des grenats, les abricots à des topazes, les poires à des citrines, les pêches à des rubis, les prunes à des émeraudes. La délicate cargaison parviendrait dans des panières odorantes vers le premier tri. Un à un, les fruits seraient sélectionnés, les plus beaux seraient écartés, destinés à être confits entiers. Le tout-venant serait transformé en confiture ou en pâtes de fruits. Éclairées par d'immenses verrières, les tables attendaient les ouvrières qui découperaient, dénoyauteraient, éplucheraient. Adélaïde Récamier jeta un œil vers la place où, il y a quelques années, la petite Juliette officiait : la deuxième chaise à gauche de la cinquième table, vers la baie vitrée. Gustave Marquand, alors qu'il visitait les champs de fruitiers dont il achetait la production, avait remarqué qu'elle s'occupait de la cueillette avec soin. Sans doute parce que, en tant que fille d'un propriétaire d'un joli verger d'abricotiers, elle avait pris conscience de la fragilité de ces fruits que menaçaient sans cesse les caprices de la nature, un coup de gel qui grillait les bourgeons, la pluie trop dense qui lavait les fleurs, la sécheresse exceptionnelle qui appauvrissait la chair du fruit. Il avait dès lors proposé à

Juliette d'occuper les vacances d'été, après qu'elle eut fini la cueillette, à trier les fruits à l'usine.

L'agilité consciencieuse des doigts fins de la fillette avait fait impression, de même que les initiatives qu'elle osait prendre avec un sens aigu de la débrouillardise. Son jeune âge lui avait sans doute facilité l'empressement qu'elle mettait à accomplir ce que les aînées envisageaient comme des corvées : approcher les lourdes panières de fruits des tables, déposer les plateaux de fruits triés sur les chariots que l'on amènerait vers l'antre fumant où sucre et fourneaux les attendaient pour les transformer en fondantes friandises.

Un jour que le vieil ouvrier chargé de faire rouler les chariots avait coincé la roue de l'un d'eux dans le chambranle d'une porte, elle s'était précipitée pour l'aider à le dégager et s'était enthousiasmée à manœuvrer le caisson.

— Laisse ! C'est trop lourd pour toi, petite ! avait dit l'homme.

— Mais pas du tout ! s'était-elle esclaffée.

Le contremaître avait d'abord réprimandé Juliette puis s'était rendu compte de l'utilité de son intervention. Lorsqu'il voyait que le rythme du vieux faiblissait, il faisait un signe discret à la fillette qui s'empressait, un sourire éclatant sur le visage, d'aller restaurer la fluidité dans la circulation des chariots.

— D'où tiens-tu ta force, menue comme tu es ?

— De mon père ! répondait-elle en riant.

Adélaïde Récamier songea que ses pas l'invitaient à retracer le chemin même qu'avait parcouru, en moins de dix ans, la jeune fille qu'elle venait quérir. Quelques années passées à la préparation des fruits, et l'obligation scolaire ayant cessé, l'adolescente avait été affectée au découpage des pâtes de fruits. Une fois la pulpe des fruits cuite à cœur, puis versée dans un grand moule rectangulaire et laissée à refroidir, des ouvrières la débitaient en lanières, puis en carrés, avant que les pâtes ainsi obtenues soient cristallisées de sucre.

Bien que les femmes ne soient pas employées aux ateliers où l'on transformait les fruits, la secrétaire y glissa un œil pour vérifier si Juliette s'y trouvait. Une anecdote qu'on lui avait rapportée, il y avait deux ou trois ans de cela, lui revint en mémoire : Juliette était occupée à préparer une corbeille de fruits confits lorsqu'elle avait entendu un grand cri provenant de l'un des ateliers. Alors que les ouvrières faisaient semblant de ne pas y prêter attention – il n'y avait aucune raison de se mêler de ce qui se passait chez les ouvriers confiseurs, autrement qualifiés qu'elles –, l'instinct de Juliette l'incita à aller voir d'où provenait le remue-ménage qui s'amplifiait. Elle découvrit l'un des ouvriers se tordant de douleur, secouant devant lui son avant-bras marqué d'une belle brûlure. Un collègue essayait de lui venir en aide sans grand succès.

— Vite, amenez-le à la fontaine dans la cour, mettez-lui le bras sous l'eau froide. Je m'en occupe ! lança-t-elle en désignant d'un mouvement de la tête le chaudron à confiture.

— J'appelle le contremaître, bredouilla l'ouvrier en soutenant le blessé vers la sortie.

Juliette avait expertisé la situation en une seconde. L'employé avait dû heurter le rebord de la bassine et avait fait tomber à l'intérieur la cuillère en bois qui lui servait au mélange. Le récipient signalait, par l'arôme de fruits mûrs, par la couleur ambrée de son contenu, que la confiture serait bientôt prête. Attendrait-elle la venue du contremaître ? La jeune fille jugea que non. À l'aide d'un autre ustensile, elle souleva le manche englué de confiture, l'enroula d'un chiffon et reprit le lent mouvement qui permettait au sucre de confire les fruits. Elle guetta le contremaître, en vain. Quand elle vit que des bulles crépitaient à la surface dans une petite mélopée insistante, elle vérifia que la confiture nappait la cuillère et éteignit le fourneau.

— Malheureuse, de quoi te mêles-tu ?

Elle se retourna sans sursauter et dit tranquillement à l'homme qui l'apostrophait :

— La confiture est prête. Il est temps de la mettre en pots.

Les sourcils froncés, le contremaître inspecta le contenu du chaudron.

— Regagne ton poste, grommela-t-il.

Juliette sortit de la salle, inébranlable. Elle savait qu'elle avait sauvé la confiture ; cela lui suffisait. L'histoire fit bien sûr le tour de l'entreprise et Gustave Marquand se débrouilla pour la croiser sans tarder. Alors qu'il la voyait baisser la tête, s'attendant à être sermonnée, il lui dit doucement :

— Comment as-tu su que la confiture était faite ?

— Le grand boulé, monsieur. Le sucre avait atteint le grand boulé.

— Et comment tu sais ça, s'il te plaît ?

— Ma mère m'a appris, elle fait de très bonnes confitures, répondit-elle sur le ton de l'évidence.

Le directeur hocha la tête. Curieuse époque que l'on vivait, où l'art consommé des femmes ne franchissait pas le seuil de leurs maisons. Ce que la ménagère maîtrisait à la perfection dans son âtre ou devant son fourneau ne pouvait être, dans les confiseries, que l'apanage de l'homme.

Ce postulat ne dérangeait pas le moins du monde Adélaïde Récamier. Elle eût même réprouvé le contraire. Toujours à la recherche de la jeune fille, elle jeta un œil dans les diverses salles qu'elle longeait. Les turbines à dragées tournaient à plein régime, dans l'attente des mariages et des baptêmes des beaux mois de printemps et d'été. Les derniers fruits de la saison passée, conservés dans l'eau soufrée, étaient préparés en attendant la prochaine récolte. Dans une pièce inoccupée, elle trouva enfin Juliette, qui s'acharnait à faire briller un chaudron. À défaut d'être autorisée à cuire les fruits, elle se permettait, de temps en temps, de mettre à la disposition des ouvriers des cuivres parfaitement astiqués.

— Mademoiselle Montel, monsieur le directeur vous demande dans son bureau. Tout de suite.

La jeune fille reposa son chiffon dans la bassine où elle avait préparé un mélange de craie et de fleur de soufre et se frotta les mains contre son tablier avant de l'ôter.

— Je vous suis.

Adélaïde la dévisagea avec attention.

— D'où tenez-vous l'astuce de nettoyer les chaudrons comme pas un ? Je vous savais forte comme votre père, vous l'avez assez clamé quand vous n'étiez qu'une enfant. Mais là, cette façon de les faire briller comme de l'or…

— C'est comme pour la confiture. Je tiens la recette de ma mère ! répondit Juliette avec un éclat malicieux dans l'œil.

Une fois n'étant pas coutume, Adélaïde, l'air de rien, se permit un léger sourire.

II

Juliette le regardait avec une sérénité attentive et Gustave Marquand se surprit à penser que cette fille combinait beaucoup de qualités : pugnace sans être entêtée, décidée mais pas obtuse pour autant, et en même temps lucide sans faiblesse. L'épisode de la confiture sauvée de justesse avait renforcé une conviction que la débrouillardise de la jeune fille, au cours de toutes ses années d'emploi, avait fait naître peu à peu. Mais elle avait eu la prudence de rester à sa place, c'est-à-dire de ne pas profiter de l'expérience pour aspirer à un poste d'ouvrier confiseur. Il n'y avait pas de féminin à cette tâche et il lui avait su gré de ne pas chercher à prétendre de façon pérenne à un travail où elle ne pourrait jamais être employée.

— Juliette, j'ai reçu un pli pour toi. En provenance de l'étude de maître Goblet.

Elle parut légèrement désarçonnée et il comprit qu'elle pensait comme lui : pourquoi sur son lieu de travail et pas à son domicile ? Le notaire se gardait bien de s'en expliquer.

— En fait, c'est à moi qu'il écrit, se justifia-t-il comme il dépliait la lettre. « Monsieur Marquand, lut-il d'une voix où il mit une certaine solennité, je vous serais obligé de bien vouloir prier votre employée, Mlle Juliette Montel, de se rendre à mon étude pour communication d'une information de la plus haute importance. Le 24 avril à 5 heures serait-il envisageable, autant pour elle que pour vous-même ? Si par hasard Mlle Montel ne figurait plus parmi votre personnel, je vous serais reconnaissant de bien vouloir m'indiquer le nom du nouvel employeur, et dans le cas contraire, etc., etc. »

— Très bien..., articula lentement la jeune fille. Mais je ne vois pas de quoi il peut s'agir. Pourquoi vous écrit-il à vous ?

Marquand eut un geste évasif.

— Le 24 avril à 5 heures, c'est ce soir même. Maître Goblet savait ce qu'il faisait en postant le courrier : il veut s'entretenir avec toi dès réception de la présente.

— Vous m'en voyez la première étonnée, se défendit Juliette pour excuser le fait de devoir quitter son travail avant l'heure.

— Finis ce que tu as à faire, mais ne tarde pas à te rendre chez ce notaire.

Il lui donna congé en se saisissant d'une pile de dossiers. L'hésitation qu'elle mit à se lever l'interpella. Il perçut un désarroi, une vulnérabilité qui le toucha. S'il détestait les jérémiades féminines, il ne dédaignait pas de prodiguer des conseils paternalistes quand on avait recours à lui d'une façon digne.

— Une visite chez un notaire, tu sais, c'est en général signe de succession. Ma petite Juliette (elle le fixa avec intérêt), si c'est bien le cas, fais attention aux coureurs de dot qui ne manqueraient pas de se jeter sur une gracieuse proie comme toi.

Elle rougit légèrement : pensait-il à Jocelyn ? Le jeune ouvrier confiseur, dont on savait qu'il était devenu le soupirant officiel de la jeune fille lors du bal des confiseurs donné en janvier dernier, ne méritait pas à ses yeux de rentrer dans cette catégorie à l'appellation peu flatteuse.

Elle fit pourtant semblant de prendre un air entendu et, comme elle acquiesçait sobrement, il ajouta :

— Mais je ne suis pas inquiet pour cela. Tu sais toujours gérer les événements au mieux.

*

À 5 heures moins le quart, Juliette patientait dans la salle d'attente de l'étude notariale en détaillant d'un regard blasé les arabesques alambiquées du tissu tendu au mur. Les entrailles nouées, elle se demandait quelle nouvelle l'attendait. Une succession ? Elle n'y croyait pas le moins du monde. Ses parents étaient, grâce à Dieu, tout ce qu'il y a de plus vivant ; elle se rappelait la tiédeur de la joue maternelle sur laquelle elle avait déposé un baiser le matin même, et les bougonnements habituels du père lorsqu'il avait bu un café mal torréfié à son goût.

À 5 h 30, elle se retrouva, tassée sur l'un des fauteuils dévolus aux visiteurs, en face d'un personnage à la figure étroite et hautaine plantée sur un cou décharné, le cheveu rare et le sourire encore davantage.

— Mademoiselle Montel, Juliette Victorine Andrée ? Née le 18 mars 1871 à Clermont-Ferrand ? J'ai ci-devant moi un acte authentique déposé par M. Louis Acrayrias, lequel est décédé ce 9 avril.

Vous reconnaîtrez que j'ai été rapide pour vous retrouver, seulement en une petite dizaine de jours, le temps que son décès soit porté à notre connaissance. Veuillez être attentive à la lecture du document.

Il entreprit alors de débiter d'une voix monocorde :

— « Je soussigné, Louis Auguste Michel Acrayrias, veuf d'Amélie Mathurine Montel, sans descendance directe, lègue, le moment venu, l'atelier de confiturerie et de confiserie ainsi que le magasin qui lui est rattaché, dénommé *Aux douceurs du temps*, sis place Delille, à Clermont-Ferrand, à ma nièce Juliette Victorine Andrée Montel, fille du frère de ma défunte épouse. Fait à Clermont-Ferrand, le 10 août 1889. »

— Sa nièce ? réagit Juliette, suffoquée. J'avais bien une tante du côté de mon père, mais je ne savais pas qu'elle était mariée !

— Il faut croire que si, commenta sèchement le notaire. Vous ne pouvez imaginer les surprises auxquelles les murs de mon étude ont été confrontés en matière d'héritage. Sans compter les disputes, les déchirements familiaux devrais-je dire, lesquels vous seront épargnés puisque vous êtes seule nommée.

— Une confiserie ? Ce n'est pas Dieu possible ! Même si je travaille chez un confiseur, comment gérer une telle entreprise ?

— Vous êtes libre d'accepter ou de refuser cet héritage, précisa l'homme de loi. Sachez que votre oncle a laissé également une somme d'argent. Elle ne vous permettra sans doute pas de couvrir la remise en état du magasin qui semble inévitable, compte tenu du fait que votre oncle, d'après les renseignements que j'ai obtenus sur lui, a fermé son atelier depuis deux ans. Mais elle vous sera utile pour vous acquitter des frais de succession. Il vous faut évaluer le bien, ajouta-t-il comme Juliette paraissait figée de surprise ; mon clerc est prêt à vous y amener sur-le-champ.

Accompagnée d'un jeune homme vêtu d'un complet noir à la coupe stricte, Juliette se dirigeait comme un automate vers la place Delille. Ils étaient remontés vers la cathédrale et, après avoir longé l'édifice gothique, descendaient la pente douce d'où émergeait, derrière les maisons qui la bordaient, le clocher octogonal de Notre-Dame-du-Port, l'une des églises majeures de l'art roman auvergnat. C'était tout le charme de cette ville, capitale de l'Auvergne, de faire coïncider, à peu de distance, les deux grands ordres de l'architecture religieuse. Juliette y était pour l'heure absolument indifférente. Suivant son guide, qui la mettait au courant des procédures d'héritage reçu par lien avunculaire, elle déboucha sur la place nommée en l'honneur d'un poète clermontois du XVIIIe siècle, tombé à présent dans une certaine désuétude, mais dont la réputation avait en son temps rivalisé avec celle de Voltaire. Il fallait contourner la fontaine gigantesque, édifiée en forme de présentoir à sucreries circulaire à la base et s'étrécissant vers le haut, qui en ornait le centre.

— Voilà, annonça le clerc, c'est de l'autre côté de la place. Traversons ici.

Ils attendirent qu'un fiacre ait croisé une charrette à bras et Juliette se retrouva devant une boutique fermée par des panneaux de bois. Au-dessus, une corniche portait une inscription vaguement dorée : *Aux douceurs du temps*. Bien qu'elle renvoyât, par sa teinte défraîchie, à l'évocation de délices largement révolues, la dénomination du magasin fit naître chez Juliette une sourde excitation. Son émoi s'amplifia lorsque le clerc fit surgir de sa poche intérieure de veste un anneau de fer d'où pendaient deux clés. Il rabattit les panneaux de bois qui grincèrent sur eux-mêmes avant de révéler une vitre poussiéreuse parfaitement opaque. Le clerc fit jouer la deuxième clé et s'excusa :

— Permettez que je passe le premier. Je vais allumer une lampe.

Au seuil du magasin, Juliette tentait de décrypter les formes obscures que la luminosité du jour soulignait d'un trait grisâtre quand une lueur vacillante dessina le contour d'un comptoir, puis des rayonnages d'étagères. Peu après, la lumière crue d'un plafonnier l'éblouit un instant, avant qu'elle se décide à entrer.

Qu'avait-elle imaginé ? Dans le bureau du notaire, le saisissement avait figé son raisonnement. Puis, sur le chemin, au fil du babil incessant du clerc, les mots de « confiserie » et d'« héritage » avaient fait deviner des murs tapissés de coffrets colorés, de vanneries remplies de friandises alléchantes, de boîtes de dragées finement plissées et enrubannées de fil d'or. Derrière une porte, peut-être en descendant quelques marches d'escalier, elle entrevoyait des bassines, des chaudrons en cuivre rutilant, une machine à vapeur attendant sagement, sous sa vêture de fonte noire, de se mettre en marche avec vigueur.

Elle fut incapable d'émettre la moindre interjection. Ce fut d'abord l'odeur qui la ramena à la réalité : une odeur mélangeant la poussière et le moisi flottait dans la pièce et enveloppait les boiseries, le comptoir de vente qu'elle avait entraperçu en premier, les rayonnages où s'entassaient des boîtes de fruits racornis et décolorés. Elle se rappela ce que lui avait dit son guide :

— Votre oncle est décédé le 9 courant, mais en fait il était déjà malade quand il est venu faire son testament. Nous avons su qu'il avait définitivement fermé son magasin il y a deux ans.

— Mais pourquoi n'a-t-il pas vendu alors ? Il aurait trouvé acquéreur, c'est certain.

Le clerc avait haussé les épaules.

— Ce que j'en sais... Il devait espérer qu'il guérirait...

« Qu'attendais-je ? se reprocha Juliette. Une confiserie comme celle de Gustave Marquand ? Allons, ma fille, ressaisis-toi ! »

Elle inspecta les présentoirs dans la vitrine, passa un doigt sur les rayonnages pour mettre à jour, sous la pellicule de poussière, la veinure du chêne. Elle avisa une double porte au fond du magasin.

— L'atelier est par là ?

Sans attendre de réponse, elle pénétra, après avoir descendu trois marches, dans une grande pièce aux murs de brique. Quand le clerc fit jaillir la lumière, elle expertisa rapidement le matériel. Le fonctionnement de la chaudière à vapeur serait à vérifier, mais elle ne doutait pas que l'appareil soit en état de produire. Trois bassines à cuire les fruits s'alignaient un peu plus loin, dont une brève inspection la rassura quant à leur étanchéité. À côté se dressait une turbine à dragées, dont la sphère béante paraissait attendre qu'on y jetât les amandes et le sucre destiné à les enrober. L'appareil grinça lorsque, d'une main, elle imprima un mouvement de rotation.

— Qu'en pensez-vous ? demanda le clerc.

— Un nettoyage s'impose, mais le matériel semble en bon état.

— Vous n'avez pas tout vu. Venez.

Par une porte dissimulée dans le mur du fond, il la fit sortir de l'atelier dans une cour attenante et désigna un portail.

— On donne sur l'avenue perpendiculaire à la place. Pratique pour les livraisons.

Juliette hocha la tête.

— Et le clou, vous le voyez ?

Fronçant les sourcils, la jeune fille fit le tour de la courette encombrée de vieilles cagettes. Puis l'évidence lui apparut : une pompe à eau occupait l'un des coins.

— C'était un malin, votre oncle : il bénéficiait d'une source, sans doute de la même origine que celle qui alimente la fontaine sur la place.

— Indispensable pour un confiseur, murmura la jeune fille.

— Alors, qu'en pensez-vous ? C'est un bel héritage !

Le ton ironique du jeune homme ramena Juliette à la réalité. Elle qui se voyait déjà rendre des couleurs à l'entreprise de confiserie qu'elle découvrait figée dans la poussière se heurta à l'inéluctable vérité : comment y parviendrait-elle, seule et sans capitaux ? Le clerc eut pitié de sa mine déconfite.

— Vous avez quelque temps pour y réfléchir. Vous pouvez tout aussi bien accepter cet héritage – afin de le revendre –, que le refuser pour éviter tout souci... Revenez chercher les clés à l'étude, pour évaluer à loisir le magasin et son atelier. Songez que vous pourrez facilement en tirer une jolie somme, chère mademoiselle.

Ils se séparèrent sur un salut bref. Juliette regagna la maison familiale en bordure des vignes, qui semblaient dégringoler de la colline environnante, que son père possédait en plus des vergers voisins. Elle ne pensait déjà plus au clerc de notaire et à son sourire légèrement narquois. De son côté, l'homme en noir, au lieu de reprendre le chemin de l'étude, faisait un détour pour se rendre quelques pâtés de maisons plus loin. Une cheminée en briques rouges dominait de sa silhouette élancée et de son panache de vapeur un bâtiment aux nombreuses fenêtres rectangulaires. Franchissant le portail d'entrée surmonté d'une enseigne en fer forgé où l'on pouvait lire *Confiserie Léon Marial*, le jeune homme pénétra dans un immense atelier. Des mains féminines empaquetaient des pâtes de fruits dans des boîtes imprimées d'un couple d'Auvergnats en train de danser la bourrée.

— Je voudrais voir Léon ! précisa-t-il à une femme corpulente qui régnait sur les ouvrières.

— À l'étuve, répondit-elle sobrement.

Le clerc finit par mettre la main sur celui qu'il cherchait.

— Ah ! Léon ! Tu as un moment ?

L'homme interpellé se retourna, le visage rougi par la chaleur, épongeant son front à l'aide du foulard qu'il avait noué autour de son cou.

Il donna quelques ordres à l'ouvrier qui rangeait des grilles de métal couvertes de fruits en train de sécher et, suivi du clerc, s'engouffra dans un couloir qui menait à son bureau.

— C'est pour la confiserie Acrayrias que tu viens ? Tu as des nouvelles ?

Le jeune homme fit attendre sa réponse par un long sourire qui écarta sa bouche d'une oreille à l'autre.

— C'est une nièce sortie d'on ne sait où qui hérite de Louis Acrayrias, finit-il par dire. Une petite bonbonnière idéalement située place Delille, pas très loin de chez toi, ça t'intéresse ?

— Elle va vendre ? jeta l'homme, un éclat fauve dans les yeux.

— Comment veux-tu qu'elle fasse autrement ? Mais tu peux faire une meilleure affaire, c'est garder la fille avec la bonbonnière. Elle est plutôt pas mal tournée, elle ferait une accorte vendeuse. Je suis sûr qu'elle est aussi fondante que ça, ajouta le clerc de notaire en désignant des pâtes de fruits disposées dans une coupe en porcelaine sur le bureau.

Il se saisit d'un carré brun rouge et le dégusta en fermant les yeux.

III

Lorsque Juliette rejoignit ce soir-là la maison de ses parents, elle avait les mollets endoloris de tous les trajets effectués dans la journée, et la tête bouillonnant de pensées contradictoires inspirées par la révélation du notaire. Elle s'imaginait déjà faire revivre l'atelier, embaucher des petites mains pour préparer les fruits, des ouvriers pour manipuler les chaudrons, tandis qu'elle-même vendrait à une clientèle conquise des pâtes de fruits qui deviendraient rapidement les plus renommées de Clermont. L'idée qu'elle était peut-être à la tête d'une petite fortune, ne serait-ce qu'avec les murs de ce commerce qui tombait du ciel, venait alors se heurter à la difficulté de relever une confiserie à l'abandon. Où trouver l'argent indispensable à la remise en état, comment embaucher les bras nécessaires ? Quelle gageure pour une fille de cultivateur, elle-même modeste employée dans une grande entreprise de confiserie clermontoise, que d'être propriétaire d'un commerce de friandises !

Il lui faudrait s'en ouvrir à ses parents, auprès desquels elle obtiendrait sans doute des conseils pertinents. Mais quelle serait leur première réaction à voir surgir le fantôme d'un oncle dont ils lui avaient dissimulé l'existence jusqu'à présent ?

— Ton père est déjà en train de souper. Tu sais bien qu'il n'aime pas dépasser son heure, prévint sa mère lorsqu'elle pénétra dans la maison. Tu t'es bien retardée aujourd'hui !

Toute mince dans sa vêture noire – elle portait encore le deuil de sa mère décédée il y a dix mois –, Madeleine posa devant Juliette, qui s'était attablée, une assiette creuse garnie d'une soupe au lard et aux haricots. La jeune fille y émietta distraitement une tranche de pain tout en jetant des coups d'œil furtifs vers son père. Alfred coupait des portions dans un vieux cantal et, le poing serré sur le manche de son laguiole, décroûtait à peine les bouts de fromage qu'il portait à sa bouche d'une façon mécanique, les yeux dans le vague.

— Il m'est arrivé quelque chose d'assez surprenant aujourd'hui, annonça Juliette.

Il lui était habituel de rompre le silence dans lequel se complaisaient ses parents lors des repas. Elle racontait des anecdotes liées à son travail, provoquant des acquiescements muets mais souriants de sa mère. De son père, elle n'avait bien souvent aucune réaction, mais elle était habituée à ce qu'il ne montrât aucune émotion : c'était la façon paternelle, avait-elle fini par se persuader, d'approuver ce que racontait sa fille. Mais à cet instant précis, elle attendait que le va-et-vient du couteau entre le fromage et les lèvres connaisse une suspension momentanée, ou qu'un mouvement d'yeux dans sa direction vienne tempérer ce regard froid et figé qui traversait les murs de la pièce. Agacée, elle débita d'un trait :

— J'ai été convoquée chez un notaire cet après-midi. Il m'a appris que j'avais un oncle, Louis Acrayrias. C'est la première fois que j'entendais ce nom.

Sa mère, qu'elle avait en face d'elle, arrondit la bouche de stupeur, mais baissa immédiatement les yeux comme Juliette la fixait. Du coin de l'œil, elle vit le poing de son père se crisper sur le couteau, dont la lame tapota nerveusement le bord de l'assiette.

— Cet oncle, enchaîna-t-elle, est décédé il y a près de quinze jours. Il était confiseur.

Les veines saillirent sur le dos de la main tannée, la jointure de l'index blanchit nettement et Juliette en frissonna malgré elle.

— Il me lègue son magasin et son atelier.

Le poing crispé se leva brusquement, pour ficher avec rage la lame du couteau dans le bois de la table.

— Qu'est-ce que c'est que ces foutaises ? hurla Alfred.

— Papa, je t'en prie, ne te mets pas en colère. Dis-moi qui est ce Louis Acrayrias. D'après le notaire, c'était le mari de la tante Amélie. Je savais que tu avais une sœur, décédée lorsque j'étais en bas âge. Tu ne m'en as jamais beaucoup parlé, et tu ne m'as jamais dit qu'elle était mariée. Tu avais donc un beau-frère ?

La bouche serrée, Alfred dévisageait sa fille avec fureur. Il réussit à hoqueter :

— Au décès de ta tante, il est sorti de la famille ! C'était un misérable, un malfaisant, on n'en parle plus, tu m'entends ?

— Mais qu'a-t-il fait ? Qui était-ce ?

— Je ne veux pas qu'on en parle, je te dis ! Il a fait de mauvaises affaires, ma sœur en est morte de chagrin. De chagrin, tu entends ! Son nom est maudit ! Je ne veux pas qu'on en parle, et je ne veux pas que tu sois mêlée de près ou de loin à quoi que ce soit qui le concerne !

— Il me lègue en héritage une confiserie ! Il connaissait mon existence !

— Une confiserie ! s'étrangla Alfred. C'est un héritage maudit ! Refuse-le ! Je n'accepterai jamais que tu hérites quoi que ce soit de ce fumier !

Retirant la lame du couteau brutalement, il l'essuya sur la manche de sa chemise, la plia d'un coup sec et sortit à grandes enjambées de la cuisine. La porte d'entrée claqua à son tour. Juliette, tétanisée par la peur, cilla des paupières avant de reprendre conscience de la présence de sa mère. Celle-ci, recroquevillée sous l'effet de l'orage qui venait de s'abattre, restait immobile.

— Maman..., appela-t-elle doucement. Tu étais au courant de cette histoire ?

Madeleine releva la tête lentement, mais les couleurs avaient disparu de son visage.

— Tu connaissais cet oncle ? insista sa fille.

— Je savais que la sœur de ton père était mariée. Mais on avait très peu de contacts. J'ai su qu'elle était morte assez jeune, mais on n'a plus eu de nouvelles de son mari.

— Qu'en penses-tu, de cette histoire d'héritage ? Je suis majeure depuis le mois dernier, papa semble l'oublier. Je suis en droit d'accepter.

— Juliette, écoute ton père. S'il te dit de ne pas donner suite, obéis-lui. Obéis-lui, ma fille. Tu me promets ?

Pour toute réponse, Juliette se leva. Sur un soupir, elle déposa un baiser sur les cheveux de sa mère. Lisses et brillants, ils étaient chauds et doux, et l'émerveillaient par leur couleur d'ébène qui commençait à peine à se strier de quelques fils blancs.

— Tu trembles, maman ?

— Les colères de ton père sont terribles, frémit Madeleine. Mais c'est sa façon de nous aimer, il est comme ça. Il veut te protéger, Juliette, n'oublie jamais cela.

*

Juliette dormit peu, d'un sommeil entrecoupé où les éclats de voix de son père assombrissaient ses rêves. À son réveil, elle fut presque étonnée d'entendre la maison parfaitement silencieuse. Pendant les temps de veille que lui avait imposés sa nuit hachée, elle avait passé l'annonce de l'héritage au filtre du pessimisme le plus noir. Au petit matin, dans le calme ambiant, il lui parut évident que la nouvelle pouvait être étudiée sous un angle plus serein. Elle décida de s'en ouvrir à Gustave Marquand. Elle avait l'intuition que son patron était le plus à même de la conseiller.

Il ne put la recevoir qu'en fin d'après-midi et la laissa parler sans broncher.

— Je vous ai tout dit, conclut-elle. Vous connaissiez ce Louis Acrayrias ?

Alors qu'il l'avait écoutée avec gravité, l'homme se permit un sourire.

— Nous sommes une vingtaine de confiseurs à Clermont-Ferrand. Pas difficile de tous se connaître et d'évaluer la réputation de chacun.

Acrayrias, oui, je sais qui c'était. Un type sérieux. Oh, pas un grand concurrent pour moi ni pour un ou deux autres dans mon genre ! continua-t-il de sourire avec une fausse modestie dans le regard. Il avait un petit atelier, comparé à celui dans lequel tu évolues chez moi, mais il était réputé ; il avait sa clientèle… J'ai su qu'il avait été malade, puis qu'il avait fermé sa confiserie, mais personne ne nous a donné de ses nouvelles, alors…

« Un concurrent de moins…, songea Juliette, même un petit, c'est toujours ça de gagné pour le commerce… » Sans se douter des réflexions de son employée, Gustave Marquand poursuivait :

— Et c'était ton oncle ? Tiens donc !

— Oui, mais justement, que me conseillez-vous de faire ?

— Il aimait particulièrement travailler un fruit, je me rappelle maintenant, c'étaient les cerises, soliloquait toujours son patron. Les cerises en tout genre : confites, en pâtes de fruits, au sirop, à l'eau-de-vie… Mais sa spécialité, c'étaient les cerises en chemise… C'était pas mal, ce truc-là. J'avoue que j'ai essayé, mais ça valait pas les siennes, j'ai abandonné.

Il dut s'apercevoir que la jeune fille assise en face de lui rongeait son frein en serrant les lèvres et se mit à rire.

— Qu'est-ce que tu veux que je te conseille ? Je ne t'apprendrai rien de nouveau en te disant que tu ne peux pas être au four et au moulin, ça, tu le sais, n'est-ce pas ? Tu ne peux pas être au chaudron à confire tes fruits – d'ailleurs, tu n'en aurais pas la force physique – et en même temps être au magasin à vendre tes produits ! Soit tu vends ce magasin, et avec l'argent tu t'installes à ton compte, à faire ce que tu voudras : épicière, vendeuse de la camelote que tu souhaites, et pourquoi pas des produits Marquand ? souligna-t-il malicieusement. Soit tu engages des ouvriers et tu lances ta propre confiserie. Mais il faut dans ce cas que l'oncle t'ait laissé de l'argent pour embaucher de la main-d'œuvre et acheter du matériel. Car j'ai peur que les banques ne te fassent pas crédit...

Il croisa les mains sous son visage et fixa Juliette.

— Tu es une femme, ma petite Juliette ! Autant dire que tu n'es pas faite pour un métier de ce genre ! Mais si tu souhaitais malgré tout te lancer dans l'aventure, il y a une autre solution, c'est que tu épouses un confiseur... Mais je te l'ai dit hier, je crois, attention aux coureurs de dot...

Juliette baissa la tête, peu convaincue par les propos de son patron.

— Il faudrait que j'aille la revoir, cette confiserie, suggéra-t-elle d'une petite voix. Je n'y ai jeté qu'un rapide coup d'œil.

Comme elle se levait, plus désemparée que lorsqu'elle était entrée dans le bureau directorial, Gustave Marquand la rappela :

— Je te donne ton jour demain, vas-y. Regarde le magasin sous toutes ses coutures. Sache deux choses : la première, c'est que tu trouveras toujours chez moi un recours. Je ne veux pas parler d'argent, je ne t'en prêterai pas. Mais si tu as besoin de conseils, je serai là. Et je te reprendrai comme ouvrière si ton affaire ne marche pas. La deuxième chose, c'est que je t'interdis de débaucher mon personnel.

Elle comprit qu'il songeait à Jocelyn. Le jeune homme qui, en ayant fait tournoyer Juliette au bal, en avait fait chavirer le cœur, était l'un de ses meilleurs ouvriers confiseurs. Là où Juliette se trompait, c'est de croire que Marquand ne voyait que son intérêt de patron confiseur. Le quinquagénaire, en dirigeant paternaliste, avait déjà jugé le bellâtre : quand il aurait connaissance de l'héritage, il voudrait s'y faire employer, puis proposerait le mariage à Juliette pour mieux mettre la main sur la confiserie.

La jeune fille acquiesça avant de tourner les talons, rentra directement chez elle, où elle ne pipa mot de ses tergiversations. Pour son père, la colère qu'il avait manifestée la veille au soir avait mis un terme définitif à l'affaire. Sa mère semblait la regarder avec des yeux à la fois émus et attentifs. Juliette y discerna comme une brèche dans l'attitude habituellement soumise que Madeleine adoptait en présence de son époux, une sorte de faille où elle serait susceptible de puiser – « Pourquoi pas ? », se dit-elle – un encouragement salutaire.

IV

Dès 6 heures du matin, les vantaux de bois repliés, Juliette avait décidé de nettoyer le magasin pour évaluer sa valeur. Même si l'inscription du frontispice demeurait ternie, la boutique *Aux douceurs du temps* avait retrouvé un certain brillant. La vitrine avait été lavée, le comptoir et les rayonnages cirés après avoir été débarrassés des vieilles boîtes périmées. Juliette avait sauvé du tri deux ou trois coffrets emblématiques de la prospérité de l'ancien propriétaire. Émue, elle avait découvert, en les dépoussiérant, le dessin qui en décorait le couvercle : une tête de petite fille blonde dont les oreilles, dégagées par les cheveux nattés sur les côtés, étaient ornées de grosses cerises rouges, aussi colorées que les pommettes de la fillette. Il lui revint brusquement en mémoire, et elle en eut les larmes aux yeux, ce souvenir commun à un grand nombre d'enfants, où elle s'amusait à s'accrocher des cerises en guise de pendants d'oreille quand elle accompagnait son père lors de la cueillette des bigarreaux. Elle avait sans doute entre les mains les boîtes contenant cette spécialité des cerises en chemise dont lui avait parlé Gustave Marquand. Elle songea aux panières de cerises confites, aux bocaux de cerises à l'eau-de-vie qu'elle avait appris à préparer en aidant sa mère qui excellait dans l'art de conserver les cerises. Mais les cerises en chemise lui demeuraient inconnues…

Le carrelage de la boutique lavé à grande eau, elle s'attaqua à l'atelier. Elle redonna leur brillant aux chaudrons et nettoya les feux. En fin d'après-midi, éreintée, elle s'effondra sur la chaise du petit bureau qui occupait un coin de l'atelier et contempla, du sol lessivé au plafond débarrassé de ses toiles d'araignée, les murs où s'alignaient les cuivres rougeoyants et le fourneau à deux feux décapé. Elle se sentit vidée de toute l'énergie qui l'avait fait tenir durant la journée. « Pourquoi faire tout ça ? se demanda-t-elle, soudain découragée. À quoi bon… Maintenant que tout est propre, suis-je pour autant avancée ? » Elle réalisa qu'elle n'avait pas déjeuné et alla se casser un petit morceau dans le pain de sucre qu'elle avait trouvé dans un réduit. Emballé dans une toile de jute, il avait quelque peu durci, mais il lui redonna des forces. Elle avisa près du bureau un placard étroit et tout en hauteur, qu'elle n'avait pas encore eu le temps d'inspecter. Elle y découvrit des livres de comptes qui lui apprirent que, jusqu'au milieu des années 1880, la confiserie de Louis Acrayrias faisait un bon chiffre d'affaires. Le bilan était plus mitigé après – elle fit le lien avec la maladie de l'oncle – jusqu'à ce que l'année 1890, correspondant à la fermeture du magasin, soit la dernière des comptes. Dans un répertoire intitulé « Banque » étaient rangés des bordereaux d'escompte qui remontaient aux années 1860, sans doute celles de la création de l'atelier, signés pour les trois quarts par la

Banque de France, les dernières par un nom qui ne lui évoquait rien. Plus haut sur les étagères du placard, elle trouva des livres de recettes. Un *Manuel du confiseur* imprimé voisinait avec des cahiers d'écolier écrits à la main et reliés par une couverture en carton. Elle les feuilleta, réalisa que l'oncle avait noté de façon détaillée sa technique pour préparer les fruits : un cahier s'ouvrit sur les confitures puis un autre sur les fruits confits et les fruits glacés. Comprenant qu'il avait classé ses articles par ordre alphabétique, elle revint fébrilement en arrière, trouva le cahier qui correspondait à ce qu'elle cherchait : sous le titre « Cerises », des pages entières leur étaient consacrées. D'une écriture fine et penchée qu'elle apprit rapidement à décrypter, l'oncle détaillait d'abord les diverses variétés de cerisiers, puis il en venait aux recettes. Un sourire illumina le visage de Juliette tandis que ses yeux découvraient les fameuses cerises en chemise. Sur le papier, la technique lui sembla assez simple ; elle se projeta en train de faire des essais. L'image de cerises trempées dans un blanc d'œuf fouetté puis roulées dans du sucre glace lui donna immédiatement l'eau à la bouche et provoqua en même temps un déclic : elle fut saisie par l'irrépressible envie de redonner vie aux *Douceurs du temps*.

Comme à regret – car si elle s'écoutait, elle passerait toute la nuit à décortiquer les recettes –, elle referma les cahiers manuscrits et les rangea. Au fond de la plus haute étagère, une reliure semblait avoir été poussée tout contre le mur, comme si elle détenait d'autres recettes, jalousement gardées. Hissée sur un tabouret, se démanchant le cou, elle tendit le bras et s'étira le plus qu'elle pouvait. Après avoir happé du vide, ses doigts finirent par accrocher un carton. Il contenait quelques cahiers et un lot étroit d'enveloppes reliées par une ficelle. Elle entendit alors s'ouvrir la porte du magasin et une voix tonitruante crier :

— Il y a quelqu'un ?

Elle sursauta, chancela et le carton lui échappa des mains. Elle reprit de justesse son équilibre en se cramponnant au bureau. Le contenu du carton s'éparpilla sur le sol et elle vit avec consternation le paquet ficelé glisser sur le carrelage en direction du fourneau, et s'engouffrer sous le socle étroit comme dans la fente d'une boîte aux lettres.

— Ohé ! Il y a quelqu'un ? reprenait la voix de stentor.

— Oui, je viens ! lança-t-elle.

Elle entendit les pas de son visiteur traverser la boutique et, sans avoir le temps de répéter qu'elle arrivait, elle vit pénétrer dans l'atelier un grand homme dont la barbe noire lui évoquait les personnages de croque-mitaine des contes de son enfance.

— Bonsoir ! fit-il. Vous faites le ménage ? Mais il y en a de partout !

Il se baissa et ramassa les papiers épars qu'il lui tendit sans dissimuler un sourire ironique.

— Léon Marial, se présenta-t-il comme elle le regardait, intriguée. J'ai vu que le magasin de feu Acrayrias était ouvert, alors je viens aux nouvelles. Pour qui faites-vous le ménage ? Qui va s'installer ici ?

Juliette n'ignorait pas ce que signifiait le nom de Léon Marial. Il pesait sans doute autant que celui de Gustave Marquand, c'est-à-dire plus de cent mille francs de chiffre d'affaires annuel. « Les nouvelles vont vite... », songea-t-elle. L'homme, les poings sur les hanches, la dévisageait avec une brillance dans l'œil qui lui déplut. Son air goguenard l'incita à relever le défi. Comme si une autre parlait à sa place, elle s'entendit répondre, avec une note de triomphe dans la voix :

— C'est moi qui reprends l'atelier de confiserie de Louis Acrayrias. Je suis sa nièce, Juliette Montel.

Léon partit d'un éclat de rire retentissant.

— Comment ferez-vous ? Vous croyez que le matériel fonctionne toujours ?

Il tapota le serpentin de cuivre qui s'enroulait à l'extérieur de la turbine à dragées.

— Il n'est pas encrassé ? La vapeur y circule ? Et vous arriverez à remplir des pots de confiture avec ces bassines, avec vos petits bras ? ajouta-t-il en se dirigeant vers les chaudrons.

Il en souleva un en mimant un effort intense.

— Je suis sûre qu'avec de la volonté on parvient à tout, répondit-elle posément.

— Allons, soyons sérieux. Vous n'arriverez à rien ! Je vais vous faire la meilleure proposition qu'on puisse vous faire dans votre cas : je vous rachète la confiserie d'Acrayrias, et si vous vous avérez aussi avenante que vous le semblez, je vous embauche comme vendeuse. Combien elle peut valoir, cette boutique ?... Je vous en donne (du regard, il fit le tour des murs) allons... avec ce matériel déjà ancien... soyons généreux... dix mille francs. C'est un bon prix, vous n'en trouverez pas un autre qui vous proposera mieux.

Juliette serra les dents pour simuler un sourire aimable :

— Je vais réfléchir. Permettez que je vous raccompagne.

— C'est tout réfléchi, grogna-t-elle quand le confiseur fut parti.

Elle retourna à l'arrière, remit dans leur boîte les papiers que Léon Marial avait ramassés. C'étaient des factures acquittées de la sucrerie de Bourdon, l'industrie voisine de Clermont qui fournissait les confiseurs de la ville. Elle savait où s'approvisionner en sucre, c'était pour le moins un début. Songeant aux enveloppes qui avaient glissé sous le fourneau, elle s'allongea à terre, fit mouliner son bras, mais sa main ne rencontra que le vide. Elle se releva, essaya de pousser l'appareil de cuisson. Le meuble en fonte lui résista. Elle pinça les lèvres de dépit, non au regard des lettres dont elle se souciait peu, mais parce que son effort la renvoyait à la question de la vaillance physique qui était indispensable dans ce métier.

En assurant à Léon Marial qu'elle reprenait la confiserie de son oncle, ne s'était-elle pas avancée un peu trop vite ? Dans quel chemin hérissé d'obstacles allait-elle s'engager ?

V

Adélaïde Récamier n'avait plus peur, depuis longtemps, des croque-mitaines. La haute stature et la barbe austère de Léon Marial ne la firent pas ciller tandis que le confiseur surgissait devant elle.

— Il est là ? demanda-t-il en désignant du pouce le bureau de Gustave Marquand.

Sans attendre la réponse, il frappa rapidement à la porte qu'il ouvrit dans la foulée. Marquand ne leva même pas la tête, occupé à parapher des bons de commande avant de les adresser au service des expéditions.

— Qu'est-ce que tu veux ? se contenta-t-il de grogner. La réunion n'est que la semaine prochaine…

— Je ne viens pas pour palabrer sur nos conditions d'assistance mutuelle. Mais ma démarche n'est finalement pas éloignée de l'entraide que nous nous sommes promise en entrant dans cette belle confrérie des confiseurs…

— Viens-en au fait, s'il te plaît, mon ami, j'ai du travail…

— Le fait… le fait est que tu emploies bien une fille Montel ? Julie… Montel ?

— Juliette, acquiesça Marquand en lissant sa barbiche blanche. Et alors ?

— Eh bien, je ne sais pas si tu es au courant qu'en fait tu ne l'emploies plus, car elle reprend les affaires d'Acrayrias. Un oncle, prétend-elle... Qu'est-ce que c'est que cette histoire ?

Gustave Marquand dévisagea son interlocuteur. Afin de désamorcer une colère qu'il sentait poindre, il le pria de s'asseoir avant d'évoquer dans les grandes lignes l'héritage de son employée.

— Je lui ai donné son jour pour qu'elle aille expertiser l'atelier. À elle de voir si elle est de taille à le reprendre. Je pense qu'avec de bons ouvriers elle est capable de s'en sortir.

— Mais les confrères, tu en fais quoi ? Nous sommes les confiseurs d'Auvergne, nous, et si tu laisses une de tes employées tenir boutique, notre corporation vole en éclats ! Une fille ! Il n'y a pas d'« ouvrière confiseuse », que je sache !

— Mon pauvre Léon, moi, j'ai toujours vu un peu plus loin que le bout de mon nez. Des « ouvrières confiseuses », je suis sûr qu'il y en aura un jour et qu'on n'attendra pas forcément deux cents ans pour en voir se former dans nos ateliers. D'ailleurs, lorsque j'étais à l'Exposition universelle à Paris, il y a trois ans – tu te rappelles que je suis allé représenter l'Auvergne ? –, j'ai fait une charmante rencontre : une dame « confiseuse » – ne t'en déplaise – qui possède une confiserie dans la région d'Aix-en-Provence. Bien entourée d'ouvriers compétents, c'est elle qui règne sur ses produits, depuis la recette jusqu'à l'emballage, en passant par la vérification que sa confiture fait bien la nappe au moment de la mise en pots. Et ses fruits confits n'étaient pas mal du tout, presque aussi bons que les miens, conclut-il avec un sourire alors que Léon Marial serrait les dents de dépit.

— N'empêche, ne compte pas sur moi pour ouvrir notre corporation à une femme. J'y mettrai mon veto jusqu'à ce qu'il me reste un souffle de vie.

— Eh bien, nous attendrons la génération suivante, murmura Gustave Marquand comme l'autre tournait les talons en claquant la porte.

Léon Marial gagna le rez-de-chaussée de l'usine en serrant les poings de colère. Il avisa un contremaître qu'il connaissait bien.

— Ohé, Léon, fit celui-ci, ne me dis pas que tu venais pour une recette et que le patron n'a pas voulu te la donner ?

Il ne plaisantait qu'à moitié. L'entraide entre les confiseurs poussait ceux-ci à se rafraîchir la mémoire pour une recette oubliée ou se confier un tour de main inratable. Léon haussa les épaules.

— Dis donc, le Gustave, il a pris un coup de vieux, non ? Il n'y a pas que la barbichette qui a blanchi...

L'employé, ne sachant pas trop que répondre, se dandina d'un pied sur l'autre.

— Il est un peu perdu dans ses pensées depuis quelque temps, c'est vrai. Le Dahomey... C'est ça qui l'inquiète... Il est en souci pour le fils qui lui reste.

— Ah... voilà..., réalisa Léon.

Il se rappelait que le fils aîné de Gustave, se formant dans les ateliers de son père dès le plus jeune âge, était mort il y avait trois ans d'une maladie des poumons. Le cadet, accusant le métier de confiseur d'avoir eu raison de la santé de son frère, avait immédiatement quitté les fourneaux.

Il avait réalisé son rêve de parcourir le monde, non pas pour se frotter aux techniques de transformation des fruits par les confiseurs étrangers, mais pour défendre les intérêts de son pays dans les colonies. Il s'était engagé dans la marine et Léon savait par les journaux qu'un croiseur français avait été envoyé au large des côtes africaines dans l'attente d'une intervention éventuelle.

La grande confiserie Marquand était sur la mauvaise voie, songea Léon. Pas d'héritiers pour reprendre, Gustave qui encourageait une employée à quitter son entreprise pour fonder la sienne... N'y avait-il pas pour lui un coup double à envisager ? Quitte à faire preuve de la plus grande patience pour parvenir à ses fins.

*

Juliette avait essuyé une première déconvenue à la banque. Un jeune homme suffisant, la toisant de manière hautaine derrière ses lunettes cerclées de métal doré, l'avait éconduite en ricanant.

— Ma chère mademoiselle, comment voulez-vous que l'établissement vous prête quatre mille francs, sans aucune garantie de votre part de remettre à flot la confiserie de votre oncle ! Et, cerise sur le gâteau, vous êtes une femme ! Vendez, c'est le meilleur conseil que je puisse vous donner.

Juliette s'était souvenue du nom lu sur d'autres courriers bancaires archivés dans la confiserie Acrayrias. Elle finit par trouver, cachée dans une ruelle du centre-ville, une arcade vitrée opacifiée par un rideau. L'inscription du patronyme, Lenhardt, en lettres blanches peintes sobrement au-dessus de la poignée de la porte d'entrée, lui confirma qu'elle était au bon endroit. Dans l'ombre de la boutique, une lampe à pétrole éclairait un bureau, derrière lequel se tenait la silhouette rabougrie d'un homme âgé.

— Monsieur Lenhardt ?

Elle se présenta comme la nièce de Louis Acrayrias. L'homme l'invita à poursuivre. Quand elle eut soumis sa requête, il garda le silence, se contentant de dévisager la jeune fille. Nerveuse, elle fit le tour de la pièce des yeux et aperçut, sur une cheminée, un candélabre à sept branches orné d'une étoile de David.

— N'avancez pas, je vous prie, l'argument que je suis une femme pour refuser ma demande de prêt. Votre religion ne compte pas les femmes comme quantité négligeable, n'est-ce pas ? Elles en sont même un élément indispensable...

Elle parvint à décrocher un sourire du banquier, attentif.

— Louis Acrayrias, je m'en souviens très bien. Un homme méritant et combatif. Il a su vous transmettre la seconde qualité, j'espère que vous possédez aussi la première.

— Il m'a juste légué sa confiserie, c'est un oncle par alliance. Mais je pense que, s'il avait effectivement ces qualités, j'en ai reçu l'héritage spirituel.

— Quatre mille francs, m'avez-vous dit ? C'est une somme...

Juliette reprit par le menu ce qu'elle avait déjà exposé : le changement indispensable de matériel, le rafraîchissement du magasin, l'achat des matières premières, l'embauche de deux ouvriers. Son cœur cognait dans sa poitrine, alors qu'un pressentiment l'incitait à garder confiance dans cet homme qui la regardait, un léger sourire flottant toujours sur les lèvres.

— Trois mille cinq cents francs, lâcha-t-il enfin. Vous n'embaucherez qu'un seul ouvrier. Si vous donnez de votre personne, et il faudra me prouver que ce sera le cas, ça devrait suffire pour le début. On va se fixer comme échéance la première Noël. On fera le point début janvier de l'année prochaine.

Pour un peu, Juliette aurait sauté au cou du vieil homme.

*

Comment allait-elle annoncer à ses parents sa décision d'accepter l'héritage de Louis Acrayrias ? Juliette s'en ouvrit d'abord à sa mère. Craignant que Madeleine ne tentât de la dissuader dans le seul but de ne pas mettre Alfred hors de lui, elle se lança dans un long discours pour se justifier : elle voyait dans cette confiserie une chance de s'affranchir de sa condition d'employée chez Gustave Marquand. Elle évoqua à mots contenus sa situation au regard du domaine familial : au décès de son père, c'est son frère, Jérôme, actuellement retenu par le service militaire, qui hériterait des vignes et des vergers. L'intérêt de la propriété était de ne pas la morceler… Pour elle, il était prévu une somme d'argent donnée en dot lors de son mariage. La confiserie pouvait lui ouvrir les portes d'une indépendance bien tentante.

— As-tu réfléchi aux conséquences de ton geste ? répondit sa mère lorsqu'elle eut écouté sa fille. Au début du moins – Dieu nous garde que ce ne soit pas définitif –, ton père ne voudra plus te voir ici. Où iras-tu habiter ? Et si le commerce ne marche pas, si tu t'endettes...

— Maman..., fit doucement Juliette en lui prenant la main. Pour le logement, l'oncle Louis avait un petit appartement au-dessus du magasin. Le problème n'est pas là. J'ai besoin de ton soutien, il m'est essentiel. J'envisage de relancer la confiserie avec les cerises, d'autant plus que la nouvelle récolte va bientôt arriver. Je voudrais faire des cerises confites, des cerises en conserve, à l'eau-de-vie... Pourrais-je compter sur toi pour me dire si mes productions sont à la hauteur de celles que tu réalises à merveille ?

Madeleine sourit à sa fille.

— Tu sais très bien les faire, je t'ai tout appris. Mais oui, je t'aiderai, tiens, ne serait-ce que pour dénoyauter les cerises, ça t'évitera de te noircir les mains. Que dirait la clientèle en te voyant servir avec des mains rougies du sang des cerises ! Et puis je demanderai à mon cousin de Pont-du-Château de te garder une partie de sa récolte. Il produit les meilleures : les aigres-douces à courte queue. Pour moi, il me fera même un prix.

Juliette se jeta dans les bras de sa mère.

— Oh, maman... j'ai tant besoin que tu me soutiennes ! Je te demande pardon pour le souci que je te cause, les colères du père vont retomber sur toi, mais...

— Chut, tais-toi, ma fille. Il faut savoir garder raison – et je sais que tu en as –, mais il faut aussi suivre son cœur.

Alfred exprima ses doutes de manière plus virulente. Il s'emporta, mais son ire n'eut aucune prise sur l'attitude inébranlable de Juliette. Il lui annonça un échec cuisant qui la couvrirait de ridicule. Comme l'avait prédit Madeleine, il lui interdit à jamais de se représenter devant lui, clamant à grand éclat de voix qu'il la reniait. Quand Juliette quitta la maison, il avait trouvé refuge parmi ses abricotiers pour maugréer tout son saoul. De la main, rageusement, il écrasait quelques larmes qui sourdaient de ses paupières.

Madeleine, raccompagnant sa fille, la suivit du regard le plus longtemps possible. Un passé douloureux assaillait sa mémoire. D'une certaine manière, songea-t-elle, c'est comme si le destin, vingt et un ans après avoir été contrarié, se faisait justice à lui-même.

VI

Deux commerces entouraient, de part et d'autre, la confiserie *Aux douceurs du temps* : Juliette décida de se présenter à ses futurs voisins. Un cordonnier occupait la boutique située immédiatement à côté, à l'angle de la place. Lorsqu'elle se nomma comme étant la nièce de Louis Acrayrias, l'artisan l'accueillit avec allégresse. Il se félicita que la fabrique de confiserie rouvrît, en premier lieu pour le quartier qui pâtissait de la fermeture d'un commerce fort bien achalandé à l'époque, et en mémoire d'un homme qu'il tenait en grande estime.

— Vous avez bien connu mon oncle ? s'exclama une Juliette frémissante. Comment était-il ? Vous avait-il parlé de moi ?

Elle se demandait s'ils ne s'étonneraient pas de découvrir cette nièce sortie de nulle part.

— Il ne racontait jamais rien de lui, le travail était toute sa vie. Il ne plaignait pas sa peine… Et assez doué, il y avait du beau monde qui venait de loin pour lui acheter ses confiseries.

— Et si gentil ! s'exclama l'épouse du cordonnier qui sortit de l'arrière-boutique. Et bel homme, avec ça ! Oh que oui, insista-t-elle en haussant les épaules comme son mari levait les yeux au ciel. Et ses douceurs ! Le magasin était bien nommé… Ses pâtes de fruits, ses cerises ! Ah, et ses dragées ! C'était quelque chose que ces dragées ! Tenez, je vais vous en faire goûter.

Elle rentra dans l'arrière-boutique et en ressortit peu après, brandissant un paquet étroit dont elle ouvrit soigneusement l'emballage.

— C'est les dragées de baptême du petit. Il nous en restait encore une boîte, que j'ai retrouvée l'autre jour derrière une pile de linge. J'en ai mangé une, pensant que l'amande aurait ranci, eh bien… Mais goûtez vous-même !

Émue, Juliette prit délicatement une dragée. Le sucre était fondant et subtilement aromatisé puis, quand elle croqua dans la friandise, elle comprit ce que voulait dire la femme du cordonnier : l'amande était fine et parfumée.

— Et le petit, tenez-vous bien, il a quinze ans ! Elles n'ont pas bougé ! s'exclama-t-elle avec fierté, comme si c'est elle qui les avait fabriquées. On a été bien tristes de voir Louis tomber peu à peu malade, et puis quand il est venu nous dire qu'il fermait sa confiserie… Quel malheur… Enfin, si c'est vous qui reprenez, c'est une bonne chose.

Le cordonnier regardait Juliette avec curiosité. Elle leur donna quelques précisions :

— Je vais rénover le magasin, racheter du matériel et engager un commis. Mais je compte bien retrouver le coup de main de mon oncle. Vous serez mes goûteurs, si vous le voulez bien !

Ils se séparèrent en riant et Juliette se dirigea vers l'autre boutique qui jouxtait ce qui serait dorénavant *sa* confiserie. La corniche peinte en vert indiquait en lettres dorées : *Librairie imprimerie*. Juliette avait aperçu rapidement, en longeant le magasin, des ouvrages, quelques fournitures de bureau, des faire-part qui décoraient la vitrine. C'étaient surtout les livres qui l'impressionnaient, aux couvertures imprimées de gros caractères noirs, dont les noms d'auteur ne lui évoquant rien, la renvoyaient à son niveau d'instruction peu élevé. Quand elle poussa la porte ce matin-là, après avoir jeté un coup d'œil furtif dans la vitrine, seul le nom de Fénelon lui parut familier, mais ce fut pour lui rappeler le souvenir désagréable d'une dictée difficile. Le tintement de sonnette qui annonça son entrée n'eut aucun effet, visiblement, et elle s'immobilisa, cernée par des murs de livres qui la toisaient sévèrement. Elle attendit, hésitante, que le propriétaire ou un vendeur vienne à sa rencontre, puis elle se décida à avancer à petits pas. Une table s'offrit à sa vue, couverte de cahiers, de crayons de bois rangés dans des gobelets, de porte-plume reposant dans des coffrets garnis de velours et voisinant avec des bouteilles d'encre. Elle leva les yeux vers un comptoir encombré de catalogues et de divers classeurs. Elle perçut alors des murmures qui provenaient d'une porte entrebâillée derrière la banque en bois. Deux hommes conversaient dans l'arrière-boutique. Avec des accents colériques, une voix prenait le dessus sur l'autre. Il était question de catéchisme électoral, d'indécence pour le clergé de ne pas respecter la République. Une voix plus posée paraissait approuver. Juliette entendit les mots de « guerre aux cléricaux », de « séparation de l'Église et de l'État ». Heurtée par des propos qu'elle jugeait déplaisants, elle décida de faire demi-tour. Une voix – celle à l'intonation la plus forte – l'arrêta dans son élan et elle en frémit, fermant les yeux.

— Je savais bien qu'il y avait quelqu'un ! Rodolphe ! Tu as une cliente !

Elle se retourna : un barbu à la mine austère la considérait en fronçant les sourcils tandis qu'un autre homme s'encadrait derrière lui. De taille moyenne, habillé d'une chemise nouée au col d'une lavallière bordeaux et d'un gilet de velours vert bouteille, des cheveux châtains ondulant autour d'un visage plutôt jeune et aux traits fins, l'homme arborait un sourire aimable. De la voix douce qu'elle avait entendue dans l'arrière-boutique, il s'adressa à elle :

— Bonjour, mademoiselle, vous désirez ?

— Bon, je te laisse, fit le barbu en se couvrant la tête d'un melon. Tu n'oublies pas mes imprimés ; cinq mille, comme on a dit.

— Entendu, Théophraste. Repasse après-demain.

Comme son visiteur s'éloignait après avoir soulevé son chapeau en direction de Juliette, qui lui rendit son salut timidement, le jeune homme reprit à son intention :

— Vous l'avez reconnu ? Théophraste Girardon. Il est candidat aux prochaines élections municipales, précisa-t-il comme Juliette ne cillait pas. La gauche radicale. Mais pardonnez-moi de vous avoir fait attendre. Que puis-je pour vous ?

Juliette, qui feuilletait *Le Gaulois,* laissé par Gustave Marquand à la disposition de son personnel, sut à quoi s'en tenir sur les opinions politiques de son voisin commerçant. D'une voix plus empruntée qu'avec le cordonnier, elle répéta son laïus de présentation.

— C'est parfait ! s'exclama le jeune homme. C'est vraiment une bonne nouvelle de savoir que la confiserie va reprendre son activité !

De son regard clair qui pétillait, d'un marron ambré métissé de vert, il dévisageait Juliette. Un sourire étirait sa bouche gourmande. La jeune fille, saisie de timidité devant le charme qu'il dégageait, luttait pour ne pas baisser les yeux. Elle se rappela les mots entendus dans l'arrière-boutique et, soudainement dégrisée, reprit son sang-froid.

— Vous allez embaucher des ouvriers ? était-il en train de s'enquérir.

C'était une manière délicate, tout en la renvoyant à son statut de femme, de savoir comment elle comptait s'en sortir.

— J'ai passé une annonce dans le journal. Je voulais aussi vous demander si vous aviez connu mon oncle.

— Très peu, s'excusa-t-il. Nous avons dû nous voir pendant six mois, pas assez pour nouer de véritables relations. J'ai repris l'affaire il va y avoir trois ans, le précédent imprimeur partait à la retraite. Il était d'ailleurs uniquement imprimeur. Moi, j'ai rajouté le rayon librairie et quelques articles de papeterie. Venez, je vais vous faire faire le tour du magasin.

Confuse, Juliette se vit mettre entre les mains davantage de livres qu'elle n'en avait jamais feuilletés à l'école. Elle tenta de ne pas laisser paraître qu'elle ne connaissait aucun des ouvrages présentés. Seuls lui furent familiers *Salammbô* – là aussi, une dictée ardue – et un livre de Kropotkine, car *Le Gaulois* avait publié une critique peu élogieuse de la dernière parution du prince anarchiste. Elle le lui rendit d'un air pincé dont il se rendit compte avec amusement. Il tint à la rassurer :

— Ne croyez pas que je suis anarchiste – je préfère le préciser compte tenu du climat ambiant –, mais il faut tout lire pour avoir une idée du monde dans lequel nous vivons.

— J'en suis sûre, répondit poliment Juliette, qui ne songeait à cet instant présent qu'à se plonger dans les livres de recettes de son oncle.

— Si vous avez besoin de mes services pour imprimer des feuillets publicitaires ou des étiquettes pour vos produits… Ah, j'y pense, vous allez vendre des dragées de baptême ? Je peux imprimer le prénom de l'enfant sur la boîte… Je vous ferai un prix, chuchota-t-il.

— C'est aimable à vous…

— Et je suis aussi poète à mes heures perdues ! En tant qu'imprimeur, je publie mes propres poèmes, mais sans beaucoup de succès auprès de la critique : je suis un inconditionnel du mouvement romantique. J'ai deux grands maîtres en la matière : Alphonse de Lamartine et Gérard de Nerval. Tenez, les *Méditations*, voilà mon livre de chevet… Mais aujourd'hui, c'est le symbolisme qui est à la mode !

Lorsqu'elle s'éclipsa, Rodolphe Pradier, qui avait obtenu qu'ils s'appellent dorénavant par leurs prénoms, en tant que commerçants voisins, rangea le recueil de Lamartine. Il eut un léger sourire. La délicate petite confiseuse était adorable, il ne lui manquait qu'un minimum d'érudition. Il chercha ce qu'il pourrait bien lui prêter, ce qui lui fournirait un excellent prétexte pour rendre une visite de courtoisie à la boutique voisine.

VII

Dans la fabrique de Gustave Marquand, le départ de Juliette avait très vite fait le tour des ateliers. Le confiseur avait simplement évoqué sans rentrer dans les détails qu'elle avait à s'occuper d'affaires familiales, mais, sans que l'on sache comment, un bouche-à-oreille efficace colportait le bruit qu'elle reprenait une petite confiserie quartier Delille. Jocelyn fut le premier surpris de l'apprendre, non pas de l'intéressée mais de collègues curieux qui cherchaient auprès de lui des détails et, la première stupeur passée, fut très en colère de ne pas avoir été mis au courant par la jeune fille. Elle avait pourtant paru ne pas être insensible à son charme. Il y avait encore deux dimanches de cela, il l'avait invitée à faire une promenade au jardin des Plantes et ils s'étaient attablés à une guinguette ; il lui avait pris la main alors qu'elle frissonnait – « Mais vous tremblez, ma chère ? » « Ce n'est rien, avait-elle répondu, simplement la fraîcheur du soir… » –, et elle avait mis quelques secondes avant de la retirer.

« Pourquoi ne m'a-t-elle rien dit ? », s'offusquait-il. Il s'informa tant et si bien qu'il finit par repérer la petite boutique à l'heure où un ouvrier, perché sur une échelle, repeignait les lettres de l'enseigne.

Il découvrit Juliette, tablier noué aux reins, en train d'encaustiquer les rayonnages en bois. Quand il l'interpella, elle se retourna et un peu de rose lui monta aux joues tandis qu'elle s'exclamait :

— Jocelyn !

— Eh oui ! Jocelyn qui s'inquiétait de ne plus vous voir à la fabrique ! Jocelyn qui vous a cherchée partout et a fini par vous trouver !

Elle s'essuya les mains à son tablier, gênée.

— Cela s'est passé si rapidement..., reconnut-elle. Et j'ai eu tant de travail ! Je pensais vous en avertir lorsque la boutique aurait été complètement aménagée.

— Et comment allez-vous faire ? Vous aurez besoin d'ouvriers confiseurs ?

— J'ai mis une annonce dans le journal pour trouver quelqu'un.

Elle ajouta vite, comme elle le voyait ouvrir la bouche d'un air intéressé :

— Vous ne pouvez pas vous porter candidat. M. Marquand m'a interdit d'embaucher quelqu'un de sa propre usine.

— Ah... je comprends mieux votre silence... Le brave Marquand vous empêche de lui faire concurrence... On ne sait jamais, si vous parvenez un jour à sa hauteur, susurra-t-il fielleusement.

Comme elle se rembrunissait, il fit le tour du magasin des yeux puis la fixa à nouveau.

— Ma petite Juliette, je suis assez troublé que vous ne vous soyez pas confiée à moi. Je croyais... J'avais cru comprendre qu'entre nous...

Elle baissa la tête, rougissante, et il s'approcha d'elle en la prenant par les épaules.

— J'ai cru qu'il se passait quelque chose entre nous, murmura-t-il. Je comptais bien vous inviter de nouveau et c'est à ce moment que vous avez disparu... J'ai des choses à vous dire, Juliette...

— Je suis désolé, Jocelyn, n'insistez pas. Je ne puis vous prendre comme ouvrier, même si vous êtes un excellent confiseur.

Devant le dépit qu'il manifesta, alors qu'il la lâchait brusquement, elle eut du mal à retenir un sourire, songeant aux mises en garde de son ancien patron. Elle n'avait pas voulu croire aux avertissements de Gustave Marquand, mais, devant l'attitude doucereuse de Jocelyn, elle fut convaincue de leur bien-fondé et trouva la situation plutôt cocasse. Le jeune homme se redressa, piqué au vif.

— Vous avez tort de vous moquer. J'aurais pu vous proposer le mariage, rien de moins ! Cela aurait pu vous sortir de bien des embarras !

— J'espère ne pas avoir à regretter une demande que vous auriez pu me faire, rétorqua-t-elle avec une pointe d'agacement.

Elle avait hâte d'être libérée de son visiteur pour se remettre au travail. Comment avait-elle pu éprouver de l'émoi pour ce présomptueux jeune homme ?

— Ma proposition peut encore tenir quelques jours, conclut-il. Une semaine, pas davantage. Le temps pour vous de réaliser que vous ne trouverez personne à embaucher. Une femme..., grommela-t-il en s'éloignant.

*

L'annonce parue dans le journal avait intéressé cinq candidats qui patientaient sur un banc installé à l'intérieur du magasin, devant les présentoirs. Lorsqu'ils se rendirent compte que l'entretien d'embauche était mené par une femme, deux d'entre eux se levèrent immédiatement. Assise au bureau dans l'atelier, Juliette interrogea à tour de rôle les trois autres. Elle s'était enveloppée d'un grand tablier blanc qui emprisonnait ses formes, elle avait tiré ses cheveux dans un strict chignon serré et avait figé son visage dans une mine sévère. Elle ne souhaitait pas que quelque indice de féminité puisse déstabiliser son futur ouvrier, qu'elle espérait trouver parmi les trois hommes qui patientaient : un homme plutôt âgé, un gamin largement plus jeune qu'elle et un jeune homme plutôt coquet, si l'on en jugeait au petit foulard rouge qu'il avait noué au cou.

Le vieux l'étonna quand il lui révéla avoir travaillé précédemment pour son oncle.

— C'est sa maladie qui a mis fin à mon contrat. Je suis allé m'embaucher ailleurs, mais quand j'ai vu qu'on allait faire revivre la confiserie Acrayrias, j'ai eu envie de revenir. Je connais bien le matériel.

— Je vais le changer, rétorqua sèchement Juliette. Je vais mettre des bassines basculantes à agitateur mécanique. Saurez-vous vous en servir ? ajouta-t-elle brusquement tandis que l'homme paraissait hésitant.

Le gamin était d'une timidité maladive mais répondit correctement à ses questions sur la cuisson des fruits. Il était apprenti chez Léon Marial.

— Pourquoi souhaites-tu le quitter ? dit-elle en fronçant les sourcils.

— Il est trop sévère. J'ai pensé que vous seriez plus gentille, bégaya le jeune.

— Ne crois pas ça, gronda Juliette, qui s'étonna elle-même de se piquer de rudesse.

À vrai dire, la tentation de voler un ouvrier de l'insupportable confiseur aurait fait plutôt sourire la jeune fille. Elle garda un visage de marbre pour recevoir le dernier candidat. Quand il lui révéla qu'il maîtrisait tout, depuis la confiture jusqu'au fruit confit, et que, de surcroît, il était un spécialiste de la dragée, elle se contint pour ne pas montrer son enthousiasme.

— Le problème, c'est que j'ai été habitué à utiliser du matériel plus moderne. Ça..., dit-il en désignant des chaudrons d'un doigt hésitant.

— Ça, ce n'est pas un problème, coupa-t-elle sèchement. D'où viens-tu et comment t'appelles-tu ?

— Je m'appelle Pierre Joulet. Je viens d'Apt. Avant, j'étais à Carcassonne, et encore avant, à Paris. Je suis né à Montrouge, à côté de Paris.

— Tu fais un tour de France ?

— C'est comme ça qu'on apprend le métier, confirma le jeune homme.

— Et tu arrives d'Apt, alors ? Tu dois tout savoir du fruit confit, mais...

— Mme de Sévigné nommait Apt le « chaudron à confiture », l'interrompit-il. La célèbre dame écrivain connaissait bien la ville, elle y venait depuis Grignan, lorsqu'elle séjournait chez sa fille.

— J'étais en train de dire, reprit avec agacement Juliette, qui ignorait qui étaient cette Mme de Sévigné et sa fille habitant Grignan, que tu dois tout savoir du fruit confit, mais pas forcément de celui qu'on fait en Auvergne. Alors, si je t'embauche, il n'est pas question que tu fasses le fruit confit d'Apt, mais le fruit confit que je te dirai de faire, le fruit confit de Clermont.

— Oui, mademoiselle.

— Si tu travailles pour moi, tu m'appelleras patronne. Et tu me vouvoieras. Moi, je t'appellerai Pierre, et je te tutoierai. On est d'accord ? débita-t-elle d'un trait.

Elle avait fait son choix. Ce Pierre Joulet semblait être l'ouvrier idéal. Le seul inconvénient était ses beaux yeux bleus qui se fixaient parfois sur elle avec un éclat désarmant. Après avoir évincé Jocelyn, elle gardait en tête le conseil de Gustave Marquand de se méfier des coureurs de dot. Mais il y avait un autre risque à embaucher un jeune ouvrier à la jolie tournure. Si elle se sentait de taille à résister à toute aventure avec un employé – et elle fut persuadée que la réussite de son commerce serait uniquement à ce prix –, elle craignait les commérages que ne pourrait manquer de susciter la cohabitation avec le jeune homme. Un réduit avait été aménagé par l'oncle dans un coin de la cour, destiné à loger un ouvrier. Lorsqu'elle l'amena voir la pièce garnie d'un lit et d'une commode, munie d'un poêle et percée d'une petite fenêtre qui donnait sur la fontaine de la cour, il s'exclama en cachant sous ses longs cils l'excitation qui faisait briller ses yeux :

— C'est parfait, patronne.

*

Parti d'Apt au début de l'année, Pierre était arrivé en Auvergne il y avait près de deux mois. Comme si ses pas avaient du mal à le mener dans cette région d'exil forcé, il avait remonté la vallée du Rhône en faisant deux étapes. Il s'était d'abord arrêté à Montélimar, chez un nougatier, pensant que la vindicte du confiseur provençal ne le poursuivrait pas jusque sur les terres drômoises. Mais la blancheur du ruban qu'il pétrissait de miel et d'amandes l'avait vite lassé ; il s'ennuyait des couleurs des fruits à confire. Il avait continué sa route vers le nord, vers Lyon, où un pâtissier recherchait un ouvrier dragiste. Il avait proposé son savoir-faire en matière de colorants : le parme, le vert pâle, le jaune clair qu'il suggérait avaient ravi patron et clients, amateurs de dragées nouvelles. Mais il eut très vite conscience de ne rien apprendre de plus que lors de ses emplois précédents. Il avait entendu parler plutôt en bien des confiseries d'Auvergne et s'était résigné : à lui de transformer la punition en une nouvelle corde à son arc. Il pourrait alors revenir à Paris, se persuadait-il, enrichi de ses multiples connaissances en confiserie. Les cahots du tortillard le conduisant jusqu'à la capitale auvergnate l'avaient fait somnoler la plus grande partie du trajet et il ne s'était réveillé qu'à l'approche de sa destination. Il avait ouvert un œil hagard sur la ligne bombée des volcans, de laquelle émergeait une montagne un peu plus volumineuse que les autres. Il savait seulement qu'elle avait donné son nom au département : le Puy-de-Dôme… On était fin février, des nuages de mauvais temps s'accrochaient aux montagnes et privaient Clermont-Ferrand de luminosité. La pierre du pays, dans laquelle on avait taillé la plupart des édifices, était assortie au ciel, jusque dans les flèches de la cathédrale qui contrastaient à peine avec les pentes des collines ceignant la ville. Deux ans à passer là, dans cette ville sombre, trois au plus, se promettait Pierre.

Les giboulées de mars avaient fait entrevoir des pans de ciel pur, un soleil à la lumière d'or dans laquelle la pierre de lave étincelait comme un diamant noir. Surpris, Pierre s'était promené dans les ruelles où, de-ci de-là, des fontaines accrochaient dans leurs gerbes d'eau des perles irisées d'arc-en-ciel. Entre deux immeubles, à un détour de rue, s'ouvrait une trouée vers les collines environnantes. Il avait été intrigué par les carrés qui en rapiéçaient les flancs puis avait reconnu des vignes, plus pentues que celles qu'il avait longées dans la basse vallée du Rhône, moins abruptes que celles de la Côte-Rôtie septentrionale. Les vignobles s'étaient alors tapissés d'un doux velours aux tendres couleurs. S'en approchant, il avait découvert les vignes, elles-mêmes foisonnant d'arbres fruitiers plantés entre les rangées de ceps, entrecoupées de petits vergers dont certains blanchissaient des premières fleurs. Il avait assisté à la floraison des abricotiers, puis des cerisiers, des pommiers et prunelliers. La palette mate ou nacrée des pétales blancs et roses, en laissant augurer les couleurs chaudes des fruits à venir, lui avait mis du baume au cœur. Ainsi, l'Auvergne lui parut receler, dans sa gangue charbonneuse, des cristaux à l'éclat pur.

Depuis les pentes des coteaux où il avait grimpé, la vue magnifique qu'il avait sur la ville lui donnait à admirer, au sud et à l'ouest, d'immenses champs qu'il devina dédiés à une culture maraîchère bien particulière. Il apprit quelque temps après qu'il s'agissait de plantations d'angélique, dont les tiges confites étaient une spécialité notable de la ville. Si Apt revendiquait l'appellation de « capitale du fruit confit », il fut alors persuadé qu'il était arrivé dans une cité qui devait lui faire une sérieuse concurrence, à moins que ces Provençaux dont il avait su apprécier la légendaire faconde n'aient usurpé un titre qui revenait de droit à la capitale auvergnate.

Il avait trouvé rapidement à se faire embaucher comme ouvrier confiturier dans une grande entreprise de confiserie. Il n'était employé ni à la hauteur de ses espérances ni à celle de ses talents. Faisant contre mauvaise fortune bon cœur, il attendait patiemment qu'une opportunité se présentât à lui. Elle lui était apparue alors qu'il feuilletait régulièrement les propositions d'embauche ; une offre lui avait sauté aux yeux dans le quotidien local :

On demande pour une confiserie artisanale un bon ouvrier, connaissant la fabrication des fruits confits, confitures et dragées, et muni de sérieuses références. S'adresser au bureau du journal.

Le soir même, renseigné sur l'adresse, il faisait un tour du côté de la place Delille. Il avait deviné que la taille du magasin était de nature à abriter un atelier où il pourrait avoir un rôle intéressant à jouer. La jeune fille qui était sortie devant le pas-de-porte, pour fermer les vantaux de bois, était plutôt avenante. Si c'était une employée, il n'en ferait qu'une bouchée ; si c'était la fille du patron, la séduire serait une tâche bien plus agréable que ce qu'il avait connu à Apt.

Quand il réalisa qu'elle était la propriétaire des *Douceurs du temps*, il trouva l'appellation de la confiserie parfaitement en adéquation avec son propre avenir. Il avait traversé des temps difficiles, ceux-ci lui apparaissaient dorénavant plutôt favorables.

VIII

Août 1892

Juliette avait rarement pris le train ; elle n'était en tout cas pas allée au-delà de Riom, situé à une quinzaine de kilomètres au nord de Clermont-Ferrand. C'était peu, mais suffisant pour avoir éprouvé les soubresauts désagréables de la troisième classe. Au petit matin de ce vendredi de la fin août, elle rêvait qu'elle subissait le roulis régulier du chemin de fer. Elle ouvrit les yeux : elle était dans son lit, mais le tangage du train était, lui, bien réel. Au moment où il s'arrêta brusquement, elle entendit des volets voisins se rabattre brusquement, des gens crier sur la place. Elle se leva, déplia ses persiennes et, dans les ombres de la nuit, elle distingua des silhouettes sur le trottoir.

— Que s'est-il passé ? cria-t-elle.

— Un tremblement de terre, parbleu ! Mais on dirait que c'est terminé. Pas de mal chez vous ? Dehors, on ne voit pas de dégâts.

Elle revêtit un peignoir et descendit au magasin, munie d'une veilleuse. Pierre, qui était entré par l'atelier, arrivait à l'instant, tenant lui aussi une lampe à pétrole. Levé à la hâte, il avait juste enfilé un pantalon. Le halo de lumière sculptait son torse imberbe où brillait la découpe de ses muscles bien dessinés. Ses cheveux blonds, décoiffés par le sommeil, s'ébouriffaient en épis autour de son visage, où des ombres jouaient sous les sourcils, le long de l'arête du nez, qu'il avait droite et fine, et dans le creux des joues. Juliette lui trouva une ressemblance avec l'Apollon qui ornait le volume de légendes mythologiques que lui avait prêté son voisin le libraire. Réalisant qu'il détaillait, l'air de rien, l'échancrure de son déshabillé, elle en resserra les pans d'un geste gêné. La patronne se présentait à l'ouvrier vêtue à la hâte, sans l'apprêt de la tenue stricte qu'elle portait pour travailler à l'atelier, ou celle, plus soignée, pour servir au magasin. Elle se racla la gorge.

— Il paraît qu'il y a eu un tremblement de terre... Ça fait peur...

Il hocha la tête gravement, demeurant muet, la dévisageant toujours de ses grands yeux assombris par l'ombre de la lumière. Elle était troublée de ne pouvoir décrypter ce qu'il ressentait. Une idée folle lui traversa l'esprit, c'est qu'il n'attendait qu'une chose : qu'elle se jetât dans ses bras afin d'y être rassurée.

— Eh bien ! lança-t-elle sur le ton sec qu'elle employait souvent avec lui, puisque nous sommes réveillés, autant nous mettre à l'ouvrage. De toute façon, il va être bientôt 5 heures, ajouta-t-elle en regardant le caisson de la pendule.

Lorsqu'elle revint au magasin, dix minutes plus tard, ceinte de son tablier blanc et les cheveux noués, Pierre était déjà au fourneau en train de cuire le bain de sucre dont il imbiberait une nouvelle fois les fruits à confire. En silence, elle alla chercher des cerises qu'elle égoutta soigneusement de l'eau soufrée dans laquelle les fruits étaient conservés, avant de les préparer.

Chaque matin, elle consacrait trois heures à élaborer ses spécialités de cerises avant d'ouvrir le magasin. Une clientèle curieuse de découvrir cette nouvelle boutique avait inauguré *Aux douceurs du temps* en juin. En un peu plus d'un mois et demi, Juliette avait tenu son pari de faire rénover l'intérieur du magasin ; un menuisier et un peintre s'étaient activés, rafraîchissant les murs et les boiseries. Des bassines et des chaudrons flambant neuf avaient été installés, signés d'un grand nom parisien de l'équipement des confiseurs, des boîtes et des bocaux avaient été livrés, qu'elle avait ornés d'étiquettes que Rodolphe lui avait imprimées. Elle avait découvert que le libraire avait un joli coup de crayon, alors qu'il avait repris, en le modernisant, le modèle de la petite fille blonde aux cerises accrochées aux oreilles. Tout en rendant hommage à Louis Acrayrias, elle y voyait un clin d'œil à sa propre enfance. Un ornemaniste recommandé par Rodolphe avait ravivé le nom du magasin sur la corniche et décoré la vitrine selon les consignes de la jeune fille. En lettres dorées s'étalait un bandeau « Confiserie Juliette Montel » et, en plus petit, elle avait fait inscrire, pour attirer les clients à cette époque de l'année : « Le temps des cerises ».

— C'est pas mal trouvé, l'avait encouragée Rodolphe, qui la rejoignait sur le pavé lorsqu'elle fermait les vantaux le soir.

— C'est provisoire, avait-elle nuancé. Je pense que je pourrai attirer le client si je change régulièrement d'intitulé. Il faudrait que je songe à une idée nouvelle pour les confiseries de Noël, celles de Pâques, ou bien pour l'époque des baptêmes et des dragées...

— À moins que « Le temps des cerises » ne devienne votre marque de fabrique.

Comme elle l'avait regardée, interrogative, il avait complété sa remarque :

— On pense forcément à la chanson. Cette chanson, n'est-ce pas, est associée à la Commune et à la révolution qui en a découlé. Si l'on y ajoute que Jean-Baptiste Clément l'a dédicacée à une fille vaillante...

— Une fille vaillante qui révolutionne le monde bien masculin de la confiserie... serait-ce moi ? avait-elle relevé, un petit sourire au coin des lèvres.

Il s'était contenté de l'encourager d'un battement des paupières puis avait fini par compléter :

— En fait, c'est une chanson d'amour. Et même si elle en parle avec nostalgie, elle le rend éternel...

C'était bien là tout Rodolphe, s'était-elle dit. Insaisissable. Passant d'un sujet à l'autre sans que l'on sache si l'apostrophe vous était particulièrement destinée ou si elle était lancée à un cercle invisible d'auditeurs. Il lui apparaissait auréolé d'un charme suranné, cet homme au regard tendre, au front rêveur, qui n'était jamais loin, dans la conversation la plus banale, de faire référence à un texte ou un auteur aimé. À chaque fois qu'ils bavardaient, le soir en fermant leur boutique, il finissait toujours par dire avec une pointe de mélancolie :

— Il se fait tard, il vous faut prendre du repos.

Était-ce juste une formule de politesse pour lui souhaiter une bonne nuit ou le regret de devoir interrompre ce moment d'intimité au déclin du jour ?

Il avait été son premier client. Sous prétexte de venir lui prêter un livre dont elle lisait le soir les premières pages – recrue de fatigue, elle s'endormait sur les suivantes –, il lui achetait des pâtes de fruits qu'il disposait dans des coupelles sur le comptoir de la librairie, à destination de ses propres clients. Tout en lui en étant reconnaissante, elle ressentait une certaine frustration de se limiter, du moins dans les débuts, à la bienveillance du commerçant voisin. Puis, sur les présentoirs de sa confiserie, les premiers coffrets de pâtes de fruits, les premiers bocaux de dragées avaient fini par attirer quelques clients. Elle pressentait qu'après le premier mouvement de curiosité il fallait laisser du temps à la clientèle pour apprécier ses spécialités au point de changer leur fournisseur habituel. Ce n'était pas dans sa nature de se décourager en quelques semaines.

Ce vendredi, au milieu de la matinée, elle rangeait des confitures sur une étagère quand celle-ci se mit à trembler, et les pots de verre s'entrechoquèrent légèrement.

— Ça recommence ! cria-t-elle.

Elle se précipita dans l'atelier.

— Pierre ! Éteins la chaudière et sors vite !

Elle rejoignit des passants sur le trottoir et s'accrocha à un réverbère. La secousse était plus forte que celle de l'aube. De l'autre côté de la place, des habitants se penchaient aux fenêtres en hurlant de peur, trop effrayés pour emprunter l'escalier de leur immeuble, craignant que celui s'effondre sous eux.

— Regardez la fontaine ! cria-t-on à côté de Juliette.

Dans l'imposante vasque circulaire, l'eau se mit à bouillonner. Stupéfaits, les passants voyaient de grosses bulles frémir à la surface tandis que le sol continuait de vaciller sous leurs pieds. Le bruit de tuiles qui se brisaient à terre se mêlait aux hennissements des chevaux apeurés que les cochers des fiacres maîtrisaient avec peine. Puis le tremblement de terre faiblit avant de cesser définitivement. Les chevaux furent ramenés au calme, la surface de l'eau de la fontaine s'unifia peu à peu, un brouhaha exubérant remplaça les cris. Les piétons reprirent leur course, les commerçants réintégrèrent leur boutique pour évaluer les dégâts. On sut par la suite qu'il y en avait eu peu : quelques tuiles tombées, quelques cheminées arrachées, des murs lézardés, un bilan somme toute peu important au regard de la peur engendrée. Le tremblement de terre du vendredi 26 août 1892, ressenti un peu partout dans le Puy-de-Dôme, rayonnant dans les départements voisins dans une moindre intensité, aurait cependant l'honneur des colonnes des journaux et alimenterait des commentaires passionnés.

Pierre sur les talons, Juliette inspecta la boutique. L'ordonnancement de quelques boîtes de confiserie était dérangé, mais sans grand dommage. L'inclinaison des présentoirs avait empêché toute chute désastreuse. Dans l'atelier, Pierre avait pris soin d'enlever du fourneau des bassines qui seraient certainement tombées, car le gros appareil de fonte s'était légèrement déplacé. Juliette remercia le jeune homme en louant sa présence d'esprit.

— Mais je t'avais dit de sortir, ne put-elle s'empêcher de lui reprocher. Il y avait du danger à rester ici !

Quelques fruits confits s'étaient échappés de la grille où ils s'imprégnaient de sucre pour tomber à terre. C'était bien là le seul dégât que Juliette constata, à son grand soulagement.

— L'un d'eux a roulé sous le fourneau, s'aperçut Pierre en se baissant pour aller le récupérer. Mais il n'est pas loin. Je l'ai !

Il le débarrassa d'un peu de poussière et l'engloutit alors que Juliette poussait une exclamation qu'il prit pour une interjection de réprobation.

— On ne pouvait le mettre à la vente, s'excusa-t-il. Et je vérifie ainsi qu'ils sont succulents.

— Tu fais bien, approuva Juliette. En fait, je viens de me rappeler quelque chose à propos de ce fourneau. Je peux te demander un service ? Tu pourrais m'aider à le pousser ? Des papiers ont glissé dessous, c'était à l'époque où je rangeais l'atelier, et je n'y repense que maintenant…

Sous sa charpente fine, Pierre cachait une musculature efficace. Il parvint à tirer le lourd appareil en refusant l'aide de sa patronne et à glisser un bras pour saisir le petit paquet ficelé qu'il avait repéré.

— Ce n'est peut-être pas grand-chose, commenta Juliette, mais je te remercie bien.

Laissant Pierre remettre le feu sous les chaudrons, elle retourna dans la boutique et rangea dans un tiroir du comptoir ce qui ne semblait être qu'une liasse d'enveloppes. Elle se promit de les dépouiller le soir venu. La sonnette du magasin tinta : c'était Rodolphe.

— Alors ? Pas de dégâts ? s'enquit-il d'une voix amicale.

— Grâce à Dieu, non !

— Ma chère voisine, Dieu n'a pas grand-chose à faire là-dedans. Ce sont plutôt les vapeurs et les gaz générés par la masse en fusion qui bouillonne sous l'écorce terrestre…

Il s'interrompit, éclatant de rire, à voir la mine plissée de désapprobation de Juliette. Ils avaient déjà eu des discussions où ils avaient compris qu'ils ne partageaient aucune conviction, ni spirituelle ni politique. Il avait décelé en elle un attachement à la religion catholique bien qu'elle ne pratiquât pas régulièrement – sans doute par manque de temps en raison de son activité prenante –, et Juliette, de son côté, soupçonnait chez le libraire un athéisme qui la rebutait. Un jour qu'elle lui rendait visite, elle avait froncé les sourcils, par ignorance plus que par désapprobation, à la vue d'un bulletin de la Libre-Pensée. Il avait tenté de lui expliquer en quelques mots le mouvement dont il était l'un des chefs de file pour le département.

— Je suis un rationaliste et un humaniste, avait-il avancé, j'ai en horreur les dogmes et tous ces présupposés que véhiculent les idéologies, notamment religieuses.

Le terme même de Libre-Pensée effrayait Juliette, elle y associait une permissivité de mœurs qui l'effarouchait quelque peu mais, heureusement, la civilité du libraire envers elle, sa galanterie tout en prévenance l'avaient rassurée. Ils avaient parfois des discussions où la religion ne tardait pas à s'inviter, mais que le ferment d'une estime réciproque empêchait de tourner à l'affrontement. Elle avait trop de respect pour l'érudit qu'il était, et lui trop de considération pour cette jeune fille énergique, pour laisser leurs échanges s'envenimer.

L'épouse du cordonnier entra à ce moment dans le magasin.

— C'est le tremblement de terre qui vous fait rire, monsieur Rodolphe ? Il n'y a vraiment pas de quoi ! Quelle frayeur, Seigneur !

— De quoi vous plaignez-vous ? fit Rodolphe qui avait haussé un sourcil au dernier mot. Le ciel et son Seigneur ne vous sont pas tombés sur la tête ! Chez moi, ce sont quelques livres tout au plus…

— Pour nous remettre de ces émotions, coupa Juliette, nous allons goûter les cerises à l'eau-de-vie.

Elle alla chercher un petit bocal sur une étagère.

— Cela leur fait deux mois de macération, on peut les entamer. Vous me direz ce que vous en pensez. Pierre, cria-t-elle en direction de l'atelier, si tu peux t'arrêter, viens nous rejoindre !

Chacun saisit délicatement une cerise, par la tige soigneusement raccourcie que Juliette avait laissée, et l'égoutta dans la paume de la main. Juliette ferma les yeux, cherchant dans sa mémoire le souvenir des cerises de sa mère. Elle s'efforça de ne pas s'attacher aux murmures de plaisir que la dégustation engendrait chez ses compagnons, voulant affiner sa propre opinion. Elle ouvrit les yeux, convaincue que ses cerises étaient réussies.

— Dieu que c'est bon…, mâchonnait la femme du cordonnier.

— Si le divin existe, susurra Rodolphe, il est dans ce fruit exquisément préparé…

— Elles sont parfaites, patronne, assura Pierre en recrachant le noyau.

À ce moment-là, Juliette poussa une exclamation. Au-dessus d'une desserte où s'alignaient ses produits, elle venait de remarquer des fissures dans le mur mitoyen à la librairie.

— Le tremblement de terre a ébranlé mon mur retapissé de neuf ! se plaignit-elle.

— C'est bizarre, s'étonna Rodolphe. Les lézardes dessinent comme le contour d'une porte !

Il se précipita dans son magasin et, au bout d'un moment, revint, rouge d'excitation.

— Cela correspond à la paroi d'un cagibi que j'ai dans la librairie. Je m'en sers de réserve pour le matériel d'imprimerie.

— C'est fissuré de votre côté aussi ? s'inquiéta Juliette.

— Oui ! s'exclama-t-il comme si la constatation du dommage le réjouissait. Je suppose qu'à une époque les magasins communiquaient par une porte que l'on a obstruée par la suite. Cela me donne une idée : on pourrait casser le mur, pratiquer de nouveau l'ouverture et nos clients mutuels pourraient aller d'une boutique à l'autre…

Devant l'air circonspect de Juliette, il ajouta :

— Dans ma librairie, les clients aiment bien discuter entre eux. Ils pourraient venir chez vous, vous installez deux ou trois tables dans un coin du magasin, et vous leur servez vos délicieuses cerises à l'eau-de-vie ! On irait à la confiserie

Montel pour un *five o'clock*, ce serait du plus grand chic !

— Ça, c'est pas banal ! s'exclama la femme du cordonnier. Vous êtes un malin, monsieur Rodolphe ! Surtout que, chez Mlle Juliette, il y a justement de la place, là, dans ce coin. Il suffit de pousser un peu les présentoirs et hop, quelques petites tables et des chaises…

— Vous voulez que je refasse des travaux ? gémit Juliette.

Elle jeta un œil vers Pierre pour le prendre à témoin. Le jeune ouvrier gardait le visage fermé, comme s'il trouvait les propos insensés. Au fond d'elle-même, elle jugea la suggestion originale et surtout propice à lui amener des clients. Une fois qu'ils auraient goûté à ses cerises, ils pourraient bien lui acheter quelques friandises. Mais l'idée d'envisager des travaux, avec les frais que cela lui occasionnerait, la découragea aussitôt.

— Je prends tout à ma charge, annonça Rodolphe qui se doutait des hésitations de la jeune fille. J'y ai tout intérêt, je bénéficierai aussi de votre clientèle. Ceux qui entreront chez vous passeront bien la tête chez moi pour acheter un livre !

Juliette, un peu déroutée par la découverte de son mur abîmé autant que par la proposition du libraire qui semblait enthousiasmé par le projet, déclara qu'elle avait besoin de réfléchir à la question.

— Allez, il faut retourner au labeur, conclut Rodolphe. Lorsqu'on déguste vos spécialités, Juliette, le temps paraît s'arrêter. *Ô temps, suspends ton vol*… Tiens donc, fit-il comme s'il émergeait d'un rêve, on ne croit pas si bien dire.

Du pouce, il désigna l'horloge murale qui ornait un coin de la confiserie : les aiguilles s'étaient immobilisées.

— C'est le tremblement de terre qui en est la cause. 10 h 07, ainsi est signée l'heure du crime, déclara-t-il théâtralement.

Il ouvrit la porte du caisson de l'horloge, jeta un œil sur sa montre avant de réajuster les aiguilles et de réenclencher le mouvement. Pierre le dévisageait d'un œil noir, jugeant sans doute que le libraire en faisait un peu trop.

— Plus simple à faire que de remettre en place un fourneau ! lâcha-t-il entre ses dents.

Juliette le fusilla du regard.

— Il est l'heure de retourner à tes occupations, lui ordonna-t-elle en refermant le pot de cerises et en le rangeant sous le comptoir.

Elle attendit que Rodolphe et l'épouse du cordonnier aient quitté le magasin pour descendre à l'atelier, où elle apostropha Pierre. Une mise au point s'imposait.

— M. Pradier n'est pas seulement un voisin, c'est un client. Tu n'as pas à faire de remarques imbéciles en présence des clients. Je ne veux pas que cela se reproduise.

Pierre baissa le feu sous le poêlon dans lequel il allait glacer des abricots. Il s'essuya lentement les mains dans son tablier et regarda Juliette d'un air faussement soumis.

— M. Pradier ? Celui que vous appelez Rodolphe ? Je n'ai pas voulu être désagréable, seulement être un peu plaisantin. Si cela vous a fâché, patronne, je m'excuse.

Ils se toisèrent un moment. Juliette cherchait dans la mâchoire serrée, dans la petite veine qui palpitait sur la tempe, un signe de regret ou de confusion. Elle n'en vit aucun. Elle se surprit à admirer malgré elle le sang-froid de son ouvrier, comme si elle-même, experte à relever les défis, approuvait ceux qu'on lui lançait. Elle appréciait le savoir-faire de Pierre, l'art qu'il avait appris dans ses précédents emplois et qu'il mettait à sa disposition avec l'unique objectif d'exécuter ses ordres. Il ne cherchait pas à s'imposer, seulement à la servir. Cela valait bien un caractère affirmé, ce n'est pas elle qui pourrait lui en faire le reproche. Elle hocha la tête.

— Si tu t'excuses, c'est bien. Je suis sûre que tu t'en souviendras à l'avenir.

Elle esquissa un sourire ironique :

— Et encore merci pour le fourneau. C'était presque aussi utile que de remettre l'heure.

Lorsqu'elle tourna le dos, Pierre la suivit du regard avant qu'elle ne disparaisse dans la boutique. Ses yeux lançaient des éclairs. Se faire ainsi rudoyer par une femme ne lui était jamais arrivé. La brusquerie qu'elle lui manifestait était pire que toutes les remontrances qu'il avait endurées de la part de ses précédents patrons. Oh, ce n'était pas qu'elle était indifférente. Elle savait reconnaître à sa juste valeur le labeur qu'il fournissait et elle paraissait plutôt contente de son travail. Mais cette façon qu'elle avait de lui parler avec dureté, de lui donner les consignes froidement lui apparaissait comme un combat perpétuel entre eux deux. Il n'était pas fait pour être dirigé par une femme…

Il augmenta le feu du fourneau, fit prendre un bouillon aux fruits et écuma. D'une main sûre, il frotta un peu de sucre le long de la paroi du poêlon pour le faire blanchir et y tourna les abricots l'un après l'autre, qui prirent une jolie teinte translucide. Du bout de sa fourchette à glacer, il déposa les abricots, avec des gestes doux d'amoureux, sur une grille.

Il songeait à Juliette, telle qu'il l'avait vue dans son déshabillé, à l'aube. Il imagina les formes affriolantes que le vêtement pouvait bien recouvrir. Un jour, se promit-il, c'est de baisers qu'il enduirait les cuisses, les hanches, les seins de sa patronne.

IX

Juliette avait dit à Rodolphe, lorsqu'ils s'étaient retrouvés le soir même à fermer les vantaux de leurs boutiques respectives, qu'elle avait besoin d'une bonne nuit réparatrice après l'émotion causée par le tremblement de terre du matin.

— Toute la journée, j'ai craint que cela ne se reproduise, avait-elle soupiré.

— Nous n'avons subi qu'un petit séisme sans conséquences, tenta-t-il de relativiser. Il y a eu bien pire par le passé. La plus grande catastrophe à ce jour reste le tremblement de terre de Lisbonne en 1755 : soixante mille victimes, la capitale quasiment détruite, un incendie, un raz-de-marée… Il a inspiré Voltaire pour son conte *Candide*. Je vous prêterai le livre.

— Vous croyez me rassurer ? s'indigna-t-elle.

— C'est pour vous dire qu'il n'y a pas eu de dégâts majeurs ici. La petite lézarde dans votre mur, ce n'est rien du tout ! Voulez-vous savoir où le pire a été ressenti ? À la préfecture ! Mon ami Théophraste y était pour assister à une réunion. Les murs ont tremblé à tel point que tous les employés ont cru que le bâtiment allait s'effondrer. C'étaient seulement les archives, au dernier étage, qui ont fait la sarabande !

L'effroi qu'il lisait dans les yeux de Juliette semblait l'amuser. Il ajouta qu'il viendrait lui acheter des bocaux de cerises pour les faire goûter à Théophraste. Elle n'avait pas oublié l'austère barbu rencontré lors de sa première visite à la librairie, qu'elle n'avait jamais eu l'occasion de revoir, mais que Rodolphe évoquait régulièrement. Il envisageait de se présenter l'année prochaine à la députation.

— Ce sera tellement délicieux de grignoter vos petits fruits à l'eau-de-vie pendant que nous refaisons le monde ! s'exclama-t-il avec un sourire malicieux.

— Le refaire ou… le défaire ? rétorqua-t-elle sur le même mode. Vous n'avez qu'à la bouche le souci de rompre le lien étroit que le pays a toujours entretenu avec l'Église. Et mes cerises vous accompagneraient dans vos projets d'empêcher les bons chrétiens d'aller à la messe… quel gâchis !

— Mais pas du tout ! Il n'est pas question de vous interdire de célébrer votre culte, que vous soyez catholique ou protestante ou juive ! Mais il s'agit que l'État n'ait plus à supporter ni leur rémunération ni leurs propos en chaire antirépublicains !

— Rodolphe, par pitié, pas de débat politique ce soir !

— Je vous souhaite une bonne nuit, alors. Et comme la nuit porte conseil, confiez-lui ma suggestion de casser le mur entre nos magasins. Vous verrez que vous vous réveillerez en trouvant l'idée excellente !

Ils se quittèrent sur un sourire et Juliette éteignit la lumière de la boutique avant de monter à l'étage, dans l'appartement dans lequel elle s'était installée. Comme cela avait dû être le cas pour son oncle, il était bien suffisant pour elle malgré l'étroitesse des pièces : un salon, un réduit servant de cuisine et une chambre. Elle avait pris soin de prendre avec elle le paquet de lettres retrouvé sous le fourneau. C'était bien le seul avantage du tremblement de terre que d'avoir déplacé l'appareil de fonte et permis de le récupérer ! Alors qu'elle défaisait la ficelle qui retenait les enveloppes, elle songeait, amusée, à Pierre, à l'effronterie qu'il avait manifestée en présence de Rodolphe. Mais son sourire s'évanouit brusquement. Sur l'adresse manuscrite, il lui sembla reconnaître le tracé de l'écriture. Les sourcils froncés, elle ouvrit fébrilement une première enveloppe, chercha la signature sur le courrier. Une deuxième lettre, puis une troisième, enfin toutes lui confirmèrent que l'expéditeur était toujours la même personne : *Madeleine*. Pourquoi sa mère avait-elle écrit à son beau-frère alors qu'elle avait évoqué l'avoir si peu connu ? Il y avait dix-sept lettres, une par année à partir de la date de sa propre naissance. Un affreux pressentiment l'étreignit. Les doigts tremblants, elle se décida à parcourir les courriers qui commençaient tous par « Mon cher Louis ». Ils ne mentionnaient que Juliette : Juliette bébé qui avait fait ses premiers pas dans le jardin, Juliette enfant qui apprenait à parler, puis à lire et écrire, qui comptait sur un boulier, Juliette adolescente qui cueillait les abricots, qui se faisait embaucher chez Gustave Marquand… L'avant-dernière lettre, postée l'année de ses seize ans, la troubla particulièrement, car elle évoquait ce lien, qu'elle refusait d'admettre, mais qui lui apparaissait peu à peu en filigrane :

La petite est douée pour travailler les fruits ; elle sait les détacher de l'arbre avec précaution, en les tournant légèrement, elle les dénoyaute avec précision, de la pointe du couteau, sans les abîmer. Elle découvre maintenant avec moi comment les cuire en marmelade et confire les plus beaux. Si elle avait grandi auprès de toi, Dieu seul sait ce qu'elle aurait appris...

Ayant du mal à respirer, comme privée d'air, Juliette rejeta les lettres sur la table. Elle se sentait au bord du malaise. Elle refusait de croire ce que les lignes manuscrites semblaient révéler, un compte rendu annuel que ferait une mère à un père à propos d'un enfant qu'il ne verrait pas grandir... *Son* enfant... Était-il possible qu'elle soit la fille de Louis Acrayrias ?

En transe, elle alla se coucher. Elle remit en place, au-dessus de son lit, le crucifix et son rameau de buis bénit que le tremblement de terre du matin avait légèrement dérangés. Elle ne put fermer l'œil de la nuit. Le vrai séisme de la journée, c'était la découverte de ces lettres et leur terrible allusion, songeait-elle, les yeux grands ouverts, fixant le plafond noir de sa chambre.

*

Elle guetta l'heure sur l'aiguille phosphorescente de la pendulette. Quand il fut 5 heures, elle se rendit à l'atelier et, en silence, tandis que Pierre descendait à la fruiterie située au sous-sol, elle prépara des cerises en chemise. Au bout d'une heure, elle prévint Pierre qu'elle sortait faire une course.

— Je serai de retour pour ouvrir le magasin à 8 heures, dit-elle laconiquement.

Le regard de son ouvrier s'attarda sur son visage aux traits tirés, aux yeux étrécis de fatigue, mais il se contenta de hocher la tête.

En deux heures, elle avait largement le temps d'aller voir sa mère. Elle se doutait que son père serait déjà parti dans ses vergers et qu'elle ne risquait pas de tomber sur lui. « Mon père ? » se répéta-t-elle mentalement avec une ironie qui lui mordit le cœur.

— Juliette ! Que fais-tu là de si bon matin ? s'inquiéta Madeleine en lui ouvrant la porte.

— J'avais besoin de te parler... Papa est déjà parti ?

— Oui, ne t'en fais pas, tu ne tomberas pas sur lui. Qu'est-ce qui t'amène ? demanda-t-elle, le front plissé en voyant la mauvaise mine de sa fille. Des soucis au magasin ? Ne t'en fais pas, je te l'ai déjà dit, les ventes s'amélioreront au moment de Noël...

— Maman, coupa impatiemment Juliette, il s'agit d'autre chose.

Elle se dégagea du châle dans lequel elle s'était enveloppée et, dans un mouvement brusque, elle jeta sur la table le paquet de lettres qu'elle tenait contre elle. Les courriers s'éparpillèrent sous les yeux médusés de Madeleine.

— Tu les reconnais ? lança froidement Juliette.

Comme sa mère restait figée de stupeur, Juliette répéta :

— Tu reconnais ton écriture ? Tiens, il faut que je sorte les lettres des enveloppes, il faut que je les déplie ? ajouta-t-elle en joignant le geste à la parole.

— Juliette..., souffla faiblement Madeleine en arrêtant la main de sa fille. S'il te plaît, si ton père arrive...

— *Mon* père ? articula Juliette. De qui veux-tu parler ? Mon père n'est-il pas plutôt le destinataire de ces lettres ? Et c'est la raison pour laquelle le nom de Louis Acrayrias est honni par celui que je croyais être mon vrai père ?

— Oh, je t'en prie, pas si fort, Juliette, supplia Madeleine en scrutant autour d'elle comme si elle craignait la venue intempestive d'Alfred. Écoute, range ça, et allons dans le jardin, s'il te plaît. Je vais tout t'expliquer.

Juliette sur les talons, elle sortit à pas lents et s'assit sur un banc. Son regard s'abîma au-dessus des vignes qui s'étageaient sous leur demeure avant de repartir à l'assaut des premières maisons de la ville.

— Il les a gardées..., murmura-t-elle.

Elle fut reconnaissante à Juliette de lui laisser le temps de reprendre ses esprits puis se décida à faire resurgir une vérité enfouie au plus profond de sa mémoire depuis des années.

— Par où commencer ? C'est tellement difficile...

— J'ai besoin de savoir..., encouragea doucement Juliette. Mais il faut que je sois rentrée pour 8 heures au magasin. Alors, vas-y, maman.

Madeleine déglutit.

— J'aurais voulu que tu naisses plus tôt, ma fille. Nous étions mariés depuis cinq ans, ton père et moi... Nous nous étions fait une raison que nous ne pourrions jamais avoir d'enfants. Ton père était déçu que je ne tombe pas enceinte, il est devenu plus brusque avec moi, enfin, je ne le lui reproche pas, mais… Oh ! J'ai l'impression de ne pas savoir par où commencer, mais tant pis…

— Ce n'est pas grave, maman…

Elle soupira.

— Ton père avait une sœur, Amélie, qui était déjà mariée quand j'ai épousé Alfred. Elle était mariée avec Louis Acrayrias. Louis était confiseur dans cette boutique de la place Delille et Amélie, elle, s'occupait de la vente. L'année de notre mariage, ma belle-sœur est tombée enceinte. Hélas, ils ont eu un enfant infirme, un pauvre enfant, tout bossu, une jambe plus courte que l'autre et surtout qui n'avait pas ses esprits. Il ne parlait pas, il ne savait que geindre sans raison, c'était terrible. Ils étaient obligés de le laisser dans l'appartement, au-dessus du magasin, attaché, pour que la clientèle ne le voie pas. Ils n'osaient sortir de chez eux ; c'est plutôt nous qui allions leur rendre visite, et encore, pas très souvent. On comprenait bien que c'était une souffrance pour sa mère que de s'occuper de cet enfant. Quand il a eu cinq ans, et qu'il commençait à se faire entendre depuis la boutique, Louis a décidé de le mettre au Bois-du-Cros, tu sais…

— L'asile d'aliénés…, confirma Juliette à voix basse.

— Amélie ne l'a pas supporté ; elle est devenue folle. Elle s'est tuée un an plus tard en se jetant du pont de chemin de fer de Royat. Ton père a toujours reproché à Louis d'avoir provoqué la mort de sa femme en mettant le gosse à l'asile…

— C'est ça, la raison de la brouille entre eux ? insista Juliette comme sa mère semblait perdue dans ses souvenirs.

— Moi, j'avais bien vu, dès que je suis entrée dans la famille, qu'Amélie était bizarre. Une forte personnalité qui avait des accès de colère terribles et l'instant d'après était douce comme un agneau. Je pense qu'elle a toujours été malade, mais elle savait dissimuler son jeu quand il le fallait... Le pauvre Louis s'est fait avoir. Je l'aimais bien, mon beau-frère, je le plaignais un peu de le voir soumis aux crises de caractère de sa femme, en plus du malheur d'avoir un fils comme ça, et je l'ai approuvé secrètement quand il a mis le petit à l'asile. Il n'y avait vraiment pas d'autre solution. Il a compris que je lui manifestais un peu de compassion et, lorsqu'il est devenu veuf, il est venu chercher ici un peu de réconfort. Ce n'est pas auprès de son beau-frère qu'il l'a trouvé, mais auprès de moi. Comme il était confiseur, il m'aidait à faire mes confitures, c'est lui qui m'a appris à faire les fruits confits, à mettre des épices dans les cerises à l'eau-de-vie...

— Et vous êtes tombés amoureux...

Madeleine posa un regard douloureux sur Juliette.

— Oh, ma fille, ne me juge pas... Je t'ai dit que ton père, enfin, Alfred... n'était pas très gentil avec moi parce que je ne pouvais pas avoir d'enfant... il me rudoyait... (Elle écrasa une larme.) Tandis que Louis était si affectueux, si attentionné... Alors...

— Alors je suis sa fille...

— J'ai cru que ça ne risquait rien, puisque avec Alfred ça ne marchait pas... pauvre de moi ! Quand j'ai découvert que j'étais enceinte, j'ai paniqué. Je n'ai même pas songé à prétendre à Alfred que c'était de lui. Si j'avais été un peu plus maligne... Mais dans mon déshonneur, j'ai été honnête. Je lui ai tout avoué. Il a eu une colère terrible puis il a réfléchi : tu serais *son* enfant, *sa* fille à lui. Il m'a gardée, et toi avec, mais à la condition de bannir de notre vie Louis Acrayrias.

— Mais tu lui as écrit malgré tout ?

— Je n'ai plus jamais revu Louis. Si j'avais désobéi à Alfred, il m'aurait chassée, mais en me privant de toi. C'était le marché ; il me tenait. Seulement, chaque année, j'écrivais une lettre à Louis, à sa boutique de la place Delille, pour lui donner de tes nouvelles. Tu comprends bien pourquoi, quand tu as annoncé que tu héritais de sa confiserie, ton père a eu cette réaction. Ta naissance lui était renvoyée en pleine figure. Car sache qu'il t'a élevée comme si tu étais sa vraie fille.

Juliette eut une moue sarcastique.

— Papa n'a jamais été très tendre avec moi...

— Il ne sait pas montrer qu'il nous aime. Mais toi, il t'adore, ça, je peux te l'assurer.

— Je l'ai bien déçu, de reprendre la confiserie ?

Sa mère eut un léger haussement d'épaules pour signifier une évidence qu'elle n'osait formuler.

— Cela lui rappelle un épisode douloureux de notre vie. D'un certain côté, moi je suis heureuse pour toi, en souvenir de Louis que j'ai profondément aimé.

— Et son fils, qu'est-il devenu ?

— Il est mort quand il avait une quinzaine d'années...

— Dis-moi... La petite fille aux tresses blondes, sur les emballages des pâtes de fruits de Louis Acrayrias, c'est moi, n'est-ce pas ?

— Oui, lâcha Madeleine. C'est toi telle que je te décrivais à lui. Tu étais si blonde quand tu étais enfant... puis tes cheveux ont foncé...

— Mais pas au point d'atteindre ta belle couleur noire...

Juliette se leva.

— Il faut que j'y aille, maman.

— Juliette ! Encore une chose : ton père, c'est Alfred, ne l'oublie jamais. Si tu aimes travailler les fruits, c'est parce que c'est lui, le premier, qui t'a tout appris.

Sa fille lui envoya un regard hésitant. Elle se sentait profondément bouleversée au fond d'elle-même, comme en ruine : sa vie n'avait été bâtie que sur du mensonge. Redonner vie à la confiserie Acrayrias, rebaptisée du nom usurpé « Montel », c'était désormais, pour sa conscience, confirmer à la fois sa bâtardise et le déshonneur infligé à celui qu'elle avait toujours considéré comme son père.

X

— Vous semblez contrariée, Juliette... L'idée des travaux entre nos magasins ne vous plaît plus ? Car si c'est le cas...

Se sentant embarrassé à présent, un livre à la main, Rodolphe observait Juliette. La jeune fille l'avait à peine regardé depuis qu'il avait franchi le seuil de la boutique alors que la journée se terminait. Le front buté, elle paraissait ne pas prêter d'intérêt à ses propos.

— Mais non, Rodolphe, se força à sourire la jeune fille. J'ai mal dormi la nuit précédente, c'est tout.

Elle ne pouvait avouer son tourment au jeune homme debout devant elle, si élégant dans son gilet cintré en velours bleu marine, sur lequel ressortait avec éclat la chaîne de montre. Une bâtarde ! Le mot avait tourné dans sa tête durant la journée, la renvoyant à ces chiens qui traînaient dans les rues quand on ne les avait pas jetés au ruisseau au préalable, l'échine tombante comme s'ils se savaient marqués du sceau de leur origine. Elle avait voulu se convaincre que le déshonneur dont s'était rendue coupable sa mère était demeuré un secret bien gardé, mais elle se sentait cependant salie. Elle avait essayé de se persuader qu'elle avait vécu vingt et un ans de la sorte, dans une ignorance qui l'avait préservée, alors pourquoi sa vie devrait-elle en être brusquement changée ? Aucune réponse logique ne venait expliquer la déconsidération dont elle se frappait. Et là, à voir Rodolphe la contempler de son regard lumineusement serein, elle eut soudainement l'envie de tout lui confier, afin qu'il se penchât sur elle pour lui murmurer qu'elle demeurait la même personne et lui renouveler les compliments dont il la flattait régulièrement.

Il avait toujours un mot gentil qui l'encourageait : la jolie présentation des pâtes de fruits, l'originalité d'une confiture à laquelle elle avait ajouté une épice particulière, un clin d'œil admiratif lorsqu'il croisait une douairière sortant avec un coffret à l'effigie des *Douceurs du temps* dans les mains.

— Voilà quelqu'un qui va faire un cadeau qui plaira et qui vous amènera une autre cliente ! soulignait-il.

Il semblait lui vouer une amitié sincère et elle, en retour, se trouvait flattée des amabilités du gentil libraire. Et lorsque, pendant la journée, il n'avait pas eu le temps de venir bavarder un moment, elle se mettait à attendre le soir pour pouvoir le croiser à l'heure de fermer leurs boutiques. À la lenteur avec laquelle elle rabattait ses volets, alors qu'il se retardait encore à l'intérieur, elle se demandait si une douce inclination n'était pas en train de faire chavirer son cœur. Mais la désillusion provoquée par Jocelyn lui rappelait que l'insouciance de la jeunesse, celle-là même qui incitait à se brûler aux flammes de l'amour, était une mauvaise conseillère. Et elle demeurait vigilante dans son trouble, s'efforçant de se rendre insensible.

Pourquoi avait-il fallu que ce soit précisément au lendemain de la lecture des lettres qu'elle ait conscience de ses sentiments envers Rodolphe ? Que ce soit au moment même de la révélation de sa « bâtardise », dont le mot la hantait ? Le libraire, qui parlait littérature et politique avec aisance, lui parut inaccessible ; et elle, l'héritière qui s'était enorgueillie de succéder à son oncle, discréditée par sa naissance honteuse, se sentit indigne de sa compagnie. Elle songea à invoquer un prétexte pour renoncer à la porte communicante entre leurs magasins. Mais comme elle n'en trouvait pas, elle se contenta de laisser tomber, presque avec lâcheté :

— Si le projet vous convient toujours, je vous confie le soin de prendre les choses en main, puisque vous l'avez proposé.

Un peu perplexe, il lui tendit le volume qu'il tenait.

— Je vous ai apporté ce dont je vous ai parlé hier, le conte de Voltaire.

— Merci, fit-elle. Ah, cela me fait penser que je dois vous rendre les poèmes que vous m'avez prêtés.

Elle sortit d'un tiroir du comptoir les *Méditations* de Lamartine.

— Vous avez aimé ? s'enquit-il.

— Cela semble plus facile à lire que les *Chimères* de Gérard de Nerval, sourit-elle, mais beaucoup m'ont paru quand même complexes. Et encore, vous aviez mis des signets pour que j'en lise, je pense, les plus accessibles. Je les ai trouvés... tristes.

Elle songeait qu'elle avait parcouru certains vers en étant d'humeur placide. Qu'en serait-il maintenant ? Il écarta les bras dans un geste ample avant de poser les mains sur son cœur.

— Je dirais plutôt mélancoliques. Il y a une élévation de l'âme dans la mélancolie, une propension au rêve, tandis que, dans la tristesse, je ne vois que de l'abattement.

Comme elle le regardait, la mine pâle, il changea de registre.

— Vous avez sans doute raison, les humeurs de Lamartine peuvent paraître bien maussades à présent. Néanmoins, je voue une profonde admiration à l'homme politique qu'il était, l'un des piliers de la révolution de 1848. Ah ! Si j'avais vécu quarante ans auparavant, je me serais battu pour lui, lors des élections présidentielles, en décembre de cette année-là. Et ce n'est pas ce Badinguet, ce neveu fantoche de Bonaparte, qui l'aurait remporté ! Du moins pas à Clermont-Ferrand !

Juliette, que l'enthousiasme de son interlocuteur distrayait, esquissa un sourire.

— Je préfère vous voir comme ça, glissa-t-il.

À ce moment, Pierre passa la tête par la porte de l'atelier.

— Patronne, excusez-moi de vous déranger. J'ai mis les framboises confites à l'étuve, comme vous m'aviez dit de le faire.

Juliette jeta un œil vers la pendule.

— Merci, Pierre. Il est déjà si tard ! Va dormir. Quant à moi, je ferme la boutique.

— Il n'y a plus aucune grille de libre pour les fruits à confire demain.

— Je ferai de la place, assura Juliette. Je me mettrai à l'emballage dès le petit matin.

Elle se leva pour se diriger vers l'entrée du magasin. Dans son dos, les deux hommes eurent le temps de se toiser par un regard acéré. Il y avait autant de manque d'aménité dans les yeux de l'un que dans ceux de l'autre.

*

— Patronne, je peux vous voir ? demanda Pierre le lendemain matin.

Assise à une table dans une petite pièce située à côté de l'atelier qui faisait office de site d'emballage, Juliette avait rempli des boîtes de dragées en intercalant, entre les amandes enrobées de sucre, des minuscules boules argentées. Elle enveloppait à présent chaque boîte dans un papier blanc dont elle plissait savamment le rabat avant de l'entourer d'une fine ficelle dorée maintenue par une étiquette gommée.

— La confiture de pêche est un peu liquide, vous pouvez venir voir ? Et pourtant, elle a eu le temps de cuisson désiré.

Elle alla examiner le mélange de fruits et de sucre qui déroulait son ruban brillant sous le bras de l'agitateur mécanique.

— Il faut encore la réduire, conseilla-t-elle. Mais surveille-la, au besoin avec une spatule, car si tu sens que ça accroche arrête le feu immédiatement. Qu'est-ce qui chauffe, là ?

Elle désigna un chaudron d'où s'élevaient des volutes de vapeur d'eau.

— J'ai mis de l'eau à bouillir pour blanchir les poires. Mais je m'en occuperai après.

— Eh bien, si la température est bonne, va le faire de suite ; je surveille la confiture.

Du coin de l'œil, tout en vérifiant la confiture du bout de la spatule, elle le regarda jeter les fruits dans l'eau, puis les remonter avec l'écumoire avant de les tâter avec les doigts et, estimant que le degré de blanchiment était atteint, les transvaser dans un bac d'eau fraîche. Il terminait de changer l'eau jusqu'à un refroidissement complet des fruits quand Juliette jugea la confiture prête.

— Je te laisse la couler en pots, commenta-t-elle. Je retourne à mes pliages.

Pierre remonta une mèche de cheveux collés sur le front par la sueur et lui demanda :

— Si je peux me permettre, patronne, pourquoi n'embauchez-vous pas une ouvrière pour l'emballage ?

La jeune fille soupira d'un air fataliste.

— Je ne peux pas payer quelqu'un d'autre, tu devrais t'en douter.

— Patronne, s'exclama-t-il, c'est normal que les affaires débutent tout doucement ! Mais vous commencez à avoir des clients ! Et il va falloir en mettre un coup en prévision des fêtes de Noël. Vous auriez une employée pour l'emballage, ça vous libérerait autant de temps à l'atelier. Je n'ai pas quatre bras, moi ! Et ça me manque un peu...

— Je me lèverai plus tôt pour pouvoir t'aider après la mise en boîte, je te promets.

— Non, patronne, dit-il sur un ton grave. Vous vous fatiguez assez comme ça. J'ai une solution : je renonce à la moitié de mon salaire et vous embauchez une petite main. Je suis logé et je n'ai pas beaucoup de dépenses, compléta-t-il comme Juliette protestait. Après la Noël, on verra comment ça se passe, mais je suis sûr que vous vous y retrouverez. Et lorsque votre employée aura fini de faire les pliages, elle pourra vous aider à la vente. Vous ne seriez pas de trop à deux quand il s'agira de servir les clients qui viendront s'attabler pour consommer des cerises. C'est une bonne idée qu'il a eue là, M. Pradier. Pourquoi vous souriez, patronne ?

Juliette méditait les paroles de Pierre en le dévisageant d'un air à la fois amusé et circonspect. Une impulsion naturelle l'incitait à se méfier de ce beau garçon dont elle avait appris à comprendre que, sous le comportement servile, se cachait une forte personnalité. Elle était consciente de la lutte qu'elle poursuivait pour se faire respecter en tant que femme, sachant que, de son côté, il menait son propre combat pour se rendre indispensable à la bonne marche de l'entreprise. Qu'aurait-elle fait sans lui ? Il offrait ses bras, ses compétences et la peine qu'il donnait sans se plaindre dans le seul but de fabriquer un produit « Montel » derrière lequel il était parfaitement invisible. Que deviendrait-elle s'il prenait l'envie à Pierre de s'installer à son propre compte ? Il n'avait pas les fonds pour l'instant, mais sait-on jamais ? Il pouvait bénéficier d'un coup du destin semblable au sien… Elle ne pourrait jamais embaucher du jour au lendemain un ouvrier confiseur aussi qualifié et se retrouverait purement et simplement en état de faillite. Alors, tandis qu'elle voyait Pierre revêtir peu à peu l'étoffe d'un partenaire davantage que celle d'un employé, elle sut qu'elle ne pourrait balayer ses suggestions d'un revers de main. Il lui faudrait juste porter haut ses couleurs de « patronne ».

— Je vais y réfléchir, dit-elle en fronçant les sourcils.

Quand elle eut regagné la pièce voisine, Pierre s'approcha de la bassine basculante pour remplir les pots de la confiture ambrée à la texture parfaite. C'est lui qui souriait à son tour. Il savait qu'il tissait sa toile, patiemment, mais d'une main sûre.

XI

Décembre 1892

Les cadeaux de Noël, qui seraient suivis des étrennes du Nouvel An, se concrétisaient par des flux importants de clients chez les confiseurs, et par là concouraient au meilleur chiffre d'affaires de l'année. Les fêtes donnaient l'occasion d'offrir aux palais fins comme aux plus gourmands des pâtes de fruits qui rappelaient les parfums de l'été, ou des fruits confits au glaçage assorti au givre de l'hiver. Sans pouvoir rivaliser avec les fabriques clermontoises qui avaient pignon sur rue, *Aux douceurs du temp*s profitait néanmoins de ce climat bénéfique, à la grande joie de sa délicieuse patronne.

Madeleine, non contente de l'avoir aidée au dénoyautage des cerises puis à leur mise en bocaux – en cachette du père qui, occupé dans ses vignes et ses fruitiers, ne se doutait de rien –, avait confectionné à sa fille des tabliers fort seyants à nouer par-dessus les robes aux teintes douces – violine, vert pâle, orangé ambré – que la jeune fille portait, assorties aux couleurs de ses pâtes de fruits. Le plastron, orné de dentelle, était brodé de frises de cerises qui couraient sur les liens à nouer dans le dos. Juliette virevoltait d'un client venu acheter ses confiseries à un consommateur installé à l'une des petites tables situées près de l'ouverture pratiquée dans le mur mitoyen à celui de la librairie. On ne pouvait départager, de son sourire ou de la qualité de ses produits, lequel était son meilleur atout pour attirer la clientèle. Ils se complétaient sans doute.

En cet après-midi, elle encouragea d'un hochement de tête la jeune vendeuse qui emballait une vannerie de fruits confits tandis qu'elle-même apportait un verre de vin de cerises et quelques macarons décorés d'une cerise confite à un couple qui venait de s'attabler. Elle se félicitait de l'embauche de Valentine. La jeune fille, âgée de seize ans, avait été apprentie chez une couturière et son savoir-faire en matière de plis et de revers était habilement transposé du tissu aux papiers de soie dont on garnissait les intérieurs des boîtes.

Juliette songeait que dans une quinzaine de jours, avec le début de la nouvelle année, elle devrait rendre visite au banquier pour faire le point sur le prêt qu'il lui avait accordé. Elle aurait encore besoin de plusieurs mois – elle préférait parler en mois plutôt qu'en années –, pour rembourser intégralement M. Lenhardt. Elle faisait confiance au banquier pour tenir compte à son avantage des ventes qui s'annonçaient satisfaisantes pour la période des fêtes, mais ce qui l'inquiétait en revanche, c'était d'informer le banquier qu'elle employait une vendeuse. Car si Valentine était rémunérée pour l'instant sur la privation de salaire consentie par Pierre, cette situation ne pourrait se prolonger bien longtemps.

Elle en était là de ses doutes lorsqu'une mère, suivie d'un garçonnet en costume marin et d'une fillette en mantelet bordé de fourrure, surgit du passage intérieur communiquant avec la librairie. Ils vinrent s'asseoir à une table pour commander un sirop de cerise. La petite fille exhibait avec fierté des crayons de couleur tandis que son frère s'absorbait déjà dans la lecture d'un livre de Jules Verne.

L'aménagement de l'endroit réservé à la dégustation était une vraie réussite. Les clients passaient d'un magasin à l'autre et venaient siroter un verre de liqueur ou savourer une confiserie ou des petits-fours, avant ou après leurs emplettes à la librairie. Chaque matin, Juliette préparait une fournée de massepains et de bouchées sucrées, inévitablement parfumées à la cerise. L'inscription « Le temps des cerises » sur la porte vitrée se pérennisait sans qu'elle parût passée de saison ; au contraire, elle attirait l'œil sur les spécialités de Juliette. Régulièrement, la jeune fille voyait s'attabler Théophraste Girardon avec un ou deux amis, un journal à la main. Ils s'efforçaient de parler à voix basse en présence d'autres clients, mais parfois, un éclat de l'âpre barbu la faisait tressaillir. Il ne faudrait pas, s'inquiétait-elle, que les dames en manteau cintré, la voilette relevée délicatement sur le bord du chapeau, qui dégustaient le contenu d'un gobelet à petites gorgées, aillent s'en émouvoir. Quand ils se trouvaient seuls, Girardon se mettait à discourir à voix haute et elle n'hésitait pas, surtout lorsque Rodolphe rejoignait son ami, à se mêler aux débats, à donner son opinion, à réprouver les commentaires qui heurtaient ses sensibilités conservatrices. Puis, si un client pénétrait dans la boutique, elle leur imposait le silence d'un froncement de sourcils pour qu'ils retournent à des bavardages discrets.

Elle préparait la commande de la mère et de ses deux enfants lorsque l'entrée d'un homme dans la boutique la fit pâlir. Elle chargea Valentine d'apporter le plateau tandis qu'elle se dirigeait au-devant de celui qu'elle avait reconnu : Jocelyn. Il était accompagné d'une jeune fille qui détaillait d'un regard curieux les rayonnages du magasin. Il lui glissa un mot dans l'oreille et elle gloussa, une main sur la bouche.

— Bonjour, Jocelyn, bonjour, mademoiselle, comment puis-je vous être utile ?

— Bonjour, Juliette ! claironna Jocelyn. Je vous présente Mariette, ma fiancée. Nous allons nous marier au printemps prochain.

Il saisit ostensiblement la jeune fille par la taille, laquelle se coula contre lui en toisant Juliette d'un air moqueur.

— En attendant, reprit-il en réponse aux félicitations de Juliette, je suis parrain du fils de mon frère. Je vais donc m'occuper des dragées. Je viens voir chez vous si je pourrai en trouver qui me plaisent.

Juliette ne fut pas dupe. Ouvrier chez Gustave Marquand, il était évident qu'il se fournirait dans l'entreprise où il travaillait – d'autant qu'il bénéficierait d'une ristourne – et qu'il venait aux *Douceurs du temps* dans l'intention d'expertiser ses produits d'un œil inquisiteur. Sans compter qu'il tenait sans doute à démontrer à Juliette qu'il avait su la remplacer.

— Bien sûr, s'obligea-t-elle à répondre avec son meilleur sourire. Voulez-vous goûter ? J'ai deux variétés, les « ordinaires » et les « fines ».

Jocelyn se servit une pleine poignée de la première catégorie qu'il partagea avec sa compagne.

— Rien de rare, commenta-t-il, tandis que celle-ci faisait la grimace.

— Je propose cette variété pour une clientèle dont les goûts et les moyens se satisferaient d'une gamme de premier prix qui demeure cependant très correcte, expliqua Juliette. Mais je me doute que vos palais exigeants trouveront mieux leur compte avec les « fines ».

Elle avait imposé plusieurs essais à Pierre, qui s'était pourtant présenté comme un spécialiste de la confection des amandes dragéifiées, pour retrouver les caractéristiques des dragées que l'épouse du cordonnier lui avait fait goûter.

— La couche de sucre est trop épaisse, avait-elle critiqué.

Puis cela avait été l'arôme vanille qui l'emportait trop sur l'amande. Pierre, en son for intérieur, était sûr de maîtriser un savoir-faire appris auprès de ses précédents patrons, mais il n'osait la contester. Il avait fait tourner à plusieurs reprises la turbine à dragées avant que Juliette jugeât la texture adéquate.

— Là, c'est parfait ! s'était-elle exclamée. Il y a un juste équilibre entre la saveur du fruit et la finesse de la couche de sucre. On tient le tour de main de Louis Acrayrias !

— Qu'allez-vous faire de toutes celles que j'ai fabriquées pour rien ? Les mettre à la poubelle ? s'était effrayé Pierre devant ce qu'il lui semblait être du gâchis.

— On va les vendre moins cher ; ce seront les dragées à jeter à la sortie de l'église, avait-elle dit d'un air entendu. À Apt, on connaît aussi cette tradition à la fin des baptêmes, non ?

À présent, Jocelyn continuait de croquer les amandes d'un air peu convaincu. Il finit par faire une moue indécise.

— Ouais…, lâcha-t-il tout en mâchonnant. Je ne trouve pas l'amande si fine que ça…

— Je fais venir les amandes de la vallée d'Aix-en-Provence, ce sont les meilleures, assura Juliette. Mais je comprends tout à fait qu'elles ne puissent pas vous convenir.

— On peut goûter les pâtes de fruits ? s'enquit la jeune fille d'un ton pincé.

— Mais naturellement !

Lorsqu'ils consentirent à quitter le magasin, bien entendu sans le moindre achat, Juliette rangea les cornets en papier gaufré et les boîtes au couvercle décoré d'une image religieuse qu'elle leur avait montrés. Elle se consola en s'assurant que ces esprits chagrins, même s'ils allaient colporter le bruit que ses confiseries étaient d'une qualité quelconque, étaient convaincus du contraire au fond d'eux-mêmes. Sinon ni Jocelyn ni sa compagne n'auraient eu dans le regard cette lueur que seules des papilles satisfaites peuvent faire naître et qu'ils n'avaient pas réussi à masquer.

*

— Écoute-moi bien, Rodolphe, je te dis qu'il s'agit d'un suicide !

— L'enquête a conclu à une congestion cérébrale..., rétorqua Rodolphe qui pénétrait, suivi de son ami Théophraste, dans la boutique de Juliette.

La fin de la journée approchant, toutes les chaises étaient vides ; ils s'installèrent à une table et commandèrent des cerises à l'eau-de-vie.

— Ne me dis pas que tu crois à ça ! Inculpé de corruption le 4 novembre, retrouvé mort le 20... Moi, je te dis que Reinach reconnaît lui-même son implication dans la distribution des pots-de-vin aux parlementaires !

— Le banquier de Panama ? se fit confirmer Juliette en déposant le plateau sur lequel elle avait obligeamment glissé des pâtes de fruits d'abricots, comme elle en savait les deux hommes gourmands.

Rodolphe lui jeta un regard approbateur.

— C'est cela même, acquiesça Théophraste. Et si l'on ajoute que Ferdinand de Lesseps a été arrêté il y a quatre jours, l'affaire est entendue. Ah, je respire ! La République des corrompus est finie... Je persiste à penser que les prochaines élections vont être l'occasion de renouveler le climat de la Chambre. Juliette, si vous pouviez le faire, vous voteriez pour moi ?

La jeune fille s'approcha. Elle reconnaissait que, malgré l'impression d'austérité qui se dégageait des traits durcis par les yeux sévères et l'épaisse barbe noire, l'homme était généreux et désintéressé. Mais elle s'amusait à lui tenir tête, jugeant ses propos trop catégoriques.

— Je n'en suis pas sûre. Ce serait risquer de tomber d'un excès dans l'autre. Dans celui d'une laïcité qui s'imposerait à tous au détriment des libertés de chacun.

Elle leur intima la discrétion d'un coup d'œil perçant tandis qu'elle accueillait un client qu'elle dirigea vers les fruits confits.

— Je croyais que tu lui avais fait lire Voltaire ? demanda Théophraste à Rodolphe à voix basse. Pour l'ouvrir à autre chose qu'aux sermons des curés !

— Tu exagères ! Ce n'est pas non plus une grenouille de bénitier, et quand bien même elle le serait…

— « Et quand bien même » ! Mais si je ne m'abuse, tu la défends !

Rodolphe, gardant le silence, se contenta de suivre des yeux la silhouette en tablier brodé de cerises qui nouait un ruban autour d'une boîte de confiserie.

— Toi, tu es tombé amoureux…, chuchota Théophraste. Le sait-elle, au moins ?

— Tais-toi, tu n'y comprends rien, jeta Rodolphe, agacé.

Devant l'air offusqué de son ami, il ajouta :

— Je pense qu'il n'y a de place que pour de l'amitié. Si je dépasse ce cadre, je perdrai ce précieux lien qui s'est noué entre nous.

— Ah, les poètes ! Je n'y comprendrai jamais rien…

Le client parti, Juliette les observa, intriguée du silence que gardaient les deux hommes.

— Nous parlions de poésie, annonça Théophraste, et j'avoue que ça me laisse froid… Je me sauve, vous devez avoir à fermer boutique, tous deux.

Quand il se fut éclipsé, Rodolphe se sentit brusquement gauche. Avoir confié à demi-mot à son ami des pensées gardées secrètes jusque-là l'avait ébranlé.

— J'ai l'impression que les affaires marchent bien, finit-il par trouver à dire. Vous avez des clients, il me semble ?

— Je ne me plains pas, confirma Juliette. Même si j'aimerais en avoir quatre à cinq fois plus pour envisager la nouvelle année avec davantage de sérénité.

Elle s'épancha à nouveau sur la difficulté d'exercer un métier réservé aux hommes. Même si l'on se doutait que les travaux les plus pénibles étaient effectués par son ouvrier, on n'ignorait pas que c'était elle qui dirigeait la confection des produits. Cette empreinte féminine était loin d'être acceptée par certains clients et par les autres confiseurs, qui se refusaient à reconnaître qu'elle exerçait le même métier qu'eux.

— Le métier de confiseur n'a pas de féminin, m'a-t-on assez répété, se plaignait-elle.

Rentré dans sa librairie, Rodolphe songeait encore au sourire fataliste de cette frêle jeune fille qui défiait les mœurs de l'époque. Brusquement revint à sa mémoire un dessin, assorti d'une légende, vu dans un fascicule qu'il devait absolument retrouver pour le prêter à Juliette. Mais où l'avait-il rangé ? Il se mit en quête de fouiller dans les nombreux cartons conservés dans sa remise, mû par le désir de donner à Juliette une pleine confiance en elle.

XII

Janvier 1893

Bonne année à toutes les choses :
Au monde ! À la mer ! Aux forêts !
Bonne année à toutes les roses
Que l'hiver prépare en secret.

Dès qu'elle avait un instant de libre, Juliette relisait le poème que Rodolphe avait recopié sur une carte de vœux qu'il était venu lui apporter le matin du 1er janvier. Elle avait été charmée par cette délicate attention mais, au fond d'elle-même, elle avait quelque peu regretté qu'étant poète il n'eût pas composé lui-même au lieu d'emprunter les vers de Rosemonde Gérard. De plus, la strophe suivante la laissait perplexe :

Bonne année à tous ceux qui m'aiment
Et qui m'entendent ici-bas…
Et bonne année aussi quand même
À tous ceux qui ne m'aiment pas !

D'une certaine manière, elle se trouvait incitée par Rodolphe – était-ce intentionnel ou non ? – à clarifier ses sentiments. Bien qu'elle refusât de reconnaître l'inclination qu'elle éprouvait pour le libraire, elle se sentait toujours attirée par lui. Les premiers vers de cette strophe étaient-ils une invitation à envisager la réciprocité ?

Puis, quand elle refoulait ses états d'âme, elle se persuadait que Rodolphe avait voulu faire allusion aux difficultés de son métier, où elle était confrontée à l'absence de reconnaissance des autres confiseurs, mis à part l'exceptionnelle bienveillance de Gustave Marquand. Elle était d'autant plus tourmentée que ce soir-là était organisé le banquet des confiseurs. En ce 3 janvier, on fêtait sainte Geneviève, dont les confiseurs auvergnats avaient fait la patronne de leur corporation. Et bien sûr, elle n'avait pas été invitée.

Le matin même, elle s'était rendue chez M. Lenhardt. Le banquier lui avait demandé des comptes très précis, mettant en balance les profits réalisés à Noël, le coût du salaire de Valentine et l'amortissement du matériel de confiserie. Après l'avoir fait trembler de peur, il lui avait renouvelé sa confiance pour six mois. La vente de confiseries à l'occasion de Pâques serait une nouvelle étape pour faire ses preuves.

— Je ne vous décevrai pas, monsieur Lenhardt, avait-elle lâché, à bout de souffle tellement elle avait retenu sa respiration.

Elle fut tout heureuse de l'annoncer à Rodolphe quand il passa la tête par l'ouverture aménagée entre leurs magasins.

— Vous êtes seule ? Je ne vous dérange pas ?

— Bien au contraire, venez ! J'ai une bonne nouvelle : le banquier accepte l'étalement des remboursements sur le prochain semestre.

Le libraire la complimenta et finit par lui tendre un fascicule qu'il avait gardé jusque-là caché dans le dos.

— Que me prêtez-vous encore ? s'amusa la jeune fille.

C'étaient des gravures d'un genre assez curieux : il s'agissait d'illustrations de métiers où les personnages étaient dessinés à l'aide de ce qui caractérisait la profession : ustensiles, accessoires et productions qui en découlaient. Ainsi l'horloger était-il représenté habillé de montres, pendules et mécanismes d'horlogerie, le charron de roues et d'outils, la boulangère de toutes sortes de pains. Juliette ne put retenir une exclamation lorsqu'elle parvint à une planche :

— Ah ! je comprends pourquoi vous me montrez ça !

Elle éclata d'un rire joyeux.

— *La Confiseuse !* Ainsi, le métier de confiseur existe bien au féminin ! Rodolphe, vous êtes vraiment étonnant ! Il n'y a que vous pour chercher à... (elle eut quelques trémolos dans la voix) me remonter le moral...

Elle s'absorba dans la contemplation de l'image. La tenue tout entière de la « confiseuse » était composée de fruits, de friandises et du matériel propre au métier : un grand chaudron à confiture formait l'ampleur de la robe, celle-ci était décorée d'une ribambelle de fruits variés, le décolleté était garni de boîtes de confiseries. « Abricots, noix, massepains, pralines, anis de Verdun... », lut-elle sur les couvercles.

— C'est un graveur du XVIIe siècle qui en est l'auteur, lui apprit Rodolphe. Nicolas de Larmessin. Je me suis rappelé avoir rangé ces planches dans mes cartons – car à qui aurais-je bien pu les vendre ? –, mais j'ai mis du temps à les retrouver. Il faut croire qu'il y avait bien des

« confiseuses » à l'époque de Louis XIV ! Je vous offre cette gravure, Juliette !

Les yeux brillants, les deux jeunes gens se contemplèrent.

— Merci, merci, Rodolphe... Vous ne pouvez pas savoir comme cela me réconforte et m'encourage. Je la ferai encadrer pour l'accrocher dans le magasin.

Elle n'osa renouveler l'accolade qu'ils avaient échangée l'avant-veille pour se souhaiter mutuellement une bonne année. Elle alla poser la gravure sur une étagère, entre deux coffrets de pâtes de fruits.

Elle contempla le dessin tout au long de l'après-midi ; elle s'en trouva à la fois pénétrée de certitudes et assaillie par une sourde colère. Juste Ciel ! Les confiseurs de Clermont-Ferrand allaient banqueter le soir même, rendre les honneurs à leur sainte patronne en faisant valoir les succès des uns et des autres, et elle n'était pas conviée !

Durant les derniers mois, elle avait croisé d'anciennes collègues de travail qui, tout en lui demandant avec curiosité de ses nouvelles, lui en donnaient sur les autres confiseurs. Elle avait su par exemple que Gustave Marquand, son ancien patron, était de plus en plus perturbé par les vicissitudes de la guerre au Dahomey ; l'infanterie de marine à laquelle appartenait son fils avait été engagée dans les combats livrés à l'automne dernier. Léon Marial en profitait, disait-on, pour se rapprocher du confiseur : songeait-il à une fusion entre leurs entreprises ? Lorsqu'elle était allée acheter des coings, elle avait appris par le producteur, qui le tenait de l'une des ouvrières de Léon Marial, que le traditionnel banquet de la Sainte-Geneviève se déroulerait justement chez celui-ci.

Lorsque le soir arriva, Pierre passa la tête par la porte de l'atelier. Il vit Juliette, adossée au comptoir, les bras croisés, la mine grave et les yeux dans le vague.

— Patronne, dit-il en la faisant sursauter. Je ne voulais pas vous déranger, mais…

Elle se retourna vivement vers lui.

— Non, qu'y a-t-il, Pierre ?

— Vous ne fermez pas le magasin ? De mon côté, j'ai fini ce que j'avais à faire. Je vous souhaite une bonne nuit.

— Bonne nuit, Pierre, répondit-elle distraitement.

Elle comprit que le jeune homme hésitait à rabattre la porte sur lui, comme s'il attendait quelque chose de sa part. Elle réalisa qu'elle avait omis de lui rendre compte de la visite chez le banquier.

— Je suis allée voir M. Lenhardt ce matin, lui rapporta-t-elle. Finalement, il accepte de rajouter le salaire de Valentine à ma liste de dettes. Je vais pouvoir te repayer normalement.

— C'est une bonne nouvelle pour tout le monde, approuva Pierre.

Il était intrigué. Sa patronne aurait dû se montrer plus soulagée. D'où lui venait l'amertume qui lui tirait les traits ?

Quand la porte de l'atelier se referma sur Pierre, Juliette attendit encore un moment, se mordillant les lèvres, serrant les poings avec nervosité. Puis elle se décida.

Dans la salle où les ouvrières épluchaient les fruits l'été, des chaises avaient été alignées autour des tables pour recevoir les convives. Léon Marial n'avait pas lésiné sur les mets et les vins, dont l'abondance se devait de refléter la prospérité de sa fabrique. Des parts de desserts circulaient toujours, mais rares étaient ceux qui avaient encore de l'appétit pour se resservir. Seuls les verres continuaient de se remplir. Les confiseurs contemplaient avec envie Léon, tout sourire dans sa barbe taillée court pour l'occasion, qui soulignait son visage où brillaient des yeux d'aigle. Il cherchait les regards, à y lire la reconnaissance de ses pairs et, mieux, la considération. N'était-il pas l'un des confiseurs les plus réputés de la région ? À côté de lui, il avait placé, comme pour faire ressortir sa propre prestance, le pâle Gustave Marquand. L'homme avait vieilli et sa corpulence le rendait plus pataud qu'imposant. Il avait peu parlé ce soir-là, se contentant d'écouter pérorer Léon. Ce fut lui, le premier, qui vit la porte s'ouvrir, et il se figea, ayant du mal à croire ce qu'il découvrait. Son bruyant voisin le poussait du coude à ce moment-là pour avoir une approbation à ses propos. Ne le voyant pas réagir, Léon suivit le regard de Gustave et s'interrompit aussitôt. Les autres convives l'imitèrent, les bavardages cessèrent. Dans le silence qui s'installait, pesant, Juliette pénétrait dans la pièce, le menton haut, un panier accroché au bras.

— Messieurs, dit-elle en faisant des yeux le tour de la tablée, je vous salue bien. Vous me rappelez ce conte où un roi et une reine, donnant une fête en l'honneur de la naissance de leur fille, virent arriver une fée qu'ils avaient oublié d'inviter et qui jeta un sort sur la malheureuse princesse. Ils devaient être aussi consternés que vous ce soir en me voyant paraître mais, tranquillisez-vous, je ne viens pas vous lancer un maléfice en réparation de l'offense de ne pas avoir été admise à votre banquet.

— Il ne manquerait plus que ça ! grommela Léon Marial. De quel droit croyez-vous...

— Prétendre à être invitée ? coupa Juliette en haussant la voix pour couvrir les murmures. Tout simplement parce que je fais le même métier que vous, messieurs !

— Vous ne manquez pas de toupet ! lança Léon. Le même métier ? Certes, non !

— Parce que je suis une femme ? Si vous aviez vécu il y a seulement deux siècles, vous auriez dû vous accommoder de cette situation où les « confiseuses » étaient reconnues.

— Une confiseuse vend ce que fabrique son mari ! Elle ne fabrique pas ! s'écria l'homme à droite de Gustave Marquand qui tressaillit sous le coup de colère manifesté par son voisin.

— Elle fabrique, ne vous en déplaise, articula Juliette. Et pour vous en donner la preuve, je vous ai apporté un échantillon de ma production. Pâtes de fruits, fruits confits... et, surtout, l'une de mes spécialités, les cerises en chemise.

Elle posa le panier sur la table.

— Je vous laisse déguster... entre vous, conclut-elle avant de tourner les talons.

Elle eut le temps de voir Gustave Marquand se lever lentement. Tandis qu'elle refermait la porte sur elle, elle aperçut son ancien patron saisir le panier et commencer à déposer une friandise dans l'assiette de chacun.

Juliette replia les vantaux du magasin et, d'une main tremblante, alluma la lampe à pétrole près de l'entrée, avant de s'affaler sur une chaise. Le cœur palpitant, elle se sentait oppressée. Ce n'était pas tant à cause de la course qu'elle venait d'accomplir à pas rapides dans la nuit, mais plutôt de la témérité de s'être imposée chez Léon Marial. Comment avait-elle pu défier ces hommes qui la regardaient, les uns avec circonspection, les autres avec sarcasme ou irritation ? Elle ressentait maintenant le contrecoup de son audace. Elle plongea la tête dans les mains et tenta de calmer sa respiration. Comme elle aurait souhaité une présence pour veiller sur elle, la réconforter et la soutenir ! Elle songea à Rodolphe. S'il avait pu surgir comme par enchantement, lui offrir son épaule, ses bras où se laisser aller pour se confier et noyer ses angoisses…

Elle entendit à peine la porte de l'atelier s'ouvrir ; elle perçut un mouvement, une présence. Elle releva la tête.

— Pierre…, murmura-t-elle.

Elle se ressaisit, se leva en lissant les plis de sa robe.

— Que fais-tu là ? Tu n'es pas couché ?

Il continuait de s'approcher lentement d'elle.

— Patronne… Ça ne va pas ?

— Si, si… J'allais monter…

Ils se regardèrent en silence. Jamais Juliette ne s'était laissée happer aussi longtemps par le visage de son employé, par ses yeux à l'éclat profond, par l'ombre qui creusait ses joues de façon si sensuelle, par la ligne charnue de ses lèvres qui s'entrouvraient… Sauf le matin du tremblement de terre, en août dernier, où le trouble l'avait précédemment saisie, mais elle avait alors su écouter la voix de la raison. Elle se rendit compte qu'il avait posé les mains sur ses épaules. Déjà il s'approchait tout près de son oreille.

— Ça ne va pas, patronne, souffla-t-il, je le sais. Je peux vous aider...

Sa bouche glissa vers la joue, vers les lèvres. Cela serait si reposant de s'abandonner, de ne plus lutter... Mais elle s'était fait serment à elle-même : son employé, non, jamais...

— Pierre, laisse-moi !

Elle se dégagea vivement, prit la direction de l'escalier qui menait à l'étage. Mais lui la rattrapa, la fit pivoter, l'emprisonna dans ses bras.

— Je vous aime, patronne ! Je vous aime parce que vous êtes forte, mais là... vous n'y arrivez plus toute seule.

Il se montrait audacieux, avait glissé une main sous sa robe, lui caressait l'intérieur des cuisses. Dans la sueur qui perlait à son front et ses tempes, elle retrouvait les arômes de fruits qui embaumaient l'atelier. La séduction de ce dieu grec au torse d'albâtre, aux yeux de ciel, à la chevelure d'or à laquelle ses doigts s'accrochaient, la fit succomber ; un désir violent la submergea. Jamais Jocelyn n'avait provoqué cela ! Elle se persuada qu'à travers le plaisir elle retrouverait sa stabilité et son énergie. Elle lutta encore un peu, enchaînée qu'elle était par son serment. Mais Pierre savait si bien rompre les chaînes et les digues. Elle ne put s'empêcher de guetter un mouvement du côté de la porte qui séparait sa boutique de la librairie. Elle craignit – ou espéra secrètement ? – qu'elle ne s'ouvrît. Quand elle comprit qu'elle demeurerait fermée, elle s'abandonna à Pierre.

Deuxième partie

LA CROISADE

XIII

Deux ans plus tard, mars 1895

Juché sur un tabouret derrière la banque, Rodolphe noircissait un feuillet. Il s'arrêta brusquement, compta sur ses doigts puis resta le crayon en l'air, les yeux au plafond. Il ne prêta pas attention au pas alerte qui résonna dans l'escalier tandis qu'une voix joyeuse prévenait :

— Je sors faire quelques courses. Et acheter une bouteille de bon vin.

Une jeune femme élancée, à la taille étroite, le regard mutin, le rejoignit et l'enlaça. Il frissonna sous l'effet soyeux des frisottis de son chignon qui lui chatouillèrent la tempe.

— Tu as entendu ce que je disais ? répéta-t-elle en jetant un œil sur ce que composait Rodolphe. Tiens, tu cherches une rime à « zéphyr » ? Mais ça rime avec Elvire ! Tu m'écris un poème ! s'exclama-t-elle, ravie.

— Il me faut une rime riche ; Elvire, ça ne va pas. Eh oui, je t'ai entendue dire vouloir acheter une bouteille de vin.

— De *bon* vin. Pour fêter quelque chose…

Comme il haussait les sourcils, elle chuchota :

— Cela fait six mois que j'ai emménagé chez toi…

Rejetant la tête en arrière, elle laissa s'échapper un rire charmant, puis se dirigea vers la porte de la librairie quand elle poussa un cri de surprise.

— Fais attention, toi ! dit-elle gentiment en se baissant vers un tout petit enfant. À courir à quatre pattes, voilà ce qui arrive, j'aurais pu te marcher sur les mains !

Elle prit l'enfant dans ses bras.

— Regarde, Rodolphe, tu as une visite. Elle a dû échapper à la vigilance de sa mère, dit-elle d'un ton désapprobateur. Voilà ce que c'est que deux magasins qui communiquent... Tiens, prends-la, moi, il faut que je me sauve.

Elle mit l'enfant dans les mains de Rodolphe qui s'en saisit, un peu maladroitement. C'était une petite fille aux grands yeux d'un bel azur foncé sous une couronne de cheveux blonds qui poussaient en mèches folles autour d'un visage aux joues pleines et roses.

— Saphir..., murmura-t-il comme pour lui-même. Zéphyr rime avec saphir...

— Do ! fit-elle en le regardant d'un air ravi.

— Ro-dolphe, articula-t-il en lui chatouillant le menton, ce qui la fit rire aux éclats. Mais ta mère ne te cherche pas partout ? Allons la voir.

À l'instant précis, Juliette passa la tête derrière un rayonnage rempli de livres.

— Ah, la voilà ! Il a fallu qu'elle vienne chez vous ! Je suis désolée, Rodolphe, elle a encore échappé à ma surveillance. Elle jouait tranquillement sur son tapis derrière le comptoir et elle a renversé la barrière que j'avais faite avec des boîtes... Un instant d'inattention à servir une cliente et elle avait disparu...

Juliette s'empara de sa fille qui tendait encore les bras vers Rodolphe.

— Do..., gémit l'enfant en plissant la bouche comme si elle allait pleurer.

— Pas de caprice, Agathe ! gronda Juliette en fronçant les sourcils.

— J'espère que vous ne vous êtes pas inquiétée. Elle n'était pas loin...

— Ce n'est pas ça, c'est que je ne veux pas qu'elle vous dérange. Cela va devenir compliqué, ce n'est plus un bébé qui reste tranquille des heures à dormir.

— Un peu de patience, elle grandira assez vite. Dans quelque temps, elle viendra me voir pour lire des livres. Qu'est-ce qu'elle est belle ! s'exclama-t-il alors que la fillette lui faisait des risettes en se tortillant dans les bras de sa mère comme si elle voulait mettre pied à terre pour le rejoindre.

— Il faut reconnaître que son père l'a bien dotée, commenta Juliette en ramenant une mèche de cheveux blonds derrière le front de sa fille.

— Oh ! Elle a peut-être la couleur des yeux et des cheveux de Pierre, mais elle vous ressemble trait pour trait. La forme des yeux, leur expression, celle de la bouche, c'est vous, Juliette !

Il se racla la gorge, craignant que la ferveur qu'il avait mise dans sa voix ne soit mal interprétée. Juliette était mariée dorénavant, maman d'une petite fille. Que s'amusait-il à louer, par l'intermédiaire de l'enfant, la beauté de la mère ! Mais il est vrai que la maternité avait embelli Juliette, en épanouissant ses formes sans les alourdir, en mettant dans son regard une étincelle de femme accomplie qui le transperçait désormais jusqu'au cœur.

— Idiot…, se murmura-t-il à lui-même alors que Juliette tournait les talons.

— À ce soir, comme d'habitude ! avait-elle lancé sur un battement de cils modeste.

— Berthe ! appela Juliette au bas de l'escalier.

Une femme d'une quarantaine d'années descendit, s'essuyant les mains à son tablier.

— Vous pouvez vous en occuper ? dit-elle en lui confiant Agathe. Vous la ferez manger et vous la coucherez. Dorénavant, Berthe, pourriez-vous venir la journée entière, pour la garder avec vous ? Je ne peux plus la prendre avec moi au magasin.

— Mais bien sûr, madame. Je pourrai très bien la surveiller tout en faisant le ménage, les courses et, même, elle pourra m'accompagner pour les commissions, la petite coquine. Nous aurons l'air bien fières, toutes les deux, n'est-ce pas, mademoiselle Agathe ? Vous à vous faire transporter, et moi à vous pousser dans la voiture pour enfants que votre papa vous a fabriquée !

Juliette regarda avec un doux sourire sa fille s'éloigner dans les bras de la bonne Berthe.

Lorsqu'elle avait découvert qu'elle était enceinte, il y avait exactement deux ans de cela, c'est comme si le ciel lui était tombé sur la tête. Une fille-mère ! C'était ce qui pouvait lui arriver de pire, autrement plus désastreux que la faillite de son commerce. Ce fameux soir du 3 janvier, elle s'était abandonnée sans retenue aux bras de Pierre et c'est plus tard que des angoisses l'avaient saisie. Pierre lui avait assuré faire preuve de prudence et elle s'était laissée aller à ce désir, nouveau pour elle, que le jeune homme comblait à mesure qu'il le suscitait. Elle s'était sentie s'épanouir d'une maturité inédite et, à l'amour de Pierre, elle retrouvait confiance et énergie. Ses affaires paraissaient s'en ressentir ; la clientèle que les fêtes de Noël lui avaient amenée semblait se fidéliser et augurait de ventes profitables à l'approche de Pâques. C'est à ce moment-là qu'elle avait pris conscience de sa grossesse. Seul le mariage pouvait légitimer le fruit de son aventure ; on ferait alors croire à un accouchement prématuré. Mais Pierre n'allait-il pas se dérober ? Ou n'exigerait-il pas, en contrepartie, des prérogatives telles que celle de devenir le seul maître à bord de la confiserie ? Le jeune homme, ravi d'avoir gagné l'amour de Juliette, avait tout accepté : le mariage, la séparation de biens entérinée devant notaire, et même que le nom de Juliette continuât de figurer sur la vitrine de la boutique. Il avait juste insisté pour que l'on prolonge « Juliette Montel » par « épouse Joulet ».

Une plaie vive demeurait au cœur de Juliette, que son père ait persisté dans sa rancœur au point de ne vouloir assister au mariage. Celui-ci avait été célébré à la sacristie, dans la plus grande intimité, avec comme seule présence familiale celle de la mère de Juliette. Jérôme, le frère aîné, rentré du service militaire, avait pris le parti de son père : si ce dernier jugeait bon d'avoir coupé les liens avec Juliette, il n'avait plus qu'à l'imiter sans états d'âme. Rodolphe avait accepté de servir de témoin à Pierre, l'épouse du cordonnier avait assisté Juliette. Le libraire et l'ouvrier confiseur s'étaient manifesté la plus grande cordialité lors de la célébration mais, dans le dos de Juliette, les yeux du premier reflétaient un mélange d'incrédulité et de reproche tandis que ceux du second brillaient de l'arrogance de celui qui a mis la main sur un trésor depuis longtemps convoité.

— Êtes-vous heureuse ? avait demandé Rodolphe à Juliette quelque temps après.

Il maniait suffisamment l'art des mots, qu'il agençait en alexandrins romantiques, pour mettre un nom précis sur les sentiments qu'il décryptait dans le regard ou la gestuelle. Juliette lui avait paru amoureuse, il est vrai, mais ses yeux étaient vides de cette flamme qu'il associait, lui, à la véritable passion. Elle semblait soulagée et non comblée, heureuse – comme elle le lui avait assuré – et non pas transportée. Elle s'était installée dans sa condition de femme mariée avec tranquillité, avec aisance aussi, mais sans ces regards complices ou ces rires étouffés, ces rosissements qui trahissent l'intimité nouvelle et qui, empruntés à l'enfance, piquent de fraîcheur une union balbutiante. Le vrai bonheur, elle semblait l'avoir trouvé avec ce petit bout de fille qui leur était arrivé très vite, comme si la joie de la naissance compensait le manque d'éclat des épousailles. Il avait décliné la demande d'être le parrain, prétextant sa condition de libre-penseur que Juliette n'ignorait pourtant pas. Il n'aurait plus manqué qu'il soit parrain ! Déjà qu'il avait été le témoin de celui qu'il jugeait comme un arriviste… Mais n'ayant ni famille ni amis en Auvergne, à qui Pierre se serait-il adressé ? Bien qu'il fût persuadé que l'ouvrier avait fait les yeux doux à sa patronne pour mieux régner sur la confiserie, Rodolphe avait accepté pour être agréable à Juliette. Cela suffisait bien.

S'il ressentait quelque aigreur, Rodolphe ne pouvait se le reprocher qu'à lui-même. Il n'était pourtant pas prude au point de ne pas savoir aborder une fille, celles qui partageaient sa couche régulièrement en étaient la preuve. Mais Juliette… À la fois sur la réserve et animée d'une énergie farouche, elle s'était peu à peu imposée comme une représentation intimidante de l'idéal féminin. Elle lui paraissait de ces femmes pour lesquelles il convient, afin de gagner leurs faveurs, de mener un long combat contre les vicissitudes du destin. Peut-être était-il de ceux qui ne voient leur amour s'épanouir que dans une situation désespérée ? Pourquoi ne s'était-il pas déclaré plus tôt ? Il avait même cru lire un reflet de regret dans les yeux de Juliette, peu avant qu'elle ne lui annonce… Mais peu importe, elle était mariée désormais, et il lui suffirait de veiller sur elle et sur son enfant, de loin – ce qui excluait d'autant plus les liens du baptême ! – si tant est que la proximité de leurs magasins permît de garder une distance suffisante pour observer sans familiarité sa nouvelle vie conjugale.

Il maintenait ses visites à la confiserie en compagnie de Théophraste et, tout en sirotant quelque liqueur, débattait de politique en baissant la voix quand leurs propos devenaient corrosifs envers la religion. Il en profitait pour regarder ce qui se passait dans la boutique et analysait l'humeur de Juliette, les allées et venues des clients – la fréquentation du magasin paraissait satisfaisante –, l'entrain de Pierre qui, sortant de son atelier, allait, conquérant, serrer quelques mains. Sans doute, la présence du député Girardon flattait le confiseur, d'autant plus qu'il achetait quelques douceurs pour les faire goûter à ses pairs lors des séances de la Chambre. Les regards que Pierre se mit à porter sur Valentine, la petite vendeuse, n'échappèrent pas à Rodolphe. C'était peu après que Juliette eut accouché, en novembre 1893. La jeune femme n'était pas restée très longtemps alitée, en raison des fêtes de Noël à venir. Mais les quelques jours où Valentine était demeurée seule dans la boutique avaient suffi pour que Pierre décidât de venir en personne s'assurer que les ventes se déroulaient au mieux. La petite vendeuse semblait avoir l'art de s'attirer les bonnes grâces du patron.

— Madame, interpella Valentine, on me demande des cerises en chemise. Il n'y en a plus...

Juliette finissait d'emballer une vannerie de fruits confits. Elle reconnut une fidèle cliente.

— Bonjour, madame Duperrier, je suis à vous dans une minute. Voilà, dit-elle quand elle la rejoignit quelques instants plus tard, j'aurai des coffrets prêts demain matin. Vous aurez l'occasion de repasser dans la journée ?

La cliente se montra suffisamment évasive pour que Juliette soit amenée à lui proposer, si elle acceptait de patienter, de lui confectionner une boîte sur-le-champ.

— J'en ai pour peu de temps à descendre à l'étuve.

— Je préfère attendre, confirma la cliente.

À l'endroit où elle avait déposé la plaque de cerises à sécher, Juliette découvrit d'autres fruits et mit un moment pour se rendre compte que les cerises avaient été écartées sur le rebord d'une table, sans le papier d'office qui les protégeait habituellement. Furieuse, elle remonta avec sa précieuse cargaison et, avant d'aller dans la pièce où elle mettait en boîte les confiseries, elle interpella Pierre :

— Je retrouve mes cerises en train de sécher à l'air libre ! Elles pouvaient prendre la poussière !

Son mari haussa les épaules.

— Je n'avais plus de place pour les pâtes de fruit… bien obligé, grogna-t-il.

Elle n'insista pas, songeant à sa cliente qui attendait. D'un œil minutieux, elle inspecta les fruits, afin de vérifier que l'enrobage blanc demeurait immaculé, avant de les déposer dans les alvéoles d'une boîte cartonnée. Les cerises n'avaient pas dû rester bien longtemps sans leur papier protecteur, mais Juliette se sentit très contrariée par l'attitude de Pierre. C'était une nouvelle manifestation de l'autorité dont il faisait preuve et qui l'amenait à prendre des initiatives contraires aux méthodes de fabrication qu'elle lui imposait. Elle l'avait surpris à réduire le nombre de bains de sucre dans lesquels confisaient des abricots ou à modifier la proportion de sucre et de glucose dans la cuisson des fruits.

— Pierre ! s'était-elle indignée. Ne t'avise pas de changer mes recettes !

— Tu es une bonne observatrice ! avait-il rétorqué en riant. Je dois être fatigué… Être le mari de la patronne pousse à faire des étourderies…

« Toujours la plaisanterie à la bouche… », s'était-elle dit avec une pointe d'agacement. Elle, de son côté, ne ménageait pas sa peine pour être à l'atelier plusieurs heures avant l'ouverture de la boutique en veillant à ce que la fatigue ne se ressente pas sur son travail ni sur les attentions qu'elle se devait d'apporter à son époux. Pourquoi, à l'idée de « devoir », sentit-elle une brusque lassitude ?

Voir repartir sa cliente avec un sourire satisfait, la boîte de cerises en chemise sous le bras, lui redonna immédiatement son entrain habituel. À ce moment s'installèrent Rodolphe et Théophraste et, d'un petit regard complice, elle se fit confirmer qu'ils accepteraient volontiers un gobelet de ses cerises à l'eau-de-vie.

— Vous en prendrez bien une avec nous ? proposa Théophraste, voyant qu'elle ouvrait un bocal non entamé, selon la tradition qu'elle avait établie de goûter avec eux chaque nouvelle production.

— Certes, non ! Nous venons d'entrer en carême, ne vous en déplaise, ajouta-t-elle avec un petit sourire.

— Cela va vous amener moins de clients… La religion ne vous vient pas en aide ! ironisa le député.

— Vous vous rattraperez lors des fêtes pascales, intervint Rodolphe.

— J'espère faire mieux que me rattraper…, murmura Juliette.

Son ton brusquement désenchanté alerta Rodolphe. Elle le tenait régulièrement au courant de l'activité de la confiserie. Après avoir connu des pics importants lors des fêtes de Noël, les ventes se maintenaient à un rythme correct, mais la jeune femme lui avait confié ne pas les trouver assez soutenues à son goût. Elle s'était constitué une clientèle clermontoise assez régulière, séduite par la qualité des confiseries comme par l'espace de dégustation, mais son ambition était de l'accroître davantage, voire de l'étendre en dehors du cadre local : dans d'autres villes de France et pourquoi pas à l'étranger ? Les confiseurs les plus réputés de Clermont-Ferrand étaient partis avec succès à la conquête de marchés anglais, allemands et même américains, et Juliette rêvait de les imiter, tout en sachant que la tâche serait rude. Il fallait commencer par asseoir sa notoriété au cœur de l'Auvergne et le libraire se doutait que la question taraudait la jeune femme.

— Vous devriez connaître ensuite un joli mois de mai, lors des fêtes grandioses qui s'annoncent..., poursuivit-il pour l'extraire de ses rêves.

Les yeux dans le vague, elle dut le faire répéter pour comprendre ce qu'il voulait dire.

— Vous n'êtes pas au courant des festivités que l'on va organiser pour commémorer le huitième centenaire de la prédication de la première croisade ?

— C'est proprement scandaleux ! rugit Théophraste. Célébrer des guerres de religion d'un autre âge huit siècles plus tard !

— La première croisade visant à la reconquête de Jérusalem a été prêchée à Clermont-Ferrand en 1095, expliqua Rodolphe à Juliette. Il est vrai que nous autres, qui ne sommes pas du côté de la calotte, ne voyons pas d'un très bon œil de telles manifestations religieuses, en pleine rue et avec le décorum qui s'annonce. D'un autre côté, pour les commerçants, l'opération peut s'avérer intéressante... Beaucoup de monde va venir, des ecclésiastiques, des fidèles, des touristes, des curieux...

— Lamentable..., grogna Théophraste.

— Cela peut attirer des clients, en effet, opina Juliette. C'est prévu pour quand exactement ?

Elle n'obtint pas de réponse, car une jeune femme pénétra dans la boutique en coup de vent.

Elle se planta devant Rodolphe et posa sur la table un paquet en papier brun.

— Les courses sont faites ! Tu viens ?

— Vas-y, je te suis, répliqua distraitement le libraire.

— Chéri, c'est *notre* soirée, insista la jeune femme d'un ton sans appel.

Suivant Rodolphe qui avait consenti à se lever, elle referma soigneusement sur eux la porte communicante.

— Ah… cette Elvire ! Quelle emprise a-t-elle sur notre poète ! déclama Théophraste en prenant congé à son tour.

Lorsque Juliette sortit sur le trottoir pour rabattre les vantaux, elle vit que ceux de la librairie étaient déjà clos. Elle prit lentement la direction de l'escalier menant à l'étage, comme entravée par une pesante nostalgie. Aux préoccupations liées à l'activité de la confiserie s'ajoutait le regret des bavardages avec Rodolphe lors de la fermeture de leurs magasins. À partir du moment où Elvire était entrée dans la vie du libraire, les rencontres s'étaient raréfiées.

*

Pierre, en se réveillant, n'avait pas senti Juliette à ses côtés dans le lit. Elle n'était pas même à la cuisine. Il descendit à l'atelier et la trouva en train de battre énergiquement des blancs d'œufs dans une terrine en métal. Tandis qu'il mettait des fruits à cuire dans les chaudrons à confiture, il la vit, du coin de l'œil, tremper des cerises dans la mousse blanche fermement fouettée puis les rouler dans le sucre tamisé. Juliette, tout en

« chemisant » ses cerises avant de les déposer délicatement sur une plaque qu'elle descendrait à l'étuve, lançait des petits regards furtifs vers son mari.

— Tu me surveilles ? jeta-t-il brusquement d'un ton rogue.

— Euh... non..., sursauta Juliette, saisie par la façon dont il s'était exprimé.

Puis elle décida de faire face.

— Enfin, peut-être que si. Il est arrivé que tu te trompes.

— Que je me trompe ou que je le fasse exprès ?

Ils s'étaient tous deux interrompus dans leur travail et se jaugeaient. Sous la morgue de son mari, Juliette voyait se fendiller le masque de soumission qu'il arborait jusqu'à présent. Il était temps d'intervenir. Mais comment recadrer Pierre sans s'enliser dans des disputes continuelles ?

— Ce n'est pas parce que tu es mon mari..., commença-t-elle prudemment.

— Que je peux tout faire. Oui, patronne, je sais.

— Ne m'appelle plus comme ça ! C'était la règle avant que nous soyons mariés, mais maintenant... c'est devenu moqueur dans ta bouche... presque insultant !

— Oh, Juliette ! N'en fais pas tout un foin !

— Je veux simplement mettre les choses au point. On peut très bien travailler ensemble sans que tu me contraries en faisant des erreurs. Hier, tu as mis mes cerises dans un coin, à la poussière, ce n'est pas correct ! Si je ne m'en étais pas aperçue, je les retrouvais piquetées de saleté ce matin ! Une autre fois, c'est que tu n'as pas dosé le sucre comme il faut...

— Juliette, dit-il en l'enlaçant, calme-toi... Je vois où tu veux en venir. Ne t'en fais pas, je fais toujours du « Juliette Montel ». Je te l'ai déjà dit, j'ai fait preuve d'étourderie...

Juliette ferma les yeux. La confiance à accorder à Pierre était indissociable du sentiment qui, voulait-elle croire, les liait encore.

— Tu m'aimes ? demanda-t-elle.

— Si je t'aime ? En voilà une question, patronne, répondit-il doucement en posant ses lèvres sur les siennes.

Le nom dont il la qualifiait lui arracha un sourire malgré elle. Elle se décrispa, se sentant soulagée, du moins jusqu'à la prochaine passe d'armes.

— Excuse-moi, dit-elle, je suis un peu tendue en ce moment. Je me demande si un jour on finira par rembourser le prêt.

— Ne t'en fais pas... ça ne marche pas si mal...

Il avait passé une main sous sa blouse, de l'autre relevait sa jupe. Il la poussa doucement contre le marbre, écarta des plaques de fruits qui séchaient.

— Pierre... avec tout le travail qu'on a..., tenta-t-elle de protester.

— Tu m'as demandé si je t'aimais... Juliette, détends-toi...

Elle se laissa aller à ses caresses. Mais si Pierre croyait réconforter sa femme, il se trompait. Elle ne parvenait pas à oublier les négligences dont il faisait preuve. Elle réalisa, amère, qu'elle assistait, impuissante et lointaine, au plaisir que son mari semblait trouver en elle, décuplé par l'avidité de la prendre là, au petit matin, entre les chaudrons qui fumaient et les vapeurs de fruits qui déposaient sur sa peau des petites gouttes parfumées.

Sans que cela l'étonne, elle laissa son esprit vagabonder et songea à la conversation qu'elle avait eue la veille avec Rodolphe. Les fêtes données en l'honneur des croisades pourraient-elles être l'occasion rêvée de renouveler sa clientèle ? C'est ce qu'avait suggéré Rodolphe. C'est aux propos encourageants du libraire, plus qu'aux démonstrations de son époux, qu'elle se sentit puiser l'énergie dont elle avait besoin pour la journée.

XIV

Fin mars 1895

La cartonnerie avait livré à temps les emballages commandés pour les fêtes pascales. Juliette était ravie. Elle avait demandé qu'on lui confectionne des boîtes ovoïdes en deux parties ; dans chaque moitié, alvéolée de caissettes en papier plissé, elle déposait des pâtes de fruits en alternance avec des fruits confits. Elle refermait le tout qu'elle maintenait noué d'un joli ruban au liseré doré. Elle était sûre que les gros œufs remplis de confiseries qu'elle disposerait dans sa vitrine attireraient les clients le moment venu. Au-delà de Pâques, elle songeait déjà aux fameuses fêtes annoncées pour le mois de mai et qui se dérouleraient sur quatre jours. Un nombre impressionnant de prélats étaient attendus puisque, dès l'automne précédent, l'évêque de Clermont avait invité ses confrères de l'épiscopat français à célébrer le huitième centenaire de la prédication de la première croisade par le pape Urbain II. Même le monde civil se mettrait à l'unisson par l'organisation d'une cavalcade qui parcourrait la ville avec chars, cavaliers et piétons en costume d'époque.

Les plus pieuses de ses clientes récapitulaient auprès de Juliette le programme des fêtes.

— Le pape Léon XIII a donné sa bénédiction, lui apprit l'une d'elles.

— Savez-vous, ma chère, que le pape Urbain II a prêché à la foule sur la place où vous tenez boutique ? À l'époque, c'était un grand terre-plein hors les murs de notre bonne ville, mais depuis c'est devenu la place Delille. Ici même ! N'est-ce pas une chance pour notre quartier ? Il est prévu d'installer un arc de triomphe !

— Tout pèlerin qui viendra dans notre belle église de Notre-Dame-du-Port, juste au-dessus d'ici, se verra accorder quantité d'indulgences ! confia une autre. À condition qu'il se soit confessé et qu'il ait communié, bien sûr ! Cela va en faire, du monde…

Juliette méditait tous ces commentaires. On se promettait d'accueillir une quantité impressionnante de visiteurs, dont les besoins en matière d'hébergement, de restauration et d'achats divers entraîneraient pour la ville des retombées économiques non négligeables. Sans compter le nombre d'évêques invités, qui viendraient sans doute accompagnés de vicaires ou de sacristains. Tout ce beau monde – laïc et religieux – ne manquerait pas de ramener des souvenirs aux familles, aux amis, aux paroissiens qui n'auraient pas pu se déplacer.

— Ces pèlerins sont aussi des touristes, et qu'est-ce qu'on rapporte comme souvenir, quand on vient en visite dans notre ville ? demanda une Juliette exubérante à Pierre. Des confiseries ! Des pâtes de fruits d'Auvergne ! Ils vont faire exactement comme les curistes qui prennent les eaux à Royat... Nous allons avoir du travail : confire, glacer, mettre en pots...

« Prévoir des emballages appropriés... », rajouta intérieurement la jeune femme dans sa liste. « Et il faudra envisager de personnaliser les souvenirs du huitième centenaire... »

Il lui paraissait inutile de demander l'avis de Pierre. L'ouvrier confiseur, tout à sa façon d'apprêter les fruits, ne se souciait pas de l'emballage ni de l'attractivité des produits.

— C'est affaire de femme, disait-il.

Après avoir bien réfléchi, Juliette s'en ouvrit à Rodolphe.

— Les amis, annonça-t-elle alors qu'il venait de s'attabler avec Théophraste, ne vous en déplaise, je vais célébrer à ma manière le huitième centenaire des croisades !

— Oh non..., sourcilla le pointilleux député alors que Rodolphe encourageait la jeune femme en haussant un sourcil intéressé. Ne me dites pas que vous allez entrer dans cette folle acclamation des massacres commis par les croisés ?

— Pour moi, les croisés, ce sont ceux qui ont rapporté le sucre en Occident ! Et avec le sucre se sont développées ces merveilleuses confiseries que votre servante vous offre encore aujourd'hui, dit-elle en simulant une révérence. Donc, en même temps qu'on fête un événement religieux, c'est un peu comme si on célébrait l'arrivée dans notre pays de l'art de confire que nous pratiquons toujours !

Elle se redressa et les toisa avec bonne humeur.

— Je n'avais pas pensé à ça, avoua Rodolphe. Mais avant les croisades, on connaissait bien les gâteaux et les friandises sucrées ?

— Oui, on sucrait au miel… Puis, au XIIe siècle, les croisés nous font découvrir la canne à sucre. Pierre, qui vient d'Apt, m'a bien dit que les fruits confits se sont développés avec l'arrivée des papes à Avignon. Désolée, monsieur le député, c'est encore grâce au clergé… Le sucre demeurait cependant un produit réservé aux riches, poursuivit-elle. Il n'y a pas si longtemps qu'il est devenu accessible au plus grand nombre…

— Avec la culture de la betterave à sucre, compléta Rodolphe qui semblait boire les paroles de Juliette. (Il se retourna vers son ami.) Et nous bénéficions tout près de Clermont de la sucrerie de Bourdon, illustre entreprise s'il en est, que l'on doit au duc de Morny…

— Ah, par pitié ! Pas ce nom honni ! éructa Théophraste en entendant évoquer le demi-frère de Napoléon III, célèbre dans une région qui lui avait servi de tremplin politique avec l'élection à la Chambre des députés. Le comploteur du 2 décembre !

— Ah, mon brave ami ! sourit Rodolphe en lui donnant une joyeuse bourrade à l'épaule. Je sais bien que tu n'es pas bonapartiste mais, pour revenir au sucre dont parlait Juliette, on ne peut nier que le duc de Morny a fondé une entreprise florissante…

Juliette, amusée par ces joutes entre les deux amis, allait leur annoncer qu'elle comptait bien mettre à profit la commémoration des croisades pour innover dans ses productions quand apparut Elvire, le visage fermé.

— Rodolphe ! Tu as un client !

Comme le libraire ne lui prêtait pas attention, elle ajouta sèchement :

— Je ne suis pas ton employée ! Viens t'occuper de tes clients plutôt que de passer ton temps à boire !

Comme mû par un ressort, Rodolphe se leva, les sourcils froncés. Un éclair de colère ombragea son front et il était visible, à ses poings fermés, qu'il se contenait pour ne pas éclater devant les autres.

— Oh là, fit Théophraste à voix basse quand il se fut éclipsé. Je connais mon Rodolphe, ça ne va pas se passer comme ça. (Il fixa Juliette.) Je parie que vous n'aviez pas fini avec votre centenaire des croisades. Vous aviez une idée derrière la tête et vous vouliez nous en parler ?

La jeune femme, qui restait saisie par l'irruption d'Elvire, sembla se ranimer et se laissa tomber sur la chaise abandonnée par Rodolphe.

— C'est vrai… Je souhaitais demander à Rodolphe de m'aider… D'après ce que j'ai compris, il y aura du monde de l'aristocratie qui viendra à ces fêtes…

— De la noblesse, voulez-vous dire ! Des descendants des croisés de l'époque, rien que ça, confirma Théophraste d'un air pincé. Mais poursuivez, Juliette, vous savez bien que nous sommes vos plus fidèles soutiens.

— Et j'en suis consciente, monsieur le député. J'aimerais marquer mes produits d'un sceau, comme un blason. Vous connaissez la manière de procéder ? Il suffit de fabriquer une forme en bois pour façonner le moule d'amidon dans lequel on coule la pâte de fruits.

— Rodolphe n'est pas menuisier, sourit le député.

— Mais je le crois capable de dessiner un blason qui me correspondrait. Pensez-vous qu'il accepterait ?

Théophraste tapota la main de Juliette.

— Il s'en fera un plaisir, assura-t-il.

La jeune femme faisait jouer le verre que Rodolphe n'avait pas terminé.

— Elle a dit : « boire », commenta-t-elle amèrement. On ne boit pas chez moi, on déguste…

À ce moment, Pierre fit son entrée dans le magasin. Il n'aperçut pas Juliette immédiatement, dissimulée par la carrure imposante de Girardon.

— Ça va, Valentine ? demanda-t-il à la jeune vendeuse qui patientait derrière le comptoir.

— Oui, monsieur.

Ses yeux s'attardèrent sur la jeune fille puis, à un mouvement de Théophraste, il vit Juliette. Il s'avança et fit une courbette obséquieuse.

— Bonsoir, monsieur le député.

— Je me sauve, on doit approcher de l'heure de la fermeture.

À peine le député s'était-il levé que Pierre s'adressa à sa femme.

— Je te croyais sortie à faire une course… Plutôt que de bavarder avec les clients, tu pourrais venir m'aider à l'atelier, gronda-t-il entre ses dents. Avec tout ce qu'il y a à faire… Tu me le répètes assez.

Il pivota brusquement, laissant Juliette désemparée. Théophraste, qui n'avait pas compris les propos, mais en avait bien perçu l'intonation, souffla dans sa barbe une fois sorti sur le pavé. Entre son ami Rodolphe et la charmante Juliette, il ne sut lequel des deux était le plus à plaindre.

XV

— Je vais faire un tour, prévint Pierre.

Il s'immobilisa sur le seuil du magasin, le temps d'allumer une cigarette et d'avaler une longue bouffée.

— Ferme la porte ! lança Juliette. La fumée va gâcher le parfum des fruits !

Tirant à lui la poignée, son regard se porta sur l'inscription qui décorait la vitre. « Juliette Montel épouse Joulet. » Un tic nerveux lui fit frémir la paupière. « Bah ! se dit-il. Il est temps de changer tout ça. »

Il remonta le col de sa veste ; il faisait toujours froid en ces derniers jours de mars.

— Quel pays ! se plaignait-il régulièrement à sa femme. Quand j'étais à Apt, et même à Carcassonne, on enlevait le manteau à la fin février. On a un mois de retard sur tout, ici.

— Les rigueurs de l'hiver permettent à la végétation de ne pas démarrer trop tôt et évitent ainsi les floraisons trop précoces. Regarde les collines qui portent les fruitiers, leur versant est exposé idéalement au sud ! Et le sol ! Ce sol à la roche volcanique, c'est lui qui donne son parfum inimitable à nos fruits !

La conviction que Juliette mettait dans ses propos le laissait de marbre. Il commençait à s'ennuyer, lui dont la vie s'était enlisée dans une routine consternante, après avoir connu un rebondissement inespéré quelques mois après son installation.

Cela faisait trois ans qu'il était arrivé à Clermont-Ferrand ; il avait passé en Auvergne davantage de temps que dans les autres villes où il accomplissait son tour de France. Le mariage avec Juliette était-il suffisant pour le retenir ? N'était-il pas plutôt stimulé par le défi qu'il s'était lancé à lui-même, dès qu'il avait été embauché par cette si jolie patronne qu'il s'était fait fort de conquérir avant de devenir le maître incontesté de la confiserie ? II avait pourtant sincèrement aimé Juliette – à moins qu'il n'eût confondu sentiment et désir –, il avait été séduit par son caractère farouche autant que par son charme, captivé par cette façon qu'elle avait de se battre pour asseoir son autorité. Mais il s'était davantage complu à faire tomber cette citadelle imprenable de ses patients assauts qu'à se lier à cette femme devenue sienne. Peut-être n'était-il qu'un conquérant qui ne trouve de saveur que dans la lutte, un vainqueur qui se détache de sa proie aussitôt maîtrisée. Trois ans après, où en était-il de ses ambitions ? Il n'était que le mari de la « confiseuse », il demeurait l'ouvrier et son nom était simplement juxtaposé à un autre sans briller à la devanture. Agathe les unissait-elle ? Si leur enfant avait été un fils, il aurait patienté, le temps de lui apprendre le métier, avant de s'en faire un allié pour évincer la mère. Les « Joulet père et fils » auraient alors inauguré une nouvelle ligne de confiseurs et il se serait inscrit dans le paysage clermontois. Attendre quinze ans ne lui faisait pas peur si tel avait été le cas. Mais la naissance d'Agathe l'avait comme rendu stérile. Et Juliette se débrouillait pour ne pas retomber enceinte. « Oui, se répéta-t-il intérieurement, il est temps de changer tout ça. »

Ses pas le conduisirent, quelques rues plus loin, vers un bâtiment de brique où une cheminée lançait fièrement son panache de vapeur à l'assaut des nuages. Franchissant le porche, il s'engagea dans l'escalier et, au vu de sa démarche alerte, on pouvait se douter que ce n'était pas la première fois qu'il visitait le lieu. Il frappa à la porte vitrée d'un bureau.

— Bonsoir, monsieur, dit Pierre en ôtant sa casquette.

Léon Marial leva la tête et lui fit signe d'entrer.

*

Rodolphe se pencha sur le seuil de la porte communicante.

— Vous n'avez pas de clients ? Je peux venir ?

— Bien sûr ! C'est toujours assez calme, Pâques n'est que dans quinze jours.

Juliette prépara un gobelet de vin de cerises avant de rejoindre le jeune homme et de prendre place à côté de lui.

— Tenez, vous me direz ce que vous en pensez.

Il trempa les lèvres, montra sa satisfaction d'un claquement de langue avant de sortir un papier plié de la poche de son gilet.

— Vous avez imaginé mon blason ? s'émerveilla-t-elle en détaillant un dessin où elle reconnut trois bouquets de cerises placés en diagonale dans un écu.

— J'ai tenu compte de vos *desiderata* : quelque chose d'assez simple pour imprégner les esprits tout en obéissant à la contrainte de figurer sur un « sceau » en bois, pardon si je n'emploie pas le mot approprié…

— Une forme en bois destinée à laisser sa marque dans l'amidon…, rectifia-t-elle en hochant la tête.

— Voici un autre dessin que je vous propose pour imprimer en couleur les étiquettes pour vos boîtes. Voilà les armes de Juliette ! déclama-t-il.

— Cerises rouges, feuilles vertes, commenta la jeune femme, mais pourquoi la couleur jaune en arrière-plan ?

— J'ai repris les couleurs du blason de l'Auvergne : la bannière rouge liserée de vert sur fond jaune. Ou plutôt devrais-je dire : « D'or au gonfanon de gueules frangé de sinople » !

— Quelle bonne idée ! s'exclama Juliette.

— Voici la description du vôtre : « D'or, aux deux cerises de gueules tigées et feuillées de sinople, posées par trois en bande. » J'espère qu'un duc ou un marquis ne me mettrait pas aux fers pour un langage héraldique qu'il condamnerait !

Juliette ne put s'empêcher de rire puis s'interrompit brusquement, alors qu'une rougeur charmante colorait ses joues. Le coup d'œil qu'elle jeta vers la porte communicante n'échappa pas à Rodolphe.

— Elvire n'est pas là, lâcha-t-il.

Le regard que lui porta Juliette, éclairé d'une connivence touchant à la tendresse, le happa littéralement.

— Juliette... je suis désolé pour l'autre fois..., commença-t-il.

Elle sourit, baissa les yeux et lui caressa légèrement la main.

— Chut... il n'y a pas besoin de mots. Pas entre nous.

Elle avait presque murmuré et il se demanda s'il avait bien entendu. Elle se saisit du papier.

— C'est parfait. Vous pourrez m'imprimer des étiquettes pour mes boîtes ? Et renouveler les bons de commande ? Quant au modèle pour la forme en bois, je le porterai au menuisier.

*

— Tu en es où ? interrogea Léon avec une pointe de brusquerie.

— Monsieur Marial... Juliette a toujours un œil quelque part... Il m'est difficile de ne pas faire comme elle me dit...

— Bon... Mais tu es arrivé à voir comment elle agrémente ses cerises à l'eau-de-vie ?

Pierre se tenait debout devant le confiseur, faisant rouler sa casquette dans les mains. Il eut une moue d'enfant pris en faute.

— Non... Je ne connais pas tous les aromates qu'elle met dans les mousselines qu'elle laisse infuser, et j'ignore les proportions exactes.

— Et ses cerises en chemise ? tonna Léon. Tiens, goûte celles-là !

Il lui tendit une bonbonnière en cristal et Pierre se servit d'une cerise dont il remarqua au premier coup d'œil que l'enrobage de sucre fripait d'une façon peu attrayante. Il dégusta la friandise avant de reconnaître :

— C'est un peu sec...

— Pardi, que c'est sec ! Elle a un coup de main que tu n'es pas fichu de me faire connaître !

— C'est Juliette qui s'occupe de ses spécialités, monsieur Marial. Si encore c'est moi qui les faisais... mais elle ne me laisse pas m'y mettre. J'ai bien essayé de faire en sorte que ses cerises prennent des grains de poussière et déçoivent ainsi la clientèle, mais elle a l'œil partout, je vous dis. Monsieur Marial, ajouta-t-il pour tenter d'intéresser le confiseur, avec les fêtes des croisades prévues en mai, elle a décidé d'innover. Elle veut faire des coffrets spéciaux pour les touristes.

— On fera tous ça, lâcha Léon en haussant les épaules.

Pierre observait son interlocuteur. Pourquoi l'un des confiseurs les plus réputés de Clermont, propriétaire d'une entreprise dix fois plus grande que le modeste atelier de Juliette, craignait-il la concurrence de la jeune femme ? En faisait-il une affaire personnelle qui allait au-delà du raisonnable ? Quand il avait essayé d'évoquer le prestige de Marial auprès de Juliette, elle s'était fâchée :

— Il fait peut-être des bonnes confiseries, quoique, à faire en trop grosse quantité, je doute qu'il maintienne la qualité. Je le soupçonne de faire à l'économie : des fruits achetés à moindre coût, des bains de cuisson moins nombreux...

— Comment tu sais ça ?

— Dans les vergers, c'est comme partout : les gens parlent... Et puis c'est un personnage insupportable, qui n'a rien compris au progrès social !

Il se douta qu'elle voulait faire allusion au fait que Marial ne la reconnaîtrait jamais comme faisant partie du métier. Il comprenait qu'elle s'était sentie bafouée de ne pas avoir été admise dans la société des confiseurs. Sans l'avouer à sa femme, il avait demandé à s'y faire accepter. S'il avait effectivement pu adhérer, moyennant une cotisation, en tant qu'ouvrier confiseur, il n'avait pas été convié au banquet traditionnel du 3 janvier dernier. Léon Marial l'y inviterait, lui avait-il assuré, le jour où il lui livrerait les secrets de fabrication de Juliette.

— Il y aurait bien une solution, reprit le confiseur.

Pierre le scruta attentivement, alors que l'autre savourait le plaisir de le faire attendre.

— La confiture, les pâtes de fruits, c'est quoi, mon ami ? Des fruits, du sucre ! ricana Léon en écartant les mains dans un geste d'évidence.

— Je sais bien, monsieur Marial. J'ai bien essayé de moins doser le sucre, mais elle s'en est aperçue...

Le confiseur, la main repliée sous le menton, se tapota les lèvres de l'index comme s'il réfléchissait.

— Et s'il n'y avait plus de sucre du tout... comment tu ferais ?

— Je ne pourrais rien faire, répondit Pierre interloqué. Mais pourquoi voulez-vous qu'il n'y ait plus de sucre ? Il n'y a pas de pénurie... et les prix n'ont pas forcément augmenté au point de ne plus pouvoir acheter...

— Sauf s'il y a un problème dans la livraison... Dis-moi, elle commande bien à la sucrerie de Bourdon ?

— Oui, monsieur.

— Parfait. Je m'en occupe.

Un sourire illumina les yeux de Léon Marial.

XVI

Avril 1895

— Juliette ! Où le livreur a-t-il mis le sucre ? Je ne le trouve pas !

Après avoir levé les yeux au ciel, cherché dans tous les coins de l'atelier, de la remise et de la courette, la jeune femme dut se rendre à l'évidence. Il n'y avait plus un seul sac de sucre pour cuire les fruits qui venaient d'être égouttés du bac de conservation.

— Tu es sûre d'en avoir commandé ? insista Pierre sans se démonter.

— Bien sûr. Regarde mon cahier de commandes, rétorqua Juliette en compulsant fébrilement les doubles. De toute façon, je m'en souvenais. Et la sucrerie ne m'a jamais fait faux bond. C'est incompréhensible… Il te reste bien un peu de sucre, quand même ?

Pierre secoua la tête d'une façon tellement désolée que Juliette n'eut pas le cœur de lui reprocher de n'avoir pas vérifié en prenant le dernier sac.

— Comment je fais ? répétait-il à la manière d'un enfant.

— Il faut trouver une solution, décida-t-elle d'un ton tranchant.

Elle réfléchit rapidement. Même si elle allait en personne à la sucrerie de Bourdon, la livraison de sucre ne pourrait intervenir que dans trois ou quatre jours. Elle ne disposait pas de ce délai. Les fêtes de Pâques maintenant passées, il était urgent de maintenir la production à un rythme soutenu. La célébration du huitième centenaire des croisades commençait dans trois semaines, juste le temps qu'il fallait aux fruits pour se transformer. Pierre, les sourcils froncés, la vit jeter un manteau sur les épaules et sortir rapidement.

Adélaïde Récamier, agacée de devoir recommencer une lettre où son patron avait décelé une malheureuse faute d'orthographe, glissa une nouvelle feuille sur le rouleau de la machine à écrire et se mit à taper fébrilement. Juste derrière le chariot, elle vit les plis d'une robe entrer dans son champ de vision. Une visiteuse avait besoin d'un renseignement ? Eh bien, elle attendrait... Lorsque deux barres de lettre vinrent se coincer pour former sur la feuille un pâté indescriptible, Adélaïde ôta rageusement la feuille de papier du cylindre et, levant la tête, s'aperçut alors de l'identité de la jeune femme qui attendait derrière son bureau.

— Mademoiselle Juliette ? Pardon, madame... devrais-je dire...

— Ce n'est pas grave, coupa Juliette. Dites-moi, M. Marquand est là ?

— Il est actuellement en rendez-vous, je vous prierai de patienter, répondit la secrétaire en désignant une chaise.

Juliette, bien qu'ayant l'esprit préoccupé, tenta de se distraire en feuilletant quelques exemplaires du *Gaulois* que le confiseur laissait à disposition des visiteurs dans l'antichambre de son bureau. La porte finit par s'ouvrir sur Gustave Marquand qui raccompagnait un client. Alors qu'il tendait la main à Juliette, celle-ci remarqua le brassard noir qui ceignait la manche de sa veste. Elle s'en voulut presque de sa démarche, sachant que l'homme était en deuil de son second fils.

— Juliette ! Entrez.

— Je vous remercie de me recevoir, monsieur Marquand. Je suis désolée de vous importuner dans l'épreuve que vous traversez...

L'homme haussa les épaules.

— Il faut croire que c'est le destin. L'aîné est mort des vapeurs nocives émises par les fourneaux de la confiserie, le cadet des fièvres tropicales... Lui qui voulait échapper à la confiserie a réalisé son rêve de s'engager dans l'infanterie de marine, mais la guerre a eu raison de lui. Jules Ferry avait-il le droit de dire il y a dix ans qu'il nous fallait Madagascar ? C'est cette île qui a eu mon fils... Bref, vous n'êtes pas venue pour que je vous livre mes états d'âme sur la politique colonialiste de notre gouvernement. Que me vaut l'honneur de votre visite ?

Juliette eut un pâle sourire.

— Lorsque je suis partie de chez vous, vous m'avez dit que vous seriez toujours là si j'en éprouvais le besoin...

Face à un Gustave Marquand attentif, elle exposa sa demande. Le confiseur s'empressa de la rassurer, lui promettant de lui faire livrer du sucre dans l'heure et, devant le soulagement ému qu'elle montra, il sourit.

— Je suis content que vous vous soyez souvenue de moi pour ce petit service. Oh, si ! Ne niez pas ! Je n'ai pas grand peine à vous dépanner de quelques kilos ! Mais Juliette... ça m'étonne quand même...

— Je sais ce que vous pensez. Vous vous dites que je crois avoir passé commande, mais qu'en fait c'est un oubli de ma part...

— Non, je vous crois.

Il lissa sa barbiche avant de poursuivre, l'air préoccupé :

— C'est quand même embêtant qu'à la sucrerie ils omettent d'honorer une commande...

— Je vais aller les voir, ils me donneront l'explication.

— Laissez faire, je vais leur téléphoner.

Fier de montrer à Juliette qu'il appartenait à la douzaine de privilégiés à avoir fait installer le téléphone depuis peu, il s'empara du cornet et, la voix haut perchée, demanda à la standardiste de le mettre en communication avec la sucrerie de Bourdon. Après avoir exposé la mésaventure arrivée à Juliette, il resta silencieux un long moment, patientant le temps qu'un employé vérifie les bons de commande, puis écouta le rapport qu'on lui faisait, qu'il entrecoupait de quelques questions laconiques.

— Bien, je vous remercie, dit-il en raccrochant.

Puis il fixa Juliette.

— Il y a eu une erreur. Ne vous inquiétez pas, ils vont vous livrer après-demain, ça ira ? En attendant, je vais vous faire parvenir tout de suite quelques sacs.

Il raccompagna Juliette, descendit donner quelques ordres brefs à un ouvrier puis, l'air préoccupé, reprenait le chemin de son bureau quand il fit soudain volte-face.

— Prépare-moi le cabriolet, Georges, s'il te plaît, demanda-t-il au concierge de son entreprise.

Quand l'homme lui remit entre les mains les rênes de la voiture, Gustave Marquand prit le chemin de la sucrerie de Bourdon.

Il avait eu du mal à remonter à la source de la prétendue erreur, mais son opiniâtreté avait fini par payer. Le responsable des livraisons jurait que ce n'était pas lui qui avait annoté le bon de commande de Juliette d'une mention « annulé » en gros caractères inscrits au crayon rouge. Il avoua enfin reconnaître l'écriture de l'un de ses trois employés, lequel fut convoqué en présence de Gustave.

— Qui vous a dit de ne pas honorer cette commande ? s'enquit-il.

— Mme Montel-Joulet elle-même, énonça tranquillement l'employé. Elle m'a téléphoné.

— Tu mens ! Elle n'a pas le téléphone ! explosa Gustave.

— Je vous assure, c'était bien une femme que j'entendais dans l'écouteur, se présentant comme Mme Montel.

L'homme prit un air penaud, n'osant lever les yeux vers son responsable.

— D'où provenait l'appel, Ferdinand ? demanda celui-ci d'une voix posée, alors qu'il commençait à comprendre qu'une femme s'était fait passer pour Juliette.

L'interpellé se dandinait d'un pied sur l'autre, brusquement à l'étroit dans sa chemise aux poignets comprimés dans des manchettes en cuir.

— La standardiste t'a mis en rapport avec qui ? tonna Gustave. Il n'y a pas foule d'abonnés au téléphone ! Tu dois bien te rappeler ! Tu veux que ça se sache que la sucrerie de Bourdon emploie un ouvrier malhonnête ?

— Attendez... attendez, je réfléchis... oui, je me souviens maintenant. La dame s'est bien présentée à moi comme Mme Montel, mais... la standardiste m'a passé l'appel depuis l'entreprise de M. Marial... J'ai cru que Mme Montel, pour aller plus vite, avait téléphoné de chez lui...

— Si cet imbécile travaillait chez moi, il serait viré sur-le-champ, commenta Gustave à l'attention du responsable.

Puis il se retourna vers l'employé.

— Je préfère ne pas penser que tu es de connivence avec Marial. Mais dis-toi une chose, mon bonhomme : Mme Montel-Joulet n'annule pas ses commandes, elle ne va pas téléphoner chez Marial non plus. Quand elle aura son propre téléphone, et ça ne m'étonnerait pas que ce soit dans pas longtemps, tu auras appris à reconnaître sa voix.

Gustave Marquand remonta dans son cabriolet, après qu'on l'eut assuré que dorénavant une pareille « erreur » ne se reproduirait plus. Il aurait dû se sentir soulagé, or il bouillonnait d'une colère sourde. Il desserra le nœud de sa cravate, passa un doigt dans le col de la chemise. Il avait l'impression de se trouver à court d'air. Accordant peu de place à l'éventualité d'une réelle négligence, il subodorait que l'employé de la sucrerie était au service de l'influent Marial. Le véritable initiateur de cette bassesse était le confiseur rival, il en était maintenant certain. Léon Marial prenait trop d'assurance, il fallait mettre un frein à cette soif nocive de toute-puissance. Le vieil homme relâcha un peu plus sa cravate, avala goulûment une bouffée d'oxygène. Parviendrait-il à faire entendre raison à son confrère ?

*

Arborant l'air suffisant qui lui était coutumier, Léon faisait semblant de se gausser tout en priant son visiteur d'entrer dans son bureau.

— Allons, mon bon Gustave, qu'est-ce que tu imagines là ? Enfin, tu n'es pas sérieux ?

— Pas besoin de cajoleries ! s'exclama Gustave comme Léon lui flattait l'épaule. Je sais très bien que le coup de fil est parti d'ici, dit-il en pointant le téléphone qui trônait sur le bureau du confiseur. Tu as fait appel à ta secrétaire pour jouer le rôle de Juliette, ne nie pas ! Je t'ai démasqué, mon vieux, mais ce qui m'intéresse, c'est de savoir pourquoi...

Sans inviter Gustave à s'asseoir, Léon haussa les épaules et s'affala dans son fauteuil.

— Qu'est-ce que tu as après Juliette Montel ? insista le vieux confiseur. Regarde-toi, regarde ta fabrique ! Qu'est-ce que tu crains de cette jeune femme ? Elle monte sa propre confiserie, c'est vrai, mais elle ne te fait guère d'ombre. Du moins pas pour l'instant !

— Je ne crains pas sa concurrence, coupa Léon en ricanant. D'ailleurs, je ne la crois pas en si bonne situation financière que ça. Son affaire roule tranquillement, mais il faudrait qu'elle fasse davantage, si elle veut rembourser son prêt.

— Tu sais bien des choses, hasarda Gustave, soupçonneux. Moi, je lui ai toujours fait confiance pour s'en sortir. Mais dis-moi, si tu crois qu'elle va boire la tasse toute seule, pourquoi tu en rajoutes avec le coup du faux appel téléphonique ? Qu'est-ce qu'elle t'a fait, si ce n'est pas une concurrente sérieuse ?

— Qu'est-ce qu'elle m'a fait ? s'énerva Léon. Mais la question, c'est plutôt : qu'est-ce qu'elle nous fait, à nous tous ? À nous les confiseurs ! Tu vois pas la question, toi ?

Et comme Gustave le regardait sans réagir, interloqué du ton qu'il prenait, il s'écria :

— C'est une femme ! Nom de Dieu, Gustave ! On fait un métier d'homme !

— Je t'ai déjà dit que les choses évolueraient certainement dans un proche avenir... On ne s'étonne plus d'avoir des femmes enseignant dans les écoles, on commence à avoir des femmes médecins, peu, je te l'accorde, mais la voie est ouverte. Et pourquoi pas des femmes dans la confiserie, qui fassent autre chose que de l'emballage et de la vente ?

— Ta Juliette, est-ce que c'est elle qui manipule le chaudron de confiture ? C'est elle qui porte les kilos de sucre et de fruits ? Non, c'est son employé de mari. Voilà à quoi elle le réduit, son Pierre : un manutentionnaire et un ouvrier. Elle étouffe tout esprit de création, car elle impose ses recettes. Si les femmes se mêlent de notre métier, c'est la fin de notre corporation !

— Mon pauvre Léon, soupira Gustave, tu es largement plus jeune que moi et, pourtant, j'ai l'impression que tu as les idées d'un très vieil homme...

Léon eut un geste de la main comme s'il balayait un insecte nuisible.

— J'ai les idées de mon temps, des idées ancrées dans la réalité, et pas dans les rêves d'un vieux fou !

Gustave eut un haut-le-corps qui le fit légèrement chanceler. Il se rattrapa au coin de la table, derrière laquelle Léon le regardait d'un air hargneux. Où étaient passées la complicité, la confiance, la loyauté qui unissaient les confiseurs jusque-là ? Il ressentit à nouveau cette oppression sur la poitrine qui l'avait accompagné durant son retour de la sucrerie. S'obligeant à garder une respiration calme et régulière, sans tenir compte des battements de son cœur qui s'affolait, il tourna lentement le dos, descendit à pas mesurés l'escalier menant au rez-de-chaussée et pria le ciel d'avoir la force de grimper dans son cabriolet. Vieux, lui ? Sans aucun doute. Fou, l'était-il vraiment de regarder la société se transformer sous ses yeux sans vouloir y prendre sa part ?

De retour à son bureau, il examina une nouvelle fois les portraits de ses enfants qui ornaient le dessus d'une desserte. Il effleura du doigt le fin ruban de gaze noir qui en soulignait le coin supérieur. Qu'adviendrait-il de sa confiserie qu'un aïeul avait fondée au tout début de la Restauration ? Il reposa lentement les cadres, l'un après l'autre, cherchant la réponse dans le regard indéchiffrable des jeunes gens, empreint d'une nostalgie qui s'y reflétait en miroir de la sienne. Le visage de Juliette se superposa aux figures adoucies par la teinte sépia des clichés. Juliette, avec ses joues roses, son sourire étincelant, ses cheveux châtains vaporeux sous la coiffe blanche… Elle aurait presque pu être sa fille. Quel dommage qu'elle ne le fût pas ! Elle aurait remplacé, avec une vaillance déterminée, tous les héritiers possibles, il en était persuadé.

*

— Tu t'es bien débrouillée, admit Pierre en déchargeant dans la cour les sacs de sucre que Gustave Marquand avait fait porter. Je suis sauvé, je vais pouvoir me mettre aux confitures.

Juliette hocha la tête gravement, en silence, avant de regagner la boutique, où Valentine servait un client venu acheter une bonbonnière garnie. Pour s'occuper les mains, elle modifia la présentation des sachets et des boîtes sur les étagères en bois verni du magasin, tout en réfléchissant aux propos de son ancien patron. Il avait parlé d'erreur. Ne s'agissait-il pas plutôt d'une annulation délibérée de sa commande ? Mais qui, alors, pouvait en être à l'origine ? Un concurrent souhaitant lui nuire ? Un nom s'imposa soudain à elle, celui de Léon Marial, celui qui avait voulu lui racheter l'atelier, celui qui l'excluait d'office de la corporation des confiseurs, celui qui refusait de la considérer comme exerçant le même métier. Mais comment Marial était-il au courant qu'elle avait passé une commande au début du mois ? Bénéficiait-il de complicité néfaste au sein de la sucrerie ? À moins que Pierre… Son mari pouvait-il être impliqué dans les éventuelles combines de Marial ? La tête lui tourna brusquement. Elle prétexta la nécessité de monter à l'étage et confia le magasin à Valentine. Parvenue à la cuisine, elle s'effondra sur une chaise. Quel rôle jouait Pierre ? Se pouvait-il qu'il la manipulât depuis leur mariage, voire avant ? Elle frémit à l'idée que la naissance d'Agathe ait un lien avec une ambition qu'elle s'avoua en fait avoir toujours soupçonnée chez Pierre. Penser à sa fille la fit réagir : jamais elle ne tolérerait que son enfant servît d'enjeu à une lutte avec son mari. Elle se battrait pour qu'Agathe soit fière du travail de sa mère. Écartant rageusement une mèche de cheveux qui lui barrait le front alors qu'elle était secouée de sanglots silencieux, elle se leva, se tapota les joues pour reprendre courage. Elle s'approcha de la fenêtre qui donnait sur la place Delille, contempla le spectacle des fiacres qui déchargeaient leurs passagers tandis que d'autres repartaient, les chevaux mis au trot par un vigoureux coup de fouet des cochers. Au milieu de la place, la large vasque de la fontaine déversait sans discontinuer sa gerbe d'eau qui ruisselait en rideau. Derrière le monument, elle apercevait les immeubles qui cernaient la place, aux jolis balcons en fer forgé, aux hautes fenêtres où des tentures filtraient une lumière dorée. Juliette se rappela alors ce qu'elle avait lu en patientant dans l'antichambre de Gustave Marquand, cet article du *Gaulois* consacré aux préparatifs de la fête des croisades. Le journal annonçait la venue d'une personne de haute noblesse qui honorerait les fêtes de sa présence et irait loger chez un ami habitant sur la place Delille. De quel immeuble s'agissait-il ? Celui en face de son magasin, dont elle apercevait le porche en bois sculpté ? Cela lui donna à réfléchir. N'y avait-il pas là l'occasion de se voir justement ouvrir certaines portes ? Ne tenait-elle pas le moyen de faire connaître ses produits à Paris, par l'entremise de cette illustre visiteuse, duchesse de son état, qui résidait dans la capitale ? Juliette y vit comme un défi, dont la singularité l'extirpa de son marasme. Peut-être que s'approchait là son heure de gloire, qui sonnerait comme une vengeance contre l'infâme Marial. Elle ressentit le besoin de se confier. Certainement pas à Pierre… Elle pensa immédiatement à Rodolphe. Oui, elle le tairait à Pierre, mais s'en ouvrirait à Rodolphe : elle ferait tout pour se manifester auprès de la duchesse d'Uzès.

XVII

— Quoi ? Ne me dites pas que vous voulez rencontrer la duchesse d'Uzès ! réagit Rodolphe sur un ton mordant.

— Et pourquoi pas ? Avez-vous songé que, si elle connaissait – et appréciait... – mes pâtes de fruits, elle pourrait les faire découvrir autour d'elle ! Si les portes de Paris s'ouvraient devant moi...

— Juliette..., s'étrangla presque Rodolphe en interrompant la jeune femme. La duchesse d'Uzès, pas elle !

— Oh, je comprends qu'elle représente pour vous l'image vivante d'une monarchie et d'un catholicisme que vous abhorrez, mais...

— Si ce n'était que cela ! Et le soutien au général Boulanger, vous l'oubliez ? Peste soit de ces monarchistes alliés à ce nationaliste éhonté qui a voulu faire tomber la République !

Effarée, Juliette contemplait le visage furieux du libraire. Elle qui avait cru obtenir les encouragements de Rodolphe se trouvait décontenancée par son accès de colère. C'était davantage qu'une réaction à imputer à des convictions politiques. Elle voyait, consternée, s'ébrécher un soutien, une amitié qui lui étaient si précieux dans son activité.

— Vous vous égarez, Juliette, poursuivait-il. Vouloir étendre vos ventes en dehors de la région, viser un public parisien est un but fort compréhensible. Mais pas au point de vous abaisser aux pieds de ces altesses condescendantes qui nous toisent de leur hauteur passée !

— Vous êtes bien sévère, Rodolphe, avec cette grande dame. Elle n'a rien de condescendant. Elle est très engagée, et d'une façon fort louable, envers les plus démunis.

— Madame la duchesse a ses pauvres, bien sûr !

— Cela va bien plus loin que des œuvres de bienfaisance pour se donner bonne conscience ! Vous oubliez l'amitié sincère qui la lie à Louise Michel !

— Ah… la duchesse et la Vierge rouge !… En effet ! La monarchiste et l'ancienne communarde, qu'avancer de plus pour faire croire que tout le monde est réconcilié ?

Vexée, Juliette coupa court à la conversation en prétextant que, la nuit tombant, elle avait à rabattre les vantaux. Elle ferma la porte de communication entre les deux magasins, un peu plus violemment qu'elle n'aurait souhaité, sur un Rodolphe qui rentrait chez lui en secouant la tête de désapprobation. La jeune femme aurait voulu ajouter que la duchesse d'Uzès, qui la fascinait depuis qu'elle suivait ce qu'en relatait *Le Gaulois*, portait un autre combat, celui du féminisme. En cette fin de siècle où la lutte pour des droits équitables entre hommes et femmes devenait un enjeu nouveau, l'intérêt que cette héritière d'une famille prestigieuse manifestait à la cause des femmes, ses liens avec des pionnières pour l'égalité des sexes prenaient pour Juliette une brûlante acuité.

Peut-être la duchesse porterait-elle un regard tout en bienveillance sur la petite confiseuse qui tentait de s'imposer dans le monde très masculin de la fabrication des pâtes de fruits.

*

On aurait dit que Rodolphe boudait, car il ne revint dans le magasin de Juliette que trois jours plus tard. Et encore paraissait-il être entraîné par le député Girardon, qui pénétra en coup de vent pour s'attabler en réclamant un vin de cerises. Juliette était elle-même assise, la boutique étant vide en cette fin de journée, en train de griffonner sur une feuille de papier. Lorsqu'elle revint, leur portant des gobelets remplis, le député s'était emparé de son dessin.

— Que faites-vous ? Le projet d'une nouvelle composition de fruits ?

— C'est tout à fait ça, rétorqua-t-elle en lui reprenant le papier des mains. C'est un essai. Une pyramide de fruits confits.

— Pour disposer dans votre vitrine en l'honneur de la fête prochaine ? interrogea Théophraste Girardon.

— C'est bien dans l'optique de la fête... mais pas pour mettre dans la devanture.

— Oh ! Je vois... C'est pour offrir à la duchesse ? Rodolphe m'a raconté, dit-il à mi-voix.

Devant l'air assombri de Juliette, et constatant que son ami piquait du nez sur son verre, Théophraste éclata de rire.

— Il n'y a vraiment pas lieu de vous moquer, monsieur le député, dit-elle sévèrement. Je ne fais que perpétuer une tradition qu'avaient les confiseurs clermontois autrefois, vous l'ignorez visiblement, celle d'offrir des confiseries aux hôtes de marque.

— Avouez que les temps sont bien doux qui permettent d'honorer, ainsi que vous vous apprêtez à le faire, rétorqua Girardon en désignant le dessin, celle qui a soutenu activement ce « brav' général » Boulanger, comme disait la chanson.

— Espérons surtout pour vous, ajouta Rodolphe en vidant son verre, qu'après lui avoir donné ses trois millions pour ses campagnes électorales, il reste quelques pièces à la duchesse pour vous acheter des pâtes de fruits.

— Oh, pour ça, je ne m'en fais pas ! riposta Théophraste. J'en connais aussi une autre, de chanson !

Et, sur l'air de *La Boulangère*, il se mit à fredonner :

— La boulangiste a des écus... Qui ne lui coûtent guère...

Debout à côté d'eux, Juliette posa les paumes à plat sur la table, les bras tendus, et dévisagea à tour de rôle les deux hommes.

— Même si vous payez votre écot, vous êtes chez moi, assena-t-elle tranquillement. Vous êtes bien malavisés de venir vous moquer d'une clientèle que je cherche à flatter à l'occasion d'un événement historique qui se déroule dans notre ville. Je ne me mêle pas de politique, moi, j'ai juste le souhait de faire découvrir mes spécialités d'Auvergne à d'autres que vous, que je croyais être mes amis.

— Mais... Juliette...

— J'ai bien compris, poursuivit-elle en leur imposant le silence d'un geste, que vous désapprouviez la commémoration des croisades et tout ce qui s'y rattache. Laissez-moi vous dire que, pour moi, l'événement est d'importance, car j'espère qu'il m'amènera une clientèle qui assurera l'essor définitif de ma confiserie. Cette croisade que s'apprête à célébrer la ville, c'est aussi *ma* croisade ! Ma croisade contre la concurrence, contre le mépris de mes confrères, contre le découragement qui me gagne parfois à me lever tous les matins à 5 heures et à travailler plus de quatorze heures par jour ! Maintenant, messieurs, je vais fermer mon magasin. Je ne vous retiens pas.

Elle débarrassa la table de ses verres vides, sans un autre regard, et les deux hommes se levèrent en se dévisageant, gênés. Ils disparurent prestement vers la librairie.

*

Dans la pièce où elle emballait les fruits, Juliette vida avec précaution les moules où les pâtes de fruits avaient pris forme. Elle roula légèrement celles-ci dans du sucre et, avant de les déposer dans les boîtes en carton, vérifia que l'empreinte du moule avait laissé sa marque de façon bien visible. Elle soupira de satisfaction : le blason au petit bouquet de cerises apparaissait très nettement, parfaitement reconnaissable, sur le sommet bombé de la friandise. Rares étaient les pâtes où le sceau ne s'était pas convenablement imprimé, mais, en vendeuse scrupuleuse, Juliette les écarta pour les mettre dans une bonbonnière destinée à faire goûter aux clients dans le magasin. Elle referma les couvercles des boîtes remplies et noua un ruban de manière à dégager, sur l'étiquette, l'intitulé qui soulignait le dessin de la fillette aux pendants d'oreilles : « Pâtes de fruits d'Auvergne, souvenir du 8e centenaire de la première Croisade. »

Elle rangea les boîtes ainsi préparées sur des étagères, dans l'attente de leur mise en vente, sauf une qu'elle glissa dans la poche de son tablier. Revenant au magasin, elle appela Berthe, depuis le bas de l'escalier, lui demandant de lui amener sa fille. La bonne apparut avec la petite fille qui descendit les marches d'un pas plutôt assuré pour ses dix-sept mois.

— Agathe, ma chérie, viens. Nous allons apporter un cadeau à Rodolphe.

— Do ! s'exclama la petite fille en tendant les mains.

— Attends ! Tu tiens la boîte, mais je t'aide ! Nous le faisons ensemble !

Berthe, attendrie, regarda la mère et la fille, l'une ployée vers l'autre, avancer à petits pas en direction de la librairie.

— Rodolphe, vous êtes là ? Vous êtes occupé ?

Il sortit de son arrière-boutique et, découvrant qui venait vers lui, s'accroupit devant l'enfant. Il cueillit dans ses bras une Agathe rieuse qui tendait la boîte enrubannée.

— C'est pour moi ?

— C'est pour vous remercier de m'avoir aidée pour mon souvenir du centenaire. Je les mettrai en vente le premier jour des festivités, mais vous serez le premier à les goûter.

Il se releva lentement, fixant le dessin du coffret.

— Vous n'avez pas besoin d'attendre pour ouvrir la boîte, vous savez, invita Juliette. Je suis sûre qu'elles auront du succès auprès des touristes. Ce sera grâce à vous. Les étiquettes sont tellement jolies.

Il fit le modeste.

— Je vous remercie, mais c'était bien peu de chose que de vous faire ce dessin. C'est le menuisier qui a bien travaillé pour fabriquer l'empreinte des moules…

Hésitant à se porter vers Juliette, son regard s'abaissait vers Agathe qui s'était assise par terre et jouait avec un livre qu'elle avait fait tomber d'une étagère.

— Agathe, reprocha sa mère, laisse ça.

— J'ai cru que vous étiez fâchée par nos plaisanteries, finit par lâcher Rodolphe en prenant le livre que Juliette avait ramassé.

La jeune femme le dévisagea, légèrement ironique.

— Si je veux offrir une composition de fruits à la duchesse d'Uzès, ce ne sont pas vos moqueries qui vont m'en empêcher.

Elle reprit un air grave pour ajouter :

— J'ai seulement été blessée, venant d'un ami.

Rodolphe hocha la tête, se concentrant toujours sur Agathe qui mâchouillait ses doigts. Puis il se décida à fixer Juliette.

— De mon côté, je voulais vous présenter mes excuses. Et pour me faire pardonner, j'ai une idée à vous proposer. Vous m'avez dit que certains de vos fruits confits sont emballés dans un papier individuel…

— Un papier doré, en effet. Je fais ça pour les boîtes de luxe.

— Je me suis souvenu d'une anecdote que vous m'avez racontée un jour : au Moyen Âge, les confiseurs emballaient des friandises dans des papiers où étaient imprimées des rimes, quelques mauvaises rimes sans doute, des vers de mirliton…

— Et vous me proposez de faire la même chose ? Mais qui… Oh ! Vous ! Mais vous ne faites pas des rimes de mirliton !

— Attendez ! Qui vous a parlé de rimes ? Puisqu'on fête le centenaire des croisades, ce pourrait être des devises des familles nobles qui se sont illustrées dans ces fameuses expéditions… Tout républicain que je suis, je connais mon histoire de France. Et comment croyez-vous que j'ai composé votre blason ? demanda-t-il en allant extraire d'un rayonnage un gros volume d'héraldique qu'il brandit comme un trophée.

Juliette le regarda, pensive, puis son visage s'éclaira.

— Alors, là, pour flatter les descendants des familles nobles qui viendront à Clermont, ou simplement pour susciter la curiosité, on ne pouvait trouver mieux ! Quelle riche idée !

Elle soupira d'aise ; elle retrouvait le Rodolphe qu'elle aimait, fidèle et amical. Saisissant sa fille dans ses bras, elle se retourna une dernière fois avant de s'engager dans le corridor qui menait à la confiserie et salua Rodolphe d'un hochement de tête.

Dès qu'elle eut le dos tourné, le sourire du libraire s'évanouit. Il rangea tranquillement l'ouvrage d'héraldique puis regagna l'arrière-boutique.

— Alors ? demanda l'homme qui l'avait attendu patiemment. C'était Juliette ?

Rodolphe plongea ses yeux dans ceux de Théophraste.

— Je viens de lui proposer d'imprimer les devises des croisés pour envelopper ses friandises. Ça nous fait une bonne couverture, non ?

Il prit des mains du député le brouillon qu'il avait préparé, sur lequel son ami avait apporté quelques rectifications, et le relut à son tour.

— Il ne faudrait surtout pas qu'elle sache que ça vient de nous.

Théophraste hocha la tête lentement.

— Le centenaire des croisades, quelle mascarade ! Il est temps de donner un bon coup de pied dans la fourmilière.

XVIII

Mai 1895

Attablés au café qui s'ouvrait sur la place de la gare, Rodolphe et Théophraste détaillaient d'un œil acéré la foule qui se pressait sur le parvis. Un express venait à l'instant de déverser un flot de touristes qui se précipitaient sur l'esplanade pour prendre d'assaut les omnibus et les fiacres. Les bagages s'entrechoquaient, jetés à la va-vite par leurs propriétaires sur la plateforme des véhicules, pressés de signaler ainsi qu'ils retenaient leur place. Un homme bouscula une femme dont l'âge la contraignait à s'appuyer sur une canne, elle reprit son équilibre en brandissant son sac en direction du malotru. Celui-ci l'ignora, soupirant d'aise en constatant qu'il était le dernier à avoir la chance de monter sur le tramway qui affichait complet. La foule s'écarta brusquement, laissant passer deux porteurs en costume noir, derrière lesquels on devinait les remous d'une robe violette, dont les plis se soulevaient sur des souliers de cuir fin. Un silence se fit, alors qu'on suivait du regard la silhouette à la démarche alerte : elle s'arrêta devant un fiacre qui lui paraissait réservé. Soutenue par ses accompagnateurs, retenant d'une main les plis de la robe, elle se hissa sur le siège, récupéra ses bagages et, dodelinant de la tête sous le chapeau noir aux larges bords qui la couvrait, elle tendit deux doigts de la main droite pour bénir les badauds qui regardaient la voiture s'ébranler.

— Et un de plus ! s'exclama le député avec dédain. On en est à combien, une vingtaine d'évêques ?

— Ça doit être ça, répliqua Rodolphe en vidant cul sec son Picon. Et encore, le plus gros de la troupe arrive demain, ils seront le double. (Il fit la grimace.) J'aurais dû prendre une absinthe, ça m'aurait mieux fait supporter ce spectacle affligeant.

— Il n'y a rien qui ne puisse se résoudre. Garçon ! appela Théophraste. Tu remarqueras, il n'y a pas de quolibets, mais pas d'agitation enthousiaste non plus… Ils provoquent la curiosité tout au plus.

— Merci, fit Rodolphe au serveur qui venait de leur apporter les verres et un pichet d'eau.

Il laissa couler l'eau en filet et, quand il estima l'absinthe juste brouillée comme il fallait, il en savoura une gorgée en fermant les yeux. Rouvrant les paupières, il se tourna vers Théophraste.

— Tu es quand même drôle de venir ici, assister à l'arrivée des prélats ! Tu as décidé de me mettre au supplice ?

— Mon ami, j'ai voulu nous mettre dans le bain.

Le député lissa sa longue barbe d'un air pensif, ce que Rodolphe traduisit par l'expression d'un certain dépit.

— J'avoue que je m'attendais à davantage de remous, précisa le député. Oh ! pas une manifestation d'anticléricalisme d'envergure, mais quelques rires, des moqueries, voire des mouvements d'impatience : que les voyageurs cherchent à emprunter les landaus réservés aux évêques, qu'on les bouscule… Et au lieu de cela, on s'écarte, on laisse passer ces hommes en robe comme on le ferait avec des dames de la haute pour leur permettre de gagner leur loge au théâtre.

— Mais les touristes sont forcément de leur côté. Ils viennent eux aussi au spectacle : ils ne vont pas en critiquer les acteurs !

Rodolphe s'agita sur sa chaise.

— Tiens, regarde ce qui arrive : le landau aux armes de l'évêque de Clermont.

Un autre train était entré en gare, de nouvelles grappes humaines s'éparpillaient sur le parvis. Les deux hommes virent le prélat aller à la rencontre d'un confrère. Les silhouettes violettes, entourées de robes noires, virevoltèrent en se congratulant, avant que les évêques, leurs vicaires généraux et leurs secrétaires s'engouffrent dans la voiture.

— Je pense qu'il accueille là l'évêque de Reims, c'est le président des festivités, commenta Théophraste. Alors, es-tu toujours disposé pour notre petite intervention ?

— Plus que jamais, lâcha Rodolphe entre ses dents. Ce que j'ai eu à voir me donne la nausée.

Il but une nouvelle gorgée d'un geste fébrile.

— Les affiches sont prêtes. Il ne reste plus qu'à les mettre en place.

— Tu es sûr de tes gars ? Discrétion et rapidité d'intervention…

— T'en fais pas. Ils ne sont pas nombreux – mais moins il y en a dans le coup, plus ils sont fiables – et je peux leur faire confiance pour éviter les agents de police.

— Et tu es certain qu'on ne pourra pas remonter jusqu'à toi ?

Rodolphe eut un rire franc.

— Tu as vu la vitrine de la librairie ? Un vrai florilège à la gloire de l'ancienne monarchie : livres sur la chevalerie, histoire des croisades… Comment soupçonner que je suis à l'origine de la propagande incitant à ce que la République cesse de cautionner les cultes ?

— Sans compter ton zèle hypocrite auprès de notre jolie confiseuse ! Tu lui as fait les petits papiers avec les devises, ainsi que tu l'avais proposé ?

Rodolphe acquiesça.

— Tu sais qu'elle a eu une idée de génie ? Elle a choisi une devise qui sera gagnante. Celui qui la trouvera dans son coffret aura droit à une boîte gratuite. Si c'est un touriste venu de l'extérieur, elle la lui enverra.

— Cette femme ira loin, si elle maîtrise à ce point la science de la publicité… Tu sais ce qu'elle a choisi, comme devise ?

— « Dieu le veult », bien sûr ! La devise qui a accompagné la première croisade, le cri de guerre lancé par Pierre l'Ermite et repris par le pape… Simple, mais efficace…

— Tu parles toujours du choix de Juliette ? taquina Théophraste. Tiens, tu entends ?

Les cloches des églises de la ville s'unissaient pour sonner à la volée. Rodolphe tira sa montre de la poche de son gilet.

— Il est 6 heures. Ça y est, c'est le début des festivités. On rentre ?

Les deux amis se levèrent et remontèrent l'avenue vers la place Delille. S'ils évitèrent de prêter une attention trop soutenue aux fenêtres pavoisées et aux balcons décorés de guirlandes, ils ne purent que soupirer en arrivant près de leur but.

— Tu as vu ce décorum ? grogna le député.

Un arc de triomphe signalait expressément que l'endroit était un des lieux emblématiques des fêtes. La fontaine elle-même avait été transformée en autel surmonté de la croix des croisés, qui accueillerait le clergé le dimanche suivant pour une messe solennelle en plein air. Les nombreux touristes qui, comme eux, avaient longé l'avenue depuis la gare en quête d'un hôtel en centre-ville s'exclamaient d'admiration. Un homme au fort accent méridional avisa Théophraste, melon sur la tête et canne à la main, et, devinant en lui un notable clermontois, l'interpella :

— Pardon, monsieur. Est-ce bien d'ici que va partir la grande cavalcade des croisés ?

Théophraste, l'air hautain, lâcha une onomatopée dédaigneuse. Rodolphe, complaisant, vint au secours du touriste. Il tendit le bras derrière lui.

— Du petit séminaire, en contrebas. Il est vrai que la cavalcade montera sur la place, puis filera vers le cœur de la ville, là, vers la gauche.

— Vous croyez qu'on verra bien d'ici ?

— J'en doute, il y aura tellement de monde. Le plus judicieux aurait été de louer un balcon, mais je crains qu'il n'y en ait plus un seul qui soit disponible…

Quand l'homme eut disparu, Théophraste souffla, agacé :

— Et il faut que tu le renseignes ! La cavalcade ! Encore une fantaisie ridicule ! Tu imagines ? Un défilé de gens déguisés, la croix rouge cousue sur la poitrine, qui brandissent l'épée en souvenir de ceux qui sont allés tuer des mahométans ! En pleine rue ! C'est proprement scandaleux... Qu'ils fassent ça à l'intérieur des églises ! Mais pas en pleine rue !

— Chut, baisse la voix. Tiens, regarde la vitrine de Juliette. J'espère sincèrement que les fêtes vont lui amener des clients.

La jeune femme, les apercevant, vint leur ouvrir la porte.

— Que pensez-vous de mon décor ? leur demanda-t-elle joyeusement.

— C'est très réussi, affirma le député en entrant, suivi de Rodolphe.

Des affichettes, posées sur le comptoir et les rayonnages en bois, informaient du prix et du contenu des diverses spécialités vendues en l'honneur des festivités. Un encadré particulier mentionnait les coffrets « de luxe » : les fruits confits y étaient enveloppés un à un dans un papier doré imprimé de l'une des devises des familles ayant participé aux croisades. Et l'on était averti que si l'on trouvait « Dieu le veult ! », on était assuré de se voir offrir un autre de ces somptueux coffrets.

— Rodolphe est vraiment très prévenant, confia Juliette à Théophraste. Il m'a fait un prix très compétitif pour l'impression des papiers d'emballage et il m'a fait cadeau des affichettes.

— Il ne souhaite que votre réussite, approuva le député.

— Je peux vous offrir un gobelet de cerises ?

— Non, c'est gentil, refusa Rodolphe, qui conservait en bouche le goût de l'absinthe qu'il avait consommée. J'ai du travail à terminer.

— Et moi, je retourne à la préfecture. Une réunion sur l'organisation du défilé.

La jeune femme referma la porte du magasin sur le député et regarda, à travers les arabesques peintes de sa vitrine, la grande toile qui se dressait au-dessus de la fontaine, comme une voile de navire. Claquant au vent, ornée d'une gigantesque croix, elle symbolisait la cathédrale de plein air sous laquelle plus de quarante prélats étaient attendus pour célébrer la grandiose cérémonie de clôture des fêtes du centenaire. Il semblait à Juliette qu'elle vivait un rêve. Elle avait peine à réaliser le bonheur de posséder cette confiserie idéalement située, donnant sur une place qui serait noire de monde pendant les quelques jours que dureraient les festivités. Louis Acrayrias lui avait fait un fabuleux cadeau… Mais en songeant à celui qui l'avait instituée comme héritière, son cœur se serra. Il ne lui manquait qu'une chose, c'est que celui qu'elle avait toujours considéré comme son père, Alfred Montel, cessât de la renier comme il l'avait fait depuis maintenant trois ans.

XIX

L'angélus du matin sonna alors que Juliette finissait de disposer des cerises confites sur sa composition. Les petits fruits ponctuaient de leur couleur écarlate les abricots, les prunes et les poires qui garnissaient la vannerie fabriquée spécialement pour l'occasion. L'osier avait été tressé de manière à représenter une corne d'abondance, posée sur un socle stable, qui semblait déverser les fruits transformés dans l'atelier de Juliette. La jeune femme s'éloigna de quelques pas et, tout en essuyant ses doigts collants à son tablier, contempla sa création. Personne ne pourrait résister à cette avalanche exquise de pâtes de fruits dont les grains de sucre cristallisé retenaient la lumière pour mieux l'iriser, associées aux fruits confits, parfaitement glacés, qui flattaient l'œil par leurs couleurs délicates et chatouillaient l'odorat de leurs parfums suaves. Juliette étendit une grande feuille de papier translucide, y posa la vannerie avant d'en rapprocher les pans par des plis gracieux. Elle écrivit quelques mots sur un carton à l'enseigne de sa confiserie qu'elle fixa sur le sommet de la pyramide.

Le jeune commis qu'elle embauchait pour des livraisons en ville avait été prévenu d'être au magasin pour 7 h 30, afin de porter la composition, sur cette même place, quelques numéros plus loin, à l'hôtel particulier où logeait la duchesse d'Uzès. Debout depuis près de deux heures, Juliette troqua son tablier de travail contre une tenue de ville avant de s'offrir le plaisir d'un café puis de s'occuper d'Agathe qui venait de se réveiller. Accueillant Berthe qui prendrait en charge l'enfant, elle jugea qu'elle avait le temps de se rendre à la première messe du matin.

— Je ne peux jamais aller à l'office, se justifia-t-elle auprès de Pierre qu'elle rejoignit à l'atelier. Toujours du travail à faire ou des clients à servir… Mais cette fois, je voudrais assister au moins à l'une des célébrations.

— Tu peux bien sortir, tu as déjà suffisamment travaillé ce matin, dit-il en désignant la corne d'abondance garnie de fruits.

Il l'enlaça, cajoleur, mais elle finit par s'échapper de son étreinte.

— Tu vas me décoiffer ! protesta-t-elle en rajustant quelques mèches.

Elle s'empara de la vannerie pour la déposer sur le comptoir du magasin.

— Valentine est informée que le livreur vient pour 7 h 30. À tout à l'heure.

— Elle arrive plus tôt aujourd'hui ? s'étonna-t-il alors que la jeune vendeuse prenait habituellement son service à 8 heures.

— Je lui ai demandé exceptionnellement de venir pour 7 heures et quart. Comme ça, elle ouvrira au livreur. Elle passera par la cour à l'arrière et donc par ton atelier.

— D'accord ! murmura-t-il en voyant son épouse s'éloigner.

N'ayant pas pu se rendre la veille à la célébration qui consacrait l'ouverture des fêtes, puisque les premiers touristes scrutaient sa vitrine et, pour certains d'entre eux, commençaient leurs achats, Juliette se consolait en se dirigeant ce matin-là vers l'église Notre-Dame-du-Port. Elle se retrouva dans un flot d'hommes et de femmes qui empruntaient le même chemin. À peine s'étonna-t-elle de voir, à l'entrée de la rue du Port, un groupe d'agents de police qui lui sembla être posté là pour assurer la sécurité des touristes. Les voleurs à la tire n'avaient qu'à bien se tenir ! Refoulée tout près des fonctionnaires par le monde qui s'engouffrait dans la rue étroite, elle eut le temps d'apercevoir que deux d'entre eux décollaient une affiche d'un mur. « Outrage à la République », lut-elle dans l'intitulé sans en comprendre davantage le sens, tout en poursuivant sa montée.

La basilique était déjà noire de monde, remplie de fidèles venus en masse obtenir l'indulgence promise par le pape. Toutes les chaises étant occupées, Juliette trouva à se glisser au fond de la nef. Rester debout ne fut pas pour lui déplaire, puisqu'elle avait ainsi un aperçu complet de la basilique à la nef étroite soutenue par des piliers imposants, illuminée de rayons bleus et rouges filtrés par les vitraux. Dans son homélie, l'évêque qui officiait insista sur cette éclatante démonstration que l'Église donnait à voir de sa pérennité. Huit cents ans après cette première croisade que l'on célébrait avec pompe, pape, prélats, abbés, moines et prieurs demeuraient, figures immanentes d'un pouvoir spirituel éternel, alors que les seigneurs et princes avaient disparu : quelle incomparable suprématie sur le temporel !

Juliette ne put s'empêcher de sourire, songeant à Rodolphe : il est vrai que la République que le libraire défendait avec ardeur avait vaincu les descendants de ces monarques partis délivrer les lieux saints.

À la fin de la messe, oppressée, bousculée par la foule qui l'entourait, elle regarda la petite montre qui pendait à sa chaîne de cou : il était déjà 8 heures et quart. Elle savait que Valentine se tenait prête à accueillir les éventuels clients, mais elle bouillait cependant de piétiner sur place. La sortie de la basilique fut ralentie par les pèlerins qui remontaient de la crypte. Ils étaient allés se recueillir devant la Vierge noire, l'une des célèbres statues de la mère du Christ représentée en majesté, tenant son fils sur ses genoux, qui faisait la gloire de l'art roman auvergnat. Un enfant, accroché à sa mère, la pressait de questions :

— Dis, pourquoi ils ont le visage noir ? serinait-il tout en marchant sur les pieds de Juliette.

Comme sa mère, impatiente de sortir du bâtiment, négligeait de lui répondre, Juliette se pencha vers le garçon.

— On ne sait pas vraiment, souffla-t-elle. Peut-être leur a-t-on donné la couleur noire de l'enfer pour faire peur au Malin…

L'enfant resta un moment interdit, mais la réponse dut lui convenir puisqu'il s'assagit brusquement. Quand, enfin, elle fut sortie à l'air libre, la jeune femme redescendit en hâte vers la confiserie. Son premier coup d'œil en entrant fut vers le comptoir : la vannerie avait disparu, certainement livrée à l'heure qu'il était.

Le petit commis avait été d'une rare ponctualité ; à 7 h 30 précises, Valentine refermait derrière lui la porte, alors qu'il portait dans les bras son précieux chargement. Un peu fébrile, elle donna un tour de clé, inversa la pancarte qui ornait la vitre du côté qui indiquait « fermé » et se dirigea vers l'atelier : telles avaient été les consignes du patron.

Lorsqu'elle était arrivée un quart d'heure plus tôt, passant par l'arrière, Pierre lui avait lancé :

— Tiens, te voilà !

Il avait diminué le feu sous le fourneau et, lui barrant l'entrée, s'était planté devant elle :

— Il y a un droit de passage, si tu viens par la cour !

Rougissante, elle s'était dandinée sur place en baissant les yeux. Cela faisait déjà quelque temps que le patron se livrait à des familiarités avec elle. Un jour qu'elle était seule au magasin, il était sorti de son atelier, sous prétexte de lui demander si les clients venaient malgré l'absence de Juliette, et l'avait brièvement prise par la taille tout en lui chuchotant des bêtises à l'oreille. Depuis un moment, elle sentait les regards de son patron détailler ses formes davantage que son habileté à vendre les confiseries. Puis les mains avaient pris le relais et elle faisait mine d'en rire, tout en se dégageant en jouant l'effarouchée. Ce matin-là, alors qu'il se tenait devant elle, la chemise ouverte, les manches relevées au-dessus du coude, les yeux allumés d'un feu qui n'était pas dû qu'à la seule chaleur produite par les chaudrons de l'atelier, elle sut qu'elle devrait se soumettre aux exigences du patron. « Cela devait arriver », se dit-elle en gardant comme unique défense ses paupières baissées. Pierre s'essuyait les mains à un torchon puis, le rejetant sur l'épaule, il planta les poings sur les hanches.

— Tu as un bon ami, ma belle ?

— Oui, monsieur.

— Tu crois qu'il s'offusquerait si tu me faisais la bise ?

— Non… je ne crois pas.

Elle s'approcha de lui et lui déposa un baiser léger sur la joue. Comme elle s'écartait, il la maintint contre lui et lui chuchota dans l'oreille :

— Tu dois remettre une vannerie à un livreur, il me semble ? Quand il sera passé, referme la porte du magasin et viens me voir. J'ai un travail pour toi.

Elle avait fait comme il lui avait ordonné, se demandant quelle était cette tâche à effectuer à l'atelier. Il était debout devant un chaudron, en train de vérifier le bras de l'agitateur mécanique qui remuait la confiture. Il se retourna.

— Le livreur est déjà passé ? Tiens, viens voir.

Il actionna la poignée de manière à interrompre le mouvement de l'appareil.

— Tu peux goûter ? Me dire si c'est prêt ?

— Mais je n'y connais rien !

Il l'avait attirée contre lui, et elle, les mains contre sa poitrine, riait doucement.

— Allez, goûte !

Elle s'exécuta, trempant un doigt dans la confiture chaude.

— Je pense qu'elle est bien, comme ça.

— Et moi, je peux goûter ? dit-il en l'étreignant toujours davantage. Tu crois que, le bon ami, il permettrait ?

Alors qu'elle n'avait vu jusque-là qu'un petit jeu sans conséquence, elle se sentit brusquement flattée du désir qu'elle provoquait chez cet homme. Elle haussa les épaules et planta son regard dans le sien.

— Mais madame...

— Madame est à la messe. Elle ne rentre pas avant une demi-heure.

Elle entrouvrit les lèvres, hésitant à dire une repartie ou à prendre une initiative. Pierre, affolé par cette fille qu'il sentait prête à tomber, la poussa contre un mur de l'atelier. Comme étourdie par l'ardeur de son patron, elle se laissa faire. Sevré par une abstinence qui s'installait peu à peu dans son couple, il s'épancha en elle avec avidité. Bien qu'elle jugeât que Pierre avait mené son affaire prestement, alors qu'ils n'avaient pas à craindre de sitôt le retour de la patronne, Valentine y trouva son compte et, quand Pierre lui chuchota qu'il leur faudrait recommencer, elle acquiesça, subjuguée.

— Au début, quand j'ai travaillé ici, lui dit-il, je couchais dans une soupente qui est dans la cour. La paillasse y est toujours. Ça serait plus confortable pour toi, sans doute ?

Elle étouffa un rire dans sa main.

— Tu pourrais venir me retrouver, des fois, le soir ou tôt le matin ? Le bon ami ne s'en formaliserait pas ?

Elle releva la tête, les yeux brillants, les lèvres humides. Hypnotisé, Pierre se trouva à nouveau enflammé par la façon charnelle dont la petite vendeuse timide et compassée avait su se transformer en une fille aux manières affriolantes.

— Je fais ce que je veux, assura-t-elle. Et maintenant, je vais ouvrir la boutique.

Balançant les hanches, consciente de sa séduction, elle eut brusquement la révélation qu'en devenant la maîtresse du patron elle devenait un peu celle du magasin. En écho de l'ambition nouvelle qui la mettait en émoi, le contact froid de la clé dans sa main, lorsqu'elle déverrouilla la porte, lui donna des frissons.

XX

Comme l'avait espéré Juliette, son magasin attirait les pèlerins et les touristes qui venaient déambuler sur la place, théâtre de l'appel du pape Urbain II à la croisade, avant de rejoindre la basilique romane ou la cathédrale gothique pour les messes, conférences et cantates que l'on y donnait. Les prêtres en soutane côtoyaient les bourgeoises en tailleur de drap fin et Juliette eut même la visite d'un chevalier de l'ordre de Malte. L'homme l'impressionna par son ample cape noire qui s'ouvrait sur la croix ornant sa poitrine. Tandis qu'elle emballait dans un papier décoré à son enseigne les boîtes que les clients lui achetaient, elle renseignait sur les horaires des manifestations ou décrivait la place telle qu'elle apparaissait il y a huit cents ans. Elle s'était suffisamment plongée dans le programme des fêtes et dans les livres que Rodolphe lui avait prêtés sur le sujet.

— On se trouvait à l'époque sous l'enceinte fortifiée de Clermont, expliquait-elle. C'était un grand champ, sur lequel se rassemblèrent des milliers d'hommes. Au milieu d'eux, le pape prenait la parole et lançait son fameux appel, que l'on répétait de groupe en groupe : « Dieu le veult ! Dieu le veult ! »

— C'est donc cette phrase que l'on doit trouver dans ces boîtes ? demanda une femme en tendant un doigt vers les coffrets du centenaire.

— Parfaitement, madame, en souhaitant que la chance vous sourie.

— Mais comment l'obtenir si j'achète une boîte gagnante ? J'habite Marseille et ne vais pas revenir de sitôt !

— Mon adresse figure sur la boîte. Il vous suffit de m'envoyer la vôtre avec le papier qui enveloppe le fruit confit et je serai ravie de vous faire parvenir une nouvelle boîte !

— Mettez-m'en alors trois, s'il vous plaît. Pourrez-vous me dire aussi quel trajet emprunte le défilé de dimanche matin ?

— Le défilé des croisades ? Attention, c'est l'après-midi, à 3 heures, rectifia Juliette.

Les tables, où des consommateurs sirotaient les spécialités à base de cerises, étaient toutes occupées et un nouveau client s'installait dès qu'une place se libérait. Pressentant qu'elle aurait besoin d'aide, Juliette avait demandé à sa mère de venir, laquelle s'était fait accompagner de la fille d'une voisine. Toutes trois n'étaient pas de trop, Valentine comprise, pour assister Juliette dans le service des petites tables comme dans l'emballage des confiseries destinées à voyager aux quatre coins de France, ainsi que le prouvaient les accents pointus, gutturaux ou chantants des clients. Ceux-ci venaient même de pays limitrophes : des Belges, Suisses et Italiens firent profiter les quatre femmes de leurs récits de voyage parfois épiques pour gagner cette Auvergne qui se trouvait être, pour trois jours, le centre de la chrétienté.

Tout en se délectant à l'avance du défilé du dimanche après-midi qui serait le clou des festivités, on louait l'organisation des manifestations, qui se déroulaient dans une harmonieuse entente entre les autorités religieuses et municipales.

— Vos édiles ont eu l'intelligence de tolérer les processions dans la rue, remarqua un client. Moi qui suis de Poitiers, je peux vous dire qu'il y a huit ans, lors de la fête de sainte Radegonde, la procession a été interdite, car les anarchistes menaçaient de faire une contre-manifestation, drapeau rouge en tête !

— C'est quand même malheureux, opina une cliente, si on ne respecte plus les traditions !

Le poitevin se retourna vers elle.

— Vous savez bien, ma chère madame, que la République est comme ça : elle relègue les catholiques à l'intérieur des églises ! Et les cérémonies cessent de recevoir le concours des autorités, notamment de l'armée, n'est-ce pas, madame ? dit-il en cherchant confirmation auprès de Juliette.

Craignant qu'un débat politique s'installe dans son magasin, celle-ci acquiesça brièvement tout en glissant des pâtes de fruits dans un sac. C'était compter sans le relais que prit un client attablé.

— Moi, je suis d'ici, dit-il. Je connais bien le sujet. Le comité des fêtes qui organise la cavalcade avait envoyé une délégation auprès du général de division pour obtenir le concours de l'armée. Mais le général a refusé : les militaires ne peuvent pas participer à une fête où l'on se déguise en soldats du pape ! Il l'a dit avec componction et affabilité, bien sûr, mais le résultat a été qu'il a fallu trouver un autre cadre. Comme le 19 mai est jour de procession de notre vénérable Vierge du Port, organiser la cavalcade des croisés était tout indiqué ce jour-là. Et comme vous l'avez dit justement, cher monsieur, notre municipalité a le bon goût de laisser se dérouler les processions religieuses dans le respect des traditions.

Deux religieuses, précédées de leur grande cornette blanche, venaient d'entrer dans le magasin et avaient perçu la fin de la conversation.

— Le mal rôde partout, fit la plus âgée d'un ton sans appel, ce qui fit converger les regards vers elle. Tout le monde dans cette bonne ville n'est pas d'accord avec votre maire.

— Voyez ce que nous avons trouvé, ajouta la plus jeune en plongeant sa main droite dans les replis de sa robe.

Elle sortit une affichette pliée en quatre qu'elle tendit d'un geste dégoûté.

— Heureusement, les gendarmes les enlèvent, mais ils avaient oublié un mur pas loin d'ici. Nous ne pouvions pas la laisser en place. Avez-vous de quoi la jeter ? demanda-t-elle à Juliette.

— Bien sûr, ma sœur. Donnez-moi ça.

Le feuillet passa d'abord de main en main, suscitant la curiosité puis des commentaires outragés, avant de parvenir sous les yeux de Juliette. Elle reconnut, à son intitulé, le placard que des agents décollaient le matin même à l'entrée de la rue du Port. Un détail, qu'elle n'avait pas eu le temps d'apercevoir à ce moment-là, la fit blêmir. Elle se dépêcha de froisser le papier avant de le mettre dans la petite poubelle derrière le comptoir.

Un peu plus tard dans la journée, lors d'un moment creux où la clientèle était sans doute à la messe du soir, Juliette récupéra le papier roulé en boule. Sous le titre d'*Outrage à la République*, l'auteur du pamphlet critiquait l'emprise du clergé qui célébrait avec faste le huitième centenaire des croisades en débordant sur l'espace public et malmenait ainsi la liberté de conscience issue des principes de 1789. Il dénonçait la volonté des évêques d'introduire, sous prétexte de religion, une dimension politique.

Rapprochez-vous de vos élus républicains, y lisait-on, *exigez une juste application du Concordat : le culte dans les églises, pas sur la place publique ! Et mieux, réclamez la nécessaire séparation des Églises et de l'État !*

Le regard de Juliette alla du feuillet contestataire aux affichettes que lui avait composées Rodolphe pour la promotion de ses coffrets du centenaire. Elle ne s'était pas trompée. Même si la typographie était différente sur les deux imprimés, un détail était identique : la jambe des R était légèrement plus épaisse. C'était quasiment invisible à l'œil nu et il fallait en être averti pour le reconnaître. Elle se souvenait du jour où il le lui avait révélé, comme une marque de fabrique en rapport avec l'initiale de son prénom. C'était Rodolphe l'imprimeur de ces feuillets subversifs !

— Ma fille, je crois qu'on peut te laisser, qu'en penses-tu ?... Juliette ? Quelque chose ne va pas ?

Juliette revint brusquement à la réalité, constatant que sa mère et la jeune fille qui l'avait accompagnée étaient en effet inoccupées.

— Oui, bien sûr, allez-y. Vous aussi, Valentine, vous pouvez partir.

— Ça t'arrange qu'on revienne demain, Louisette et moi ?

— Oh, oui, maman, vous m'avez bien aidée toutes deux ! D'ailleurs, dit-elle en s'approchant de sa mère, je voulais te demander…

Elle hésita, tandis que sa mère, la tête penchée, l'invitait à poursuivre.

— Ici, nous sommes idéalement placés pour regarder le départ de la cavalcade de dimanche, surtout depuis la fenêtre de l'appartement, là-haut. Je voulais te proposer de venir le voir…

— Comme c'est gentil ! C'est une excellente idée !

Juliette, cherchant ses mots, ajouta :

— Avec papa aussi… Je voudrais que tu lui demandes… de venir le regarder d'ici. Je suis sûre qu'il viendra en ville pour le voir, il m'a toujours parlé avec enthousiasme de celui qu'on avait organisé en 1880 pour l'inauguration de la statue de… je ne me rappelle plus…

— Celle de Blaise Pascal, répondit sa mère. Il y avait eu en effet une belle cavalcade avec des personnages historiques. Tu avais bien ri en reconnaissant Vercingétorix et Richelieu ! Oh oui, depuis quinze ans qu'il n'y a pas eu de telle parade en ville, bien sûr que ton père comptait assister à celle de dimanche. Juliette, je lui dirai que tu l'invites, je ferai tout mon possible pour qu'il accepte, mais…

— Maman, gémit Juliette comme une imploration, je voudrais tant qu'il fasse la connaissance d'Agathe ! Sa petite-fille va avoir dix-huit mois…

Madeleine prit Juliette dans ses bras.

— Je sais. Je ne peux rien te promettre, sauf que, moi, je viendrai. Sois forte, ma fille. En attendant, tu peux être fière de toi. L'idée du papier gagnant dans les boîtes de luxe, c'est une belle trouvaille !

— Merci. Je le dois en fait à mon voisin le libraire.

Juliette eut un sourire crispé. Elle aurait dû en être reconnaissante envers Rodolphe, mais elle se sentait déçue, presque trahie, par l'affichette sur laquelle elle avait identifié sa marque de fabrique. Quand Valentine se fut éclipsée, après l'avoir aidée à disposer sur les présentoirs d'autres boîtes garnies, elle rangea les chaises et les tables, donna un coup de balai pour que le magasin soit prêt, dès le lendemain, à recevoir les clients pour une nouvelle journée qu'elle espérait aussi faste que ce vendredi. La porte de communication avec la librairie, qu'elle avait refermée volontairement, s'ouvrit sur Rodolphe qui lança joyeusement :

— Les affaires ont bien marché ? J'ai eu moi-même des clients, ils avaient tous à la main un paquet de chez vous !

Elle le fixa d'un œil noir.

— Je dois sans doute vous remercier pour les petits papiers des devises ? Vous m'avez bien jeté de la poudre aux yeux avec ça !

Comme il la regardait, faisant mine de ne pas comprendre, elle alla ramasser le feuillet dans la poubelle et le jeta sur une table devant Rodolphe.

— J'ai bien deviné que ce torchon est sorti de votre imprimerie !

— Comment pouvez-vous dire ça ? fit-il, le front plissé d'une légère inquiétude.

— Je n'irai pas vous dénoncer, au cas où cela vous porterait tort, mais vous ne me tromperez pas. Le R ! Je l'ai reconnu ! Je suis à la fois indignée et révoltée que vous condamniez ces commémorations sous prétexte qu'elles sont contraires à l'esprit de la République. Vous parlez de liberté de conscience ? Elle est belle, la liberté que vous défendez, qui consiste à refuser que les catholiques célèbrent leur culte !

— Et l'obligation qui m'est faite de payer un impôt pour un culte auquel je n'adhère pas, vous croyez que ce n'est pas contraire à ma propre liberté de conscience ? Mais enfin, Juliette ! Il n'est pas question de refuser la pratique du culte, il s'agit d'obliger le clergé à respecter les lois de la République. Vous ne voyez donc pas que toutes ces manifestations de plein air ne servent qu'à une chose, prendre position contre l'État ? On n'entend que critiques réactionnaires de la part de certains évêques contre le gouvernement ! Tout simplement parce que les progrès de la science, permis et encouragés par un État républicain et laïc, mettent à mal les croyances que les prêtres ont jusqu'à présent fait ingérer au peuple !

— Ils ne font que défendre des valeurs morales combattues par des anticléricaux comme vous...

La porte s'ouvrit brusquement, interrompant les deux protagonistes. Juliette tourna la tête, pétrifiée. Pour en avoir vu des portraits dans les journaux, elle était sûre de reconnaître la femme qui demeurait au seuil du magasin, la main sur la poignée. La vêture noire ne la trompa pas, ni les traits du visage, qui lui semblèrent presque familiers : ce nez et cette bouche forts, ce menton étroit et relevé, ces yeux clairs qui, sous l'ombre du chapeau foncé, paraissaient gris, mais étaient étonnamment mobiles, animés d'un éclat vif où pointait une lueur amusée.

— Je suis désolée de vous déranger, peut-être étiez-vous en train de fermer le magasin ?

— Mais non, bredouilla Juliette. Madame la duchesse, entrez, je vous en prie !

— Je suis flattée que vous me reconnaissiez... Vous êtes bien madame Montel, la personne qui m'a si aimablement fait parvenir cette magnifique corne d'abondance ? La présentation n'avait d'égale que l'excellence des confiseries. J'ai commencé à m'en délecter, ainsi que mes hôtes, car vous me permettrez d'avoir voulu partager.

Le sourire était doux, presque maternel, et s'il n'y avait eu ce regard aiguisé, on aurait pu croire qu'elle n'avait rien perçu des éclats de voix qui animaient le magasin à son arrivée.

— Mais je ne souhaitais pas vous déranger ni faire fuir votre visiteur, ajouta-t-elle comme Rodolphe faisait mine de s'esquiver.

Celui-ci se raidit tandis que Juliette reprenait contenance.

— Je vous présente M. Pradier. Il tient le commerce voisin, la librairie.

— Ah, je suis bien aise de vous rencontrer. J'ai admiré votre vitrine. Vous exposez de très beaux ouvrages : Les *Mémoires* du sire de Joinville, une *Histoire des croisades* de Michaud illustrée, qui plus est, par Gustave Doré...

Rodolphe esquissa un petit salut raide.

— Vous me faites trop d'honneur, madame.

La noble visiteuse ne parut pas s'offusquer de ce que Rodolphe omettait volontairement son titre et sourit à Juliette.

— J'ai beaucoup apprécié vos douceurs confites. Pouvez-vous m'en dire un peu plus sur leur fabrication ?

Escamotant l'affichette importune qui gisait sur la table, Juliette pria la duchesse de s'asseoir et lui proposa un verre de cerises à l'eau-de-vie.

— Vous resterez bien avec nous, cher ami ? suggéra la duchesse en effleurant Rodolphe d'un regard candide.

Le libraire ne put refuser. Juliette raconta comment l'héritage l'avait mise aux commandes de la confiserie et expliqua la manière dont elle partageait le travail avec Pierre, en tenant elle-même à réaliser ses propres spécialités. La duchesse d'Uzès leva la tête vers le tableau accroché au mur.

— *La Confiseuse*... Je suis ravie d'en rencontrer une. Qui plus est, très douée pour séduire la clientèle ! Vous avez eu raison de m'amener à vous, je ne repartirai pas de Clermont sans rapporter à mes amies quelques-uns de vos coffrets et faire l'éloge de vos pâtes de fruits. Quelle fine abeille êtes-vous, dont je ne doute pas un seul instant qu'elle soit méticuleuse et laborieuse, qui a su attraper la mouche que je suis pour faire essaimer ses produits sur les lieux où je bourdonne !

— Madame la duchesse, je ne nierai pas que j'ai cherché à gagner votre estime pour faire connaître si possible mon nom. Mais en premier lieu, j'ai souhaité perpétuer une tradition ancrée en Auvergne, celle qui consistait à offrir des pâtes de fruits aux hôtes que l'on voulait distinguer. Mon premier but était d'honorer une grande dame sensible à la cause des femmes. Et dans mon commerce, Dieu m'est témoin que je me bats sans cesse contre l'hégémonie masculine.

— Auriez-vous à croiser le fer contre votre charmant voisin ? reprit la duchesse en se tournant légèrement vers Rodolphe.

— Rodolphe a toujours été mon plus fidèle soutien, répondit Juliette avec une pointe d'ironie qui n'échappa pas à leur interlocutrice.

— Comme il l'est pour cette noble cause, je veux bien sûr parler des croisades… Votre vitrine offre une évocation si parfaite de la délivrance des lieux saints !

Le regard de la duchesse d'Uzès brilla alors qu'elle fixait Rodolphe avec un petit sourire.

— À moins qu'il ne s'agisse, compléta-t-elle doucement, d'interpeller le chaland sur des guerres entreprises au nom de Dieu ?

— Il est vrai, madame, que mon métier m'incite à mettre à l'honneur un pan de l'histoire de France de manière à ce que le lecteur en analyse les causes et les effets. Le citoyen républicain que je suis espère que ce même lecteur condamnera les massacres commis au nom d'une idéologie qui perdure encore aujourd'hui dans sa volonté de tout régenter.

— Ne croyez-vous pas qu'à faire une lecture du Moyen Âge à l'aube du XXe siècle on se trompe de regard ? Et pensez-vous que notre Église fasse autre chose en ce moment que de célébrer une particularité de son histoire ?

— Sauf votre respect, madame, ma conviction est que le clergé d'aujourd'hui entreprend le même type de croisade qu'hier, mais cette fois contre la République. Il n'y a qu'à voir le tollé que provoque chez les catholiques le nouvel impôt contre les congrégations…

— Rodolphe…, tenta Juliette.

La duchesse esquissa un geste d'apaisement vers elle tandis que son regard pétillant traduisait un indescriptible plaisir à poursuivre la conversation avec le jeune homme.

— Vous avez raison ! Bien que Sa Sainteté Léon XIII ait invité les catholiques à respecter les lois de la République française, des évêques montent régulièrement à la tribune, je veux parler autant de leur chaire épiscopale que des colonnes des journaux, pour dénoncer telle ou telle mesure, comme celle que vous venez de citer, et s'opposer ainsi au gouvernement. Mais ne croyez pas que j'approuve cela. Vous étonnerais-je si je vous affirme être favorable depuis longtemps à la séparation de l'Église et de l'État ?

Devant un Rodolphe médusé et une Juliette troublée, elle expliqua qu'à son sens c'était le meilleur moyen, pour les deux institutions, de s'entendre sans que l'une interfère sur l'autre.

— Voyez-vous, je ne veux pas plus qu'on me force à aller à la messe qu'on me défende d'y aller.

— C'est le véritable exercice de la liberté, confirma Rodolphe.

— Je ne vous le fais pas dire. Or ce que je crains dans votre République… Vous n'ignorez pas que je suis monarchiste ? Je suis en fait partisane d'une monarchie libérale… mais ce n'est pas le sujet ! Ce que je voulais vous dire, c'est que je crains, dans la République actuelle, que certains ne poursuivent qu'un seul but : empêcher tout exercice du culte…

— D'où une nécessaire séparation de l'Église et de l'État qui renverrait le culte à la sphère privée, conclut Rodolphe.

— C'est ce qu'affirmait ce papier qu'on a trouvé affiché en ville, dont mes amis m'ont parlé au déjeuner. Ce placard le faisait un peu brutalement, mais je crois à la véracité du propos. Cela étant dit, ajouta-t-elle en se levant, il est l'heure pour moi de rejoindre mes hôtes. J'enverrai quelqu'un vous passer commande avant mon départ, promit-elle en se tournant vers Juliette. Poursuivez dans votre courageuse entreprise. Vous avez tout mon soutien, et sachez que je ne le dis pas à la légère : mon arrière-grand-mère, qui m'a légué sa maison de commerce de Reims, a su s'imposer dans un monde où jamais une femme n'avait pénétré, et moi-même… mais je ne vais pas encore vous ennuyer avec mes vieilles histoires !

Lorsqu'elle les eut quittés, sur de chaleureuses salutations, Rodolphe ne put s'empêcher de murmurer :

— Quelle femme étonnante !

— Vous voyez ! confirma Juliette, qui paraissait exulter, avant que Rodolphe ne rajoute :

— Peu de gens de son rang ont une telle opinion sur l'Église…

Elle leva les yeux au ciel et poursuivit :

— Ses « vieilles histoires », a-t-elle dit… La duchesse voulait peut-être évoquer qu'en tant que femme elle fait exception en maîtrisant à un haut degré l'équitation et l'art de la vénerie. Mais qu'a-t-elle voulu dire en citant son arrière-grand-mère ?

— Elle est l'héritière des champagnes Clicquot-Ponsardin, que son aïeule, la fameuse veuve Clicquot, a gérés de main de maître au décès de son époux. Curieuses destinées que celles de ces femmes qui ne se révèlent qu'à leur veuvage prématuré ! Car vous savez bien, ajouta-t-il comme Juliette le regardait, médusée, que votre duchesse a été veuve très jeune elle aussi, comme son arrière-grand-mère...

— Vous m'étonnez, Rodolphe. Vous paraissez en fait si bien la connaître...

— En effet ! Elle est aussi sculpteur, poursuivit-il en se rengorgeant, et écrivain... Je n'ai pas grand mérite à le savoir, j'ai une ou deux de ses œuvres littéraires dans mes rayons. En parlant de champagne, elle m'a mis l'eau à la bouche. Que n'ai-je une bouteille à la cave pour trinquer à cette rencontre qui vous portera certainement bonheur !

Comme Juliette le regardait, rassérénée, visiblement heureuse de constater que leur amitié demeurait intacte, il fut ébranlé par la confiance qu'il lisait dans ses yeux. Troublé, il ne put s'empêcher de faire un signe de tête en direction de l'atelier.

— Pierre travaille toujours ?

Une ombre légère passa sur le front de la jeune femme.

— Non, les chaudrons sont à l'arrêt, à cette heure. Il doit faire du rangement... ou du nettoyage. Que sais-je ?

Elle regretta immédiatement son ton désabusé. Elle ne tenait pas à ce que Rodolphe devine des tensions dans son couple. Sans regarder le libraire, elle se dirigea vers l'entrée du magasin.

— À demain, Rodolphe, je vais fermer les volets.

XXI

Au fond de la cathédrale, Théophraste Girardon bouillait intérieurement. Une nouvelle fois, son regard s'accrocha aux nervures de l'un des piliers étroits de la nef avant de s'élever vers les ogives de la voûte. Il suivit la courbe des arcs qui se rejoignaient avec autant de hardiesse que de légèreté puis se perdit dans les découpes du déambulatoire. Un instant distrait par l'architecture remarquable, l'esprit du député fut à nouveau accaparé par la voix qui résonnait dans l'enceinte de l'édifice. En haut de la chaire, la tête de l'orateur se détachait sur les bords intérieurs du capuchon noir, tandis que les bras s'écartaient régulièrement lors d'apostrophes déclamatoires, déployant les larges manches blanches de l'habit des Dominicains. Théophraste glissa un œil derrière lui : la foule se pressait, jusque dans les chapelles rayonnantes, pour écouter le prédicateur de renom connu pour ses conférences données à Notre-Dame de Paris, venu prêcher à la messe du samedi soir.

Théophraste s'était fait une obligation d'assister à cette homélie dont il appréhendait qu'elle déborde du cadre strict de la commémoration d'un événement religieux pour se transformer en une attaque en règle des pouvoirs publics. Agacé, il se trouva conforté dans ses craintes. Le prédicateur conclut par une exhortation passionnée avant de quitter la chaire sous les applaudissements d'une partie de l'assemblée. Un chef de bureau de la préfecture, qui avait accompagné Girardon, lui chuchota à l'oreille :

— Dis donc, le révérend père Monsabré est intéressant à écouter, mais il manque singulièrement de réserve...

Le député opina d'un air sombre. Comme les fidèles se levaient alors qu'on entonnait un *Salve Regina*, il en profita pour s'éclipser. Il dut fendre une masse compacte pour quitter la cathédrale et, dès qu'il se retrouva à l'air libre, il prit une grande inspiration. Il lui faudrait du souffle pour tout raconter à Rodolphe.

— Honteux ! s'exclama-t-il une fois chez le libraire. Il ne s'est pas limité à refaire un historique du pourquoi et du comment on en est arrivé à ce qu'un beau jour un pape est venu appeler à une guerre qu'on a qualifiée de sainte. Il a procédé à une attaque en règle de notre société laïque et républicaine ! Tout ce que nous connaissons de progrès, tout ce qui fait que nous sommes des hommes libres et égaux, il a dit que c'était œuvre du diable !

Rodolphe fronça les sourcils.

— Comment ça ?

— En gros, ça donnait ceci : Satan s'est emparé de la raison ! Satan s'est emparé de la science ! Satan s'est emparé de l'instruction en décrétant qu'elle serait laïque ! Satan, Satan, Satan ! Il n'avait que ce mot-là à la bouche ! Et évidemment, il a appelé les bons chrétiens à délivrer notre monde actuel des sacrilèges de Satan : « Levez-vous donc, soldats du roi Jésus, et poussez votre cri de guerre ! Dieu le veult ! » Tu te rends compte ? Le « Dieu le veult » d'il y a huit cents ans, il l'a lancé en chaire, ce soir ! La cathédrale en a résonné à plusieurs reprises !

Il se laissa tomber sur une chaise, comme anéanti.

— Ah, mon pauvre Rodolphe ! J'en ai la chair de poule. Je suis terrifié par de tels arriérés... « Recrutez les croisés de notre XIXe siècle ! » Que n'a-t-il pas fallu entendre !

Songeur, Rodolphe se tapotait la lèvre supérieure de l'index.

— En clair, c'est un appel à combattre la République..., commenta-t-il. Eh oui, dès lors qu'on a laïcisé l'école ou l'hôpital, rétabli le divorce, autorisé les funérailles civiles, c'est autant de brèches ouvertes dans le pouvoir du clergé. Que peut-on faire ? questionna-t-il brusquement. Je ne suis pas sûr que les affiches aient eu la portée souhaitée...

Théophraste, qui ne l'écoutait pas vraiment, suivait la logique de ses pensées.

— Et encore, je me demande si le pire n'est pas à venir demain, avec cette cavalcade ridicule. Des gens déguisés en croisés, glaive au poing, des soldats en cotte de mailles montés sur des chevaux caparaçonnés, la galère des croisés brinquebalée dans toute la ville, quel spectacle affligeant ce sera ! Et personne pour s'en plaindre ! Dans cette bande de calotins, seul le préfet a émis un avis de bon sens, mais personne ne l'a écouté...

— Ah oui ?

— Il aurait voulu que le maire prenne un arrêté d'interdiction de la procession et de la messe en plein air ici même, mais ce dernier ne l'a pas suivi... Les intérêts économiques de la ville passent avant le respect des fondements de notre République, que veux-tu ? La place publique sera livrée à Dieu !

Rodolphe hocha lentement la tête. Il n'avait jamais vu son ami abattu de la sorte.

— Théophraste, il te faut prendre de la hauteur. Ce n'est pas d'ici, englué dans cette foule tout acquise aux curés, que tu pourras agir. C'est depuis ton banc, dans l'hémicycle.

Le député releva la tête.

— Que crois-tu ? On ne m'a pas attendu pour mettre la question de la séparation dans les débats à la Chambre. Régulièrement, des collègues le font et s'y cassent les dents.

— Eh bien, apporte ta propre pierre à l'édifice ! Appuie-toi sur tes amis de la Libre-Pensée, nous sommes là pour t'encourager à aiguillonner la Chambre !

— Tu as raison, approuva Théophraste après un moment de silence. Déjà, avec mes collègues radicaux, nous étions stupéfaits de constater que la nouvelle taxe qui frappe les congrégations déclenche des prises de position publiques de la part de certains évêques. Il faut qu'on interpelle le gouvernement... Et, petit à petit, qu'on en vienne à préparer clairement le divorce entre l'Église et l'État.

Il se leva.

— Qu'est-ce que tu fais demain, Rodolphe ?

— Je m'enferme dans mon arrière-boutique, en espérant ne pas entendre les cantiques de la messe sur la place. J'en profiterai pour étudier l'ordre du jour de la prochaine réunion de la Libre-Pensée.

— Je peux me joindre à toi ?

— Tu es le bienvenu, mon ami ! lança le libraire en donnant l'accolade au député.

— Tu sais si ça a bien marché, à côté ? interrogea Théophraste.

D'un mouvement de la tête, il désigna le passage qui menait à la confiserie. La pénombre indiquait que la porte en avait été refermée du côté de Juliette.

— Oui, je pense. J'ai entendu du brouhaha toute la journée.

— Eh ! C'est une bonne nouvelle pour notre amie ! Pourquoi fais-tu cette tête ?

Rodolphe n'osa confier qu'il craignait d'avoir deviné une mésentente entre Pierre et Juliette.

— Je dois être jaloux, dit-il. Jaloux de son succès. Ses clients ne viennent pas me voir !

Théophraste rit franchement, avançant que les touristes préféraient rapporter des confiseries plutôt que des livres. Ouvrant la porte du magasin, Rodolphe raccompagna le député sur le seuil. Ils perçurent un mouvement venant de la gauche et reconnurent Valentine qui quittait la confiserie.

La jeune fille leur tournait le dos, leur offrant l'arrière de sa silhouette qui chaloupait, la taille serrée dans une petite veste cintrée et les hanches soulignées par une jupe moulante.

— Le joli tendron ! s'exclama Théophraste à voix basse. Allez, à demain ! lança-t-il en recoiffant son haut-de-forme.

— À demain, murmura Rodolphe en suivant Valentine des yeux.

Il demeurait perplexe, pour avoir déjà vu la jeune vendeuse se diriger habituellement vers la station de tramway la plus proche lorsqu'elle quittait le magasin. Mû par une inspiration subite, il tira la porte de la librairie derrière lui et suivit la jeune fille. Elle longea la place, passa devant la cordonnerie puis tourna immédiatement à gauche. « Pourquoi descend-elle vers la gare ? », se demanda Rodolphe. Arrivé au coin de la rue, il avança un œil, s'attendant à la voir emprunter l'avenue. Elle avait disparu. Il n'osa aller plus avant, vérifier son intuition qui lui laissait à penser qu'elle s'était engouffrée sous le porche qui menait à l'arrière de la confiserie. C'est à ce moment-là qu'il s'entendit interpeller.

— Eh bien, voisin, on ne vous voit plus ?

C'était le cordonnier, ravi de pouvoir bavarder avec Rodolphe. Et lorsque son épouse sortit à son tour sur le pavé, on ne parla que de la cavalcade du lendemain. L'esprit ailleurs, Rodolphe se garda bien de quelque commentaire désagréable.

XXII

Le ciel voilé qui avait présidé à ces jours de fête s'était éclairci et un franc soleil dominait en ce dimanche. Le matin même, la place Delille avait été noire de monde lors de la messe solennelle en plein air, et une clientèle considérable s'était bousculée dans le magasin de Juliette, devenu soudain étroit pour l'occasion. On se ruait sur les boîtes composées en souvenir des croisades et les enfants se voyaient gratifiés, à leur grande joie, d'un ballon de baudruche. Juliette avait appris par hasard que le magasin de nouveautés *Aux Villes du Centre* en distribuait depuis le premier jour des fêtes et elle s'était dépêchée de s'en procurer. Elle s'en voulait un peu de ne pas avoir songé plus tôt à ce genre de cadeaux, mais la leçon lui servirait pour l'avenir.

— Vois-tu, avait-elle dit à Pierre alors qu'ils prenaient le petit-déjeuner, je n'ai pensé qu'à proposer une offre sur les produits eux-mêmes, avec la boîte gratuite pour un emballage de fruit confit gagnant. Les cadeaux pour les enfants, ça, c'est une idée. On pourrait faire un crayon, une gomme, que sais-je ? Avec notre nom imprimé dessus, qu'en penses-tu ?

Son mari prenait un air absent depuis peu de temps et elle mit la main sur la sienne pour attirer son attention.

— Notre nom ? releva-t-il. Juliette Montel-Joulet… tu appelles ça notre nom ? Oui, je sais, c'est le contrat, ajouta-t-il avec une ironie amère.

Juliette réalisa qu'un fossé infranchissable s'était creusé entre eux. Il ne retirait pas sa main, qu'elle caressait légèrement, mais c'était comme si elle flattait une plaque de marbre.

— Pourquoi revenir là-dessus ? avança-t-elle doucement. Tu sais bien que la confiserie ne pouvait s'appeler « Pierre Joulet », je voulais conserver la mémoire de cet héritage et mon effort pour le remettre sur pied.

— Tu tenais à garder la main, comme toujours ! gronda-t-il avec un tremblement dans la voix.

Elle ne sut si c'était de la colère ou de la nervosité qui ombrageait ses propos. Elle soupira.

— Pierre… on ne peut continuer à vivre avec cette incompréhension entre nous, on dirait qu'elle va croissant…

Il retira brusquement sa main et la fixa, le visage cramoisi.

— Oui, cette incompréhension, comme tu l'appelles, elle grandit, comme Agathe ! Elle va avoir dix-huit mois, tout comme ta fille !

— Que veux-tu dire ? bégaya-t-elle, interloquée.

— Tu le sais très bien. Tu t'es fait engrosser pour me garder comme ouvrier, uniquement pour ça !

— Pierre ! Ne dis pas ça ! Tu sais très bien que…

— Ne joue pas la sainte-nitouche, pas avec moi ! Tu as bien su renverser les rôles : monsieur au fourneau et madame qui parade au magasin en vantant ses cerises en chemise ou à l'eau-de-vie ! Alors que le confiseur, ce devrait être moi ! Moi, tu entends ! Et toi au magasin à vendre, faire ton plus joli sourire et vendre ce que j'aurais fabriqué selon mes recettes à moi !

— Pierre !

On entendit des pleurs venant de la chambre. Les éclats de voix avaient réveillé Agathe. Juliette se leva pour aller la chercher. Sentant la crispation qui ternissait l'humeur de ses parents, la petite fille geignit, s'attirant une nouvelle colère de son père, jusqu'à l'arrivée de Berthe. Maussade, Pierre dévala l'escalier pour s'enfermer dans l'atelier. Alors qu'elle allait ouvrir à Valentine, Juliette l'entendit manipuler des chaudrons, exagérant un remue-ménage qu'elle attribua à l'exaspération. Elle sourit à la jeune vendeuse, affectant un masque d'indifférence, et s'obligea à ne pas écouter les battements de son cœur meurtri. La clientèle allait arriver, il ne fallait pas se laisser submerger par la tristesse en ce dernier jour de festivités. Pierre se montra invisible lors du temps du repas, qu'elle prit en compagnie exclusivement féminine : elle avait convié Valentine, sa mère, la petite aide qui accompagnait celle-ci, et Berthe qui donnait la becquée à Agathe.

— À l'heure du départ de la cavalcade, m'autorisez-vous à la regarder passer depuis le pas-de-porte, madame ? demanda Valentine en prenant une mine timorée.

— Je fermerai le magasin. Tu pourras monter à l'étage, avec nous toutes, dit-elle en invitant du regard les autres femmes.

— Même moi ? interrogea la petite aide, un large sourire aux lèvres.

— Bien sûr, Louisette !

Juliette se tourna vers sa mère :

— Crois-tu qu'il viendra ?

Madeleine hésita avant de lâcher dans un souffle :

— Ton père ne m'a rien dit. Nous verrons bien.

Dans la cour du petit séminaire, à quelques encablures en contrebas de la confiserie, des dizaines de chevaux piaffaient d'impatience. Leurs cavaliers, habillés en hérauts d'armes, en chevaliers, en croisés, maintenaient les rênes serrées, mais ne pouvaient éviter que leurs montures ne se bousculent quelque peu. Avec un retard d'une heure, la cavalcade s'ébranla. Depuis l'étage de la confiserie, Juliette et son entourage percevaient les trépignements d'impatience de la foule. Un brouhaha d'exclamations se fit entendre lorsque le défilé apparut au coin de la place, bien vite recouvert par les éclats des sonneurs de trompe. Suivirent les porte-étendards, qui brandissaient avec panache drapeaux et oriflammes colorés, précédant des hommes habillés de surcots, portant hallebarde au poing, eux-mêmes annonçant les cavaliers qui figuraient les seigneurs de l'époque ayant mené la croisade.

Juliette avait pris Agathe dans ses bras ; excitée, la petite fille se penchait vers la place et, dans son babil, s'exclamait au passage des chevaux et des drapeaux qui claquaient au vent. S'obligeant à sourire quand sa fille la prenait à témoin de son enthousiasme, Juliette scrutait en fait la foule davantage que le cortège. Lorsque ses yeux croisaient ceux de sa mère, chacune lisait la déception dans le regard de l'autre. Profitant de ce qu'elle remettait Agathe sur ses pieds, car la petite fille gigotait trop à présent, comme s'avançait un grand vaisseau chargé de figurants costumés, elle se débrouilla pour chuchoter à l'oreille de sa mère :

— Cette fois, je crois bien que papa ne viendra pas... J'avais tellement espéré...

Sentant les larmes lui monter aux yeux, elle rajouta très vite :

— Tu peux surveiller Agathe ? Je redescends au magasin. Je suppose que tout ce monde va suivre le cortège dans les rues de Clermont, mais on ne sait jamais, si quelqu'un toquait à la porte...

Sa mère comprit qu'elle avait besoin de se retrouver seule et n'insista pas. Elle était consciente de la déception de sa fille.

— Il refuse que je vienne le voir, avait invoqué Juliette, et il ne connaît même pas sa petite fille ! Dis-lui de venir, avait-elle réclamé, je sais qu'il adore les cavalcades, c'est l'occasion idéale !

Sa mère avait plaidé la cause de sa fille, dans la supplique, dans les larmes même. Le visage fermé, Alfred l'avait laissée parler et, sans répondre, avait tourné le dos. La mère et la fille avaient espéré qu'il céderait. Et là, force était de constater qu'il ne viendrait pas... Émue, Madeleine se saisit d'Agathe et lui expliqua que l'homme vêtu d'une armure, coiffé d'un heaume sur la tête, qui se maintenait en équilibre malgré les cahots que subissait la galère reconstituée, était le chef d'une troupe envoyée il y a bien longtemps pour délivrer le tombeau du Christ. Tapant l'une contre l'autre ses menottes aux doigts bien écartés, la petite fille applaudissait en riant.

Le rez-de-chaussée de la boutique était plongé dans une sorte de pénombre. Juliette comprit très vite que c'était la foule, amassée tout contre la devanture, qui empêchait jusqu'aux rayons du soleil de pénétrer dans le magasin. Les dos s'écrasaient contre la vitre, des femmes y appuyaient les mains pour tenter de se rehausser, des hommes portaient sur leurs épaules des enfants dont les talons laissaient des empreintes sales. La jeune femme soupira : dès que le gros de la foule se serait dispersé après le dernier passage d'une troupe de figurants, il lui faudrait rapidement donner un coup de chiffon avant de rouvrir aux clients. Elle se dirigea vers l'atelier, percevant un bruit de machine. Pierre avait lancé une fournée de dragées et surveillait la turbine qui tournait sur elle-même, enrobant de sucre les amandes qu'il y avait jetées.

— Tu travailles, un jour comme celui-ci..., fit remarquer doucement Juliette. Pierre... tu ne veux pas venir voir le défilé ?

Le confiseur ne répondit pas. Les poings sur les hanches, il fixait la gueule de la machine, comme absorbé par le mouvement de rotation.

— Pierre..., répéta Juliette en s'approchant de lui.

Elle n'avait pas imaginé la violence de la réaction. Le visage rouge, il écarta les bras dans un geste brusque qui la fit sursauter.

— Pierre, Pierre, Pierre ! Fiche-moi la paix ! Tu vois bien que je travaille ! Madame a besoin de dragées pour les baptêmes de l'été ? Madame aura ses dragées ! Alors, laisse-moi tranquille !

Elle recula lentement, vaincue par la colère de son mari. Elle referma la porte de l'atelier, s'y appuya pour reprendre contenance. Les badauds se pressaient toujours contre la vitrine ; la boutique était maintenue dans une semi-obscurité qui accroissait le sentiment d'irréalité dans laquelle elle se sentait flotter. L'espérance déçue de retrouvailles avec son père, la crise latente avec son mari qui venait de prendre une tournure violente se révélaient comme autant d'épreuves qui lui serraient le cœur dans un étau. Elle avisa la porte qui menait vers la librairie, à demi ouverte. Elle songea que Rodolphe boudait certainement lui aussi les fêtes du centenaire et éprouva l'envie de joindre sa solitude à la sienne.

À la sortie du couloir qui raccordait les deux magasins, elle trouva la même ambiance que dans sa propre boutique. La foule, bruissant de clameurs qui parvenaient étouffées à l'intérieur, se pressait contre la vitrine remplie de livres. La librairie était plongée dans une pénombre soigneusement entretenue par l'absence de lampes allumées. Elle y ressentit une communion d'âme qui la réconforta, même si chacun avait un motif différent de s'abstenir de participer à la fête. Rodolphe ne manifestait aucun signe de présence. Sans doute était-il dans son arrière-boutique, occupé à l'impression de quelque feuillet, et elle n'osait s'avancer, de crainte de le déranger. Absorbée par le calme du lieu, elle leva les yeux vers les étagères, prit plaisir à contempler les reliures aux parfums mêlés de papier, d'encre, de cuir, auxquels des relents de cigare apportaient une pointe âcre. Une paix en émanait, un peu austère, comme une promesse de richesse immatérielle, mais aussi comme un don rare, distillé à quelques élus soigneusement choisis. Juliette devinait, sous les couvertures hermétiquement jointes les unes aux autres, un foisonnement de savoirs, une avalanche de rêves, une abondance de voyages entraînant vers des rives inconnues. Elle aurait voulu tout avoir lu, tout avoir feuilleté, se doutant que sa minuscule personne ne pourrait qu'être écrasée sous tant de découvertes.

Elle se décida à avancer au milieu des rayonnages, comme si une impulsion l'aimantait vers la poésie. Ses yeux s'habituant au peu de lumière, elle déchiffra le nom de Lamartine sur des volumes rangés exactement à hauteur de ses yeux. Ses genoux heurtèrent un escabeau, elle retint à temps une pile de fascicules qui allait en tomber. L'un d'eux se glissa dans ses mains naturellement et elle reconnut le nom de l'auteur. Elle le porta à ses narines, huma le papier neuf et l'encre fraîche. Elle sourit. Lorsqu'elle verrait Rodolphe, elle le gronderait gentiment de lui avoir caché qu'il venait d'imprimer son dernier recueil de poèmes. Elle l'ouvrit, parcourut quelques pages, quand des vers l'émurent soudainement :

Le cœur est comme une onde
Fébrile où va la vie
Sombre comme le monde
Désir inassouvi.

C'était un poème sur le regret, ce sentiment tenace qui, à la relecture de la vie, renvoie en parallèle un idéal rêvé, avorté à l'instant même où il est ébauché. Par quelle alchimie ces rimes et celles qui suivaient parvenaient-elles à refléter son âme à cet instant exact ? L'auteur de ces lignes semblait avoir eu une vision prémonitoire du roulis qui agitait son cœur. À moins que lui-même n'ait connu pareille émotion...

Elle entendit un bruit, referma l'opuscule, mais déjà la voix de Rodolphe se faisait proche :

— Il y a quelqu'un ?

Elle soupira de honte, se sentant ridicule d'avouer sa présence.

— Oh, Juliette ! C'est vous ? s'étonna-t-il en passant la tête derrière l'angle du rayonnage.

— Je... je suis navrée. J'au... j'aurais dû me signaler, mais...

Son cœur battait à tout rompre, comme celui d'un enfant pris en train de dérober des bonbons, et elle étouffa un petit rire pour camoufler son malaise.

— J'ai l'impression d'être une voleuse... sans doute la pénombre... le fait que le magasin soit fermé...

Alors qu'elle tenait toujours le livre dans les mains, il tourna légèrement la couverture vers lui.

— Voleuse d'intimité..., murmura-t-il, reconnaissant son recueil de poèmes.

— Pourquoi les poser alors ici, sur un escabeau, à portée de regard ? répondit-elle sur le même ton.

— Je me souviens que j'allais justement les ranger le plus haut possible, lorsque j'ai été appelé à faire autre chose.

— Cela vous ennuie que je sois tombée dessus ?

Il eut un hochement de tête incertain.

— C'est le plus personnel de mes recueils, alors oui, sans doute, ai-je l'impression d'être mis à nu. Vous avez eu le temps d'en lire ?

D'un doigt hésitant, elle fit tourner les pages, s'arrêta sur celui qui l'avait tant émue.

— J'ai vu le reflet de ce qu'il y a de plus profond en moi...

Comme Juliette refermait le fascicule, dans le but de le lui rendre, il posa ses mains sur les siennes.

— Vous offrez à l'auteur un cadeau très précieux, l'osmose entre votre âme et la sienne.

Le contact des mains de Rodolphe la fit vibrer d'une émotion intense. Elle entendit la respiration du jeune homme, plus sereine que la sienne, elle réalisa qu'un parfum léger, sans doute une délicate senteur d'eau de toilette, venait se rajouter aux effluves d'imprimerie qu'elle percevait jusque-là. Puis les doigts de Rodolphe glissèrent sur ses bras, ses épaules, provoquant d'autres frissons à travers le tissu fin du chemisier, avant qu'ils effleurent la courbe chaude de la nuque et du cou. Lorsque Rodolphe avança les lèvres pour l'embrasser, elle eut un mouvement instinctif de recul.

— Il ne faut pas...

— Je vous ai toujours aimée, Juliette. Je ne suis qu'un pauvre idiot de ne pas vous l'avoir révélé plus tôt.

— Me l'auriez-vous dit que je ne l'aurais pas entendu. J'étais trop naïve pour oser me croire à la portée de vos sentiments.

— Il est encore temps de faire évoluer les regrets pour en faire des semences d'avenir...

Il tenta de resserrer son étreinte, mais elle se déroba, ne lui laissant que le recueil dans les mains.

— Jolie formule, releva-t-elle sur un ton cynique, mais gardez-la pour un poème. Vous n'ignorez pas que je suis mariée...

— Et malheureuse... Tant que je vous savais heureuse, ou du moins vous croyais-je ainsi, je me suis effacé, mais...

— Effacé ? D'autres bras vous y ont bien aidé ! D'ailleurs, Elvire n'apprécierait pas vos propos !

— Elvire est partie, à me voir plongé dans des pensées d'où elle se devinait absente..., rétorqua-t-il sur un ton sec.

— Mais Pierre est toujours là, et je suis mariée avec lui. Et ne dites pas que je suis malheureuse avec lui, je vous interdis de nous juger !

Elle tourna les talons, furieuse contre Rodolphe et contre elle-même. Si seulement, ce fameux soir du 3 janvier 1892, alors qu'elle rentrait dépitée du banquet des confiseurs, la porte entre les deux magasins s'était ouverte sur Rodolphe ! Elle avait tant besoin de réconfort que sans doute, s'il était venu la consoler par des gestes tendres, c'est à lui qu'elle se serait donnée... Elle se rappellerait toujours avoir guetté un mouvement du côté de la porte communicante. Mais c'est celle de l'atelier qui s'était ouverte, imprimant à sa vie une autre direction, et il ne pouvait être question de revenir en arrière. Ce soir-là, près de trois ans et demi après, c'était définitivement trop tard.

XXIII

La foule avait fini par se disperser de la place où elle était agglutinée et Juliette rouvrit le magasin. Nombreux furent les touristes qui entrèrent lui acheter quelques boîtes en souvenir de cette journée mémorable. Après avoir largement commenté un défilé haut en couleur, on ne parlait plus que de la pose de la première pierre d'un monument qui devait être édifié près de la cathédrale, en souvenir de la commémoration de ce huitième centenaire de la prédication de la première croisade. Les souscriptions avaient été lancées dès le début de l'année et Juliette n'avait pas manqué d'apporter sa contribution, comme nombre de commerçants ou de particuliers.

La manifestation, organisée sous l'égide de quelques notables, était prévue à 6 heures, ce dimanche soir, et Juliette eut envie d'y assister. Prendre l'air lui ferait le plus grand bien et la distrairait des moments surprenants qu'elle avait vécus, depuis la rebuffade de Pierre jusqu'à la déclaration de Rodolphe, ce qui n'avait fait que remuer trois ans de souvenirs au ressenti très varié. Elle décida d'emmener Agathe, cela amuserait certainement l'enfant, et sa présence ne ferait que confirmer à Juliette que sa fille était la plus belle chose qui lui soit arrivée.

— Valentine, vous pourrez fermer le magasin ? demanda-t-elle sans vraiment laisser le choix à la jeune employée.

Elle se mit en route, tenant par la main la petite fille qui réclamait, dans son babil enfantin, de voir des chevaliers et des troubadours.

— Je ne sais pas si on en verra encore, ma chérie. Je crois qu'ils sont tous rentrés chez eux après avoir fait le tour de la ville. Mais nous allons découvrir une maquette du monument qui va être édifié sur la place Royale. C'est tout près de la cathédrale.

Quand elles arrivèrent, Juliette fut désolée de constater qu'il y avait déjà beaucoup de monde. Comment voir quoi que ce soit, surtout de la hauteur d'une toute petite fille ? Elle entreprit de se glisser entre des rangs serrés de badauds, tenant fermement Agathe par la main, quand elle se fit interpeller par une voix familière.

— Juliette !

— Monsieur Marquand ! s'exclama-t-elle en reconnaissant son ancien patron.

Le confiseur se rendit immédiatement compte de la situation.

— Mais comment veux-tu voir quelque chose, ma pauvre petite ? dit-il en s'adressant à Agathe. Ça te plairait de monter sur mes épaules ?

La fillette, un grand sourire sur le visage, quêta l'approbation de sa mère avant de se faire soulever de terre par des mains puissantes pour être juchée sur des épaules d'où elle avait une vue panoramique. Elle pointa un doigt en zézayant.

— Elle montre la maquette, confirma Juliette en se dressant sur la pointe des pieds.

— Eh bien, allons la voir !

Gustave Marquand fendit la foule, suivi par Juliette qui trottinait derrière lui. Ils s'approchèrent d'une estrade où un piédestal supportait l'ébauche en bois du monument destiné à orner la place, au niveau du portail sud de la cathédrale.

— Tu vois, commenta le confiseur à destination d'Agathe, on va construire une très grande fontaine. Et la statue que tu vois au-dessus de cette fontaine, c'est celle du pape Urbain II, celui qui a demandé, il y a bien longtemps, à plein de princes très riches et très puissants de partir dans le pays de Notre Seigneur Jésus-Christ. Et celui qui est à côté, avec ses ailes, c'est un ange.

— Anz...

— Oui, un ange qui déploie ses grandes ailes. Il est en train d'inspirer le pape pour le discours qu'il va prononcer afin de convaincre les vaillants princes de partir.

— Moi... anz !

La petite fille étendit les bras et, de fait, chancela légèrement avant de se retenir d'une main à celle de sa mère. Elle éclata de rire. Juliette en fut brusquement attendrie : Gustave Marquand aurait fait un grand-père idéal. Tout en songeant au plaisir auquel se refusait son propre père, elle eut la certitude que le vieux confiseur goûtait à une joie dont le décès de ses deux fils le privait à jamais.

L'écho désagréable d'une voix qu'elle aurait reconnue entre mille lui parvint brusquement aux oreilles.

— Ça alors ! Tout ce qui se fait de mieux de la confiserie clermontoise se retrouve ici !

— Monsieur Marial, salua-t-elle avec raideur. Serais-je visée dans cette interpellation plutôt flatteuse ?

— Bien sûr, ma chère ! Votre petite boutique ne désemplit pas, à ce qu'il paraît. Vous connaissez un joli succès.

— Je suis honorée que ma petite boutique, comme vous dites, développe une renommée qui réussit à parvenir à vos oreilles et, de fait, en dépasse la taille !

Léon Marial plissa les yeux, faisant mine de trouver la repartie particulièrement savoureuse, quand Gustave Marquand, qui avait entre-temps fait descendre la petite Agathe de ses épaules, intervint :

— Mais vous-même êtes accompagné de votre progéniture, n'est-ce pas ?

— Voilà mon fiston, Louis-Maximilien, le digne héritier de son père.

— Bonjour, jeune homme, fit Gustave, aux manières toujours paternelles.

Le garçon, âgé d'environ huit ans, tendit une main molle au confiseur puis à Juliette, avant de se tourner vers Agathe.

— Ah ah ! s'esclaffa Léon Marial. C'est votre fille, madame Joulet ? Mais c'est qu'il faudrait nous les marier, ces enfants-là ! Ça réglerait bien des problèmes, non ?

La petite fille restait de marbre, ignorant le bras tendu, quand sa mère la reprit doucement :

— Dis bonjour, Agathe.

L'enfant se décida à donner sa menotte puis, quand elle fut assurée qu'aucun des adultes ne la regardait plus, elle tira la langue au garçon. Celui-ci redressa la tête, esquissant une grimace de dénigrement.

— Quels problèmes ? releva Juliette. Je n'en vois aucun, avec les compliments dont vous me gratifiiez tout à l'heure.

Léon Marial eut un sourire contraint et fit un salut en forme de courbette pour prendre congé.

— Je m'aperçois que cela s'agite du côté des évêques, dit-il, sans doute est-ce l'heure de bénir le premier coup de truelle. Je vous laisse profiter du spectacle.

Il disparut dans la foule. Gustave, tenant fermement la petite Agathe, et Juliette, qui ne le quittait pas d'une semelle, réussirent à se rapprocher le plus près possible du centre de la place, où des enfants de chœur tendaient la coupelle d'eau bénite et le goupillon aux prélats mitrés.

Rodolphe vérifia l'heure à son oignon : la venue de Théophraste semblait de plus en plus improbable en cette fin d'après-midi. Il avait bien cru que c'était son ami qui était entré à pas furtifs un peu plus tôt dans la librairie et, depuis, il revivait la scène où sa maladresse légendaire s'était à nouveau manifestée. À force d'être furieux contre lui-même, il devenait las de vouloir changer un passé dans lequel il s'était enfermé. Les regrets l'avaient déjà saisi, à quoi bon s'obstiner à tenter de séduire une Juliette qui, elle, avait les pieds sur terre et ne s'en laissait pas conter par un utopiste comme lui ?

Il referma la couverture du fascicule dont il avait commencé la rédaction dans l'après-midi, en attendant son ami le député. Celui-ci avait sans doute préféré demeurer chez lui, de crainte d'avoir à se glisser au milieu d'un défilé des croisades qu'ils qualifiaient tous deux de mascarade. Il relut le titre qu'il avait écrit provisoirement : « Vers une nécessaire séparation des Églises et de l'État. » S'agissait-il là aussi d'une utopie ? Il était convaincu du contraire. Alors que ses sentiments s'empêtraient dans un aveuglement absolu, ses opinions politiques, en revanche, étaient particulièrement claires : il était persuadé que seule la laïcité était de nature à conférer à la République un socle solide, celui d'une indépendance à l'épreuve de toute contestation ou subordination.

La lumière du jour avait légèrement décliné d'intensité ; il fut certain que plus aucun client ne franchirait le seuil de sa boutique. Bien qu'il fût encore tôt, il sortit rabattre les volets de la librairie et en profita pour jeter un coup d'œil vers la confiserie de Juliette. Il fronça les sourcils, s'étonnant de ne pas voir de lumière filtrer derrière la vitrine sombre, bien que les panneaux de bois ne soient pas repliés. « Si le magasin était toujours ouvert, il devrait être allumé et, dans le cas contraire, les volets fermés… » Il maugréa contre lui-même. Qu'avait-il à s'occuper encore de l'activité de sa voisine ? Rentré à l'intérieur, il vérifia la fermeture de la porte qui donnait sur le passage menant à la confiserie et se dirigea vers l'arrière-boutique. Il s'arrêta, indécis, puis, sur un soupir fataliste, revint sur ses pas. Cette porte fermée sur un magasin étonnamment obscur l'attirait comme un aimant. Il la rouvrit, sonda le couloir noir, s'y engagea. Il chercha un prétexte pour justifier sa présence, au cas où il tomberait sur Juliette, qui ne serait sans doute pas ravie de le revoir. Il grommellerait une vague excuse. Il poussa doucement l'autre porte. La boutique était tout entière plongée dans un contre-jour peu propice à attirer encore le client. Il s'y engagea, trouva la porte d'entrée fermée à clé, alla coller son oreille à celle de l'atelier sans percevoir aucun bruit. Il revint lentement sur ses pas, songeur. Puis, soudainement mû par une force qui le dépassait, il sortit de sa librairie, longea le trottoir qui tournait à l'angle de la place et descendit vers le porche sombre qui s'ouvrait sur la cour intérieure de la confiserie.

Valentine était entrée dans l'atelier au moment où Pierre faisait briller, d'un dernier coup de torchon, une bassine à confiture.

— Madame est partie, j'ai fermé le magasin, avait-elle simplement dit.

Le confiseur avait lâché le chiffon pour l'entraîner vers la petite chambre de l'arrière-cour. Elle avait eu ce gloussement niais qui l'excitait alors qu'il retroussait les jupons sur les cuisses laiteuses et qu'il déboutonnait rapidement le haut du chemisier. Les gémissements de la jeune fille répondaient à ses halètements saccadés et, les yeux fermés, il savait qu'il allait bientôt exploser en mille lumières avant de sombrer dans la nuit d'une demi-inconscience. Il eut soudain l'impression, alors qu'il était arraché brutalement à la tiédeur moite de la petite Valentine, de revivre la scène cauchemardesque d'un passé révolu. On le tirait avec violence par le pan de sa chemise pour le faire basculer en arrière. Éberlué, il se redressa péniblement, tandis qu'à son oreille résonnaient les cris effarés de la jeune fille.

À peine remis sur ses pieds, il fut projeté au sol d'un sévère coup de poing au menton. Il avait cru reconnaître son ancien patron d'Apt, mais, à présent qu'il se frottait la mâchoire en tentant de se relever à nouveau, tout en remontant son pantalon, son cerveau embrumé reconstituait les traits d'un visage qui le firent grimacer de dégoût. Que venait faire là cet avorton de libraire ?

— Espèce de salopard ! éructait Rodolphe.

— De quoi te mêles-tu ? répondit Pierre en s'écartant pour éviter un coup de pied au bas-ventre.

Il se recroquevilla sur lui-même, entoura de ses bras les genoux de Rodolphe pour le déséquilibrer et le faire tomber. Il profita de ce que Valentine s'était relevée et rajustait rapidement ses vêtements pour se glisser derrière elle et sortir de la chambre. Rodolphe bondit sur ses pieds et, tandis que la jeune fille ne demandait pas son reste pour se sauver, empoigna le confiseur par le collet. Les deux hommes luttèrent dans un corps à corps serré.

— Salopard ! répétait Rodolphe. Oser faire ça sous le nez de ta femme !

— Ma femme, parlons-en ! Tu crois que je n'ai pas vu ton manège, avec ta mine enfarinée ?

Un violent coup de poing asséné par Rodolphe projeta Pierre en direction de son atelier. Le confiseur, se remettant lentement sur ses pieds pendant que Rodolphe reprenait lui-même son souffle, vit l'occasion de trouver là un refuge. Il s'y précipita, tentant de refermer la porte derrière lui à clé, mais le libraire, d'un bon coup d'épaule, força le passage. Les deux hommes déboulèrent dans l'atelier, se jaugèrent avec hargne avant de reprendre leur lutte. Pierre, voyant qu'il avait du mal à avoir le dessus, fit semblant de reculer sous les coups de Rodolphe. Se saisissant d'une louche accrochée au mur, il la brandit comme un glaive au-dessus de la tête de son rival. Celui-ci fit un pas en arrière, son pied buta dans l'un des fourneaux sur lequel des chaudrons vides étaient posés, et il trébucha. Pierre abaissa violemment la louche et, dans son élan, fit basculer un chaudron. Touché une première fois à la hanche, Rodolphe vit l'énorme bassine en cuivre chanceler lentement. Il tenta de ramper, mais un pincement aigu privait sa jambe de toute réaction. Sans pouvoir se dégager, il assista, impuissant, à la chute du lourd cuivre. Au moment où il ressentait une douleur fulgurante, il sombra dans l'inconscience.

Haletant, Pierre lâcha la louche désormais inutile qui tomba dans un bruit de ferraille glaçant dans l'atelier silencieux. Il s'approcha de Rodolphe, vit du sang qui commençait à former une petite flaque sous le chaudron en cuivre qui écrasait le bassin du libraire. Du pied, il tenta de le faire réagir, mais la main demeurait inerte, les paupières fermées ne cillaient pas. Saisi d'effroi, il réalisa brusquement ce que les conséquences de la bagarre allaient entraîner pour lui. La situation était bien plus grave qu'à Apt. Il se vit accusé de la mort de Rodolphe, passer en jugement, être condamné à la prison, voire à la déportation. Son avenir, patiemment construit dans ce milieu de la confiserie qui était toute sa vie, ne pouvait s'arrêter là, devant cet homme à terre qui saignait comme un porc écorché. Un cri perçu audehors, sans doute celui d'un cocher qui stimulait ses bêtes, lui fit prendre conscience qu'autour de lui la vie continuait. Quelqu'un finirait bien par arriver, le trouver là, visiblement responsable de la mort du libraire. Juliette... Partie avec Agathe, elle allait revenir sans tarder et, se heurtant à la porte du magasin fermée, passerait par la cour.

Contrairement à ce qui était advenu à Apt, il n'y avait personne pour l'obliger à fuir. Il fallait qu'il prenne la décision lui-même. Lentement, fixant Rodolphe qui demeurait au sol, inerte, il sortit à reculons de l'atelier.

Troisième partie

LE NOUVEAU SIÈCLE

XXIV

Quatre ans plus tard, novembre 1899

— Cela vous convient-il, madame ?

Le représentant de commerce assis en face de Juliette avait jusque-là attendu patiemment que la jeune femme ait fini de consulter le catalogue. Mais la lenteur qu'elle mettait à tourner une page après l'autre, associée au regard affûté avec lequel elle détaillait les étiquettes imprimées qui y étaient insérées, rendait à présent l'homme nerveux ; il craignait que sa composition ne fût pas à la hauteur des exigences de la jeune femme. Désireux de provoquer une réaction, même si elle lui était défavorable, il n'avait pu s'empêcher de poser la question qui lui brûlait les lèvres.

Juliette dédaigna de répondre, absorbée qu'elle était dans l'examen minutieux du catalogue. Elle compulsa encore trois ou quatre feuillets, puis revint quelques pages en arrière avant de lever la tête et de fixer l'employé. Celui-ci reçut l'éclat d'ambre de ses yeux, comme la certitude que le jugement de cette femme serait sans appel, car parfaitement légitime.

— Monsieur Lavaurie, il s'agit bien d'un catalogue pour nos clients de Paris ? Présentez les

« extras » avant les « surfines ». Vous n'allez pas dans les départements voisins.

Plutôt qu'un dénigrement du goût des consommateurs de province, il comprit combien elle avait su intégrer la connaissance de ce que recherchaient les habitants de la capitale.

— Oui, madame, bredouilla-t-il, j'intervertirai les étiquettes. Voulez-vous voir la marmotte ?

Sans attendre la réponse, il se leva, posa sur le bureau la petite mallette dont il souleva les compartiments. Un rapide coup d'œil suffit à Juliette pour estimer que le principal accessoire de travail du représentant était organisé de manière satisfaisante. Elle aurait souhaité un peu plus d'assurance de la part du jeune homme à qui elle confiait le soin d'inciter à acheter ses confiseries. Mais elle comprit que le fait d'avoir une femme pour patronne le déstabilisait sans doute et le privait de sa gouaille coutumière. Elle l'avait vu, depuis la fenêtre du secrétariat qui donnait sur l'intérieur des ateliers, fanfaronner auprès des ouvriers comme des employées ; celles-ci étaient béates d'admiration de l'entendre évoquer les terroirs de France qu'il sillonnait. Malgré l'apparente timidité qu'il manifestait devant elle, elle faisait confiance à son habituel bagout pour convaincre les épiciers et les marchandes de douceurs de la capitale, tout comme les chefs de rayon des grands magasins, de lui commander ses produits.

Elle raccompagna le représentant en lui murmurant quelques paroles d'encouragement pour son voyage, souhaits qu'elle s'adressait en vérité à elle-même. Ô combien rêvait-elle que les boîtes décorées de la fillette blonde aux cerises en pendants d'oreille figurent en bonne place sur les présentoirs des grands magasins qui avaient conquis la clientèle parisienne ! Les noms du *Bon Marché*, de *La Samaritaine*, du *Printemps* claquaient comme bannière au vent dans cette guerre que le nouveau commerce imposait aux petites boutiques depuis trois ou quatre décennies. Le jeune Lavaurie était chargé de prospecter auprès de ces magasins bien sûr, mais elle craignait que ces enseignes aient déjà leurs fournisseurs attitrés. Elle plaçait tous ses espoirs dans le dernier en date. Les *Galeries Lafayette*, toutes nouvelles de seulement six ans, seraient peut-être plus enclines à passer un contrat avec la petite confiseuse clermontoise.

Elle referma la porte sur Lavaurie et revint lentement à son bureau. De la main gauche, elle effleura les cadres qu'elle avait laissés sur la desserte en chêne, tels qu'elle les avait toujours vus du temps de Gustave Marquand. Le ruban qui ornait le coin droit des portraits des deux fils décédés était un peu plus pâli, mais l'était de fait davantage que celui qui ceignait le troisième cadre. Elle le prit dans les mains. Le regard impénétrable de Gustave Marquand, au-dessus de la moustache épaisse qui lui mangeait le bas du visage, parut la sonder jusqu'à l'âme.

— Suis-je vraiment digne de votre confiance ? murmura-t-elle pour elle-même. Gustave, comme vous me manquez...

Un coup d'œil dans la bibliothèque vitrée, qui trônait derrière le bureau, lui renvoya son reflet. Seule la mousseline blanche finement plissée, qui émergeait des poignets de sa robe, apportait une touche de lumière en écho à son visage diaphane. Elle s'habillait dorénavant dans des tissus sombres, et le vert sapin très foncé de son vêtement eût pu faire croire aux visiteurs qu'elle portait un demi-deuil. Était-ce celui de Gustave Marquand, dont on savait qu'il lui avait légué sa fabrique de confiserie ? Ou celui d'un invisible mari, dont on avait connu l'existence, mais dont on ignorait s'il était décédé ou simplement parti de la région ? Juliette était-elle veuve ? Séparée ? Le personnel avait émis quelques hypothèses, mais aucun propos de la patronne n'étant venu les étayer, on avait accepté la chape de silence dont elle avait recouvert sa situation maritale. Seul importait de savoir que Juliette se nommait Mme Montel, et surtout qu'elle avait suffisamment de connaissances sur la confiserie pour qu'aucun ouvrier ne s'amusât à quelque raillerie. Et les petites mains qui emballaient les cristaux, vanneries et porcelaines de délicieuses gourmandises sucrées et nouaient les rubans imprimés au double patronyme Montel-Marquand trouvaient tout naturel que le nom de leur patronne précédât celui de leur défunt employeur.

Un sourire consentit à apparaître sur le visage de Juliette. Dans le reflet de la porte vitrée de la bibliothèque, sa silhouette lui parut singulièrement avantageuse. La coupe de cette robe était très flatteuse, lui dessinant une taille fine, cintrant le buste au volume harmonieux, avant de s'évaser sur des hanches que la maternité n'avait pas épaissies. Un col montant enchâssait le visage comme un joyau de nacre, où perçaient les yeux pareils à deux diamants noirs. Elle avait abandonné le chignon vaporeux qu'elle arborait quand elle vivait place Delille pour se lisser les cheveux et les torsader, serrés sur la nuque. Loin de la vieillir avant l'heure, cette coiffure, de même que sa vêture sombre, la dotait d'une beauté intemporelle, translucide et sereine. Juliette aurait haussé les épaules si on lui en avait fait compliment. Elle n'en avait cure. Seul lui importait de toujours asseoir son autorité sur le personnel.

La petite confiseuse de la place Delille avait fait du chemin. La gravure, accrochée au-dessus de la desserte, en couronnement des portraits de la famille Marquand, était là pour le lui rappeler. Mais au dessin était à jamais associé le nom de Rodolphe. Son cœur se serra, comme à chaque fois qu'elle pensait à lui, depuis ce soir douloureux du 19 mai 1895.

*

Elle se souvenait de la bonne humeur qui l'irradiait ce soir-là, due à la gaieté malicieuse de sa fille, à la présence rassurante de Gustave. Après l'ultime manifestation de cette fameuse fête des croisades, le confiseur avait tenu à la raccompagner, d'autant qu'Agathe, épuisée, s'était endormie sur ses épaules. Juliette s'était étonnée de trouver le magasin fermé et, comme elle avait annoncé son intention de passer par l'atelier, il avait insisté pour porter la petite fille dans l'appartement. Quelle n'avait pas été la surprise de la jeune femme de découvrir la porte à demi ouverte, et un peu plus loin…

La scène dramatique qui s'offrait à ses yeux, alors qu'elle pénétrait en premier, l'avait abasourdie. Rodolphe gisait, étendu, la jambe gauche écrasée sous un chaudron de cuivre et un liquide sombre, sans doute du sang, s'étalait sous son bassin. Gustave, venant derrière elle, avait immédiatement perçu la gravité de la situation.

— Allez la coucher, je m'en occupe, avait-il commandé.

Il avait doucement enlevé la petite fille courbée sur ses épaules pour la mettre dans les bras de sa mère. Juliette se demandait encore comment elle avait fait pour monter à l'étage, déposer Agathe dans son lit sans la réveiller. Elle se revoyait agir comme enveloppée dans une brume épaisse. Elle avait dû poser la question fatidique : « Il est mort ? », mais ne se rappelait que le visage sombre de Gustave. Il avait secoué la tête en silence et avait simplement demandé à la jeune femme des chiffons propres et de l'eau chaude. C'était une façon de l'occuper, ailleurs que devant le triste spectacle qu'il avait découvert après avoir soulevé le chaudron. La jambe gauche de Rodolphe, ensanglantée, était tordue selon un axe inquiétant et le jeune homme, inconscient, ne répondait à aucune de ses sollicitations. Le confiseur était sorti dans la rue interpeller un passant, lui donnant la consigne d'appeler un fiacre et, à l'aide du cocher, ils avaient transporté le jeune homme à l'hôpital. Un faible pouls signalait encore la présence d'une vie qui semblait sur le point de s'éteindre, car l'épais rebord du cuivre avait, en heurtant le haut de la cuisse, entaillé le muscle et atteint l'artère fémorale.

Juliette, tout en surveillant régulièrement sa fille qui ne tarderait pas à se réveiller pour réclamer à souper, avait fouillé le magasin et l'atelier à la recherche de son mari. Mais Pierre demeurait introuvable. Elle essayait d'assembler dans sa tête les éléments fragmentés d'un puzzle édifiant : la volatilisation de Pierre, l'absence de Valentine, la fermeture intérieure d'un magasin dont les volets n'étaient pas rabattus pour la nuit et, surtout, cette image qui la poursuivrait longtemps, celle de Rodolphe étendu à terre… Blessé ? Mort ?

Gustave était revenu un peu plus tard lui annoncer, mais sans afficher de triomphalisme, qu'il était toujours vivant. Le libraire avait été opéré, mais le chirurgien ne cachait pas la réserve qu'il émettait sur la survie d'un homme qui avait perdu beaucoup de sang.

— Pourrais-je le voir ? avait demandé Juliette dans un souffle, s'asseyant sous le coup de l'émotion. Voir comment il va… et savoir ce qui est arrivé… A-t-il dit quelque chose avant d'être opéré ?

Gustave lui avait passé la main sur la tête, comme à la petite fille désemparée qu'elle semblait redevenue.

— Il s'est battu avec Pierre, c'est ça ? Ils se sont battus dans l'atelier ? avait-elle insisté. Et Pierre qui a disparu… Pourquoi ?

Elle n'osait évoquer l'absence de Valentine, mais Gustave avait compris.

— Comment savoir ? disait-il. Mais l'important, avant d'apprendre ce qui s'est passé, est que Rodolphe se rétablisse.

— Que vais-je faire, maintenant ? avait-elle sangloté en s'effondrant sur la table.

*

Du bout des doigts, Juliette caressa le cadre où Gustave la fixait d'un air impénétrable. Le confiseur s'était occupé de tout. Se doutant que la jeune femme n'aurait pas le courage de renouveler ce qu'elle avait fait trois ans plus tôt – engager un autre ouvrier, le former à sa manière –, il l'avait incitée à rejoindre son entreprise. Il avait su trouver les mots avec douceur, la convaincre que le besoin d'un associé – ou pourquoi pas d'une associée ? – le taraudait avec l'âge, que Juliette devait quitter des lieux où les mauvais souvenirs l'empêcheraient d'aller de l'avant.

— Et le magasin ? Mon héritage ! Je ne peux pas l'abandonner !

— Je ne vous ai pas dit de vous en séparer ! Vous pourriez toujours y vendre vos spécialités – je vous aménagerai dans mon entreprise un atelier pour la fabrication –, vous maintenez le salon de thé, mais je vous conseille d'embaucher des employées. Mettez un peu de distance entre ce lieu et vous, vous vous ménagerez ainsi le temps de la réflexion…

Elle l'avait regardé, songeuse, quand il avait rajouté sur un ton très doux :

— Ne croyez-vous pas qu'Agathe n'aimerait pas se promener plus souvent sur mes épaules ? Jusqu'à ce qu'elle devienne trop lourde pour le vieillard que je suis ? Vous feriez le bonheur d'un pauvre homme qui n'aurait demandé qu'à être grand-père…

C'était l'argument qui, en provoquant un sourire triste sur le visage fermé de Juliette, avait emporté l'adhésion de la jeune femme. Gustave disposait de suffisamment de pièces dans sa demeure pour aménager un petit appartement pour la mère et l'enfant, et Juliette, se réappropriant les ateliers dans lesquels elle avait aiguisé ses premières armes, avait vite proposé des améliorations, des techniques, un savoir-faire que le vieux confiseur accueillait avec une évidente complaisance.

— Il faut que je me modernise, assurait-il régulièrement, la concurrence a toujours été rude, mais avec l'arrivée du nouveau siècle elle va devenir impitoyable.

Constatant que les confiseurs connaissaient des difficultés, depuis quelques années, à s'approvisionner en fruits locaux, Juliette avait suggéré de développer davantage les importations. Il l'avait envoyée en Provence, arguant qu'elle saurait mieux que lui trouver les meilleurs champs de fruitiers et négocierait les contrats avec rigueur. Elle avait conseillé des modèles de boîtes, des vanneries un peu plus modernes que celles qu'il utilisait et fait imprimer des étiquettes plus colorées. Gustave avait décidé, ce qui l'avait remplie d'une émotion indescriptible, de glisser la petite fille aux cerises en pendants d'oreille à côté de l'Auvergnat en tenue traditionnelle – large sarrau bleu et grand chapeau noir – dont il avait fait la représentation de sa fabrique. Quelques mois plus tard, elle n'était pas peu fière d'admirer sur les emballages son propre nom attaché à celui de Marquand. Quand il lui avait proposé d'associer leurs patronymes, elle s'était récriée avec force, ne voulant pas donner auprès de ses anciennes collègues d'atelier l'image d'un arrivisme outrageant, mais il avait insisté avec douceur et fermeté. Dans les premiers jours de janvier 1897, il avait prétexté une fatigue soudaine pour ne pas aller au banquet des confiseurs et Juliette y avait vu une grande délicatesse de sa part. Elle s'était doutée que, n'y étant elle-même pas invitée, il avait préféré ne pas y participer. En lieu et place de la traditionnelle rencontre, il avait réuni l'ensemble de son personnel.

— Mme Montel effectue à mes côtés un travail remarquable, avait-il déclamé en guise d'allocution. Elle est exigeante avec vous, les ouvriers confiseurs, vous, les trieuses et emballeuses, parce qu'elle connaît parfaitement chacune de vos tâches. Elle est âpre à la discussion avec les fournisseurs, elle est dotée d'une intuition suffisamment fine pour évaluer avec perspicacité les marchés à prospecter, elle a le sens de l'innovation pour répondre au goût de la clientèle. Je ne vous oblige pas à reconnaître que son travail est largement supérieur au mien, il me suffit que vous le considériez à son égal. Aussi bien, un ordre de Mme Montel, une commande, un conseil sont à prendre avec autant de sérieux que s'ils émanaient de moi-même. Un jour viendra, je l'espère le plus lointain possible, mais ma santé déclinante me le fait apparaître autrement, où je ne serai plus là pour vous guider dans cette magnifique entreprise héritée de mon père, qu'il avait lui-même reçue du sien. Ce jour-là, je partirai tranquille, je sais que vous tous, vous serez dans de bonnes mains...

— Gustave..., avait doucement reproché Juliette en esquissant un geste affectueux vers le vieil homme.

— Ce jour-là, avait-il continué, imperturbable, je vous demande de reporter votre confiance, pleine et indéfectible, sur Mme Montel.

Il l'avait fait se lever pour recevoir l'ovation d'une assemblée qui était depuis longtemps acquise à la cause de la jeune femme.

*

C'étaient sans doute des paroles prémonitoires, se rappela Juliette en frissonnant. Gustave s'était alité au printemps suivant, victime d'une méchante pneumonie, pour s'éteindre au bout d'une dizaine de jours. « Je ferai vivre la confiserie Marquand jusqu'à mon dernier souffle », avait-elle juré devant la dépouille d'un homme qui la laissait comme orpheline. Non content de l'avoir relevée d'une situation inextricable où l'avait plongée la désertion de Pierre, il avait adouci le mécanisme complexe de sa relation avec Rodolphe. Elle avait vite compris, au milieu des silences gênés et des non-dits, que Rodolphe s'était battu avec son mari après avoir surpris celui-ci dans les bras de sa maîtresse, et s'était sentie responsable de cette altercation. Elle se jugeait même coupable à deux titres : celui de ne pas avoir su retenir Pierre pour qu'il n'aille pas papillonner ailleurs, et celui d'avoir rendu le libraire jaloux, malgré lui, par une complicité qu'elle se reprochait désormais.

Gustave Marquand avait deviné des sentiments entre les deux jeunes gens, à des regards en coin, des soupirs à peine perceptibles, tandis qu'il accompagnait Juliette à l'hôpital lors des suites d'une convalescence qui s'était annoncée longue et douloureuse.

— Vous avez là un excellent ami, avait-il assuré à Juliette en hochant la tête d'un air sentencieux. Soutenez-le de votre réconfort moral, ce sera le meilleur remède pour sa guérison.

En tenant à peu près le même discours à Rodolphe par rapport à Juliette, il les avait libérés de leurs tensions et leur avait permis de renouer un dialogue fondé sur une estime réciproque. Pourquoi alors, se demanda Juliette en jetant un manteau sur les épaules avant de quitter son bureau, espaçait-elle autant ses visites à Rodolphe ? Depuis deux ans que Gustave était mort, elle prétextait une abondance de travail qui ne lui laissait que peu de loisirs pour revenir place Delille. C'était comme si, en disparaissant, le vieux confiseur n'était plus là pour garantir l'intégrité d'une amitié qui s'était renforcée sur les bases d'un drame.

XXV

Elle se contraignait presque, ce jour-là, à reprendre le chemin de la place Delille. Cela faisait six mois qu'elle ne s'était pas rendue au magasin et, en quittant le quartier des confiseurs, autour de la rue Lamartine, où les plus grands noms avaient leur fabrique, elle avait l'impression de partir à l'assaut d'un endroit de la ville qui lui était devenu étranger. Elle avait suffisamment mis de distance avec son passé pour se sentir éloignée de cette boutique dont elle avait hérité et qu'elle avait eu pourtant tant de cœur à rénover. C'est qu'il fallait suivre un parcours en forme de pèlerinage qui lui devenait, au fil des mois et maintenant des années, presque douloureux à accomplir. Au début, tout encore protégée de la bienveillance paternaliste de Gustave Marquand, elle avait plaisir à saluer le couple de cordonniers qui n'avait guère insisté, sans doute par ingénuité, lorsqu'elle avait prétendu que Pierre était parti en formation à l'étranger.

— Ah, ça, maintenant, on ne jure que par l'Amérique, avait commenté la brave femme, il paraît qu'ils sont forts aussi en confiserie ! Et vous, vous avez bien fait de retourner chez votre ancien patron. Avec la petite, vous ne pouviez pas rester seule...

Ils avaient donné une bénédiction que l'éloignement prolongé de Pierre ne semblait pas devoir remettre en cause. Et quand ils avaient vu les boîtes au double nom garnir les présentoirs de la boutique voisine, aux côtés des spécialités de la jeune femme, ils avaient félicité Juliette pour son association avec Gustave Marquand.

— Votre bonbonnière, vous savez qu'elle marche bien, avait assuré le cordonnier avec un clin d'œil. Et nous, on en profite : on répare les souliers d'une clientèle plutôt aisée qui vient nous les déposer avant de faire quelques achats chez vous...

L'appellation convenait à merveille à la charmante boutique que Juliette avait agrémentée en drapant les murs de toile de Jouy bleue, savamment plissée, dont les coussins coordonnés rembourraient les chaises du salon de thé attenant. Deux vendeuses officiaient, auxquelles une troisième s'était jointe récemment, dans l'été de cette année 1899, que Juliette s'en allait saluer après sa visite à la cordonnerie. Elle ne donnait jamais l'impression de faire une inspection, mais avec le sourire elle venait aux nouvelles, s'enquerrait de la vitalité du magasin comme de la santé de ses employées. Et celles-ci s'activaient, le tablier soigneusement noué sur leur robe, aux volants blancs qui tressautaient comme des petites ailes d'oiseau et qui faisaient ressortir la broderie aux armes de Juliette : le blason dessiné par Rodolphe surmontait le nom de la confiserie, *Aux douceurs du temps*. Le rituel continuait alors : Juliette s'asseyait à l'une des tables, on lui apportait un petit verre de vin de cerises et quelques cerises en chemise dans une coupelle blanche à liseré doré, qu'elle dégustait à petites gorgées et du bout des doigts. Des yeux, elle faisait le tour du magasin, l'air serein. Elle s'efforçait de ne pas laisser les souvenirs envahir son esprit, s'attachant à remarquer la jolie présentation des coffrets de pâtes de fruits dans la vitrine, la propreté de l'espace de dégustation, les sourires polis des employées, le calme feutré avec lequel une clientèle distinguée venait acheter, du ton entendu du connaisseur, les produits signés d'un double M entrelacé. Sans nostalgie, mais comme si les seuls souvenirs d'un passé agréable provenaient de là, elle jetait des coups d'œil furtifs vers l'endroit où se trouvait la porte communicante avec la librairie, qui avait été très vite close et dissimulée derrière une draperie. C'est Rodolphe qui, le premier, avait suggéré de condamner le passage. Souhaitant étendre l'activité de son imprimerie, il avait racheté à Juliette l'atelier de la confiserie, l'arrière-cour et le cagibi attenant et y avait installé des machines qui, à présent, tournaient à plein régime pour le journal que son ami Théophraste Girardon avait créé l'année précédente. Il lui était plus facile de tenir la librairie avec pour seule entrée celle donnant sur la place, sans ajouter les allées et venues avec la confiserie.

Ce jour-là, comme d'habitude, tout en tapotant délicatement ses lèvres de la petite serviette brodée à son monogramme, elle tendit l'oreille vers ce qui constituait autrefois l'atelier. Elle fut rassurée, ne percevant aucun bruit intempestif de rotatives qui pourrait déranger les clients de la bonbonnière. Elle se résolut à se lever, pour accomplir le dernier volet de son pèlerinage sur ces lieux qui résonnaient, à travers des fragments de souvenirs, des émotions les plus contrastées. Les murs, les boiseries, les présentoirs lui renvoyaient l'audace folle mise dans la rénovation du magasin, l'affrontement qui s'était joué avec Pierre, le désir de cet homme auquel elle avait succombé, sans doute par dépit de ne pas avoir su répondre au trop réservé Rodolphe... Puis, comme par l'effet d'un écho, les émotions s'en retournaient vers ces murs d'où elles s'étaient élancées, pour y être absorbées dans le décor raffiné du tissu aux motifs précieux.

Saluant chaleureusement les trois vendeuses, elle quitta la bonbonnière pour pénétrer dans la librairie. Elle ferma les yeux, renouant avec l'odeur des livres qu'elle respira avec délectation, avant de rouvrir les paupières en entendant le martèlement qui lui opprimait le cœur à chaque visite : le cliquètement métallique de la canne ferrée accompagné d'une claudication sonore annonçait Rodolphe.

— Juliette ! Quelle bonne surprise !

Elle reprit contenance, espérant ne pas montrer la tristesse qui l'étreignait à voir le libraire sortir de son arrière-boutique. Chaque pas l'obligeait à se déhancher d'une façon cruelle : où était passé l'homme à la tournure élégante et vive ? Elle se précipita pour le serrer contre elle, comme elle l'aurait fait avec sa fille, dans une attitude presque maternelle.

— Vous allez me reprocher de ne pas être venue depuis des lustres, plaisanta-t-elle en minaudant, mais vous savez comment vont les affaires... Et puis il y a cette exposition qui se profile...

— Vous allez me raconter ! Je concéderai peut-être à écrire un article sur vos aventures à Paris…

Elle fit d'amples gestes de dénégation.

— Je vais tout vous dire, mais c'est vous qui commencez ! Votre journal n'est-il toujours pas censuré ?

Même si elle le taquinait, elle s'était réjouie qu'il ait rouvert sa librairie et investi dans une imprimerie – comprenant matériel et ouvriers typographes – destinée à faire sortir de presse la nouvelle lubie de son ami Théophraste, un journal dont elle ne partageait pourtant pas les valeurs expressément anticléricales.

Par principe, elle affecta une moue maniérée en insistant :

— Je vous parlerai de ma participation à l'Exposition universelle de Paris quand vous m'aurez dit si vous parvenez toujours à avoir des lecteurs.

Elle réalisa qu'il la fixait avec gravité, comme s'il savait pertinemment qu'elle mimait une gaieté artificielle. C'est pour cela qu'elle redoutait maintenant ses visites à la librairie, ou plutôt qu'elle les raréfiait. Hésitant sur la conduite à adopter en sa présence, entre le soulagement de constater qu'il reprenait son activité et le déchirement de le voir affecté d'une lourde infirmité, elle feignait une bonne humeur exagérée. Bien qu'il soit au fond de lui-même vexé par autant de légèreté de la part d'une femme à laquelle il avait pourtant assuré que chacune de ses visites le réconfortait, il décida d'entrer dans son jeu.

— Non seulement nous trouvons des articles à écrire, mais nous avons la chance d'avoir des gens intéressés pour les lire. Des esprits sans doute plus éclairés que ceux qui déchiffrent la prose conservatrice et monarchiste de certains de nos concurrents.

Il faisait allusion au *Gaulois*, dont Juliette avait maintenu l'abonnement en mémoire de Gustave Marquand, mais aussi à une presse locale qui avait vu le jour il y a peu, soutenant le cléricalisme que combattait le gouvernement.

— Mais venez vous asseoir.

Il lui désigna une chaise alors que lui-même s'installait sur un tabouret surélevé près du comptoir. Il posa sa canne et, la main sur la hanche, le regard haut, lui tendit un exemplaire de son journal. Elle retrouva le Rodolphe de l'ancien temps, non plus l'infirme avec lequel elle se sentait mal à l'aise, mais l'homme de lettres qui l'impressionnait par son savoir, l'amoureux des livres qui lui faisait partager son exaltation, le poète qui nourrissait son inspiration d'écorché vif à la lumière de tourments intérieurs. Alors qu'il la dominait, juché sur son siège, elle se sentit redevenir la petite confiseuse humble et peu cultivée qu'elle était lors de leur rencontre et saisit le journal. Elle le parcourut avec une moue de réprobation.

— Je suis très contente que votre ami ait réalisé son rêve et qu'il vous en ait confié la mise en œuvre, dit-elle en levant enfin les yeux. Je suis sincère, même si je ne partage pas vos utopies réactionnaires.

— Les réactionnaires, ce ne sont certainement pas nous ! réagit-il d'un ton condescendant, ce qui fit sourire Juliette.

— Je me demande comment vous commenterez l'Exposition universelle, poursuivit-elle en lui rendant le journal. Comme s'agissant d'une gabegie ? D'une réalisation excessive pour laquelle l'argent consacré aurait été plus utile pour des œuvres sociales ? Ou plutôt comme la démonstration éclatante que la France entre dans le siècle nouveau avec panache, avec Paris comme capitale du progrès ?

Il leva les yeux au ciel et croisa les bras.

— D'abord, on n'entre pas dans le siècle nouveau l'an prochain, lâcha-t-il d'un ton sentencieux. 1900 terminera notre bon vieux XIXe siècle et nous n'entrerons dans le XXe qu'en 1901.

— J'ai toujours à apprendre de vous, admit Juliette.

Elle inclinait la tête tout en lissant les plis de sa robe avec affectation, puis jugea que le moment était venu d'avouer le but de sa visite.

— Rodolphe, j'ai une requête à vous faire... Cela concerne Agathe... Elle va fêter ses six ans et je n'ose imaginer la journée d'anniversaire que je vais lui offrir. Ma mère est partie chez une cousine malade et Gustave n'est plus là... Voudriez-vous me faire la joie de venir ?

Il observa un silence avant de donner sa réponse :

— Bien sûr, cela me ferait très plaisir.

— Merci. Elle sera ravie. Elle ne vous oublie pas, vous savez... Elle me parle souvent de vous, mais... c'est compliqué, les journées passent vite et je n'ai pas forcément le temps de...

— Vous êtes à la tête d'une grande entreprise, Juliette, vous n'avez pas à vous justifier. J'espère qu'Agathe se plaît dans son école ?

— Oui, elle travaille très bien. Les sœurs...

Elle s'interrompit ; il était inutile d'évoquer un sujet sur lequel ils étaient en désaccord.

— Acceptez-vous de venir déjeuner dimanche ? reprit-elle en se levant.

— Vous partez déjà ? Mais vous oubliez de me raconter vos projets d'aller à Paris pour l'Exposition universelle !

— Ah oui, bien sûr. Où avais-je la tête ?

Elle se rassit, mal à l'aise. D'où lui venait à nouveau cette sensation de gêne, de gaucherie dont elle ressentait les manifestations jusque sur ses joues qu'elle sentait brûlantes ? La gorge sèche, elle tenta de fixer Rodolphe qui la dévisageait, le menton levé. « Ce tabouret, réalisa-t-elle, c'est celui d'un maître d'école qui jauge son élève. » Renvoyée à ses expériences scolaires malheureuses, elle eut une brusque bouffée d'indignation. De quel droit se montrait-il si hautain, lui qui s'était fait autrefois si complice, et était allé jusqu'à lui déclarer son amour ?

— L'Exposition ouvre ses portes aux femmes avec la création d'un Palais de la femme. Il sera dédié à l'art, la créativité, le rôle des femmes dans la société et dans leur foyer, débita-t-elle d'un trait. J'ai postulé pour présenter mes confiseries, mon dossier a été accepté, je voulais vous en informer.

— J'en suis ravi pour vous, commenta-t-il.

Il se permit un léger sourire, satisfait de voir briller la flamme qui s'était éveillée dans les yeux de Juliette et qu'il traduisait comme le signe de la combativité qu'il appréciait chez elle.

— J'irai au mois d'avril prochain pour l'inauguration et je resterai trois ou quatre semaines. Je profiterai de quelques jours supplémentaires pour découvrir un peu Paris… Pourrez-vous demander à votre ami Théophraste de me conseiller une pension de famille ? Il y a bien des adresses indiquées dans le guide Hachette sur l'Exposition, mais rien ne vaut la recommandation de quelqu'un qui connaît Paris comme sa poche, n'est-ce pas ?

— Je ne mésestime pas votre sens de la débrouillardise, mais...

— Mais quoi ?

— Vous sentez-vous d'aller seule à Paris ? Il vous faudra faire attention...

— Attention à quoi ? s'étonna-t-elle.

— Aux pickpockets... aux escrocs en tout genre...

Elle leva un sourcil interrogateur.

— Notamment aux escrocs qui abuseraient de galanterie pour en vouloir à votre personne et à vos biens.

— Je crois entendre Gustave Marchand alors que j'étais une gamine ! Quel rabat-joie faites-vous ! Je pensais que vous jugeriez l'occasion plutôt encourageante pour la petite confiseuse que je suis !

Elle se leva, défroissant sa robe avec une pointe d'agacement.

— Je vous laisse, j'ai une pile de courrier à signer qui m'attend. Ne me raccompagnez pas, Rodolphe.

Elle se dirigea vers lui pour une brève étreinte et tournait les talons quand il lui lança :

— Vous allez à Paris pour le retrouver !

Elle s'immobilisa, figée, puis se retourna lentement.

— Pardon ?

Se saisissant de sa canne, Rodolphe se mit à tapoter le sol nerveusement.

— Pierre. Vous voulez savoir ce qu'il est devenu.

Elle le dévisagea, hésitant entre céder à la colère ou afficher son mépris pour couper court à cette conversation.

— Je ne suis pas sûre de comprendre le fond de votre pensée, siffla-t-elle entre ses dents.

— Je me suis toujours demandé comment vous pouviez vivre sans savoir où il est et ce qu'il fait. Il a dû aller à Paris, n'est-ce pas ? Avec tous les maîtres confiseurs que compte la capitale, n'est-ce pas l'endroit idéal pour se fondre dans la masse ?

— Et je voudrais le retrouver ? Pourquoi ? Pour le faire châtier ? Vous-même n'avez jamais souhaité engager des poursuites !

— Bien sûr que non ! jeta-t-il, énervé.

— Pourquoi donc alors ? Pour que je régularise ma situation en exigeant de lui le divorce ?

Les lèvres tremblantes, elle le fusillait du regard.

— Pour Agathe, laissa-t-il tomber doucement. Parce qu'il est son père.

XXVI

Les propos de Rodolphe avaient ébranlé Juliette. Lisait-il en elle comme dans un livre ouvert ? Cela faisait quelques mois que l'idée de retrouver Pierre avait commencé à la tarauder, à la suite d'une allusion sournoise de Léon Marial, un jour qu'elle l'avait croisé en se rendant au magasin de la place Delille. Se montrant au début tout miel, il l'avait complimentée pour son association avec Gustave Marquand, laquelle avait propulsé son nom tout en donnant une valeur ajoutée à celui du vieux confiseur. Les productions signées de leurs deux patronymes juxtaposés, avait-il assuré, figuraient parmi les plus en vue du marché clermontois. Puis le sourire était devenu fielleux.

— Mais, dites-moi, ma chère madame Montel, vous ne fabriquez plus dans votre ancien atelier ? J'ai entendu dire qu'il a été transformé en imprimerie pour le journal de Théophraste Girardon. Mais si vous l'avez vendu, c'est que vous avez eu l'autorisation de votre mari ? Qu'est devenu ce cher Pierre ?

Elle avait rapidement clos la conversation en prétendant que Pierre, installé aux États-Unis, ajournait encore son retour. Mais le mal était fait. Si Léon creusait un peu plus la vente qu'elle avait consentie à Rodolphe, il se rendrait compte très vite de l'illégalité de l'acte : du moment qu'elle était mariée, Juliette ne pouvait aliéner ses biens, même lui appartenant en propre, sans l'autorisation de celui qui était toujours son époux. De cette rencontre avec Léon était née la conviction qu'il lui fallait régulariser non seulement la vente, mais plus généralement sa situation maritale.

Juliette se souvenait que Pierre, originaire d'un village proche de Paris, avait commencé ses années d'apprentissage chez un confiseur parisien. Comment avait dit Rodolphe ? « Se fondre dans la masse » : c'était exactement ce qu'elle supposait. Quoi de mieux que Paris pour disparaître en trouvant à se faire embaucher chez l'un des très nombreux confiseurs que comptait la capitale ? Mais comment le retrouver ?

La réponse à cette question lui fut apportée quelques jours seulement après la visite chez Rodolphe, alors que sa secrétaire frappait à la porte de son bureau.

— Madame Montel, je peux vous voir ?

— Entrez, Valérie.

Dans le bruissement feutré de sa jupe de laine noire qu'elle égayait d'un simple chemisier blanc, la jeune secrétaire posa sur le bureau de Juliette une demi-douzaine d'enveloppes, toutes ornées d'un timbre à l'effigie de la reine Victoria.

— Ce sont des réponses du Royaume-Uni ? s'enthousiasma Juliette avant de dévisager l'employée.

Lorsque Adélaïde Récamier était partie à la retraite, peu après le décès de Gustave Marquand, il avait fallu recruter une remplaçante. Juliette n'avait qu'à se féliciter du choix de la nouvelle secrétaire, une jeune fille dont la compétence irréprochable en matière de dactylographie s'associait à une présentation soignée. Contrairement au visage figé qu'arborait Adélaïde en toutes circonstances, celui de Valérie savait transcrire les bonnes nouvelles comme les plus nuancées par de discrètes mimiques qui faisaient gagner du temps à Juliette. L'expression désabusée que la jeune fille affichait à cet instant la prévint que le résultat n'était pas celui qu'elle escomptait.

— Ce n'est pas très positif, n'est-ce pas ?

— Vous avez un accord de l'épicier contacté dans le pays de Galles et, pour ce qui est de l'Angleterre, d'un magasin de Bath.

— La ville thermale de Bath, c'est une bonne chose. Ce doit être un peu notre Royat, et Dieu sait si les curistes aiment acheter nos pâtes de fruits… Et Londres ?

— Le marché est déjà pris. Ils ont tous leurs fournisseurs…

— Qui donc ? Ils le disent ? interrogea Juliette par curiosité.

Quand Valérie lui eut rapporté qu'il s'agissait d'un confiseur d'Apt, elle se retint pour ne pas montrer sa nervosité.

— Ils donnent son nom ? C'est juste pour savoir…, lâcha-t-elle d'un ton inoffensif.

— Rébiscoul. Les Londoniens ne jurent que par lui, affirma la secrétaire avec assurance avant de refermer la porte sur elle.

Juliette essuya d'un geste vif la sueur qui perlait sur ses tempes. « Rébiscoul, c'est bien ce nom-là ! », réalisa-t-elle. Quelle curieuse perte de mémoire, en forme de déni, l'avait affectée au point de ne pas se souvenir de l'employeur qui avait signé le certificat de travail de Pierre ? Elle se reprochait d'avoir jeté le papier à l'époque de son mariage ; elle était persuadée qu'elle y trouverait à présent des informations précieuses qui lui permettraient de suivre la trace de Pierre.

Il lui fallait mettre la main sur l'adresse de ce Rébiscoul, s'il était toujours de ce monde sept ans après le départ de l'un de ses ouvriers, et, dans ce cas, savoir s'il se souvenait de Pierre.

*

L'annuaire des confiseurs, qu'elle avait cherché dans son bureau, ne se trouvait pas davantage à la comptabilité qu'au secrétariat.

— Ne l'auriez-vous pas prêté à Jocelyn ? finit par suggérer Valérie.

Juliette porta ses deux mains aux tempes dans un geste agacé.

— Mais bien sûr ! Comment ai-je pu l'oublier ? Il devait écrire à la société de Paris ! Et il ne me l'a toujours pas rendu...

— Voulez-vous que j'aille le lui réclamer ?

— Laissez faire, Valérie, je m'en occupe. De toute façon, il faut que je descende voir les *cerisières*.

La jeune employée, habituée désormais à cette appellation, acquiesça d'un hochement de tête. La première fois qu'elle avait entendu ce qualificatif, c'était lorsque, nouvellement embauchée, l'un des contremaîtres lui avait fait visiter l'usine. Elle avait découvert les salles où les trieuses de fruits s'activaient puis, restant au seuil des ateliers, les pièces ou les ouvriers confiseurs cuisaient les fruits dans des vapeurs qu'elle avait jugées suffocantes. Elle n'avait pu retenir une exclamation étonnée quand il lui avait annoncé :

— Et maintenant, je vais vous montrer le Saint des saints, l'atelier des *cerisières*.

L'homme lui avait expliqué qu'il s'agissait des ouvrières affectées au travail des spécialités de Juliette, vendues dans la bonbonnière de la place Delille ou faisant l'objet d'expéditions.

— On ne devient pas *cerisière* comme ça, il faut montrer patte blanche, avait commenté le contremaître.

Gustave Marquand avait tenu sa promesse de mettre à la disposition de Juliette un atelier où elle enseignerait à quelques ouvrières triées sur le volet à transformer les cerises en friandises glacées et confites, en vin ou liqueur. L'apprentissage était conditionné à une prestation solennelle en forme de serment : elles devaient jurer de garder le secret sur les techniques reçues de Juliette, sous peine de se voir déférer devant les tribunaux. Leur patronne brandissait l'article 378 du Code civil, n'hésitant pas à étendre la menace de peine d'emprisonnement et d'amende à laquelle était soumise l'activité du médecin, du pharmacien ou de la sage-femme, comme à toute profession détentrice d'un secret, à son métier de « confiseuse ».

— Tout va bien, Émilienne ? demanda Juliette à la plus âgée des femmes de l'atelier.

L'interpellée, qui allait et venait d'une table à l'autre où des mains fines roulaient des cerises dans du sucre ou nouaient des sachets aromatisés avant de les faire infuser dans des bocaux, s'avança vers elle.

— Oui, madame Montel. Nous redoublons d'ardeur : Noël est dans moins d'un mois et demi ! Regardez comme le résultat rend bien, pour les boîtes destinées aux cadeaux d'étrennes !

Elle alla chercher sur un présentoir une boîte oblongue garnie de cerises en chemise. Le dessin traditionnel de la marque Montel-Marquand, sur le couvercle, était agrémenté d'un « Bonne année 1900 » écrit en gros caractères où les deux zéros avaient été évidés. Chacun des chiffres laissait apercevoir une belle cerise enrobée de sucre, protégée par un papier translucide.

Les yeux de Juliette brillèrent ; elle n'était pas peu fière d'avoir imaginé cette astuce que l'entreprise de cartonnerie avait bien voulu lui réaliser.

— Ça change des emballages habituels ! fit remarquer Émilienne. C'est une riche idée pour le siècle nouveau que vous avez eue là !

— L'année nouvelle, ma bonne Émilienne ! Pour le siècle nouveau, ça sera l'an prochain ! s'amusa Juliette alors que la responsable de l'atelier fronçait les sourcils. Et il faudra trouver alors une autre idée !

— Quoi qu'il en soit, les ouvrières ont de l'occupation. Si on pouvait en recruter une ou deux de plus, ça serait une bonne chose. Surtout depuis que Pauline s'est foulé le poignet ; elle travaille moins vite.

— Vraiment ? Pourquoi pas ? La petite Margot, là, n'a-t-elle pas une sœur qui vient trier les fruits l'été ? Elle paraît très habile…

Émilienne eut une moue évasive.

— Si je peux vous suggérer un nom… L'épouse de M. Jocelyn s'est portée candidate.

Ce fut au tour de Juliette de hausser les sourcils.

— Comment se l'est-elle permis ? Lui avez-vous révélé que vous manquiez de personnel ? Si c'est le cas, je vous rappelle que vous devez m'en aviser en premier !

— Madame ! Je ne lui en aurais jamais parlé de moi-même. Mais... M. Jocelyn, en sa qualité de délégué à la société de secours mutuel, a été au courant du problème au poignet de Pauline. Donc il a compris que la petite travaillait plus lentement et il a proposé les services de sa femme. Voilà, je ne fais que transmettre, moi...

— Très bien. Attendons que j'aie connaissance officiellement de cette candidature. Je réfléchirai de mon côté à des ouvrières capables de venir vous aider en cette période de surcharge.

Refermant la porte de l'atelier des *cerisières* sur elle, Juliette se rendit vers l'endroit où Jocelyn officiait. L'homme dirigeait une équipe d'ouvriers confiseurs qui se consacraient à la production des marrons glacés. Les mains protégées par des torchons, il était en train d'extraire de leur bain-marie des bassines en cuivre où avaient blanchi les fruits avant de les mettre au sirop. Il s'adressait à un apprenti :

— Tu vois, il faut disposer les marrons bien horizontalement au fond des bassines, sans les entasser en plusieurs couches. Sinon, ils se briseraient.

— C'est pour ça que les bassines sont plates ! Ah, je comprends mieux !

S'apercevant du coin de l'œil de la présence de Juliette, Jocelyn bomba le torse en élevant la voix :

— Les bassines à paniers superposés, tu les réserves pour des fruits comme les abricots. Eux, on peut les mettre en couches. Mais pas les marrons. Tu as compris ? Ah... madame Montel !

— Jocelyn, je ne veux pas vous déranger. Mais dès que vous en aurez terminé, vous pourrez vérifier si c'est vous qui avez l'annuaire des confiseurs ? J'en aurais besoin.

— Quel étourdi je suis ! J'ai oublié de le rendre. Je vais le chercher tout de suite et je vous l'apporte. D'ailleurs, je voulais vous voir, ça tombe bien.

— Dans ce cas, rejoignez-moi dans mon bureau, intima-t-elle en tournant les talons.

À peine s'était-elle assise à sa table de travail afin de signer des bons d'expédition que Valérie fit entrer Jocelyn. Il lui tendit l'annuaire.

— Voilà, madame. Je m'excuse de vous l'avoir rendu en retard. Je voulais écrire à Paris pour leur demander leur avis sur la situation du Gaspard qui s'est bousillé deux doigts dans l'éplucheur à agrumes.

— Je vous avais pourtant fait part de ma décision, rétorqua Juliette avec humeur. Et alors, avez-vous eu cet avis ?

Jocelyn baissa la tête d'un air penaud.

— Ils confirment ce que vous disiez, c'est un accident du travail.

— Quelle idée d'en douter, aussi !

— C'est que, madame, l'épluchage des fruits, c'est le travail des femmes... Le vieux Gaspard n'avait pas à s'en mêler, c'est donc de sa faute !

— Je me moque de savoir ce qui est réservé aux femmes et aux hommes ! C'est un accident du travail, c'est tout. Votre société de secours n'a qu'à le prendre en charge. Heureusement que Paris confirme ce qui semble être du bon sens !

L'ironie qu'elle avait mise dans sa réponse trahissait bien le mépris qu'elle portait à cette institution pourtant profitable aux ouvriers confiseurs. Elle ne pardonnait pas l'hégémonie masculine dans une société d'entraide qui persévérait dans son refus d'assurer aux femmes une couverture sociale et médicale.

— Bien. Vous avez un autre point à aborder ?

Alors qu'elle s'attendait à ce qu'il lui parle de la candidature de sa femme comme *cerisière*, elle eut la surprise de le voir évoquer une autre affaire.

— Oui, je voulais vous dire que je me suis occupé des funérailles de Célestin Gauthier.

— C'est une sage décision de la société de secours de prendre en charge les frais d'obsèques des ouvriers adhérents, reconnut-elle.

Jocelyn tira du fond de sa poche un papier froissé qu'il tenta de lisser comme il put.

— C'est la facture. Il faudrait que vous me mettiez un paraphe pour que je la transmette à la société.

— Très bien.

Elle apposa sa signature et, ouvrant un calepin, elle inscrivit quelques annotations sur un feuillet qu'elle détacha avant de le tendre à Jocelyn.

— Vous irez porter ça à la comptabilité. C'est un ordre de versement d'une allocation à la veuve Gauthier.

L'ouvrier eut un haut-le-corps.

— Mais les veuves n'ont droit à rien ! Même M. Marquand, qui était un homme très bon, a toujours respecté ce que dit la société de sec...

— Chez moi, coupa Juliette, j'attribue une somme à la veuve quand il y a nécessité manifeste. Célestin Gauthier travaillait bien au verdissage des tiges d'angélique, c'est ça ? Je n'en ai pas la preuve, mais je subodore que c'est particulièrement nocif de respirer à longueur de journée des vapeurs de fruits oxydés dans des bacs en cuivre !

Jocelyn se contenta de prendre une mimique évasive.

— Ce n'est pas le premier qu'on perd prématurément dans cet atelier, accorda Juliette. Mais pas un homme chargé de famille comme il l'était… Il laisse une veuve et six gamins dont l'aîné ne doit pas avoir dix ans !

— C'est qu'il les a eus sur le tard, aussi… Ce que c'est que d'épouser une jeunette…

— Jocelyn, reprit doucement Juliette en le regardant au fond des yeux, s'il vous arrivait quelque chose, ne seriez-vous pas content que votre femme soit aidée par l'entreprise Montel-Marquand alors qu'elle n'aurait rien de votre société de secours ? Combien avez-vous d'enfants déjà ?

— Euh… quatre… Enfin, c'est qu'on attend un cinquième !

— Eh bien, si votre femme s'en réjouit autant que vous, en voilà une bonne nouvelle ! Aviez-vous encore un point à aborder ?

— Euh… oui… Ma femme, justement. Elle aimerait travailler pour arrondir les fins de mois car, à sept, ça va devenir un peu difficile…

— Elle est déjà embauchée, n'est-ce pas ? Au dénoyautage des fruits, il me semble.

— Oui, mais c'est saisonnier… J'ai appris par la petite Pauline, qui s'est foulé le poignet, qu'il y a du travail chez les *cerisières* et qu'une personne supplémentaire ne serait pas de trop. Elle travaille bien, ma femme, alors... si vous pouviez envisager...

— J'étudierai sa candidature, c'est bien le moins que je puisse faire. Mais dites-moi, comment avez-vous eu connaissance de l'accident de Pauline ? En tant que femme, elle n'est pas adhérente de votre société et ne peut prétendre à aucun secours...

Elle ne laissa pas longtemps Jocelyn s'enliser dans les bafouillages. Avec un sourire froid, elle le raccompagna jusqu'à l'antichambre de son bureau. Quand il fut parti, elle demanda à Valérie de programmer une entrevue avec Pauline et la femme de Jocelyn. La première, dont elle appréciait le travail, avait besoin d'une mise au point qui, exprimée avec douceur, saurait l'inciter à garder confidentielles les questions de main-d'œuvre. Quant à l'épouse de Jocelyn, elle la recevrait pour la forme, mais sa décision était déjà prise. Elle n'ignorait pas que l'ouvrier, membre vaillant de la société de secours mutuel des confiseurs, rencontrait régulièrement Léon Marial dans des pourparlers autour de la création d'un syndicat. Autant dire qu'elle restait sur ses gardes. Introduire l'épouse de Jocelyn dans son atelier de *cerisières* reviendrait à faire entrer le loup dans la bergerie !

Elle se rassit à sa table et, munie de l'adresse de Jules Rébiscoul qu'elle avait recopiée dans l'annuaire des confiseurs, elle s'empressa d'écrire un courrier qu'elle alla personnellement déposer au bureau de poste.

XXVII

— Madame Montelle ? prononça une voix assourdissante qui accentuait les syllabes finales.

— Euh… Juliette Montel, oui.

— Jules Rébiscoul à l'appareil !

Juliette écarta légèrement l'écouteur du téléphone de son oreille.

— Vous m'avez écrit une lettre que j'ai reçue mardi. Oh, peuchère ! Plutôt que de vous répondre par courrier, j'ai préféré vous téléphoner. Vous m'entendez, là ?

— Oui… oui, bien sûr, je vous entends très bien. Je vous sollicitais au sujet de Pierre Joulet, vous vous souvenez de lui ?

— Pardi que je me rappelle de lui ! Coquin de sort !

— Et pouvez-vous alors me dire où il a commencé sa carrière d'ouvrier confiseur ?

— Il était apprenti chez un des plus grands à Paris. Eustache, rue des Lombards.

Juliette, qui se sentait frissonner d'une sourde excitation, remerciait le confiseur quand celui-ci ajouta :

— Et pourquoi vous voulez avoir des nouvelles de ce petit salopard ? C'est chez vous qu'il travaillait ? J'ai vu que vous m'écrivez de Clermont-Ferrand. C'est en Auvergne, ça ?

— Oui... Nous sommes bien en Auvergne... Pierre Joulet a travaillé effectivement chez nous et je lui dois un arriéré de primes. Il ne m'a pas laissé son adresse et je voudrais le retrouver. Je pense qu'il est retourné à Paris.

— Des primes, ce couillon-là ?

— Mais cela reste confidentiel, se hâta de préciser Juliette, je ne souhaite pas qu'il en soit averti.

Elle commençait à regretter sa démarche, effarée par la gouaille de son interlocuteur, mais ne résista pas à lui demander :

— Mais pourquoi le traitez-vous de... enfin, vous le qualifiez de...

— De salopard ? Mais parce que c'en est un, pardi ! Il était plutôt doué pour le métier, mais c'est un petit saligaud qui nous bien trompés, ma fille et moi. Ma pauvre bichette, il lui a fallu deux ans pour s'en remettre !

— Ah, en effet..., ne sut que murmurer Juliette pour qui les allusions du confiseur demeuraient énigmatiques.

— Vous voulez que je vous raconte ?

Quand elle raccrocha, elle se sentait vidée comme si elle avait couru à perdre haleine. Elle revivait la rencontre avec Pierre, lors de l'embauche, elle revoyait son petit air modeste et soumis, elle songeait au désir qu'il avait peu à peu suscité en elle jusqu'à cette scène du 3 janvier au soir... Elle se sentait humiliée, salie... « Quelle gourde ai-je été ! » se tança-t-elle. Elle lutta contre un sentiment de culpabilité avant de se ressaisir. Depuis le départ de Pierre, elle commandait à des dizaines d'ouvriers confiseurs, exportait ses produits dans diverses régions de France. Elle s'estimait de taille à affronter Pierre Joulet pour qu'enfin elle puisse dire la vérité à sa fille. Elle était lasse des mensonges dans lesquels elle élevait Agathe, cette croyance que son père était parti en Amérique avec l'espoir d'un retour. Contrairement à ce que pouvait penser Rodolphe, elle ne voulait pas retrouver Pierre pour redonner un père à sa fille, elle voulait retrouver un mari pour s'en séparer officiellement.

*

Pour les six ans d'Agathe, Juliette avait commandé à la cuisinière une blanquette de veau, plat préféré de l'enfant, mais avait tenu à confectionner elle-même le dessert. Lorsque la petite fille eut soufflé ses bougies sur la génoise fourrée au chocolat et demandé la permission de quitter la table pour jouer avec la poupée que lui avait offerte Rodolphe, Juliette pria son invité de passer au salon.

— C'est si gentil d'être venu, remercia la jeune femme en servant le café. Vous l'avez gâtée avec cette magnifique poupée, mais surtout par votre présence. Sans vous, la journée aurait été très triste.

— J'en suis heureux également. J'ai une grande affection pour Agathe, vous le savez, et j'ai plaisir à vous voir. Vous vous faites si rare… Mais je ne me plaindrai pas en ce mois de novembre : je vous ai vue deux fois !

Juliette eut un sourire contrit.

— Je me laisse envahir par mes occupations, mais je vais tâcher de faire mieux. Nous essayerons de nous voir plus souvent.

Il sortit un carton de la poche intérieure de sa veste et, prenant appui sur sa jambe valide, se leva pour le tendre à Juliette. L'effort lui arracha malgré lui une grimace dont Juliette s'aperçut.

— Vous avez mal ? s'inquiéta-t-elle en se redressant vivement pour prendre ce qu'il lui donnait.

— Ce n'est rien. Voici l'adresse d'un petit hôtel tout à fait convenable près du Champ-de-Mars, recommandé par Théophraste. C'est tenu par deux sœurs. Un bon établissement où les femmes seules peuvent aller en toute confiance.

— Parfait, vous remercierez votre ami pour moi. Je serai en effet en sécurité chez des religieuses.

— Ce sont des parentes, en fait, s'amusa-t-il en voyant Juliette dépitée de sa confusion.

La jeune femme se rendit compte d'une autre crispation sur le visage de Rodolphe comme il déplaçait sa jambe pour mieux l'étendre devant lui.

— Les douleurs empirent, n'est-ce pas ?

Son intonation douce et compatissante incita le libraire à se confier.

— Je ne sais pas si c'est l'humidité de novembre mais, en effet, j'ai de plus en plus mal. D'ailleurs, je peux vous demander un verre d'eau ?

— Oui, bien sûr, acquiesça-t-elle en hésitant avant de se lever. C'est pour avaler encore un médicament ? Vous en avez déjà pris au repas...

— On m'a augmenté les prises, rétorqua-t-il d'un ton qui n'autorisait pas la contradiction.

Quand elle revint avec un gobelet, elle le contempla d'un air grave vider quelques gouttes d'un flacon dans le verre d'eau.

— Vous ne seriez pas mieux avec la jambe surélevée sur un pouf ?

Il sourit.

— Je n'osais pas vous le demander. Ce n'est pas très reluisant de se comporter comme un vieil homme quand on est invité !

Juliette approcha un tabouret sur lequel elle disposa un coussin, puis souleva délicatement la jambe de Rodolphe. Le jeune homme ferma les yeux avant de se laisser aller au fond du fauteuil.

— Ah, c'est mieux comme ça, merci, Juliette !

— Vous ne devriez pas consulter à nouveau le chirurgien ?

— Hélas ! C'est déjà fait. L'homme de science ne peut plus rien pour moi !

— Vous devriez demander un autre avis.

Il la dévisagea longuement.

— Vous lisez dans mes pensées... Mais avant de vous en dire plus, ne pourriez-vous pas me servir des cerises à l'eau-de-vie ? Où passent les traditions ?

— Rodolphe ! Pas sur les gouttes que vous avez prises !

— Au diable les médicaments ! Si j'ai plaisir à savourer votre digestif ! Ça me fera oublier mes douleurs.

Des yeux, il suivit la jeune femme qui se levait, mince et raffinée dans sa robe de couleur aubergine, dont l'étoffe soyeuse bruissait avec une douceur toute féminine. La coupe étant fort sobre, elle avait simplement souligné l'arrondi du décolleté d'une chaîne aux maillons ouvragés et avait accroché à ses oreilles des améthystes taillées en forme de goutte. Quand il se fut emparé du verre en cristal qu'elle lui présenta, il porta à la bouche une première cerise qu'il mâcha avec lenteur. Tout en dégustant elle-même, Juliette attendait patiemment qu'il reprenne la conversation.

— Le chirurgien m'a conseillé un confrère, finit-il par révéler.

— Voilà une bonne chose ! Mais encore ? Que pourrait envisager un autre médecin que ne peut celui-là ?

— Il pourrait peut-être m'opérer à nouveau, casser les os qui ont été mal ressoudés par celui d'ici.

— Parce que l'autre chirurgien n'est pas à Clermont ? À Lyon peut-être ?

— À Paris.

— Vous avez raison d'aller consulter là-bas. J'ai entendu dire que les praticiens étaient plus réputés, sans doute disposent-ils de techniques plus élaborées. Il vous faut prendre rendez-vous !

— C'est fait. Mais il y a de l'attente. Il n'était pas disponible avant le mois de mai.

— Cela vous fait patienter six mois... Mais si c'est pour la bonne cause...

Rodolphe observa Juliette un instant avant de se décider à poursuivre :

— Juliette... Vous m'avez dit que vous-même allez à Paris en juin pour l'Exposition. J'ai pris mon rendez-vous pour y aller en même temps que vous, cela ne vous ennuie pas ?

Elle leva vers lui des yeux agrandis où passa un éclat de surprise indignée.

— Quelle idée, si vous pouviez y aller un mois plus tôt ! Cela vous aurait fait gagner du temps ! Mais si vous avez déjà pris le rendez-vous, que vous importe alors mon accord ?

— C'est dans le but de vous tenir compagnie dans votre déplacement... Je pourrais aussi descendre dans le même hôtel. Comme je vous l'ai dit, il est de bonne tenue et ma présence ne pourrait vous compromettre.

Juliette ressentait des frissons d'agacement la parcourir. Il lui paraissait évident qu'il liait son voyage au sien depuis qu'elle lui avait annoncé son intention de partir à la recherche de Pierre. Souhaitait-il l'en empêcher une fois là-bas ? Elle eut la pénible sensation de se sentir bouillir de colère. L'amitié pour Rodolphe était vraiment bousculée d'émotions trop contradictoires pour demeurer sereine, mais elle ressentit pourtant l'impérieuse nécessité de la préserver encore.

— Vous avez bien fait, accepta-t-elle de concéder.

Profitant de ce que Rodolphe avait fini son gobelet, elle se leva pour l'en débarrasser. Elle posa la main sur la sienne et il perçut les tremblements qui agitaient sa paume. Il comprit aussitôt sa contrariété et craignit à son tour un éclat. Mais rasséréné par sa présence toute proche, il l'écouta, confiant.

— Rodolphe, commença-t-elle posément, non seulement vous faites bien d'aller consulter à Paris, mais vous pourriez rester la même semaine que celle où je profiterai de mon séjour pour visiter la capitale. Nous pourrions découvrir Paris ensemble.

Elle sentit que la tension s'allégeait et ajouta très vite :

— Mais ne tentez rien pour me dissuader de retrouver Pierre. Je vous en conjure. Je sais ce que je fais.

Il hocha lentement la tête et prit la main de Juliette dans les siennes.

— Je vous le promets. Mais je ne pourrai pas marcher bien rapidement... Il s'agirait juste de faire le voyage ensemble et éventuellement partager la même table.

Elle se leva pour aller ranger le verre vide sur la desserte.

— Nous visiterons Paris à votre rythme ! déclara-t-elle avec un sourire.

Le cœur battant, elle espérait que, le moment venu, Rodolphe ne contrarierait pas ses projets. Elle se rassurait en se disant qu'elle avait plus de six mois pour se préparer à un tel voyage et aux démarches qui lui étaient liées.

XXVIII

Juin 1900

Immense. Époustouflant. Vertigineux. Juliette aurait pu ajouter, aux sensations qu'elle éprouvait en découvrant Paris et qui lui coupaient le souffle, celle d'un dépaysement total. Plutôt que Paris, c'était davantage l'Exposition universelle qui attirait son émerveillement continu. De la capitale elle-même, elle n'avait eu qu'un aperçu, alors qu'elle s'était engouffrée au sortir de la gare dans un omnibus. En approchant la tête de la fenêtre du véhicule, elle avait remarqué qu'elle empruntait de larges avenues, bordées d'édifices imposants, qui se croisaient dans de gigantesques carrefours, offrant alors une vue grandiose sur des curiosités qu'elle identifiait grâce au guide qu'elle avait soigneusement compulsé : le *Génie* doré de la Bastille, les arcades de la rue de Rivoli, la tour Saint-Jacques. Puis, quand l'omnibus s'était éloigné des quais de la Seine et s'était engouffré dans un quartier d'hôtels particuliers, elle avait eu l'impression de se perdre dans un Paris profond qui l'étreignait d'une sourde angoisse : parviendrait-elle à se repérer dans le dédale de rues qui s'ouvrit à elle à la descente de l'omnibus, semblable à un gigantesque labyrinthe ? Compatissant, le contrôleur lui avait murmuré une vague indication lorsqu'elle lui avait demandé de l'orienter vers son hôtel, comme il l'aidait à franchir le marchepied. Encombrée d'une valise et d'un gros sac de voyage, elle s'était courageusement mise en route, essayant de retrouver dans les rues en enfilade le plan du quartier qu'elle avait inscrit dans sa mémoire pour ne pas avoir à le sortir de son sac, et éviter ainsi de jouer les touristes perdues. Elle avait fini par arriver à son lieu d'hébergement après un ou deux détours. Une fois dans sa chambre, elle s'était affalée sur son lit, les bras en croix, soulagée d'être parvenue sans anicroche à son but et, surtout, rassurée par la propreté de la pièce et l'accueil des deux propriétaires, quelque peu froid mais efficace, qui garantissait un établissement de bonne moralité. C'était davantage une pension de famille qu'un hôtel puisque, le soir, le souper y était servi dans une salle où se côtoyaient des couples ou bien quelques rares personnes solitaires, hommes ou femmes. Tous portaient dans leur tenue vestimentaire ou leur attitude polie un air de cette bourgeoisie de province, guindée mais rassurante. Un notaire puis un colonel à la retraite occupèrent la table voisine de celle de Juliette, énumérant leurs titres avec componction avant d'échanger quelques impressions convenues sur le gigantisme de l'Exposition. Le colonel aurait bien proposé son bras pour accompagner Juliette dans une promenade sous ce beau ciel de juin, mais elle déclina aimablement, avançant que le but de sa visite était avant tout professionnel puisqu'elle vendait ses confiseries dans une aile du Palais de la femme. Il se fendit de quelques compliments d'usage, mais elle perçut, à un frémissement de la moustache, que l'homme était de ceux qui n'approuvaient guère le travail féminin. Qu'importait ! Elle retrouvait avec une excitation tonifiante, chaque matin de ces trois semaines qu'elle consacrait à l'Exposition, le stand qui lui avait été alloué, qu'elle garnissait de boîtes et de coffrets provenant d'arrivages réguliers de Clermont. Par manque de temps, et aussi parce qu'elle gardait l'opportunité des visites pour le séjour de Rodolphe, elle n'avait pas eu le loisir d'arpenter les divers pavillons de l'Exposition. La première fois qu'elle s'était rendue au Palais de la femme, dès le lendemain de son arrivée, elle avait paniqué : elle avait cru ne jamais pouvoir retrouver son chemin malgré les précieuses indications du guide Hachette. Elle avait été effarée de découvrir, alors que s'effaçaient brusquement les immeubles où était niché son hôtel, une esplanade immense, bordée d'un côté par l'hôtel des Invalides avec son dôme doré rutilant, et de l'autre coiffée de la fameuse tour Eiffel. Elle s'était exclamée de stupeur, ne s'attendant pas à ce que le drôle de dessin qui occupait une page de son carnet, tel un jouet d'enfant fabriqué avec des allumettes, corresponde à cette charpente métallique qui s'élevait dans le ciel à une hauteur inimaginable. Et, ajoutant à la dissemblance, alors que son dessin était imprimé en noir, la tour resplendissait, peinte dans une couleur jaune qui réfléchissait celle du soleil ! Elle s'était avancée, le nez en l'air, accrochant son ombrelle dans les chapeaux d'autres femmes ou les gibus de promeneurs qui poussaient une exclamation agacée. Elle crut entendre une interjection où le mot « provinciale » ressortait, tel un juron méprisant, mais elle n'en eut cure. Elle n'était pas au bout de ses surprises. Il lui fallut assimiler le spectacle de tout ce qu'elle voyait, ce drôle de globe terrestre géant orné de constellations qui trônait au pied de la tour Eiffel, ces bâtiments aux minarets orientaux, ces coupoles annonçant des palais consacrés à l'industrie ou aux nouvelles techniques scientifiques. Elle n'en crut pas ses yeux : dans les arbres circulaient des trains et déambulaient des piétons ! Elle cligna des paupières avant de réaliser que des rails suspendus au-dessus du vide, supportés par des piliers métalliques, formaient des sortes de viaducs qui permettaient en effet aux promeneurs de se déplacer. Elle finit enfin par arriver au Palais de la femme, dont la grille d'entrée la séduisit immédiatement par ses entrelacs en fer forgé. Elle avait prévu d'être suffisamment en avance pour se présenter comme exposante, être conduite à son stand, où l'attendaient les caisses en bois envoyées par son entreprise. « Son entreprise » : elle ne fut pas peu fière de déballer ses confiseries, d'agencer les panneaux publicitaires qu'elle avait conçus et d'assister au défilé des visiteurs. Un public essentiellement féminin circulait devant elle, qui venait se restaurer d'une pâtisserie dans le pavillon où elle était installée : des Parisiennes à la taille de guêpe, des provinciales endimanchées, des étrangères à l'œil bleu glacier ou à la chevelure ébène qui babillaient avec des accents inconnus. Cela lui rappelait, dans une tout autre proportion bien sûr, les fêtes du centenaire des croisades qui avaient attiré, dans sa boutique de Clermont, des clients venus d'horizons divers.

On s'arrêta devant elle, elle fit goûter, vanta l'abricotier d'Auvergne qui était la base de toute la confiserie locale, fit partager sa passion pour la cerise. Les boîtes au double M entrelacé partirent comme des petits pains. Dès la fin de la première semaine, Juliette télégraphiait à Clermont pour demander une expédition expresse de nouvelles caisses de marchandises.

*

Elle n'oubliait cependant pas l'autre but de son voyage à Paris. L'effervescence des allées de l'Exposition devait céder pour un temps à l'austérité d'un rendez-vous un peu particulier.

Ce jour-là – c'était lors de la pause du déjeuner du 16 juin –, elle s'engouffra dans un omnibus qui la déposa dans le quartier du Châtelet. Elle regretta que l'achèvement du métropolitain, prévu pour l'inauguration de l'Exposition, ait été retardé d'un mois. Ce nouveau moyen de transport, qu'elle aurait aimé connaître par curiosité, lui aurait été des plus utiles pour gagner rapidement sa destination. Dans l'entrelacs de rues grouillantes de monde, elle découvrit celle où elle devait se rendre, suivit les numéros pairs jusqu'à un immeuble à la façade plutôt banale. Elle poussa l'huis de la porte d'entrée, dont le battant éraflé aurait mérité un bon encaustiquage pour faire meilleure figure, longea des boîtes aux lettres surchargées de noms griffonnés, dont certaines s'entrebâillaient négligemment sous des loquets défoncés. Elle ne prit pas la peine de vérifier le nom correspondant à la personne qu'elle allait voir, monta directement au quatrième étage par un escalier dont les marches de bois terni craquaient sous ses pas. Elle chercha les noms sur les portes, seule la troisième la renseigna par une discrète plaque en cuivre : « Richard Damas, détective privé ». Nerveuse, elle attendit qu'on vienne lui ouvrir après le coup de sonnette qu'elle imprima d'une main fébrile. Lorsque la porte pivota sur ses gonds, la pénombre lui permit à peine de découvrir le visage de son interlocuteur. Elle suivit la silhouette qui la pria d'entrer, un homme de petite taille, au crâne dégarni, vêtu d'un modeste costume de cheviotte grise. « L'allure idéale pour quelqu'un habitué à se rendre invisible dans une foule ou camper sous des porches sombres », songea-t-elle. Lui vinrent en tête des images de filature de couples adultérins, de baisers coupables, de lits en désordre où des commissaires de police surprendraient des amants étourdis de stupeur, tandis que Richard Damas, tapi dans l'ombre d'un couloir, jetterait vers la chambre le même œil morne qu'il dardait à présent sur elle. Derrière la platitude du regard, elle devina une perspicacité aiguë, un art consommé, voire théâtral, du déguisement de ses pensées les plus intimes.

— Rappelez-moi ce qui vous amène, lâcha-t-il sur un ton neutre.

Il la renvoyait à elle-même : non pas victime d'un homme qui l'avait abandonnée, mais pleinement actrice de sa démarche, fondée sur l'accusation et la dénonciation. Juliette se racla une dernière fois la gorge et, le buste rigide, le menton levé, elle résuma sa requête :

— Je suis à la recherche de mon mari, Pierre Joulet. Il a quitté le domicile conjugal il y a cinq ans et j'ai besoin de le retrouver pour éclaircir ma situation juridique. L'échange de courriers que nous avons eu m'incite à croire que vous savez où il est, sinon je ne serais pas ici, ajouta-t-elle avec une pointe d'acidité dans la voix.

Elle se rappelait le déroulement des faits qui l'avait conduite dans cette pièce poussiéreuse, où la lumière grise de la capitale, filtrée par une fenêtre aux rideaux jaunis, éclairait les dossiers empilés sur le bureau ou serrés dans des armoires à portes vitrées. Elle s'était décidée à rendre visite à un détective privé clermontois, dont elle avait repéré l'adresse dans le journal. L'homme, qui présentait à peu près le même aspect neutre que son actuel vis-à-vis, quoique un peu plus rondouillard, lui avait dit qu'il ne pouvait pas grand-chose pour retrouver un homme parti depuis plusieurs années de Clermont et ayant sans doute trouvé refuge à Paris.

— Mais j'ai un confrère dans la capitale, avait-il assuré, je vais le mettre sur le coup.

L'expression lui avait paru d'une vulgarité qui l'avait comme souffletée, mais elle s'était sentie acculée, obligée de faire confiance à cet homme qui avait alors déroulé un protocole qu'elle avait elle-même amorcé. Elle avait donné une photographie de Pierre prise le jour de leur mariage par Rodolphe, transmis les éléments professionnels communiqués par le confiseur provençal Rébiscoul et il avait suffi de quelques mois, deux ou trois, pour que le détective clermontois lui fasse part du succès de son collègue.

— Je sais où Pierre Joulet habite, en effet, confirma celui-ci. Mais, madame, il me faut mettre au point certains éléments avec vous.

— J'ai l'argent, avança-t-elle hâtivement.

Il balaya l'argument d'un geste négligent.

— Je m'en doute. Vos mandats précédents m'ont assuré de vos bonnes dispositions. Non, ce que je veux dire, c'est qu'il faut préciser ce que vous désirez savoir. Confier à un enquêteur privé le soin de rechercher quelqu'un constitue un cadre très général dont l'action aboutit à révéler plusieurs pans de la vie de cette personne.

Juliette sentit la sueur perler à ses tempes, puis couler dans son dos. La chaleur de juin, qui pénétrait dans la pièce, était pour peu dans le trouble qui la saisissait, au regard du discours que lui tenait le détective.

— Rechercher quelqu'un, et le découvrir, amène à plusieurs constats, poursuivit-il. Le plus évident, songe-t-on, est de savoir où est, physiquement parlant, le disparu – nommons-le ainsi –, qu'il soit disparu volontaire ou non. Mais au-delà de la localisation matérielle, apparaissent, comme si l'on déroulait plusieurs fils, d'autres cadres dans lesquels évolue le personnage : celui de l'identité, celui d'une occupation professionnelle, celui d'une sphère privée...

— Je cherche à savoir où est mon mari, précisa Juliette comme elle estimait qu'il lui donnait la parole. Là où il demeure, et peut-être... là où il travaille... Sans doute, même... J'avoue que je ne sais pas trop.

— Voilà ce qu'il faut préciser : qu'êtes-vous disposée à apprendre ?

Juliette eut brusquement conscience de là où il voulait l'emmener.

— Vous avez parlé de sphère privée… Souhaitez-vous me faire comprendre qu'il est marié ? Qu'il a peut-être des enfants ? Des enfants… Oh…

Richard Damas écarta légèrement les mains.

— Ce genre d'éléments, oui. Les fils que l'on tire dans la recherche de quelqu'un amènent aussi à dérouler ceux d'une vie privée, d'une vie professionnelle, voire d'un casier judiciaire…

Blêmissant, Juliette se tendit un peu plus. La moiteur chaude qui l'avait enveloppée laissait place à un froid glacial.

— Je suis prête à tout entendre.

— Bien.

Il fit glisser devant lui une chemise en carton brun, qu'il ouvrit pour effleurer du bout des doigts les feuillets qui la garnissaient. Juliette savait pertinemment qu'il n'aurait pas eu besoin d'y jeter les yeux.

— Pierre Joulet a quitté Clermont-Ferrand en mai 1895. D'après vos renseignements, c'était le 19 mai au soir. Je trouve trace de lui dès le 22 mai, chez un confiseur de la rue des Lombards, Drouet et frères. Il y est resté deux ans, en tant qu'ouvrier produisant un travail sérieux et honnête. Il a changé d'employeur, demeurant dans la même rue, la maison Faustin. Son travail semble toujours consciencieux ; de fait, il est actuellement au poste de contremaître. Il a bonne réputation auprès de son patron et, parmi ses collègues, il est craint par ses commis. Aucune compromission dans quelque fait délictueux. Il habite un modeste deux-pièces rue Étienne-Marcel. Même si son salaire semble correct pour un ouvrier confiseur, les loyers sont chers à Paris, justifia-t-il en écartant à nouveau les mains.

Époustouflée, Juliette le contempla puis, tressaillant soudainement, elle lâcha dans un souffle :

— Il s'est remarié ?

Le détective la regarda attentivement avant de laisser tomber :

— Votre mari n'est pas bigame au sens de la loi. Il est en ménage avec une femme de cinq ans sa cadette, blanchisseuse de son état. Ils n'ont pas d'enfant.

Juliette resta un instant pétrifiée puis finit par demander :

— Comment avez-vous pu savoir tout cela ? Je veux dire, sans que mon… sans que Pierre Joulet se doute de quelque chose ?

Habitué à de telles remarques, Richard Damas répondit très doucement :

— Depuis trente ans que je fais ce métier, j'en maîtrise toutes les astuces. Soyez sans crainte, madame, rien de ce que j'ai pu savoir n'a pu lui remonter aux oreilles. Absolument rien.

Il referma le dossier et reprit d'une voix plus ferme :

— Bien. Vous m'aviez écrit que votre intention était de lui rendre visite. Êtes-vous toujours dans de telles dispositions ?

Juliette parut émerger d'un songe cauchemardeux. Elle se ressaisit.

— Plus que jamais. Vous avez fait du bon travail et, ajouta-t-elle en se permettant un léger sourire, justifié vos honoraires. Je souhaite aller le voir le 25 juin.

C'était le jour du rendez-vous médical de Rodolphe. Elle voulait attendre que le libraire soit arrivé à Paris, tout en le sachant occupé pour qu'il ne soit pas incité à se joindre à elle, dans une démarche qui serait sans doute pénible et délicate. Elle aurait ainsi la présence réconfortante de son ami le soir venu.

— Vous irez lui rendre visite à son domicile ou sur son lieu de travail ? Seule à seul ou en présence de témoins ?

— À son domicile. Et de préférence sans… cette femme. Mais comment savoir ?

— Il n'y a aucun problème à ce que je m'assure qu'il soit bien chez lui ce soir-là. Et je ferai en sorte d'éloigner sa compagne, ce n'est pas bien difficile. Le 25 courant alors ?

— Oui, souffla Juliette.

— Parfait, madame, conclut-il. Le 25 juin au soir après 7 h 30, vous aurez toute liberté pour rencontrer M. Joulet. Voici l'adresse. La suite vous appartient dorénavant.

XXIX

Le 24 juin en fin d'après-midi, Juliette rangea son stand de confiseries à regret, afin de laisser place nette à la pâtissière ou la marchande de douceurs qui prendrait la suite. Ainsi tournaient les exposantes, dans ce pavillon où s'illustrait tout un éventail de productions féminines, de la mode aux arts. La jeune femme ressentait un tourbillon d'émotions contradictoires. La nostalgie de quitter cet endroit magique où elle avait proposé ses spécialités se conjuguait à la satisfaction d'avoir rempli son carnet de commandes, et la joie de revoir Rodolphe dès le soir même s'enténébrait du malaise à devoir affronter Pierre le lendemain.

— M. Pradier est-il bien arrivé ? demanda-t-elle en regagnant l'hôtel.

L'une des logeuses fit semblant de consulter son registre afin de tempérer la hâte de Juliette. Elle jugea de mauvais ton dans son établissement l'impatience qu'une femme manifestait devant l'arrivée d'un client.

— Tout à fait, finit-elle par condescendre à avouer.

Elle jeta un regard glacé à Juliette, de manière à ce que celle-ci comprenne qu'il serait malséant qu'elle s'enquière du numéro de la chambre pour le rejoindre sur-le-champ.

— Pourrez-vous le placer à ma table ?

— Madame Montel, seuls les couples mariés peuvent être installés ensemble, je suis navrée de ne pouvoir vous donner satisfaction. Mais si vous souhaitez vous entretenir avec M. Pradier avant le souper, nous pouvons lui transmettre un message de votre part. Le petit salon bleu est à la disposition des pensionnaires, ajouta-t-elle avec un sourire doucereux.

Juliette griffonna quelques mots sur une carte que l'autre lui tendait avant de gagner sa chambre. Elle calma l'excitation qui la submergeait en s'aspergeant le visage d'eau froide, rajusta sa coiffure et frotta ses poignets d'une eau de senteur au jasmin qu'elle avait achetée sur le stand d'un parfumeur parisien réputé. À 6 heures et demie, elle descendait au rez-de-chaussée, inquiète. Rodolphe avait-il eu son message ? Comment occuperait-elle son temps, si elle ne le trouvait pas, en attendant l'heure de passer à la salle à manger ?

— Rodolphe ! prononça-t-elle à mi-voix en le découvrant assis dans un fauteuil à lire un journal du soir.

Il se leva, vint à sa rencontre, prit dans les siennes les mains qu'elle lui tendait, les frôla d'un baiser léger comme de vieux amis qui bénéficient d'un heureux hasard pour se retrouver. Le jeune homme apprécia le voile de parfum qui émanait des mains fines de Juliette mais, déjà, elle l'invitait à se rasseoir en prenant place sur un sofa voisin. Elle hocha la tête en direction d'un homme qui patientait sur un autre siège ; il lui rendit son salut avant de se replonger dans son livre.

— Vous avez fait bon voyage ? s'enquit-elle toujours à voix basse.

— Excellent, même s'il me tardait d'arriver. Théophraste semble nous avoir conseillé un hôtel très agréable, n'est-ce pas ? chuchota-t-il. La chambre est parfaite. Et les repas, sont-ils corrects ?

Il avait d'emblée ressenti le besoin d'évoquer son ami le député, comme s'il était nécessaire d'intercaler un tiers dans leur dialogue pourtant banal. Mais cet échange feutré, la pénombre du salon trouée d'une petite lumière douce, la présence muette de l'autre pensionnaire conféraient une intimité particulière. Rodolphe était troublé, sans doute d'avoir encore aux narines ce parfum fleuri qu'avaient révélé les mains de Juliette, cette senteur raffinée qui s'alliait si bien au charme qu'elle dégageait, la taille fine légèrement ployée, les yeux étincelants de joie dardés sur lui, le sourire ému gravé sur le visage. Il répondait mécaniquement à ses questions – oui, le train n'avait guère eu qu'une heure de retard ; oui, il avait trouvé facilement l'hôtel ; non, il n'appréhendait pas le rendez-vous avec le chirurgien du lendemain – et elle, de son côté, s'imaginait déjà faire un tour dans Paris, au bras de cet homme si charmant. Elle était ravie de le retrouver dans ce cadre dépaysant, elle se sentait plus forte pour l'entrevue du lendemain qui la hantait toujours dans un coin de ses pensées, mais sans qu'elle en soit oppressée. Elle se mit à lui décrire son expérience des jours passés à vanter sans cesse les confiseries d'Auvergne et à faire valoir ses propres spécialités.

— J'ai même vu le président de la République ! Ce n'était pas difficile, Émile Loubet venait pratiquement faire une visite chaque semaine, accompagné d'un chef d'État étranger. Ah, et savez-vous qui est aussi venue me voir ? Cette chère duchesse d'Uzès ! Nous étions si contentes de nous retrouver ! Elle a eu la délicatesse d'affirmer que ma présence était due à une réussite qui lui semblait bien naturelle…

— J'ai hâte de découvrir l'Exposition, ce doit être fabuleux !

— Je n'en ai pratiquement rien vu, se plaignit Juliette. Alors, dès que vous aurez honoré votre rendez-vous, vous m'aiderez à rattraper le temps perdu !

Il se garda bien de lui demander où elle en était de ses intentions de retrouver Pierre. Le signal du souper vint interrompre ses interrogations et, alors qu'il lui offrait son bras pour gagner sa chaise, elle lui chuchota :

— Nous ne pouvons être placés à la même table, c'est comme ça. Je vous propose de faire une petite promenade digestive après le repas et demain soir, au diable les convenances de cette pension, nous irons dans l'un des restaurants de l'Exposition !

*

La journée du lendemain égrena ses heures à un rythme de calvaire. Juliette avait beau se raccrocher à l'évocation de la promenade de la veille au soir, cette délicieuse déambulation n'était plus à présent qu'un souvenir presque éthéré. Ayant noué son bras à celui de Rodolphe, elle l'avait entraîné sous le ciel encore clair de Paris, alors que la nuit s'avançait à pas comptés, retardant le moment où les monuments se couvriraient de feux telles des parures de pierres précieuses. Ils s'étaient approchés du Champ-de-Mars sans aller plus en avant à la découverte des pavillons de l'Exposition. Juliette s'était rendu compte que Rodolphe accusait la fatigue du voyage, alors que sa claudication lui imposait de fréquents arrêts. Elle lui proposait régulièrement de revenir sur leurs pas, mais lui insistait pour en faire encore quelques-uns, profitant de la tiédeur de la jeune femme à ses côtés. Il lui faisait remarquer comme il y avait toujours du monde dehors à cette heure, des promeneurs tranquilles comme eux, mais aussi des gens pressés, comme si la fièvre dont il avait eu un aperçu à son arrivée en gare ne retombait jamais, même aux portes de la nuit. Le nez levé, il humait l'air et notait comme l'atmosphère était un peu plus chargée en exhalaisons particulières : c'était un mélange plus soutenu que dans leur cité auvergnate d'odeur de crottin et d'émanations de véhicules automobiles – il affirmait avoir vu en une soirée un nombre impressionnant de ces dernières, autant qu'en une année dans sa bonne ville de province. Ils avaient fini par faire demi-tour.

— Il faut en garder pour demain soir, avait dit Juliette, une boule d'anxiété dans la gorge.

Mais avant de retrouver Rodolphe, elle devrait subir l'épreuve de la confrontation avec Pierre.

Elle venait de passer la journée enfermée dans sa chambre, à compiler, annoter, reclasser les factures des produits qu'elle avait vendus, qu'elle triait par adresses, selon l'ordre alphabétique des départements. Elle se promettait de recontacter les touristes qui étaient venus lui acheter des confiseries lors de leur visite à l'Exposition, et qui seraient susceptibles de répondre favorablement à de nouvelles sollicitations. Elle pouvait s'enorgueillir de s'être constitué un fichier de clientèle couvrant presque tous les départements français, et s'étendant même à des pays voisins : Grande-Bretagne, Suisse, Pays-Bas, Allemagne et Italie. Elle brassait ces duplicatas le cœur serré, voyant s'approcher l'heure de l'entrevue du soir.

Il lui fallut pourtant se mettre en route et elle en vint à espérer, tandis qu'elle remontait une avenue qui débouchait sur la rue Étienne-Marcel, de ne pas trouver Pierre à son domicile. C'est alors que se matérialisa brusquement devant elle la silhouette de Richard Damas.

— Il est chez lui, murmura le détective privé en portant la main à son chapeau, qui plongeait son visage dans l'ombre. Vous êtes sûre de le rencontrer. Seul.

Elle crut avoir rêvé : l'homme s'était déjà volatilisé. Le timbre de sa voix résonnant encore à son oreille, elle poursuivit son trajet. Le moment était arrivé, il lui était impossible de reculer. Se raccrochant à l'effet de surprise qui lui donnait l'avantage, elle chercha le numéro de l'immeuble que lui avait indiqué le détective. Cinq étages plus haut, elle frappait à une porte. Elle entendit un raclement de chaise, la porte qu'on déverrouillait. Un homme s'encadra dans l'embrasure.

Ses jambes flageolèrent. Son cœur, qui tambourinait dans sa poitrine, sembla marquer un temps d'arrêt. Elle s'était demandé, depuis ce temps où l'idée de retrouver Pierre avait germé en elle, si elle le reconnaîtrait. Aurait-il changé, vieilli ou plutôt mûri ? Serait-il frappé de stupeur, apeuré ou en colère ?

— Juliette ? murmura-t-il.

Il était demeuré le même. « Cela ne fait guère que cinq ans... », réalisa-t-elle. Toujours les cheveux drus, de ce blond aux reflets de soleil, toujours ces traits de statue antique, ce front clair, ce nez droit, cette bouche gourmande qui l'avaient subjuguée, elle s'en souvenait si bien. La carrure avait peut-être un peu forci, ce qui l'avantageait encore.

— C'est bien moi, répondit-elle tranquillement. Tu ne me fais pas entrer ?

Il fit un effort pour s'effacer, non pas par mauvaise volonté, mais parce qu'il était réellement abasourdi.

— Comment m'as-tu retrouvé ? lâcha-t-il d'une voix blanche.

Juliette avait pénétré dans l'appartement, dont elle faisait le tour des yeux. Les murs, badigeonnés à la chaux, auraient eu besoin d'un bon rafraîchissement ; les meubles étaient rares : un buffet, une table entourée de trois chaises, un divan recouvert d'un plaid effiloché sur lequel traînait une corbeille de linge en attente d'être repassé. Une porte s'entrebâillait sur un cagibi, mais on pouvait distinguer un fourneau de fonte sur lequel était posée une casserole et devant, à même le sol, un baquet de bois entassait une pile de vaisselle sale.

Dans la voix de Pierre, Juliette avait senti vibrer la peur. La peur d'être découvert, la peur d'être dénoncé, la peur de devoir payer sa fuite. Durant ces cinq longues années, où elle avait enduré l'humiliation d'avoir été abandonnée, la tristesse d'élever une enfant sans père, éprouvé du souci et de la peine pour Rodolphe, lui se cachait et n'exprimait à présent que de la peur ? C'était tout là l'homme qu'elle avait épousé ! Ses propres angoisses d'être confrontée à lui s'évanouirent aussitôt. Elle fut pleinement consciente que sa venue inopinée lui donnait une supériorité incontestable.

— Peu importe comment je t'ai retrouvé, lança-t-elle froidement. C'est donc ici que tu vis ?

Elle s'approcha d'une chaise, sur laquelle était jeté négligemment un châle féminin. Elle le prit entre deux doigts, le brandit à bout de bras afin de le défroisser. C'était un châle de mauvais satin noir, orné de grosses fleurs rouges et violettes. Elle le reposa d'un geste indifférent.

— Qu'est-ce que tu fais là ? s'enhardit Pierre, une fois la première stupeur passée.

— On peut s'asseoir ?

Il ne répondit pas tout de suite, méfiant.

— Tout dépend de l'objet de ta visite...

— Que crois-tu que je sois venue faire ? demanda-t-elle tranquillement, posant sur lui un regard volontairement détaché de toute haine et de tout reproche.

Juliette comprenait enfin que Pierre ne lui était plus rien. Il ne provoquerait plus aucun sentiment, qu'il soit de l'ordre de l'emballement amoureux, du dégoût ou de la rancune. Ce qu'elle était venue lui dire relevait d'une simple démarche administrative. Elle prit le temps de tirer une chaise vers elle et il l'imita.

— Que crois-tu ? continuait-elle comme il restait dans l'expectative. Que je souhaite te poursuivre pour désertion du domicile conjugal ? Pour abandon de tes charges de père de famille ? Que je vais te livrer à la justice pour crime, pour avoir battu un homme à mort ?

— Pour… crime ? balbutia-t-il. Il est… mort ?

— Rodolphe ! Tu pourrais l'appeler par son prénom… Laisser derrière soi un homme mort ou supposé mort, c'est la même chose devant les tribunaux.

Sans complaisance, elle le regardait blêmir.

— Il n'y a que ça qui t'intéresse, jeta-t-elle avec dédain. Savoir si je vais bouleverser ta petite vie tranquille en t'envoyant ou non devant la justice. Et ta fille ! hurla-t-elle soudain. Tu ne penses même pas à ta fille ! Tu es lamentable !

Elle lissa nerveusement les marques imprimées sur ses gants de cuir fin.

— Tu ne vaux pas la peine que je me mette en colère. Je ne suis pas venue pour ça, mais…

— Juliette, coupa-t-il, je n'ose même plus penser à Agathe. Je sais très bien que je vous ai trahies, elle et toi.

Les dents serrées, elle le fixa dans les yeux.

— Il est inutile que tu évoques quelque regret que ce soit, ou quelque conscience de ce que tu as pu nous faire, à l'une ou à l'autre. Tu vas m'écouter, maintenant. Nous sommes toujours unis par un lien qui s'appelle le mariage, l'ignores-tu ? Ce lien s'est rompu de fait, avec ton départ, mais pas officiellement. J'ai besoin de retrouver ma liberté pour certains actes de la vie civile.

Elle ménagea un silence avant d'ajouter :

— Aussi, je demande la séparation de corps.

Pierre s'était attendu à tout autre chose. En premier lieu, et bien évidemment, il avait cru que Juliette l'avait retrouvé uniquement pour le déférer à la justice. Dès lors qu'elle avait évoqué le lien du mariage, sa crainte s'était évanouie et il avait immédiatement pensé qu'elle était venue réclamer le divorce, sans doute dans le but de se remarier. Il se mit à réfléchir à toute vitesse. Le divorce était la solution la plus simple et la plus logique, qui l'arrangeait également lui-même. Pourquoi Juliette s'embarrassait-elle d'un régime qui maintenait une union à laquelle elle avait visiblement renoncé ?

Il prit un air dubitatif afin de rassembler ses pensées.

— La séparation de corps ? Quel est l'intérêt ?

Elle le regarda froidement mais, avant qu'elle ait pu intervenir, il jeta, mû par un instinct subi :

— C'est le divorce qu'il faut demander.

Juliette avait prévu la réaction. Elle lança un coup d'œil au châle posé sur la chaise.

— Le divorce ? Certainement pas.

— Pourquoi ? aboya Pierre d'un ton impatient.

— Pourquoi ? C'est simple. Si je demandais le divorce, c'est que j'accepterais de mon plein gré de te redonner ta liberté, grâce à laquelle, par exemple, tu pourrais refaire ta vie en toute régularité, dit-elle en pointant d'un doigt méprisant le châle. C'est toi qui m'as quittée, tu as repris ta liberté de toi-même et je ne vais pas consentir à rendre cette liberté légale ! Non, Pierre, jamais je ne serai à l'origine de ta liberté !

— Mais… la séparation de corps aboutit tôt ou tard au divorce, il me semble ? Je ne sais pas au bout de combien de temps, mais dans tous les cas on y viendra…

— Au bout de trois ans, certes, rétorqua Juliette. Mais si c'est à ton initiative, ce sera la loi qui t'aura affranchi dans ce cas, pas moi.

Elle se leva, prenant soin de lisser sa robe comme si elle s'était salie au contact du siège offert dans cet appartement plutôt médiocre.

— Maintenant que je sais où tu habites, mon avocat t'enverra ma demande.

Il bondit de sa chaise comme un ressort pour s'interposer entre Juliette et la porte d'entrée. Son visage encoléré se faisait menaçant. Il serrait les poings et elle vit les épaules trembler de fureur. Elle laissa échapper un petit rire aigre.

— Oh, Pierre, pas ça… Un courrier est déposé chez quelqu'un d'assermenté, précisant où je me trouve et dans quel but. Au cas où il m'arriverait quelque chose.

Il la toisa, les yeux chargés d'un mépris haineux.

— Pourquoi tu fais ça, Juliette ? Tu as réussi, on dirait… Le fait que nous soyons toujours mariés n'a pas l'air de t'avoir gênée ! Alors, pourquoi demander maintenant la séparation de corps ?

— J'ai des démarches à faire. Je veux retrouver ma pleine capacité civile.

— Ah ! Nous y voilà ! Tu as besoin de mon autorisation ? Pour faire quoi ? Le droit de faire le commerce, tu l'avais déjà… Ah, je vois ! Tu veux vendre ta boutique ? Pour acheter plus grand ?

Il considéra sa robe de soie d'un bleu soutenu à la coupe élégante, fermée sur le devant par des passementeries raffinées, le joli chapeau de feutre maintenu par une épingle ornée de perles et de strass, aperçut l'épaisse gourmette en or qui lui enserrait le poignet droit, juste au-dessus du gant. La petite marchande de pâtes de fruits s'était transformée en une commerçante aisée. « Une vraie bourgeoise… », pensa-t-il. Allait-il s'abaisser encore devant elle, à lui donner satisfaction ?

Il eut une inspiration soudaine.

— Le divorce ! Si tu veux demander quelque chose, c'est le divorce ! Tu entends, Juliette ? Le divorce, sinon rien !

La jeune femme serra la mâchoire, puis écarta Pierre avant de s'élancer dans l'escalier. Parvenue dans la rue, elle refoula des larmes de colère puis s'éloigna à pas rapides de l'immeuble.

XXX

Pénétrant en coup de vent dans l'hôtel, Juliette se précipita dans le salon bleu, où elle avait donné rendez-vous à Rodolphe.

— Oh, pardonnez-moi pour mon retard ! s'écria-t-elle en découvrant le libraire.

Elle jugea, à le voir inoccupé, pianotant d'une main sur l'accoudoir, qu'il devait l'attendre depuis un bon moment. Il se leva brusquement, interpellé par la fébrilité de la jeune femme.

— Vous allez bien, Juliette ?

— Permettez-moi de vous faire patienter encore quelques instants. J'ai besoin de me laver les mains, Paris est tellement sale…

Elle s'esquiva pour revenir quelques minutes plus tard. Il remarqua à nouveau le parfum fleuri qui l'enveloppait, et le rose de ses joues qui était avivé ; sans doute avait-elle coloré d'un peu de poudre de riz un teint qu'il avait trouvé blême à son arrivée.

— Nous y allons ? lança-t-elle d'une voix enjouée.

Il se doutait qu'elle avait vu Pierre. Il n'avait pas osé la questionner la veille au soir quand elle lui avait précisé avoir réservé le restaurant pour le deuxième service.

— C'est un peu tardif, je sais, mais j'ai une course à faire, s'était-elle excusée.

— Ce n'est pas grave, avait-il répondu pour la mettre à l'aise. Moi-même, je risque d'être retardé à l'hôpital.

Il se demanda si cette bonne humeur était naturelle ou feinte. Il espéra bénéficier de suffisamment de confiance de la part de Juliette pour avoir son ressenti, se promettant d'attendre patiemment le récit de sa journée, sans brusquer la jeune femme.

— Vous êtes devenue une vraie Parisienne, à connaître les meilleures adresses ! s'exclama-t-il en prenant place à la terrasse du restaurant.

La vue sur la tour Eiffel et le menu qu'on leur avait apporté l'en avaient convaincu. Ils choisirent les mets en s'enquérant l'un l'autre de leurs goûts, et Rodolphe suggéra un saint-estèphe qui s'accommoderait autant du bœuf miroton pour lequel il s'était décidé que du perdreau que commanda Juliette.

— Et deux coupes de champagne pour commencer, demanda péremptoirement Juliette au serveur, devant un Rodolphe médusé par tant d'aplomb.

— Que fêtons-nous ? s'étonna-t-il. Nos retrouvailles à Paris ?

— Certainement. Mais aussi la fin d'une journée éprouvante sans doute pour nous deux. Comment cela s'est-il passé pour vous, Rodolphe ?

Le jeune homme tenta le tout pour le tout, au risque d'indisposer sa partenaire.

— Je vous en prie, à vous d'abord, Juliette.

Comme il s'y attendait, elle se raidit et pinça les lèvres.

— Ne croyez-vous pas qu'il faut vous vider l'esprit en premier ? Et le cœur ? ajouta-t-il tout doucement.

Juliette fronça les sourcils.

— Vous avez raison. Eh bien, vous vous doutez que je suis allée voir Pierre.

À un bref hochement de tête de Rodolphe, elle expliqua :

— Je l'ai retrouvé grâce à un détective privé. Je lui ai dit ce que j'avais à lui dire, enfin je lui ai plutôt fait part de ma requête concernant notre situation matrimoniale. Je ne lui ai pas parlé, selon votre souhait, de poursuites en justice pour coups et blessures.

Elle faillit ajouter « et pour invalidité » mais se retint à temps. Ils en avaient déjà discuté et le chapitre était clos pour Rodolphe. Le libraire continuait d'opiner en silence.

— Il vous accorde ce que vous désirez ? finit-il par demander, comme Juliette paraissait songeuse.

— Non, annonça la jeune femme. Il ne veut pas consentir à la séparation de corps. Il me met des bâtons dans les roues en réclamant à son tour le divorce.

— Eh bien ? Vous seriez libre une bonne fois pour toutes !

— Vous ne comprenez rien ! soupira-t-elle.

— Oh, si, je crois même très bien comprendre. Votre religion condamne le divorce. La séparation de corps, c'est le divorce des catholiques !

On leur apporta à l'instant les coupes de champagne et Juliette s'abîma dans la contemplation des bulles qui remontaient le long de la paroi de verre. Rodolphe, craignant de l'avoir contrariée, demeura silencieux.

— Si je demandais le divorce, expliqua Juliette, il pourrait se remarier et avoir des enfants, d'une manière tout à fait légale. Des enfants légitimes, qui porteraient son nom au même titre qu'Agathe. Ce seraient des demi-frères ou demi-sœurs pour elle. C'est moi qui l'aurais permis… et je ne veux pas imposer ça à ma fille, dit-elle alors que ses yeux s'embuaient d'émotion. Si Pierre demande le divorce après une séparation de corps – il en aura le droit – et qu'il a des enfants, ce sera de sa responsabilité, et seulement de la sienne. Ce sera de son fait et pas du mien. Je ne sais pas si vous comprenez… Pour moi, ça change tout. C'est peut-être de l'amour-propre mal placé…

Rodolphe soupira et prit son verre, incitant Juliette à faire de même.

— Si, je comprends. Vous êtes d'une honnêteté morale incroyable, et c'est pour ça que j'aime votre compagnie. Moi, avec mes idées de libre-penseur, j'ai un certain arrangement avec la morale, ou la liberté, si vous préférez. Celle que vous, vous prônez est peut-être encore plus précieuse que la mienne, elle n'éclot que dans la contrainte, comme une fleur dans les ronces. C'est d'autant plus remarquable.

Il approcha son verre de Juliette et planta son regard dans les yeux mélancoliques de la jeune femme.

— À la liberté que vous vous refusez ! dit-il avec bonne humeur.

La malice qui étirait ses yeux égaya Juliette malgré elle. Elle sentit fondre le malaise né de la rencontre avec Pierre. Le sourire complice et chaleureux de Rodolphe était comme une grande vague qui nettoie le littoral après son passage.

— À la liberté que je me refuse ! répéta-t-elle en buvant une gorgée, les yeux fermés.

Quand elle rouvrit les paupières, elle inclina la tête vers Rodolphe.

— Et maintenant, à vous ! Quelles sont les nouvelles ?

— Le chirurgien a employé le mot barbare d'ostéotomie, mais il est prêt à m'opérer et prétend même le faire avec succès !

— Est-ce à dire que vous pourriez retrouver votre mobilité ?

— Il assure qu'il pourra redresser ma jambe tordue et que je pourrais remarcher… presque comme avant.

— C'est merveilleux, Rodolphe ! On trinque alors ! À la liberté que vous, vous acceptez !

Ils éclatèrent de rire. Juliette finit de boire avec avidité sa coupe de champagne, ressentant dans cette dégustation, alors que les petites bulles s'épanouissaient dans son palais, la vraie libération de son âme qui faisait frissonner ses entrailles.

La soirée était d'une douceur remarquable. Après le dîner, Rodolphe et Juliette s'avancèrent jusqu'à la grande roue installée en bas du Champ-de-Mars. Levant la tête vers les nacelles qui s'élevaient vers le ciel avant de redescendre au gré de quelques secousses qui provoquaient à la fois les rires et les cris des passagers, Juliette s'exclama :

— J'adorerais en faire ! Et vous, Rodolphe ?

— Défi relevé ! Mais ce que j'aimerais ne pas manquer, c'est la lunette télescopique. On voit, dit-on, la lune comme si on était à cent mètres de distance d'elle ! Et le Vieux Paris, je tiens absolument à y faire un tour !

— La capitale telle qu'elle était il y a cinq cents ans, ce doit être pittoresque ! Il paraît que l'on voit des dames coiffées de hennins accompagnées de troubadours et de jongleurs. Et on peut acheter des souvenirs : des émaux, des broderies, des bijoux…

Rodolphe sourit devant des considérations qu'il jugeait bien féminines.

— Ce qui m'intéresse, c'est la reconstitution des remparts, du quartier des Halles, vous savez, les halles en bois qu'il y avait à l'époque, et il y a même le palais du roi Saint-Louis et de ses successeurs, du moins sa réplique, y compris celle de la Sainte-Chapelle !

— Un porte-monnaie en cuir travaillé comme au Moyen Âge, proposa Juliette qui poursuivait son idée, ça vous plairait ? J'aimerais vous offrir un cadeau en souvenir de ce voyage.

— Ce dont j'aurais envie, c'est un exemplaire de *La Gazette du Vieux Paris*. Elle est rédigée par un groupe d'écrivains : Anatole France, Pierre Loti… autant dire que ça m'intéresse. Et sans vouloir abuser, pourra-t-on voir la maison de Nicolas Flamel, le célèbre alchimiste qui était aussi libraire et écrivain public ? On l'a aménagée en librairie !

Juliette se tourna vers Rodolphe, approuvant l'enthousiasme de son compagnon. Elle cita à son tour le palais du Costume et ils continuèrent à énumérer les curiosités à voir durant les trois jours qu'ils avaient prévu de passer à Paris. Ils se mirent d'accord pour consacrer leur séjour à la seule Exposition universelle.

— Nous aurons l'opportunité de revenir à Paris, prophétisa Rodolphe en quêtant l'assentiment de Juliette. Mais jamais celle de revoir ces pavillons extraordinaires qu'on a bâtis pour l'occasion !

— Quand même, quel gâchis de tout détruire après !

— C'est difficile de faire autrement, nuança Rodolphe. Cette fois, on gardera le Petit et le Grand Palais, sans doute en les convertissant en bâtiments d'expositions. Et puis le fameux pont Alexandre III, que demander de plus !

Accrochée au bras de Rodolphe, Juliette était gagnée par un bien doux sentiment de soulagement. L'émotion d'une journée ardue finissait de s'évaporer en lui laissant au cœur une envie de s'étourdir, de s'abandonner au bien-être le plus total. Elle fut presque déçue de franchir le seuil de l'hôtel, à la pensée que la soirée allait s'achever brusquement. En montant l'escalier qui menait aux étages des chambres, elle réalisa soudain qu'ils n'avaient même pas décidé par quelle attraction ils débuteraient le lendemain. Arrivée au palier où se trouvait sa chambre, alors que Rodolphe avait encore deux étages à monter, elle dit à mi-voix :

— On commence par quoi, demain ? L'ascension de la tour Eiffel ? La lunette astronomique ? Ou le Vieux Paris ?

— Comme vous voudrez, chuchota Rodolphe. Il faudrait simplement se rendre d'un point à un autre sans trop d'allers et retours. Je ne suis pas un bon marcheur, vous comprenez…

— C'est bête, j'aurais dû prendre le plan avec nous au restaurant, nous aurions préparé le trajet. Écoutez, continua-t-elle en parlant toujours à voix basse, j'ai le guide dans ma chambre. On aura vite fait de savoir par quoi débuter. On gagnera du temps pour demain.

Rodolphe jeta des regards dans l'escalier et le couloir vides.

— Il ne faut pas qu'on me surprenne à entrer chez vous ! dit-il en dissimulant un petit rire. Allons-y rapidement !

Sans bruit, ils pénétrèrent chez Juliette. Elle étala le plan de l'Exposition sur le bureau de la chambre et Rodolphe se pencha, l'index suivant le contour des divers pavillons.

— Voilà, dit-il, le Vieux Paris est installé sur la rive droite de la Seine, donc de l'autre côté de la tour Eiffel. Je vous propose de commencer par la vue panoramique sur Paris, depuis le deuxième étage de la tour, et l'après-midi nous pourrions traverser la Seine au fameux pont Alexandre III, là, et…

Il inclina la tête vers Juliette qui, penchée vers le plan, lui montrait son profil droit, sa joue veloutée, le relief de ses lèvres bombées, ses cils qui frémissaient délicatement. Étonnée de sentir peser sur elle son regard, elle se tourna légèrement vers lui. Ils déchiffrèrent au même instant la signification du frisson qui les parcourait tous deux alors que leurs yeux s'aimantaient. Rodolphe s'écarta le premier et laissa tomber d'une voix rauque :

— Réfléchissez-y pendant la nuit et on met ça au point après le petit déjeuner.

Il avait gagné la porte, aussi vite que sa claudication le lui permettait, mais déjà Juliette s'élançait sans bruit et s'interposait entre lui et le montant.

— Non, Rodolphe. Pas une fois de plus.

Elle-même étonnée de sa hardiesse, elle se mordit les lèvres.

— Nous savons ce que nous éprouvons l'un pour l'autre, reprit-elle. Vous avez déclaré que vous m'aimiez, le soir avant votre… accident. J'ai cru que les circonstances vous auraient éloigné définitivement de moi. J'ai l'impression qu'il n'en est rien. C'est bien la vérité ? s'enquit-elle anxieusement.

— C'est la vérité, laissa-t-il tomber.

Il la pressa doucement contre lui et effleura sa tempe de ses lèvres. Puis, comme à regret, il la lâcha.

— Vous ne m'aidez pas…, implora-t-elle.

Il n'osa lui opposer que le prétexte qu'elle avait évoqué à l'époque, ces liens du mariage qui la condamnaient à la fidélité, étaient toujours présents. Cela n'aurait été qu'une pointe de feu attisant une plaie dont il aurait été cruel d'user. Il choisit une autre échappatoire.

— C'était avant ; maintenant, je ne suis qu'un pauvre infirme. Vous avez vu comment je marche ? Je ne suis guère plus agile pour le reste ! Attendez que je sois opéré et nous en parlerons plus calmement. Le champagne vous a grisée, Juliette !

Elle le regarda froidement.

— Je vous avais éconduit, vous avez raison de me rendre la pareille. Mais j'en ai assez des occasions manquées. La première fois, se mit-elle à débiter sur un ton saccadé, c'était ce fameux soir où j'étais rentrée de ce maudit banquet des confiseurs. J'avais besoin de réconfort, j'avais envie que la porte entre nos deux magasins s'ouvre sur vous… Ce soir, je veux que celle-ci reste fermée !

Elle le vit perdre sa gravité et esquisser un sourire.

— Je me souviens…, dit-il. Quel idiot ai-je été !

Elle lui offrait une nouvelle chance, celle de combler un passé semé de regrets. Il s'empara de ses lèvres, d'abord tendrement puis avec avidité, tandis que ses mains devinaient, par-dessus la soie de la robe, la jeune femme tendue de désir.

Une lumière fiévreuse dans les yeux, Juliette encouragea Rodolphe à s'avancer vers le lit, l'obligea à s'asseoir, lui ôta sa veste et dégrafa sa chemise.

— Je vais m'occuper de toi, murmura-t-elle.

Enflammé à la vue du corps qu'elle dévoilait à son tour, il s'allongea et s'abandonna aux caresses de Juliette. L'idée qu'elle eût voulu noyer sa déconvenue avec Pierre ne l'effleura même pas. Il ne songeait qu'au plaisir qu'ils se donnaient mutuellement, jouissance charnelle qui se concrétisait enfin, après tant de soupirs sur un amour longtemps resté de l'ordre de l'inaccessible.

XXXI

Trois ans plus tard, 10 octobre 1903

D'un œil attentif, Juliette supervisait les plateaux sur lesquels on avait dressé des godets en papier plissé contenant chacun trois cerises en chemise.

— La présentation est-elle conforme à vos attentes, madame ?

Sans dévisager Émilienne, qui dirigeait toujours l'atelier des *cerisières*, Juliette donna un bref assentiment d'un hochement de tête. Son regard perçant n'en finissait pas de scruter les friandises.

— C'est joli, n'est-ce pas ? poursuivait l'ouvrière. Vous avez eu raison de poser les cerises sur des feuilles d'angélique confite, le tout sur une coupelle en papier doré, ça les fait ressortir.

— Les couleurs de l'Auvergne, murmura Juliette. Quatre mille cinq cents godets, rajouta-t-elle, anxieuse, j'espère qu'il y aura le compte.

— Madame, j'ai moi-même déjà tout vérifié, à raison de cinquante par plateau...

— Ce n'est pas ce que j'ai voulu dire, Émilienne. Non, je crains que les organisateurs du banquet n'aient pas commandé assez. Concevoir un repas pour quatre mille cinq cents convives sans savoir le nombre exact… Et si le double se présente au banquet ?

— Il n'y a pas de raison que ça se passe mal. Avouez que l'inauguration de la statue de Vercingétorix va donner lieu à de jolies fêtes ! On l'a assez attendue, l'installation de notre monument sur la place de Jaude ! C'était d'un tel ridicule, cette maquette en bois qu'on a promenée dans la ville pour choisir son emplacement définitif ! ajouta-t-elle en secouant la tête sous sa coiffe blanche. D'ailleurs, votre petite Agathe fait peut-être partie des enfants qui accueillent le président du Conseil ?

— Elle n'a pas cet honneur, éluda Juliette. Vous me faites penser qu'elle a dû rentrer de l'école, je vais la rejoindre. Je vous fais confiance pour que tous ces plateaux parviennent à bon port pour le banquet de demain.

Juliette avait préféré ne pas commenter la venue d'Émile Combes. « Cet anticlérical notoire », songeait-elle. Elle ne lui pardonnait pas ses positions clairement hostiles aux catholiques et la lutte ouverte qu'il menait contre les congrégations.

Elle quitta la fabrique pour gagner son appartement en passant par la cour intérieure. Il s'agissait en fait de celui de Gustave Marquand, dans lequel elle s'était installée trois ans auparavant. Elle n'avait pas voulu en prendre possession immédiatement après le décès du confiseur, craignant qu'un souvenir trop poignant de son bienfaiteur ne hante encore les lieux, mais aussi pour ne pas courir le risque, auprès du personnel, d'être taxée définitivement d'opportunisme.

Puis, à l'automne 1900, constatant que les ventes des confiseries Montel-Marquand connaissaient un bond soudain – lié sans doute à leur présentation à l'Exposition –, et qu'elle était contrainte de travailler jusque tard dans la soirée, elle avait décidé d'emménager dans le vaste appartement de Gustave. Elle avait transformé une pièce en bureau, ce qui lui permettait d'être plus proche de sa fille et de pouvoir se remettre à son travail le cas échéant, le soir, lorsque Agathe avait dîné et était couchée. Elle avait fait aménager des chambres, à proximité de celle d'Agathe, en logement indépendant pour la bonne Berthe, laquelle était maintenant sur place pour exercer son rôle de gouvernante et s'occuper de la fillette. L'avantage de l'appartement de Gustave était qu'il bénéficiait d'une issue annexe, à l'arrière de la fabrique. Juliette pouvait ainsi sortir ou recevoir d'une façon plus discrète qu'en empruntant l'entrée officielle qui débouchait sur la cour, lieu de passage incessant des ouvriers et des livreurs. Rodolphe et elle s'étaient installés, à leur retour de Paris, dans une liaison passionnée qu'ils vouaient au secret pour préserver la réputation de la jeune femme. Au bout de trois ans, Juliette dressait un constat amer : elle aimait Rodolphe et était convaincue de la réciprocité, mais ses sentiments souffraient d'être mis sous le boisseau des convenances. Elle en était arrivée à ce fameux délai des trois ans qui, si Pierre avait accepté la séparation de corps, aurait permis à l'un ou à l'autre de faire prononcer le divorce par un tribunal. Elle serait alors à l'orée d'une vie nouvelle où, respectant le délai légal pour contracter une seconde union, elle pourrait envisager un avenir commun avec Rodolphe, légitime aux yeux de tous.

Elle se reprochait à présent son amour-propre qui l'avait incitée à refuser le divorce réclamé par Pierre à la suite de l'entrevue à Paris. Son mari n'avait pas poussé la témérité jusqu'à faire enquêter sur elle, mettre à jour l'adultère de la jeune femme pour lui imposer la rupture devant un tribunal. Il avait sans doute réalisé que, s'il se lançait dans une telle démarche, Rodolphe ne se priverait alors pas d'intenter des poursuites judiciaires.

Tout en dissimulant leur relation, Juliette ne craignait pas de s'afficher au bras de celui qu'elle présentait comme un ami de longue date. Depuis que le jeune homme avait été opéré avec succès, et au terme d'une rééducation plutôt rapide, le couple se montrait en ville lors de promenades dominicales ou de sorties festives, toujours en compagnie d'Agathe. La petite fille constituait un alibi parfait : on louait la sollicitude du libraire pour la mère et la fille esseulées, on semblait approuver le rôle de vieil ami de la famille, voire d'oncle, que jouait Rodolphe. À la limite, le libraire paraissait être un paravent acceptable qui protégeait Juliette d'approches masculines qui, elles, auraient pu faire jaser. Car la jolie confiseuse, entrée dans la trentaine avec toujours la même grâce et la même fraîcheur, impressionnant par la réussite de son entreprise, s'attirait les hommages d'hommes prêts à déposer leur situation, leur fortune ou leur nom aux pieds de celle qu'ils présumaient veuve ou divorcée. À tout prendre, on préférait voir Juliette accompagnée de son libraire. Tant que la jeune femme se montrait discrète dans une relation qu'on supposait plus aboutie que ce qu'elle semblait être, les langues des bien-pensants se taisaient, la morale paraissait sauve.

Même le retors Léon Marial avait cessé d'envenimer ses rapports avec Juliette, alors qu'il l'avait croisée pourtant en compagnie de Rodolphe, la petite Agathe leur donnant la main à chacun d'eux. Il l'avait saluée aimablement, partageant les soucis du moment, communs à tous les confiseurs, dus au gel printanier. Il paraissait s'être affranchi de sa jalousie haineuse à l'égard de celle dont il semblait avoir accepté la mainmise sur une fabrique qui figurait, avec la sienne, parmi les plus réputées de la ville. Tout en demeurant sur ses gardes par rapport à l'imprévisible Marial, Juliette avait feint la connivence qui lie les gens de la même corporation.

— Agathe ! appela Juliette en ouvrant la porte de l'appartement. Je me suis retardée, mais me voilà ! Chérie ! Où es-tu ?

Étonnée que la fillette ne se précipite pas vers elle selon son habitude, elle longea le couloir qui menait aux chambres. Elle se souvenait avoir donné congé à Berthe pour les obsèques d'une parente. Agathe devait être absorbée dans la lecture de l'un de ses livres favoris.

— Agathe ?

La petite fille était en effet dans sa chambre, assise sur le lit, mais elle pleurait doucement, la tête dans les mains.

— Agathe, ma chérie… que se passe-t-il ?

Elle eut beau la supplier, la cajoler, les sanglots jaillirent. Affolée, elle redoubla de caresses et attendit patiemment que la petite fille libère entre deux hoquets larmoyants :

— C'est à cause de papa...

Glacée, Juliette finit par apprendre que l'une des camarades de classe d'Agathe lui avait lâchement assené :

— Arrête de dire que ton père reviendra des Amériques ! Il reviendra jamais !

Fermant les yeux, Juliette berça doucement Agathe. Il était sans doute temps de dire la vérité, du moins en partie.

— Hein, maman ? Pourquoi tu dis que papa va rentrer ? Ça n'arrive jamais !

— J'ai cru pendant des années qu'il allait réapparaître, avoua Juliette en prenant une longue inspiration.

S'agenouillant devant Agathe, elle saisit le visage de la fillette dans ses mains.

— Ma chérie, tout ce que j'ai pu te dire, ce n'était pas pour te mentir. C'était pour te protéger, il faut me croire. Jamais, au grand jamais, je ne veux que tu sois en colère contre ton père.

La petite fille la regarda intensément de ses yeux d'un bleu d'azur si semblable à celui de Pierre que cela la bouleversa.

— Ton papa et moi nous nous sommes beaucoup aimés, continua-t-elle d'expliquer, et c'est pour cela que tu es arrivée dans notre foyer. Mais, après ta naissance, nous nous sommes un peu moins aimés ; tu sais, c'est aussi le cas dans beaucoup de familles. Et ton papa est parti. J'ai fait croire qu'il était parti en Amérique et qu'il rentrerait, j'ai fait croire ça pour toi, pour te préserver du chagrin, mais je l'ai fait aussi pour les gens, parce que, c'est bête, mais on craint que les gens disent de méchantes choses comme ta camarade.

— Ce n'est plus ma camarade !

Juliette sourit, en profitant pour s'asseoir à côté de sa fille. Elle lui caressa la main.

— J'avais peur que, si je disais la vérité, les autres ne nous aiment plus, ni toi ni moi.

— Et tu sais où il est, papa ?

Juliette respira une grande bouffée d'air.

— Je le sais depuis trois ans. Je l'ai retrouvé à Paris quand j'y suis allée pour l'Exposition. Agathe, implora-t-elle comme la petite fille la regardait maintenant avec des yeux furibonds, je ne pouvais pas te le dire à l'époque, tu avais six ans ! Je t'ai jugée trop petite pour te le dire ! Je pensais… je pensais attendre que tu aies l'âge de comprendre !

— Papa est à Paris ! répétait l'enfant. Pourquoi on ne peut pas le voir ? Et pourquoi, lui, il ne revient pas à Clermont-Ferrand ?

Juliette mit un moment avant de répondre puis haussa les épaules avec fatalisme.

— Les grandes personnes sont très compliquées. Je pense que c'est pour ça.

Brisée, elle voyait se fissurer le cocon protecteur de l'enfance dans lequel elle avait voulu préserver Agathe. Les yeux bleus roulaient fiévreusement comme si la fillette découvrait un environnement qui lui était étranger. La lippe boudeuse trahissait la rancune envers ces adultes qui n'avaient pas tenu compte d'elle, sa mère qui lui avait menti, son père qui les avait quittées.

— Agathe, la meilleure chose à faire, c'est de continuer à dire à tes camarades que papa est parti en Amérique et qu'il s'y est installé. Qu'il y a fait fortune et qu'il ne reviendra pas… Pas besoin d'en dire plus.

— Il faut que je mente alors, moi aussi ? Comme toi tu m'as menti ? Les sœurs disent que ce n'est pas bien !

— Ce n'est pas mentir, c'est nous protéger tous : toi, moi… et ton père. Il faut le protéger aussi. Agathe, je vais révéler à Berthe que je t'ai tout raconté.

— Elle le savait ? Et elle ne m'a rien dit ?

— Non, elle l'ignorait, mais elle a dû se douter de bien des choses. Si toi, tu veux en parler, poser des questions, tu peux le faire auprès de moi bien sûr, mais n'hésites pas à te confier à Berthe.

Laissant la petite fille plus renfrognée que désemparée, Juliette se leva et tira doucement la porte de la chambre derrière elle. Combien de fois s'était-elle promis de raconter la vérité sur son père à Agathe ? Combien de fois y avait-elle renoncé, la jugeant trop jeune ?

Il lui fallait maintenant attendre le retour de Berthe, se confier à elle, et l'inciter à prêter une oreille attentive aux tourments qui ne manqueraient pas d'étreindre sa fille.

XXXII

— J'ai cru que tu ne viendrais plus, murmura Juliette en ouvrant la porte de son appartement sur Rodolphe.

Répondant par un baiser distrait à son visiteur qui la ceignait par la taille, elle revint à son secrétaire pour ranger dans une pochette les bons de commande qu'elle avait supervisés dans la soirée.

— Je ne pouvais pas m'esquiver plus tôt, s'excusa-t-il. Le dîner n'en finissait pas. Tu as eu raison de te mettre à l'aise, dit-il en s'approchant dans le dos de Juliette.

Il glissa les mains dans l'échancrure de la robe d'intérieur qu'avait revêtue la jeune femme et lui caressa les seins. Elle se retourna vivement.

— Je n'ai pas la tête à ça, dit-elle alors que son amant l'embrassait dans le cou en écartant la tresse qui retenait sa chevelure brune. Rodolphe… soupira-t-elle doucement.

— Tu ne penses qu'à ton travail ! plaisanta-t-il. Laisse-moi m'occuper de toi… Que se passe-t-il, Juliette ? Tu es contrariée ? J'arrive trop tard ?

Avec tendresse, elle l'interrompit d'un baiser délicat par lequel elle lui fit comprendre qu'il était inutile d'insister dans ses ardeurs amoureuses.

— Je suis contente que tu sois là, soupira-t-elle. J'ai besoin de m'épancher sur ce qui s'est passé aujourd'hui, et à qui d'autre pourrais-je me confier ?

Elle lui raconta comment elle avait dû évoquer le départ de Pierre auprès d'Agathe.

— Tu n'as pas parlé de moi ?

— De ce que Pierre t'a fait ? Certainement pas. Je ne désire pas que ma fille ait une mauvaise image de son père.

— Elle va te reprocher sa fuite. Ça arrivera tôt ou tard.

— Je sais… J'ai conscience qu'elle va m'en vouloir, me rejetant la responsabilité de l'absence de son père, mais je préfère ça à ce qu'elle grandisse dans la haine de Pierre. Oh, Rodolphe ! Si tu avais vu son regard ! En une minute, elle a perdu le regard de l'enfant qu'elle était ! Elle avait dans les yeux une telle rancune ! J'ai brisé son monde…

— C'est la « camarade » qui a brisé son innocence, pas toi ! Chérie, il fallait en venir un jour ou l'autre à dire la vérité, qu'elle sache que son père n'est pas parti faire fortune aux États-Unis. Plus tard, elle risque de réaliser qu'il l'a abandonnée, mais à chaque jour suffit sa peine…

— C'est pour ça que j'ai prétendu que Pierre et moi ne nous aimions plus, ce qui n'est pourtant qu'un mince aspect de la vérité, et elle va me détester, je le sens…

Ils s'étaient assis tous deux sur un sofa. Rodolphe prit Juliette dans ses bras, comme elle l'avait fait quelques heures plus tôt pour sa fille, et la berça doucement.

— Tu me racontes ta soirée ? finit-elle par demander en écartant discrètement du dos de la main les larmes qui s'étaient formées au coin de ses yeux.

Il se leva et ôta sa veste qu'il arrangea soigneusement sur le dossier d'une chaise.

— Tu permets que je me mette à l'aise ?

Il revint s'asseoir, dégrafa le col dur de sa chemise et donna un peu d'aisance à la lavallière qui lui enserrait le cou. Elle ébouriffa ses cheveux d'une main enjouée.

— Alors, ce repas ? Étais-tu en bonne compagnie ?

— Oh ! Si tu veux parler des femmes, il n'y en avait guère ! Il y avait la journaliste de *La Fronde* et une autre de ses consœurs, mais figure-toi que j'en étais très éloigné et que, même si j'avais voulu les approcher, d'autres se seraient empressés de me damer le pion, y compris ceux qui critiquent ouvertement le militantisme féministe.

— Je veux parler des ministres et du président du Conseil !

— Bien sûr que j'ai vu Émile Combes. C'est un homme de petite taille, mais d'une grande éloquence…

— Il a été de son couplet contre l'Église, bien sûr ?

— Je subodore qu'il garde le meilleur pour demain, lors des discours pour l'inauguration du monument dédié à Vercingétorix. Ce soir, il a salué courtoisement l'évêque et le rabbin, mais il a fallu qu'il donne un petit coup de griffe : comme on évoquait l'hôpital – il est invité à le visiter demain –, il a demandé si on songeait à remplacer le personnel religieux par du personnel laïque. On lui a annoncé la création d'une école d'infirmières et il en a paru très satisfait : les soins seront tout autant dévoués, mais l'avantage sera celui de garantir la liberté de conscience des malades.

Juliette fit semblant de frapper Rodolphe à la poitrine.

— Impertinences mensongères ! s'écria-t-elle. Et toi, dans tout ça ?

— En tant que président de la Libre-Pensée d'Auvergne, j'étais pas mal placé, fit-il avec une fausse modestie. Et j'ai vu le président du Conseil d'aussi près que je te vois, ajouta-t-il, mais il était loin de me faire le même effet…

Cette fois, Juliette accepta la main qui s'aventurait sous son déshabillé et répondit aux baisers de Rodolphe.

— Qu'est-ce qu'on fiche ensemble tous les deux ? murmura-t-elle lorsqu'il la fit doucement basculer sur le sofa. Bien que je n'ose plus m'approcher de la sainte table de l'Eucharistie, je demeure profondément catholique et, toi, toi…

Les mots de « libre penseur anticlérical » s'évanouirent sur ses lèvres comme elle se consacrait aux caresses échangées.

— J'ai toujours entendu dire que les contraires s'attiraient, grogna-t-il avant de se perdre en elle.

*

— Je me sauve, chuchota Rodolphe à l'oreille de Juliette.

— Quelle heure est-il ? grommela la jeune femme.

— 6 h 30. Je te rappelle que l'inauguration est à 10 heures, place de Jaude. Si tu veux montrer Vercingétorix à Agathe, vas-y à l'avance, il y aura du monde. Et allez assister à l'ascension du ballon dans l'après-midi, ça promet du spectacle ! Si tu veux, je reviens ce soir. Rendors-toi.

Juliette s'appuya sur un coude.

— Comment veux-tu que je me rendorme, avec ton flot de paroles… Oui, s'il te plaît, viens ce soir, viens même dîner !

— Je ne sais pas si j'aurai bien faim, avec le banquet de midi. Il promet, celui-là…

Au mot de « banquet », Juliette se redressa, les yeux grands ouverts. Elle songea à ses plateaux de confiserie préparés la veille qui devaient y être acheminés. Y aurait-il suffisamment de portions ? Pourvu que tout se passe bien !

Elle attendit 8 heures pour aller réveiller Agathe. La place de Jaude, sur laquelle était installée la fameuse sculpture de Bartholdi, était très proche du quartier Lamartine et Juliette était sûre de partir suffisamment à l'avance. Cependant, à peine avait-elle la place en ligne de mire qu'elle découvrit de loin une véritable marée humaine.

— Seigneur ! s'exclama-t-elle. Comment allons-nous voir quoi que ce soit parmi tout ce monde ?

Alors que résonnaient à ses oreilles des airs joyeux de fanfares diverses, elle aperçut au loin les drapeaux et les bannières des sociétés et des comités qui avaient déjà pris place pour le spectacle. Juliette songea à la pose de la première pierre du monument des croisades où elle était allée en compagnie de sa fille et en évoqua le souvenir à voix haute.

— Ce bon Gustave n'est plus là pour te porter sur les épaules, hélas ! Te rappelles-tu, Agathe ? Nous avions vu la maquette de la fontaine. Tu étais petite à cette époque !

« C'est à ce moment précis que ton père a disparu », pensa-t-elle. Depuis la confidence de la veille, elle scrutait les traits de sa fille, à la recherche d'une bouderie ou d'une simple ombre qui trahirait le ressentiment de la fillette à son égard pour lui avoir menti. Agathe marchait en effet le front buté, mais cela pouvait être dû à un réveil un peu trop matinal pour un dimanche ou la perspective de ne rien voir de la fête. La petite haussa les épaules.

— La fontaine de la place Royale ? Celle où il y a le pape de la croisade ? Tu m'as toujours dit qu'Urbain II ressemble à Gustave, mais Gustave, je ne m'en souviens plus très bien…

— Bien sûr, tu avais quatre ans lorsqu'il est décédé…

— Je ne me rappelle pas être montée sur ses épaules ni avoir vu une maquette !

Juliette sourit.

— Et pourtant ! Tu regardais l'ange de la maquette et tu le montrais du doigt : « Anz », disais-tu !

— Mais, maman, il n'y a pas d'ange sur la fontaine !

— C'est vrai, ma chérie. On a modifié la fontaine en la construisant. On a enlevé l'ange et laissé seulement le pape Urbain II.

— Il tend le doigt comme moi ! On m'a vue faire et on m'a imitée !

Agathe rit à gorge déployée et Juliette en fut soulagée. La mère et la fille s'étaient approchées de la foule compacte qui remplissait la place. Les fenêtres des immeubles tout autour étaient occupées par des badauds et des gens avaient même pris position sur les toits.

— Je ne vois rien, gémit Agathe. À part le doigt que tend Vercingétorix, lui aussi…

Un homme se retourna.

— C'est le bout de son glaive qu'il brandit, petite ! Tiens, vous autres, il y a une enfant qui n'aperçoit rien. Faites un peu de place !

On s'écarta de mauvaise grâce et Juliette, confuse, gagna quelques mètres. Elle ne voyait pas mieux et était maintenant ceinte de femmes et d'hommes qui se collaient à elle. On attendit ainsi plus d'une heure. Des vivats étaient répétés régulièrement, visant à louer alternativement la République et son président du Conseil, entrecoupés d'un « À bas la calotte ! » qui faisait tressaillir Juliette. À 10 heures, un brouhaha, bientôt accompagné par des flonflons d'une garde militaire, annonça le cortège entourant Émile Combes. La foule en délire vibra d'enthousiasme, les hommes brandissaient leurs chapeaux qu'ils agitaient joyeusement tandis que les femmes, plus réservées, se contentaient de prendre garde à leur propre coiffure.

Lorsque enfin, vers midi, le monde se dispersa après les discours et que les badauds des derniers rangs purent détailler l'œuvre de Bartholdi plus à leur aise, Juliette et Agathe réussirent à approcher du socle de la statue. Elles admirèrent le chef gaulois victorieux représenté sur un cheval bondissant au-dessus d'un soldat romain mis à terre. Juliette s'entendit interpeller :

— Madame Montel !

Se retournant vivement, elle découvrit Léon Marial qui hâtait le pas dans sa direction, accompagné d'un adolescent. Une nouvelle fois, elle crut se retrouver à la fête des croisades, huit ans auparavant.

— Vous vous souvenez de mon fils, Louis-Maximilien ?

— Je l'avais vu en effet lors de la pose de la première pierre de la fontaine sur la place Royale en 1895 et, depuis, votre fils a bien changé. C'est un jeune homme !

— Votre fille est de son côté devenue une vraie demoiselle !

— Bonjour, mademoiselle, prononça avec componction le fils de Léon Marial à l'adresse d'Agathe. Bien qu'à l'époque je n'eusse guère que huit ans et vous entre deux et trois ans, je crois, je me souviens très bien de vous.

Alors que leurs parents échangeaient quelques mots, il se pencha vers Agathe et lui souffla à l'oreille :

— Vous m'aviez tiré la langue. Je me le rappelle parfaitement.

Agathe ouvrait la bouche de surprise quand Léon rit bruyamment.

— Regardez ces enfants, chère madame. Ils font déjà connaissance. Ne sont-ils pas charmants ?

Avisant à la fois la mine hautaine de Louis-Maximilien et l'air buté de sa fille, Juliette approuva vaguement alors que le confiseur se mettait à commenter la cérémonie. Il évoqua la présence dans la capitale auvergnate de membres influents du gouvernement et les retombées économiques de l'affluence de touristes.

— La place emblématique de notre ville est ornée désormais d'un monument que l'on doit à l'illustre Bartholdi, intervint Louis-Maximilien.

Agathe tira sur la main de sa mère.

— Maman, puis-je dire qu'il s'agit de l'auteur de la statue de la Liberté qui trône dans le port de New York ?

— C'est la figure la plus connue, mais il y en a bien d'autres, rétorqua le jeune homme avant d'énumérer les œuvres du célèbre sculpteur.

Léon fut bien le seul à écouter avec un intérêt pétri de fierté paternelle les propos de son fils, puis il se tourna vers Juliette.

— Vous rentriez chez vous ? Vous permettez que nous fassions quelques pas avec vous ?

Suivant la jeune femme, il évoqua de nouveau la manifestation.

— Nous avons tous fait des spécialités pour l'événement, je suppose ? J'ai moi-même conçu un sucre d'orge que j'ai baptisé « l'Arverne » en l'honneur de notre héros national, bien sûr. À la gentiane et à la châtaigne, assez subtil à réaliser, je l'avoue. Et vous, chère madame ?

— Des bonbons à la crème de noisette : les « gauloisettes ». Rien que sur la journée d'hier, elles ont remporté leur petit succès.

— Je vous en félicite, susurra Léon en accompagnant sa remarque d'une courbette. Assistiez-vous hier au soir au défilé des corporations ?

— Non, j'étais un peu lasse.

— Vous avez manqué quelque chose !

Il éclata de rire, et sa bouche, au milieu de la barbe drue et noire, sembla celle d'un ogre insatiable.

— De nuit, éclairé par des torches et des lampes vénitiennes, c'était du spectacle ! Mention spéciale aux tailleurs d'habits qui déambulaient avec un fer à repasser gigantesque ! Ah non, plutôt aux garçons limonadiers qui promenaient un Bacchus à cheval sur un tonneau ! Oh, mais le meilleur, si vous voulez mon avis, c'était notre corporation à nous, les confiseurs, portant un immense gâteau où étaient représentés les outils du métier.

— *Notre* corporation ? Je suis heureuse de constater que l'idée de m'y englober fait son chemin, lança Juliette en guise de boutade.

— Chère madame, cela relevait de la formule, ne vous y trompez pas.

Les yeux de l'ogre luirent d'une lueur narquoise.

— Ce bon M. Pradier ne vous accompagnait pas, en ces fêtes solennelles ?

— Il est invité au banquet, rétorqua-t-elle brièvement, peu encline à développer quelque allusion à Rodolphe. Je vous souhaite un agréable après-midi, monsieur Marial, puisque me voilà arrivée.

Léon leva les yeux vers la fabrique surmontée d'une cheminée en brique. En cette journée d'automne ensoleillée et sans vent, le panache de vapeur montait tout droit vers le ciel, tel un signal hardi derrière lequel on apercevait, comme de pâles imitations, les fumées des usines voisines. La bâtisse que Gustave Marquand avait fait ériger avait toujours belle allure, les murs solides, les huisseries des fenêtres repeintes, et le portail d'entrée s'ouvrait sur une cour fraîchement balayée. Le confiseur plongea ses yeux noirs dans ceux de Juliette.

— Puis-je vous demander des nouvelles de votre mari ? Pierre compte-t-il revenir un jour des États-Unis ? Ou a-t-il tellement de travail qu'il ne voit pas les mois passer, voire les années ?

— La fortune lui sourit, en effet. Quand il se décidera à rentrer, nul doute que vous en serez le premier informé.

Sentant la jeune femme se raidir, il joua celui qui s'excusait :

— Je ne voulais pas vous froisser à propos d'une attente qui doit vous peser, autant qu'à votre fille. Je profitais simplement du concours de circonstances qui fait que nous sommes seuls. Je ne me serais pas permis d'évoquer votre époux devant M. Pradier, peut-être que cela aurait été inconvenant.

Juliette abrégea les salutations. Crispant sa main sur celle de sa fille, elle s'engagea dans la cour de l'usine à pas aussi rapides que le lui permettait sa jupe étroite.

— Je déteste ce Louis-Maximilien ! déclara Agathe. Quel prétentieux !

— Je vais te faire une confidence, ma chérie : c'est tout le portrait de son père !

XXXIII

— J'ai une faim de loup ! annonça Rodolphe avec bonne humeur en prenant place à table.

— Je croyais, remarqua Juliette, que votre banquet vous aurait rassasié !

— Ah, si vous saviez ! Mais racontez-moi votre journée. Agathe, avez-vous profité du spectacle ?

La fillette précisa que, si elle n'avait rien vu de l'inauguration de la statue dédiée à Vercingétorix, elle avait bien reconnu, dans les discours, l'histoire du chef arverne telle qu'elle l'avait apprise à l'école. Elle avait préféré l'après-midi, où elle était allée jusqu'à l'esplanade de la gare assister à la montée du ballon. Même si, là aussi, une foule considérable occupait le parvis, qui empêchait de voir le décollage de l'aérostat, elle avait nettement distingué les quatre hommes qui avaient pris place dans la nacelle une fois que celle-ci avait commencé son ascension.

— On a suivi des yeux le ballon le plus loin possible, mais il a disparu derrière la colline de Chanturgue, déplora-t-elle.

— Il a pris la direction du nord, effectivement, ajouta Rodolphe, et il a atterri à cinquante kilomètres de là, dans le département de l'Allier.

La petite fille, impressionnée que Rodolphe connaisse le sort réservé à cet objet envolé pour elle à jamais dans le ciel infini, le considéra avec des yeux ronds. Il en était ainsi avec Rodolphe : il avait toujours des anecdotes à raconter ou des informations à faire partager. Sa mère avait beau lui répéter qu'étant libraire et directeur de publication d'un journal il était normal que ses connaissances soient inépuisables, elle demeurait béate d'admiration. L'enfant fit malgré elle une comparaison avec son père, qui avait brusquement surgi dans ses pensées depuis les révélations de la veille. Elle ne gardait aucun souvenir de Pierre mais, comme sa mère l'évoquait de temps en temps – en l'associant à un retour sans cesse reporté –, elle s'en était fait une représentation de héros : il avait tout quitté pour faire fortune sur le continent américain, importer la marque Montel, et il rentrerait triomphalement auprès de sa femme et de sa fille chéries. Même si elle savait désormais qu'il se trouvait à Paris, elle ne pouvait s'empêcher de rester attachée à l'idée d'un retour. Que retrouverait-il en revenant ? Un foyer où sa place était régulièrement occupée par un ami de sa mère, laquelle le regardait avec une complaisance trop familière. Elle poussait à présent des petites exclamations indignées, alors que Rodolphe, les yeux mi-clos, lui faisait revivre l'étrange banquet auquel il avait participé.

— Ne me dites pas que cela s'est transformé en pugilat ? questionnait-elle, les mains jointes sous ses jolies lèvres qu'elle arrondissait de stupeur.

— Ma chère, le spectacle était innommable. C'était à qui se précipiterait aux cuisines pour s'emparer des gigots avant qu'ils ne soient tranchés ou des cochonnailles qu'on n'avait pas encore installées sur les plats ! Le service avait été tellement long et inefficace que les convives sont allés eux-mêmes aux cuisines et, là, ils ont constaté que les quantités avaient été sous-évaluées par rapport au nombre d'invités. Seul le vin avait été prévu d'abondance ; et après que certains eurent trompé l'attente en vidant verre sur verre, ils avaient l'esprit suffisamment échauffé pour se comporter en goinfres.

— Ciel ! Et mes confiseries ? Elles n'ont pas été présentées ?

Rodolphe eut une moue contrite.

— J'espère que les goujats ont songé à en apporter au président du Conseil. Car autour de lui, on avait réussi à maintenir un service qui était à la fois d'ordre et de cuisine. Mais votre pauvre serviteur, lui, est reparti comme il est venu, la faim au ventre. Il n'y a qu'une chose qui nous a rassasiés, ce sont les discours officiels !

— Émile Combes n'a pas prononcé d'allocution lors de l'inauguration de la statue de Vercingétorix, il en a laissé le soin à son ministre de la Guerre ; il a dû se rattraper au moment du banquet, ironisa Juliette.

— Il a effectivement présenté la politique du gouvernement, à la veille de l'ouverture des Chambres.

— Eh bien, mon ami, donnez-m'en la primeur avant que je n'en lise la critique dans *Le Gaulois*.

— Il a évoqué les projets de loi à venir : le budget bien entendu, la diminution à deux ans de la durée du service national, l'abrogation de la loi Falloux…

— Il fallait s'y attendre ! l'interrompit Juliette. Évidemment, on trouve que l'enseignement religieux conserve encore une trop grande place..., s'indigna-t-elle.

— D'une manière générale, le président du Conseil veut régler les rapports entre les différentes Églises et l'État, conclut Rodolphe qui ne souhaitait pas s'étendre sur les propos ouvertement anticléricaux du chef du gouvernement.

Agathe, lassée par une conversation à laquelle elle demeurait étrangère, fut brusquement contrariée par la présence de Rodolphe. Il lui donnait l'impression de se substituer à son père. Elle bouda le ragoût dont l'invité de sa mère se resservait généreusement et grignota du bout des lèvres la charlotte aux noix confectionnée par Berthe, avant de demander la permission d'aller se coucher.

— Bien sûr, ma chérie, confirma Juliette.

— M'autorisez-vous à emmener votre maman assister aux fêtes qui se déroulent dans la soirée ? Je vous aurais bien proposé de nous accompagner, Agathe, mais vous avez l'air vraiment fatiguée...

Ce fut Juliette qui répondit :

— Quelle bonne idée avez-vous, Rodolphe ! Bien sûr, Agathe a beaucoup marché aujourd'hui et il vaut mieux qu'elle aille au lit. Berthe est là pour veiller sur toi, ma chérie. Je viendrai te border, dit-elle en embrassant sa fille sur le front.

La fillette referma la porte de la salle à manger sur elle et tendit l'oreille. Rodolphe continuait d'évoquer ce banquet où l'on s'était battu pour obtenir à manger, ce qui paraissait mettre sa mère en émoi. Traînant des pieds, elle gagna sa chambre ou Berthe la rejoignit.

— Veux-tu que je te lise un livre ? proposa la gouvernante.

— Non, merci, j'ai sommeil. Je vais dormir.

Berthe éteignait la lumière avant de s'esquiver quand la voix frêle de la fillette se fit entendre :

— Dis, Berthe, tu as connu mon papa ?

Berthe hésita avant de revenir sur ses pas, puis vint s'asseoir au bord du lit.

— Oui, j'ai connu ton papa, dit-elle en caressant les cheveux de l'enfant.

— Tu sais pourquoi il est parti ?

Berthe, prévenue par Juliette de s'attendre à la question, avait préparé sa réponse.

— Il était très heureux avec toi et ta maman, puis il y a eu un moment où il a ressenti le besoin de partir. Ne me demande pas pourquoi, je ne sais pas. Cela arrive à certains hommes. Ce sont des histoires de grandes personnes, tu n'as pas besoin d'avoir à le comprendre. Ton papa reviendra sans doute, mais je ne sais pas quand. Et s'il ne rentre pas, ça ne l'empêche pas de t'aimer.

La gouvernante partie, Agathe mit longtemps à s'endormir. Elle finit par sombrer dans un sommeil où elle cherchait à reconnaître les traits de son père dans l'homme que son esprit esquissait, mais dès qu'elle s'en approchait trop près, c'est le visage de Rodolphe qui lui apparaissait.

Le cœur de mère de Juliette avait perçu le changement d'attitude de sa fille au cours du repas, et le baiser échangé, une fois la fillette au lit, n'avait pas été accompagné de la même tendresse que d'habitude. La jeune femme préféra ne pas s'en ouvrir à Rodolphe, du moins pour l'instant, et choisit de se laisser aller à l'ambiance distrayante qu'offraient les fêtes organisées par les comités des différents quartiers. La nuit était éclairée par la lumière tremblotante des lampes vénitiennes, aux armatures de verre et d'acier qui rivalisaient de délicatesse, accrochées aux arbres. Égayée par les flonflons des orchestres, les airs chantés par les chorales locales, les exclamations joyeuses des promeneurs, la ville offrait une image réjouissante de fête populaire.

— Si on allait faire quelques pas de valse ou de polka ? proposa Rodolphe. Au plus près, il y a un bal dans l'enceinte de la Halle, sinon sur la place Royale.

Juliette accepta, trouvant là l'occasion de vraiment se détendre, et choisit la Halle, quitte à s'enfermer dans un bâtiment plutôt que de profiter d'un bal en plein air. Mais la place Royale, où était édifié le monument des croisades, n'aurait fait que lui rappeler ce triste soir où elle avait découvert Rodolphe inanimé.

On dansa très tard et le couple ne rentra dans les appartements de Juliette que vers 2 heures du matin. La jeune femme s'affala dans un canapé, après avoir rempli deux verres de vin de cerises. Elle dégusta une gorgée en fermant les yeux.

— Quelle soirée ! J'ai les pieds meurtris, mais il y a longtemps que je ne m'étais pas amusée de la sorte !

Rodolphe vint prendre place à côté d'elle et lui tapota le genou.

— J'en suis ravi moi aussi : partager un moment si festif, te tenir dans mes bras...

Il la regardait d'un air tendre et elle en fut très émue.

— J'ai l'impression de m'être quelque peu affichée avec toi… On m'aura vue m'amusant comme une jeune fille, dans un autre contexte que celui des promenades tranquilles du dimanche…

— Ça t'ennuie d'être tombée sur des connaissances ?

— C'est ainsi que tu appelles tous les gens de la bonne société clermontoise ? Même si mon notaire et mon banquier m'ont fait danser, sans compter le sous-préfet et le directeur de la sucrerie, tu m'as assez fait virevolter pour que l'on donne à jaser sur nous !

— Le regretterais-tu ?

— Pas le moins du monde, Rodolphe, dit-elle en effleurant ses lèvres d'un baiser léger, mais… disons que j'ai l'impression de passer à une nouvelle étape. Je ne crains pas les ragots, certes non ! Mais notre relation prend aux yeux des autres une tournure manifeste…

Elle soupira en posant la tête contre sa poitrine. Il défit délicatement les épingles qui maintenaient son chignon et caressa les torsades de cheveux qu'il déroulait entre ses doigts.

— J'aimerais qu'elle soit légitime, tu sais ? dit-il. Mais à défaut de pouvoir t'épouser, autant que j'apparaisse à tous comme ton compagnon…

Elle releva la tête vivement et le dévisagea avec des yeux médusés.

— Tu me l'avais fait comprendre, mais là, ça me touche que tu évoques le mariage, même s'il est impossible… Hélas…

— Juliette ! Il faut prendre la vie comme elle se présente, il y aura des voies sans issue mais aussi des chemins que nous saurons égayer de moments heureux. Ne tenons compte que de ceux-là.

Juliette crispa ses mains sur les épaules de Rodolphe. Que n'aurait-elle pas donné pour être libre de toute entrave conjugale !

— Je t'aime et suis aimée de toi, murmura-t-elle. Je devrais me contenter de cette satisfaction qui est infinie. Mais, au fond de moi, persiste le sentiment que nous allons vers des années toujours plus difficiles…

— Détrompe-toi, Juliette. Quand nous serons tous les deux aux portes de la vieillesse, nous nous retournerons sur ces premières années du nouveau siècle, et nous nous dirons, parce que nous voudrions les revivre : comme elles étaient belles…

Il se pencha sur les lèvres de Juliette et elle s'abandonna, le cœur encore étreint de doutes. L'avenir lui faisait tellement peur.

Quatrième partie

LE TEMPS DES CERTITUDES

XXXIV

Onze ans plus tard, 14 juillet 1914

Agathe vrillait son regard dans celui du garçon. À la fois émue et emplie d'une sourde excitation, elle attendait. Le silence entre eux, cet immobilisme qui semblait les pétrifier devrait tôt ou tard prendre fin, sans doute à la suite d'une initiative qu'elle espérait tout en la redoutant. C'était la première fois qu'elle se retrouvait seule avec le jeune homme, dans la chambre qu'il occupait au dernier étage des quartiers familiaux. Une véritable « garçonnière », comme auraient dit ses amies avec lesquelles elle échangeait des bavardages et des secrets censés mettre en émoi celles qui les recevaient, mais aussi les prévenir de toute inconséquence. Elle avait accepté l'invitation du jeune homme, celui-ci ayant toujours été d'une courtoisie irréprochable, qui souhaitait lui présenter sa collection de montres tout en lui expliquant le mécanisme de celles qu'il s'amusait à réparer. Elle avait tendu sa main dans laquelle il déposait des vis minuscules, des ressorts fins comme des cheveux, des rouages dentelés miniatures, et il les avait repris un à un pour les assembler dans le corps éventré d'un oignon. Elle avait senti la tiédeur de ses doigts dans sa paume, l'haleine anisée de sa bouche quand il se tournait vers elle, le contact d'une épaule qui avait fait frissonner la sienne. Ce n'était pourtant pas la première fois qu'ils se trouvaient assis l'un à côté de l'autre, mais les chaises de la société lyrique sur lesquelles ils se côtoyaient assuraient davantage de distance.

L'oignon était à présent assemblé, il reposait dans un écrin de feutrine rouge sur le bureau et le garçon était revenu s'asseoir à côté d'Agathe. Ils avaient épuisé les sujets de conversation et s'observaient en souriant, comme de vieux amis complices. Agathe sentait confusément qu'elle aurait dû prendre congé. Mais elle ne pouvait détacher son regard de celui du garçon et elle attendait. Soudain, le visage immobile du jeune homme s'approcha insensiblement du sien ; sa bouche se posa sur ses lèvres, comme une feuille morte qui tourbillonne au gré d'un vent léger et glisse lentement au sol. Mais le baiser avait la douceur d'une fleur printanière, sa fraîcheur aussi, rien de commun avec la texture craquante et desséchée de la feuille automnale. C'était sans doute cela, l'amour, réalisa Agathe, un tourbillon de saisons, d'autant que les lèvres du garçon annonçaient l'été avec leur goût de mûre.

— Louis-Maximilien..., murmura-t-elle avant de rompre le charme, dévorée d'un feu intense qui avait pris naissance au plus profond de son intimité.

Le fils de Léon Marial lui caressa la joue.

— Ma chère Agathe, je vous demande pardon... Vous me jugerez bien outrecuidant d'avoir osé vous dérober un baiser et j'espère que vous ne m'en tiendrez pas rigueur. Mais...

Il baissa le front et se contenta de lui prendre la main. La jeune fille sourit en penchant la tête pour essayer de capter son regard.

— C'était un bien doux vol… Que vouliez-vous donc ajouter ?

— Eh bien… une déclaration sans doute. Vous dire que, depuis trois ans que nous fréquentons la société lyrique, j'ai appris à vous connaître, à apprécier vos manières délicates associées à une conversation toujours sensée. Agathe, je vous aime, de cela, j'en suis maintenant convaincu et mon bonheur serait d'espérer la réciprocité de mes sentiments.

Troublée davantage qu'elle ne l'aurait imaginé, car elle aussi s'était éprise du garçon, elle détourna les yeux et regarda droit devant elle. Elle avait du mal à contenir une respiration qu'elle craignait de faire apparaître trop désordonnée.

— Je vous ai fâchée, je suis désolé, regretta Louis-Maximilien. Gardez, je vous prie, mes mots au plus secret de votre âme, je me sentirai moins ridicule…

— Mais enfin, Louis-Maximilien, ne parlez pas ainsi ! Si vous saviez… si vous saviez que moi aussi…

Les larmes qui se formaient au coin de ses yeux, que le jeune homme attribua à l'aveu d'un amour partagé, l'incitèrent à joindre les mains d'Agathe dans les siennes.

— M'autorisez-vous dans ce cas à demander votre main à madame votre mère ?

Agathe éclata de rire, mais c'était une réaction nerveuse devant le formalisme d'une requête qui aurait pu prêter à sourire par l'expression employée. Elle pardonna à Louis-Maximilien de faire allusion ouvertement à l'absence de son père. Elle fut en revanche renvoyée à la crainte qu'elle avait de la réponse de Juliette : jamais celle-ci n'accepterait une union avec le fils de Léon Marial. Désolée, elle vit le garçon se lever brusquement.

— Pardonnez-moi, dit-elle. Vous me faites vivre un bien trop doux bonheur pour que je veuille mêler ma mère à l'instant présent. Donnez-moi le temps de la préparer à accueillir votre demande.

Il tourna vers elle un visage où une mimique gênée tentait maladroitement de camoufler la déception engendrée. Elle s'approcha de lui, suffisamment près pour lui effleurer la bouche de ses lèvres. Il lui rendit son baiser avec avidité et elle, décontenancée par la fougue du garçon, se détacha, reculant de quelques pas, avant de rire à nouveau, mais cette fois de vraie joie. Elle vivait des sensations délicieuses, tellement nouvelles pour elle ! Pour échapper à l'émoi qui la gagnait, elle posa les yeux sur la montre qu'il venait de réparer en sa compagnie.

— N'auriez-vous pas souhaité être horloger ? Vous me paraissez très doué !

— J'aurais aimé en faire mon métier, mais un fils de confiseur se doit de succéder à son père, réagit-il non sans amertume. Vous êtes bien placée pour le savoir : vous-même, étant fille de patronne de confiserie…

— Elle donne la confiserie familiale dans sa dot ! compléta-t-elle, assortissant sa réponse d'une ironie désabusée.

— Ce n'est pas pour ça que je souhaite vous épouser ! s'écria-t-il. Pas pour une raison commerciale !

Elle inclina la tête en souriant. Elle était persuadée de la sincérité du jeune homme mais savait pertinemment que d'autres – sa mère en premier – n'y verraient qu'un judicieux arrangement professionnel.

— La confiserie..., soupira-t-elle. Je ne suis pas sûre de vouloir y faire ma vie.

Sentant en Louis-Maximilien une oreille attentive et discrète, elle confia des pensées qu'elle n'avait jamais osé évoquer devant Juliette.

— C'était la première activité économique du pays il y a moins d'un demi-siècle, avant que l'expansion des usines caoutchoutières ne la relègue au second plan. Regardez autour de vous, certaines fabriques de confiserie disparaissent, les plus petites absorbées par d'autres. L'union fait la force, serait-on tenté de croire, mais je penche plutôt pour la difficulté de survivre dans un milieu où le chiffre d'affaires baisse.

— Qu'aimeriez-vous faire, si vous en aviez la possibilité ?

— Demeurer malgré tout dans le domaine du fruit, répondit-elle tandis que ses yeux s'illuminaient. Je suis très attachée à notre variété d'abricot d'Auvergne, mais pas pour en faire des pâtes de fruits. On pourrait l'employer dans la cosmétique, c'est un secteur qui m'attire et qui est tellement en vogue ! Vous savez qui est mon modèle ? Helena Rubinstein !

D'un doigt léger, il lui caressa de nouveau la joue et son geste se perdit dans la ligne tendre du cou. Agathe, tressaillant sous l'effleurement, respira à nouveau un peu plus vite.

— Vous êtes vous-même un modèle de beauté : votre peau a le velouté de ces fruits que vous aimez, votre teint la transparence nacrée des fleurs de pêcher...

— Vous êtes trop galant, coupa Agathe, gênée. J'ai un teint pâle assorti à mes cheveux blonds, c'est tout. Mais peut-être que les crèmes que j'invente à base de pulpe d'abricot y sont pour quelque chose, ajouta-t-elle pour couper le sortilège que le garçon jetait sur elle avec ses compliments. Il faut que je me sauve, maintenant.

— Nous nous retrouvons ce soir pour notre concert du 14 Juillet, de toute façon, conclut-il en la raccompagnant au bas de la rue. Notre petite harmonie se réunit à 8 heures, c'est bien ça ?

La jeune fille approuva en agitant sa main levée en guise d'au revoir.

Quand elle rentra chez elle, Agathe se précipita sur le piano du salon et, d'humeur joyeuse, elle se mit à jouer un morceau enlevé. Attirée par l'allegro qu'elle entendait, Juliette sortit de son bureau et contempla sa fille.

— Tu as l'air d'être particulièrement heureuse ! constata-t-elle lorsque la musique prit fin. Cela fait plaisir !

Les relations entre la mère et la fille étaient empreintes d'une réserve qui aurait pu faire penser à ces familles bourgeoises où les sentiments ne s'expriment pas par des gestes tendres. Entre Juliette et Agathe, les manifestations de complicité affective ne s'étaient pas raréfiées pour des raisons d'éducation, mais à la suite d'un orage violent intervenu à l'adolescence. La jeune fille, sans doute victime de remarques blessantes de camarades, avait accusé sa mère de l'avoir privée d'un père qui n'avait pas trouvé sa place dans le foyer conjugal.

— S'il est parti, c'est de ta faute ! avait-elle conclu rageusement.

Meurtrie, Juliette avait fermement réprimandé sa fille pour de tels propos et la querelle s'était transformée en bouderie, voire en hostilité latente de la part de l'adolescente. Celle-ci avait reporté aussi son mépris sur Rodolphe, qu'elle fuyait si elle venait à le croiser dans les appartements de sa mère. Juliette avait compté sur le temps pour sortir de cette crise. Si les rapports n'avaient plus donné lieu à des affrontements âpres, ils s'étaient mués en une sorte d'indifférence de la part de la jeune fille et en résignation pour Juliette.

La joie soudaine que manifestait Agathe en interprétant un morceau des *Quatre Saisons* était prétexte pour Juliette de tenter ce jour-là un rapprochement. Elle était loin de se douter que sa fille en était venue à jouer Vivaldi par analogie avec ce qu'elle avait éprouvé peu de temps auparavant. Elle s'avança, s'assit à côté d'elle sur le tabouret du piano et lui caressa la joue. Le geste fit frissonner Agathe, car il lui en rappelait un autre, au ressenti bien plus intense. Juliette contempla sa fille, la trouva nimbée d'une lumière intérieure qui ajoutait à sa beauté. Elle avait toujours été très admirative des boucles couleur d'or qui coulaient sur ses épaules, de son regard azur ourlé de cils bruns qui en renforçaient la profondeur, de son teint de perle qu'elle protégeait depuis peu sous une ombrelle, affichant une coquetterie toute récente. Et là, devinant dans le rayonnement de son visage une maturité nouvelle, elle découvrit la femme qui venait de naître dans sa fille chérie, son enfant qui n'était il n'y a pas si longtemps qu'une fillette rieuse et enjouée avant d'être une adolescente butée. Elle eut conscience d'être à l'orée d'une relation nouvelle avec sa fille, qu'il ne fallait surtout pas briser.

— Je suis heureuse de te voir si gaie, murmura-t-elle. Je suppose que tu as passé un bon après-midi avec tes amis à répéter votre morceau pour ce soir. Tu es vraiment douée pour le piano, tu sais…

— Merci, maman, répondit Agathe, un peu honteuse d'avoir menti à sa mère sur son emploi du temps, alors que la répétition s'était achevée depuis plusieurs heures.

Préférant ne pas contrarier sa fille en la questionnant de façon plus précise, Juliette se leva. Avant de s'éloigner, elle caressa les cheveux d'Agathe, dont les mèches supérieures étaient maintenues par un peigne d'ivoire puis retombaient souplement dans le dos. Agathe regarda sa mère puis, saisie d'une inspiration soudaine, lança :

— Maman ! Je peux te parler ?

Juliette se retourna, un sourire aux lèvres.

— Bien sûr, ma chérie.

Agathe hésita, le cerveau agité de pensées qui s'entrechoquaient. Elle avait envie de crier son bonheur, de confier la demande en mariage qui venait de lui être faite, mais un sombre pressentiment la dissuada, connaissant le ressentiment qui animait sa mère à l'égard de Léon Marial. Elle songea alors à l'autre désir qui la faisait vibrer.

— La récolte d'abricots est pour bientôt, n'est-ce pas ?

Devant l'assentiment étonné de sa mère, elle poursuivit :

— Tu pourrais me consacrer quelques kilos de ce qu'on va te livrer ? Tu sais que j'ai fait des essais, l'an dernier…

— Ah oui, tes crèmes de beauté ? Tu voudrais recommencer ? interrogea Juliette, une légère inquiétude lui plissant le front.

— Maman, dit Agathe en se levant du tabouret, j'ai élaboré une formule de baume… Et j'ai plein d'autres idées… Si tu pouvais m'aménager un petit atelier… Il me faudrait aussi quelques ustensiles, un pilon…

Juliette hocha lentement la tête.

— Je ne suis pas contre le fait que tu t'intéresses à la fabrication de cosmétiques, mais sans que cela t'incite à négliger pour autant ton investissement dans la confiserie. Le mieux serait que nous prenions le temps d'en parler, ma chérie. Tu en profiteras pour me dire précisément de quel matériel tu as besoin, ajouta-t-elle pour dérider sa fille qui commençait à se rembrunir.

Le soir venu, Rodolphe et Juliette se dirigèrent vers le kiosque à musique du jardin des Plantes. À pas lents, ils humaient les senteurs végétales qui s'épanouissaient à la nuit tombée et cherchaient à distinguer entre les frondaisons des trouées de ciel où scintillaient les étoiles. La soirée était fort douce, après la chaleur de la journée où ils n'avaient pas manqué d'aller contempler le défilé militaire. Le kiosque apparut au détour d'une allée, étincelant sous les girandoles lumineuses qui le décoraient. Au premier plan, la masse sombre du piano qu'on avait installé se découpait sur les chaises placées en arc de cercle à l'arrière. Non loin, à côté d'une volée de marches latérales qui permettait d'atteindre l'estrade, un petit groupe de jeunes gens s'était rassemblé. À l'excitation qui semblait les animer, on devinait qu'il s'agissait des musiciens et, aux jupes sombres qui côtoyaient les costumes masculins, on réalisait qu'il y avait presque autant de jeunes filles que de garçons. Lorsque tous les spectateurs eurent rempli les chaises, au nombre desquels Juliette et Rodolphe figuraient, et que 9 heures eurent sonné au clocher voisin, la troupe monta dans l'enceinte du kiosque, chacun gagna la place qui lui était assignée et salua le public.

— Elle est magnifique, chuchota Rodolphe à l'oreille de Juliette qui acquiesça, le cœur ému.

Vêtue d'un chemisier blanc et d'une jupe noire resserrée à la taille par un gros nœud de velours dont les pans tombaient aux chevilles, ses cheveux blonds relevés et piqués d'un camélia noir, la jeune fille était splendide. Alors qu'elle s'inclinait avec grâce vers le clavier et que ses doigts légers faisaient vibrer les premières notes, juste avant que le reste de l'orchestre ne la suive, Juliette parcourut du regard les autres musiciens. Elle reconnut ses amies Marie-Louise et Jeanne, toutes deux jouant du violon. Un peu plus loin, maniant lui aussi l'archer avec dextérité, un jeune homme lui évoqua des traits familiers, sans qu'elle pût les identifier précisément, avec ses cheveux d'un noir de jais et des sourcils fournis qui projetaient une ombre sensuelle sur ses yeux. Elle avait l'impression que son regard fixé sur le chef d'orchestre se détournait régulièrement vers Agathe.

Lorsque le concert prit fin et que les applaudissements nourris les eurent retenus plusieurs minutes à saluer, les interprètes se retrouvèrent au pied du kiosque afin d'échanger leurs impressions autour du chef d'orchestre. Juliette tenta de se frayer un passage parmi les admirateurs du groupe pour féliciter sa fille. Une voix de stentor retentit à ses oreilles :

— Il faut toujours que nous nous rencontrions lors de manifestations festives !

Se retournant, Juliette fut sidérée de reconnaître Léon Marial, mais bien plus encore de réaliser que le visage du violoniste dont le regard était souvent vrillé sur sa fille avait une familiarité certaine avec celui qu'elle avait sous les yeux, mais en bien plus juvénile et dépourvu de barbe.

— À défaut de se retrouver dans une réunion professionnelle ! lança-t-elle avec aigreur.

« Seigneur, préservez-moi d'apprendre que le fils Marial est musicien dans cet orchestre ! », songea-t-elle avant d'être définitivement renseignée.

— Vous allez complimenter votre fille, je suppose ? Son talent est aussi réel que sa beauté. Eh bien, allons voir notre jeunesse ensemble, puisque je m'honore d'être moi-même le père d'un de ces incomparables violonistes.

Entraînée malgré elle dans le sillage d'un homme qu'elle n'appréciait pas, suivie par un Rodolphe sourcilleux qui s'était bien aperçu du désagrément de la rencontre, elle rejoignit les musiciens. Elle eut le temps de féliciter Agathe avant que Léon Marial ne lui présente le jeune violoniste.

— Reconnaissez-vous Louis-Maximilien, chère madame Montel ? Ah, voilà mademoiselle votre fille ! Je savais par mon fils que vous étiez la pianiste du groupe, mais j'ignorais que votre talent était aussi abouti. Louis-Maximilien me parle tellement de vous !

Les yeux de Juliette allaient de Léon, le sourire carnassier souligné par sa barbe taillée en pointe, à son fils qui cillait des paupières par timidité, enfin à sa fille, les joues empourprées de gêne.

— Notre groupe peut s'enorgueillir d'avoir en Agathe une pianiste de grand talent, susurra Louis-Maximilien qui avait perçu la tension de Juliette.

— Je n'en doute pas, répondit celle-ci brièvement, peu désireuse de voir s'éterniser la conversation.

— Que faites-vous, les jeunes, maintenant ? déclama Léon. Si nous allions poursuivre la soirée ailleurs ? Tous les quatre, euh... tous les cinq, ajouta-t-il avec un sourire ironique à l'égard de Rodolphe.

— Père, nous devons mettre nos instruments à l'abri, puis nous avions décidé, enfin c'est le chef d'orchestre qui a proposé d'aller prendre un rafraîchissement. Ce serait malséant de lui faire faux bond.

— Mais oui, mon fils, restez entre vous, les jeunes... Où avais-je la tête ?

— Agathe n'a pas à ranger son instrument elle-même, intervint Juliette, je suppose qu'on s'en chargera pour elle. Dans ce cas, nous rentrons, ma chérie, il est tard.

Le regard impérieux de sa mère eut raison des protestations qu'Agathe avait envie d'émettre.

Le groupe se salua et, alors que Léon prenait congé, il glissa très doucement mais très distinctement à Juliette :

— Chère madame, mon fils m'a mis au courant d'un certain projet qui lui tient à cœur et pour lequel nous aurons à nous entendre. À bientôt ! lança-t-il très fort en guise d'adieu.

Agathe suivit sa mère la tête baissée, laquelle marchait à petits pas rapides, dans un silence terrible que Rodolphe n'osait rompre.

— Je vous raccompagne jusqu'en bas de chez vous puis je me sauve, précisa-t-il, comprenant qu'il devrait laisser la mère et la fille en tête à tête une fois parvenu au pied de la fabrique.

Comme il était prévisible, la mise au point entre Juliette et Agathe eut lieu dès le seuil de l'appartement franchi alors que la jeune fille, qui avait boudé ouvertement tout le long du trajet, faisait mine de s'éclipser dans sa chambre.

— Qu'est-ce que c'est que ce projet auquel Léon Marial a fait allusion ? questionna Juliette.

— Ne peut-on en parler demain ? jeta Agathe. Je suis fatiguée.

— Tu ne l'aurais pas été pour suivre les autres ! Allons nous asseoir au salon. Je veux une explication au sujet des coups d'œil que ce garçon n'a cessé de te lancer au cours du récital, sans compter tes propres rougissements et la morgue du père qui semble être au courant de quelque chose que j'ignore ! Je t'écoute !

Évitant de regarder sa mère, qui s'était posée au bord d'un fauteuil, tendue comme un ressort, elle-même préférant rester debout, Agathe prit sur elle pour exposer le plus calmement possible ce que Juliette redoutait d'entendre.

— Louis-Maximilien et moi, nous nous aimons. Nous avons décidé de nous marier. Il est prêt à venir te demander ma main.

— Juste ciel ! Agathe ! Ne vois-tu donc pas la réalité des choses ? Oh, assieds-toi, je t'en prie. Ce que j'ai à te dire est tellement difficile !

La jeune fille leva brusquement les yeux sur sa mère et, pâlissant, elle s'écria :

— Maman, ne me dis pas que Léon Marial est mon père ! Je sais que tu le détestes... C'est parce que dans ta jeunesse, il t'a... il t'a... Oh, mon Dieu ! Et Louis-Maximilien est mon demi-frère ? Oh, pas ça !

— Mais non, réfuta Juliette, agacée. Assieds-toi, ce sera mieux pour parler. Effectivement, je n'aime pas Léon Marial, mais uniquement pour des raisons professionnelles. Enfin, professionnelles... Il me considère si peu du métier... Mais ce n'est pas le sujet. Nous avons de grosses divergences d'opinions, Léon Marial et moi, alors que... que nos enfants se marient !... Ma petite Agathe, je vais te sembler cruelle, mais Léon a mis ce projet dans la tête de son fils uniquement pour mettre la main sur ma fabrique. Enfin, la fabrique qui te reviendra.

— Non ! cria Agathe, la voix étranglée par les larmes. Je ne peux pas te laisser dire ça !

— C'est la triste réalité, j'en suis persuadée. Je sais que je te fais du mal, tu ne peux pas le comprendre, mais tu parviendras sans doute à cette conclusion plus tard...

— À la fin de l'année, je serai majeure et je l'épouserai si je veux ! menaça Agathe en se levant brusquement.

— Tu le ferais alors sans mon consentement, ma chérie. Je suis désolée.

Agathe jaugea sa mère avec hargne.

— Je te déteste ! lança-t-elle avant de tourner les talons.

En pleurs, elle se jeta sur son lit. Avec une tristesse indicible, elle découvrait un autre aspect de ce tendre sentiment qui lui avait été révélé le jour même, aux reflets changeants comme les quatre saisons : elle savait qu'elle allait devoir dorénavant affronter, dans son amour pour Louis-Maximilien, les rigueurs glacées de l'hiver.

XXXV

Novembre 1914

L'activité des ateliers de la fabrique Montel-Marquand tournait au ralenti. On avait dû en fermer la moitié et les seuls où les chaudrons répandaient leurs vapeurs odoriférantes étaient tenus par des hommes d'âge mûr. Les jeunes avaient déserté les lieux, emportant avec eux la vigueur de leurs bras robustes et l'ardeur au travail qu'entretenaient les plaisanteries lancées dans le dos des contremaîtres. Juliette longea les couloirs, où des portes restaient fermées, derrière lesquelles des turbines à dragées demeuraient à l'arrêt ou des fourneaux étaient éteints. On l'avait appelée au service des expéditions et elle se dirigea vers les étagères des entrepôts pour évaluer les quantités. Elle passa un doigt sur la dernière boîte de pâtes de fruits de l'une des piles. Quelques grains de poussière restèrent attachés à son index. Les produits destinés à l'exportation s'entassaient : ils n'étaient ni envoyés ni renouvelés. Consternée, elle contempla les rayonnages tout autour de la pièce et sursauta quand elle entendit une voix derrière elle :

— Ah, madame ! Je vous cherchais partout !

Elle se retourna, battant rapidement des cils pour chasser l'air hagard qu'elle arborait et reconnut un ouvrier confiseur.

— On utilise les derniers sacs de sucre, madame, je voulais vous prévenir.

— Je sais bien. La sucrerie de Bourdon ne nous ravitaille plus.

— On va faire comment alors ? Et les confiseries de Noël ?

L'ouvrier sur les talons, elle gagna le bureau des expéditions.

— Je ne suis pas sûre que l'on ait à cœur d'offrir des confiseries cette année, commenta-t-elle en chemin.

— Oh, madame ! Un peu d'optimisme ! Nos soldats seront bien rentrés pour les fêtes !

L'espérance était bien ce qui manquait cruellement à Juliette. Non seulement au regard de l'état actuel du conflit, qu'elle craignait de voir se prolonger, mais par rapport à son activité commerciale : la pénurie de sucre avait suivi la déclaration de guerre dès le mois d'août, pénalisant sévèrement la confiserie. La sucrerie de Bourdon maintenait pourtant sa production, mais celle-ci était réservée à l'armée.

— Vous m'avez appelée ? demanda-t-elle au responsable des expéditions.

— Oui, pour une mauvaise nouvelle. Les envois ne sont plus assurés vers les Pays-Bas, normal, on ne peut plus passer par la Belgique… Et cela s'ajoute à l'arrêt de nos ventes vers nos clients britanniques, italiens…

— Les transports sont en effet réservés aux besoins de la guerre, coupa Juliette. Pour résumer, on ne va bientôt plus pouvoir produire et on ne peut expédier ce qui est prêt...

— Quel malheur, continua l'ouvrier confiseur qui avait suivi Juliette. Déjà, cet été, les curistes ne sont pas venus dans les stations thermales...

— Et les hôtels ayant été affectés aux blessés, compléta le préposé aux expéditions qui ne voulait pas être en reste, on n'a pas eu les clients habituels. Qu'est-ce qu'on fait alors ?

— Il faut réfléchir à une solution, dit Juliette.

Elle remonta dans son bureau, s'assit pour évaluer la situation et sortir de l'impasse où la plongeait la guerre. Les duplicatas de bons de commande de sucre restés sans suite et les courriers avisant des suspensions d'expéditions s'entassaient sur sa table de travail de façon désolante. Elle se leva, se dirigea vers la desserte où étaient posés les portraits de la famille Marquand, comme pour y puiser une inspiration qu'elle était déjà allée chercher dans les moments difficiles. Les petits rubans noirs qui ornaient les angles des cadres avaient largement pâli, mais ils lui rappelaient ceux dont on barrait, d'une façon douloureusement actuelle, les photographies des soldats dont les journaux annonçaient le décès. « Tous ces pauvres hommes qui ne reviennent pas... », songea-t-elle. Rodolphe ne quittait pas ses pensées, lui qui avait voulu aller sur le front, malgré l'exemption liée à son opération, pour couvrir pour le journal de son ami Théophraste les phases du conflit.

— Je ne crains rien, avait-il assuré à Juliette, je ne serai pas en première ligne.

La jeune femme secoua la tête ; connaissant Rodolphe, il voudrait suivre les soldats au plus près.

Lasse, elle gagna son appartement, reconnaissant l'odeur de potée qu'avait préparée la cuisinière. Derrière le piano, debout près de la fenêtre, se tenait Agathe qui lui tournait le dos. Elle soupira, cherchant en vain des paroles qui sortiraient la jeune fille du mutisme dans lequel celle-ci était plongée depuis la mi-juillet. À vrai dire, la mine renfrognée que sa fille avait affichée au lendemain du concert s'était muée en une sorte de prostration, accompagnée d'un regard perdu dans le lointain, depuis l'annonce de la mobilisation et le départ de Louis-Maximilien au début du mois suivant.

Le 3 août, le jeune homme avait demandé à Juliette de le recevoir. Se tenant presque au garde-à-vous dans son uniforme de caporal, le torse moulé dans sa veste cintrée bleue, le doigt posé sur le liseré du pantalon garance, il avait déclamé sur un ton saccadé, en regardant un point fixe au-dessus du front de Juliette :

— Madame, je pars demain à l'aube accomplir mon devoir de Français. Je me permets de vous demander la bonté de saluer une dernière fois mademoiselle votre fille. Il se peut que je ne revienne pas de l'affrontement que notre armée va mener contre l'ennemi. Si l'avenir m'est favorable, et me laisse le privilège de rentrer sain et sauf, je me permettrai de vous solliciter à nouveau, madame. Je vous demanderai officiellement la main de votre fille Agathe pour l'amour de laquelle je suis prêt à livrer un combat sans commune mesure avec celui pour lequel la patrie m'appelle.

Le ressentiment qu'elle conservait à l'égard du père avait empêché Juliette de se sentir attendrie en entendant un tel discours.

— Allez faire, je vous prie, vos adieux à ma fille, avait-elle rétorqué froidement.

Juliette ne voyait dans l'attitude du fils Marial que la même arrogance teintée de désinvolture, la même impavidité que celles qu'elle reprochait au père. Mais en ce soir de la mi-novembre, alors que sa fille allait sur ses vingt et un ans et qu'elle la voyait immobile et songeuse, près de la fenêtre, tandis qu'elle-même était agitée de doutes sur l'avenir de sa fabrique, elle fut ébranlée. Elle s'approcha de la jeune fille, découvrit son visage baigné de larmes.

— Agathe, qu'y a-t-il ? Oh, non, lâcha-t-elle, étreinte d'un pressentiment, Louis-Maximilien...

Sa fille se tourna vers elle.

— Tu aimerais bien, hein ? jeta-t-elle sur un ton cinglant.

Alors qu'elle s'éloignait, la poitrine soulevée de sanglots, sa mère l'attrapa par le bras.

— Non, Agathe, ne t'en va pas !

Elle obligea sa fille à s'asseoir, s'installant à ses côtés.

— Dis-moi ce qu'il se passe, ma petite fille, je t'en supplie.

Agathe finit par hoqueter :

— J'ai appris la mort de Georges. Tu sais, c'était celui qui jouait du hautbois, au concert du 14 Juillet... Nous l'aimions tous bien... Il était fiancé avec mon amie Marie-Louise.

Réalisant que cette nouvelle ne concernait pas Louis-Maximilien, Juliette la reçut avec un soulagement qui s'inscrivit dans son cœur comme une évidence. Alors qu'elle compatissait auprès de sa fille du malheur qui frappait son amie, elle se mit aussi à pleurer, la joue contre celle de sa fille. Agathe, qui essuyait ses larmes, fut étonnée de sentir le goût salé de celles de sa mère. Les deux femmes se regardèrent.

— Maman ? murmura Agathe.

— Ma chérie, je suis navrée pour ton amie, mais je suis contente qu'il ne s'agisse pas de Louis-Maximilien. Je vais te dire quelque chose qui va te surprendre, mais je souhaite sincèrement que ce jeune homme revienne vivant de cette maudite guerre. Et si votre vœu le plus cher est de vous marier, eh bien, mes enfants, faites-le !

Sidérée, Agathe dévisageait sa mère.

— Je ne souhaite que ton bonheur. Alors pardonne-moi ma réaction de cet été, due sans doute au besoin de te protéger. Je ne veux plus de conflit entre nous, ajouta-t-elle avant que sa fille ne se jette dans ses bras.

Un peu plus tard dans la soirée, alors que le dialogue se renouait entre la mère et la fille, Juliette éprouva le besoin de justifier son changement d'attitude à l'égard d'Agathe.

— La guerre est trop dure à supporter : Rodolphe loin de moi, le souci que je me fais pour lui, les conséquences de la pénurie de sucre sur la confiserie… J'ai brusquement pris conscience que la guerre te frappait, toi aussi…

Agathe sourit tristement.

— Tu reçois des nouvelles ? interrogea Juliette. Jamais je n'ai vu passer une lettre pour toi…

— Je craignais que tu les déchires de colère… Alors je lui demande de m'écrire chez Marie-Louise.

— Il peut le faire ici, dorénavant.

— Je te remercie. D'autant plus que cela aurait été très pénible pour mon amie de me transmettre des courriers de Louis-Maximilien alors qu'elle vient de perdre son fiancé.

Un silence s'installa, dans lequel Juliette se promit d'associer le fils de Léon Marial à Rodolphe dans les prières qu'elle adressait au ciel.

— Comme j'aimerais être près de lui sur le front..., continuait Agathe, rêveuse. Tu sais, il décrit la tranchée où il vit, ce qu'il fait quand ils ne combattent pas : les lettres qu'ils écrivent, les petits objets qu'ils fabriquent... et il est si content de recevoir du courrier. Et des colis, dis, je pourrai lui en envoyer ?

Juliette réfléchissait, portée par le monologue de sa fille. Elle-même, aidée par les reportages de Rodolphe, imaginait les soldats, assis dans leur tranchée boueuse, occupés à recharger leurs armes, astiquer leurs godillots, noircissant des pages à destination des êtres aimés... Lorsque Agathe évoqua les colis, elle se représenta des chaussettes, des gants, du café, du chocolat...

— Du chocolat ? s'écria-t-elle comme pour elle-même. Mais bien sûr !

Excitée, elle développa devant une Agathe médusée l'idée qui avait germé en elle :

— Il faut leur envoyer des douceurs réconfortantes, des pâtes de fruits, des confitures ! Des douceurs que les familles auraient trop de plaisir à leur faire parvenir, car ce serait une preuve de leur amour et, en même temps, un souvenir du pays ! Il faut fabriquer des coffrets de confiseries spécialement destinées aux soldats sur le front !

— Mais maman, tu as dit toi-même qu'il n'y avait plus de sucre ! Comment veux-tu faire ?

Juliette prit à plaisir un air mystérieux.

— La sucrerie de Bourdon réserve son sucre pour l'armée, c'est pour ça que les particuliers ou les usines qui ne travaillent pas pour la défense en sont privés. Mais fabriquer des confitures pour les poilus, ça, ça relève de la production de guerre ! Dès demain, je vais voir le lieutenant responsable des services d'intendance du 13e corps d'armée. Je l'ai rencontré à un dîner chez le maire, ajouta-t-elle avec un petit sourire, nous nous connaissons.

XXXVI

Deux ans et demi plus tard, juillet 1917

Sur le front entre l'Aisne et l'Oise, dans leur installation de fortune, les cuisiniers venaient de préparer la soupe du soir. Le chef de l'équipe s'essuya les mains au tablier qu'il avait revêtu par-dessus son uniforme et appela celui qui lui servait de second.

— La Poire ! Les marmites sont prêtes ! Tu peux chercher les gars pour les faire porter ?

L'interpellé, réprimant un juron d'agacement, posa le seau de déchets qu'il venait de vider. Il sortit de l'abri dans lequel on préparait les repas, avisa quatre fantassins et les héla :

— Vous quatre, les bleus, vous distribuez la soupe !

— Oh, La Poire ! Il faut que la corvée tombe sur nous ! rétorqua l'un des jeunes soldats.

Cette fois, l'aide-cuisinier osa manifester sa désapprobation à l'égard du surnom employé.

— M'appelle pas comme ça ! Tu veux mon poing sur la gueule ?

Faisant profil bas, les soldats se mirent à deux pour saisir par les anses les chaudrons de soupe et filèrent tandis que l'un d'eux commentait à son coéquipier :

— Bah... si on ne peut plus plaisanter...

— Au fait, pourquoi vous l'appelez comme ça ?

— Dans le civil, il était confiseur... Spécialiste de fruits confits, qu'il se vante ! Et puis c'est un Parigot... du genre qui sait tout, quoi ! Alors, La Poire, c'est pour lui rabattre un peu son caquet...

Celui qui faisait l'objet de leurs railleries haussa les épaules en marmonnant. Le vaguemestre, ayant perçu les éclats de voix, vint se planter devant lui.

— Bon, Joulet, si tu n'as plus rien à faire, tu peux distribuer le courrier avec moi ? J'ai de pleins sacs de colis, ton aide serait la bienvenue.

— Toi au moins, tu sais t'y prendre, en m'appelant par mon nom. Si en plus tu me files une cibiche, j'arrive.

Pierre Joulet alluma la cigarette que l'autre lui tendait avant de le suivre. Les deux hommes s'engagèrent dans la tranchée, l'un remettant des lettres, le second donnant les colis. On les remerciait souvent par une cigarette, tandis que ceux qui n'étaient pas destinataires d'un envoi se rasseyaient, blasés, sur la paillasse qu'ils avaient jetée sur le sol boueux. Parvenus au bout de la tranchée, ils firent demi-tour, les sacs de jute allégés pendant à l'épaule. Un soldat interpella Pierre :

— Eh, c'est bien toi, La Poire, le confiseur ?

Pierre bougonna une affirmation indistincte tout en questionnant l'homme du regard. Le soldat tendait à bout de bras le paquet qu'il lui avait remis un peu plus tôt, sorti de son papier brun d'emballage.

— Si c'est pour une réclamation, je les prends pas.

— Non, viens voir !

Pierre s'approcha et découvrit une boîte en bois rectangulaire.

— Ça te rappelle pas quelque chose ? interrogea le soldat.

— Tiens, un assortiment de pâtes de fruits… Oh, dis donc…

— Ça viendrait pas de chez toi ? Tu fabriquais pas ce genre de choses ?

— Si… enfin non, ce sont des pâtes de fruits d'Auvergne…, dit Pierre, la voix soudainement enrouée.

Il se laissa tomber dans la tranchée à côté de son compagnon et lui prit la boîte des mains. Il examina le dessin qui en ornait le couvercle : une petite fille, habillée en Alsacienne, se tenant sur la pointe des pieds, tendait un coffret de confiseries à un poilu vêtu de l'uniforme bleu horizon. Il passa le doigt, bouleversé, sur le profil de la petite fille : un front bombé, un petit nez mutin, des lèvres charnues, deux tresses d'un beau blond doré qui encadraient le visage, sous la grande coiffe aux nœuds noirs. Sous le dessin, une légende faisait parler les personnages :

« Tiens, mon brave, reçois ces pâtes de fruits d'Auvergne pour te redonner courage.

— Merci, fillette, tu verras, je te rendrai l'Alsace et la Lorraine. »

Un bandeau en forme de guirlande orné aux extrémités du drapeau tricolore couronnait le tout, en haut de la boîte, dans lequel le nom de la confiserie était imprimé en lettres rouges : « Montel-Marquand, Clermont-Ferrand ». Pierre caressa à nouveau la petite Alsacienne.

— Agathe, murmura-t-il.

— Qu'est-ce que tu dis ? se fit répéter l'autre.

— Rien..., réagit Pierre en levant la tête. Ça me fait drôle, c'est tout.

Il avait la gorge sèche, les yeux lui brûlaient. Était-ce à cause de cette ambiance pesante où la vie des hommes était en sursis, où les repères de temps et d'espace étaient bousculés que des souvenirs remontaient à sa conscience d'une manière brutale et déstabilisante à la fois ? Lui qui se croyait endurci à jamais contre un destin qui ne l'avait pas gâté, il fut ému aux larmes.

— C'est ma belle-mère qui m'offre ça, expliquait le soldat. J'ai une drôle de gentille belle-mère, c'est pas donné à tout le monde. Elle habite à Clermont-Ferrand et elle m'envoie les spécialités de la ville, hein, que c'est gentil ? Tiens, on va goûter, t'en veux une ?

Mais Pierre ne l'écoutait pas. Il avait l'impression de réaliser avec confusion qu'il avait une fille, une enfant qui avait été la sienne il y a bien longtemps et qu'il avait oubliée. On lui donnait des coups de coude dans les côtes.

— Oh ! T'en veux une ?

— Euh... non, merci. C'est gentil, mais non. Dis-moi... Quelqu'un né en 1893, il aurait quel âge aujourd'hui ?

L'autre le regarda comme s'il avait perdu la tête.

— Crénom, pauvre gars..., ne put-il s'empêcher de soupirer.

Il songeait que, même si le confiseur n'avait pas été en première ligne au cours des attaques, compte tenu de son âge, il subissait les commotions de la guerre autant que lui qui avait essuyé le feu des obus et des mitrailleuses.

— Il aurait vingt-trois ans, ou vingt-quatre, tout dépend quel mois il est né, se prêta-t-il à répondre par compassion. Pourquoi ? Tu as un fils de cet âge ? demanda-t-il doucement.

Pierre tourna lentement la tête vers lui, le regard perdu au loin :

— Non. Dis-moi, il y a l'adresse du magasin quelque part ?

Le soldat souleva une rangée de pâtes de fruits, découvrit un papier protecteur où étaient écrits le nom et l'adresse de la confiserie.

— Tiens. Tu veux leur en commander ? Eh bien, si tu étais brave, tu m'en ferais envoyer une boîte !

En hochant la tête, il regarda Pierre se remettre sur ses pieds et s'éloigner, le dos voûté, comme si le sac de jute vide était encore lourd des colis venus de l'arrière.

Pierre songea à la permission de six jours qui devait lui être octroyée deux semaines plus tard. Il avait prévu de rentrer à Paris, sans trop d'enthousiasme, juste histoire de secouer ses godillots englués de la terre de la Meuse et de se plonger dans le bon baquet chaud d'un bain public parisien. Il n'avait plus de domicile fixe : il devrait s'installer à l'hôtel. La blanchisseuse qui vivait avec lui l'avait quitté depuis longtemps et il avait pris une chambre sous les toits derrière la butte du Sacré-Cœur. Lorsque la guerre avait éclaté, il avait rencontré une veuve éplorée, avait su si bien la consoler qu'il s'était installé chez elle et rompu le bail qui le liait à son propriétaire. Mobilisé dans la réserve de l'armée territoriale, il ne pensait vraiment pas être appelé. La mauvaise surprise était arrivée en septembre 1916 et son métier d'ouvrier confiseur l'avait sans doute prédestiné à être affecté à la cantine, comme auxiliaire d'un cuisinier qui était restaurateur dans la vie civile. Celui-ci lui laissait réaliser quelques desserts à base de riz ou de semoule mais l'employait surtout aux corvées d'épluchage des légumes. Pierre râlait dans le dos du chef, se plaignant que son art de confire les fruits était méprisé, et se taillait du coup une belle réputation de vantard insatisfait. Lors de la première permission, il était rentré à l'improviste, voulant faire une surprise à sa jolie veuve, mais avait trouvé le lit occupé. Dégageant l'embusqué qui lui chauffait la place, il l'avait fait partir sans ménagement, mais la veuve lui avait alors intimé de reprendre sur-le-champ sa vareuse et son maigre barda. Il s'était réfugié dans une mauvaise pension de famille qui ne risquait pas de trop lui grignoter sa solde.

Il était obnubilé par le dessin de la fillette sur la boîte de confiserie que son heureux bénéficiaire lui avait montrée. Tout d'un coup, Agathe était venue emplir ses pensées : il était persuadé qu'on avait voulu représenter la petite Alsacienne sous les traits de sa fille. Il se rappelait les images collées sur les boîtes, à l'époque où il s'était fait embaucher chez Juliette : il s'agissait aussi d'une fillette, les cheveux nattés, des cerises lui pendant aux oreilles. Mais là, sur la boîte actuelle, les traits étaient différents, c'étaient ceux qu'ils gardaient en mémoire de la petite fille blonde aux yeux rieurs qu'il avait quittée – il lui fallut réfléchir pour calculer –, lorsqu'elle avait presque deux ans. Elle en aurait maintenant vingt-trois... Il avait besoin de la revoir, de savoir comment elle avait grandi, ce qu'était devenue aussi Juliette...

La permission tombait à point nommé. Inutile de rentrer à Paris. Tant qu'à aller à l'hôtel, autant que ce soit à Clermont-Ferrand.

*

Les boîtes de pâtes de fruits comme celle qu'avait tenue Pierre entre les mains faisaient partie de toute une production de confiseries que Juliette avait imaginées en fonction de ce contexte très particulier de la guerre. En diversifiant ainsi une activité qui aurait pu pâtir des effets des pénuries et des restrictions, la jeune femme avait su occuper un créneau qui avait fait rebondir les affaires. On trouvait dans son magasin tout un large choix de boîtes décorées de figures féminines propres à rappeler la patrie : des Marianne, des habitantes en costume de ces provinces conquises par les Prussiens lors de la dernière guerre ou des infirmières dévouées de la Croix-Rouge. Les rayonnages étaient aussi garnis de confitures, présentées en boîtes de fer-blanc pour la commodité de l'expédition, ceintes d'une étiquette tricolore qui faisait ressortir l'appellation : « *La confiture du soldat.* »

Confiante dans la livraison de ses fournisseurs de ferblanterie habituels – ceux qui lui forgeaient notamment ses bassines de cuivre –, Juliette n'aurait pu imaginer qu'une nouvelle anicroche viendrait perturber la fabrication de ses conserves de confiture.

La secrétaire tressaillit brusquement lorsque la porte du bureau de sa patronne claqua violemment.

— Jamais je n'aurais cru qu'ils me lâchent comme ça ! s'écria Juliette, énervée. Qu'est-ce que je vais faire, moi, sans boîtes en fer-blanc ?

Devant le regard interrogateur de Valérie, Juliette s'expliqua :

— Ils cessent pour l'instant la fabrication des boîtes de conserve, parce que l'armée leur demande de faire autre chose. Et vous savez quoi ? Des embouts de grenade ! Oh, je suis désolée, Valérie, de m'emporter ainsi, mais... quelle malchance !

— Et vous ne pouvez pas trouver un autre ferblantier ?

— J'ai téléphoné à tous ceux de la région : soit ils ont assez de commandes pour ne pas en prendre de nouvelles, soit ils se sont aussi reconvertis dans la fabrication de têtes d'obus, de goupilles ou d'autres choses de ce genre ! Bien, il faut que je me calme, je rentre à l'appartement, je réfléchirai plus à mon aise...

Elle en était arrivée à la conclusion qu'elle devrait sans doute interrompre sa production de conserves de confitures pour ne garder que les bocaux de verre destinés aux ménages quand Agathe apparut. Elle lui fit part de la mauvaise nouvelle et sa fille s'étonna :

— Et ton lieutenant-colonel des services d'intendance, il ne peut pas t'aider ?

— Je l'ai appelé en premier, soupira Juliette, mais là non, il ne peut rien faire pour moi. Les armes passent avant la confiture, cette fois...

— Eh bien... je crois que j'ai trouvé une solution, avança Agathe après avoir longuement réfléchi. On ne te livre plus de boîtes de conserve ? Fabrique-les toi-même !

Elle développa l'idée qui lui était venue : puisque les presses à découper et à sertir les contenants de métal étaient à l'arrêt dans les usines qui travaillaient le fer-blanc ou le laiton, Juliette pouvait s'en faire céder et monter dans sa fabrique son propre atelier de ferblanterie !

— C'est une idée géniale ! s'exclama sa mère après avoir étudié la vraisemblance de cette proposition. Mais oui, mon fournisseur ne devrait pas pouvoir refuser puisqu'il est occupé sur d'autres machines ! Je vais tout de suite lui téléphoner !

— Maman ! rappela Agathe. Tant que tu y es, tu pourrais lui demander un appareil à fabriquer des petites boîtes en métal, comme celles qu'on utilise pour les pastilles ?

Devant l'air ingénu qu'arborait sa fille, comme un enfant qui sollicite de sa mère une permission exceptionnelle, Juliette se fendit d'un sourire complice.

— Quelle idée as-tu derrière la tête ?

— Je voulais t'en parler, j'hésitais... et puis voilà, c'est l'occasion : tu sais, mon baume à base d'huile d'abricot, j'ai eu de bons échos de la part de mes amies qui l'ont essayé. Il y en a même une qui en a envoyé un pot à son mari qui est à la guerre. Il a affirmé que ça calmait bien ses gerçures aux mains et aux pieds. Alors je me suis dit que je pourrais en fabriquer... Un peu comme toi ta confiture du soldat...

Elle n'osa poursuivre, n'arrivant pas à décrypter l'air de Juliette qui la considérait avec de grands yeux étonnés. En fait, celle-ci demeurait muette d'admiration devant l'esprit innovant de sa fille.

— Oui, acquiesça doucement Juliette, cela me paraît une excellente idée. Et tu l'appellerais comment ?

— « Le baume du poilu »... à se faire offrir par les plus gentilles des épouses ou des marraines de guerre. Tu crois que ça pourrait marcher ?

Pour en avoir vu des publicités dans les journaux, Juliette connaissait l'existence des lotions et autres sirops que les familles étaient incitées à acheter dans le but de soulager les misères des soldats. Elle approuva :

— Je téléphone dans l'instant à mon entreprise. Alors, pour récapituler : des machines pour le découpage et le sertissage de boîtes de conserve et de boîtes à pastilles, ou plutôt à baume !

Le ferblantier céda volontiers son matériel mis à l'arrêt. La mère et la fille se réjouirent, dans une entente commune, de continuer de mener à bien la production de confitures pour l'une, et pour l'autre de mettre en œuvre la fabrication de son invention. Agathe ignorait encore que le « baume du poilu » serait particulièrement bien accueilli par les clientes et leurs protégés.

XXXVII

Dans la bonbonnière de la place Delille, l'une des vendeuses alla rajouter quelques coffrets dans la vitrine. Tout en manipulant les boîtes pour installer les nouvelles, elle jeta un coup d'œil vers la fontaine.

— Il est toujours là, fit-elle remarquer à sa collègue qui disposait des pâtes de fruits sur des plateaux en métal argenté.

— Ah bon ? fit l'autre. Tu crois que c'est le même ?

— Il n'y a pas plusieurs poilus en permission qui se relaient pour monter la garde sur la place ! Et il observe toujours le magasin, c'est bizarre... Il me ferait presque peur.

Elle retourna dans l'arrière-boutique chercher d'autres boîtes et, quand elle revint, elle poussa un cri de surprise.

— Il est maintenant devant la vitrine ! dit-elle en rejoignant sa collègue derrière le comptoir.

Celle-ci posa la pince avec laquelle elle manipulait les confiseries et pencha la tête.

— Il regarde les pâtes de fruits, ça doit lui faire terriblement envie. Tu penses, ils ne doivent pas beaucoup manger de douceurs sucrées là où ils sont ! Ou alors il veut faire un cadeau à une bonne amie et il réfléchit… Mais je crois plutôt à la première solution. Pauvre type… Il me fait trop de peine.

Elle prit une petite assiette, y déposa deux pâtes d'abricots et, poussant la porte du magasin, vint se planter devant le soldat.

— Tenez, monsieur, c'est pour vous !

Interloqué, Pierre bégaya un remerciement maladroit et mit les gourmandises dans sa bouche. Il dévisagea la vendeuse puis tourna son regard vers l'intérieur de la vitrine, où l'autre employée lui jetait des coups d'œil furtifs. Il les avait suffisamment observées depuis la place pour savoir, et il en avait la confirmation maintenant qu'il s'était rapproché, que ces deux brunettes ne correspondaient ni à Agathe ni à Juliette. Rassuré, il s'enhardit.

— Je regardais vos boîtes, j'hésite… Je voudrais en acheter une pour un copain sur le front.

— Mais entrez, monsieur, fit l'employée, accompagnant ses paroles d'un geste pour l'inviter à l'intérieur.

Le magasin était vide en cette fin de matinée et Pierre fut rassuré. De toute façon, qui aurait pu le reconnaître ? Une épaisse moustache jaune dissimulait le bas de son visage et, pour camoufler son regard bleu, il s'était mis un bandeau sur un œil et plissait l'autre comme s'il avait du mal à l'ouvrir. Il n'était pas étonnant que la fille montrât autant de compassion pour celui qu'elle prenait pour un blessé de guerre.

— En fait, mon copain a reçu une boîte et il veut la même, dit-il. Il y a une petite Alsacienne dessus.

— Voilà, c'est celle-ci. Ce sont celles que les familles ou les marraines de guerre envoient sur le front !

Pierre avisa la partie du magasin réservée au salon de thé.

— Vous voulez boire un petit verre ? invita gentiment la vendeuse. Nous proposons du vin de cerises ou des cerises à la...

Un coup de coude de sa collègue l'interrompit, accompagné d'un froncement des sourcils éloquent, signifiant qu'on ne pouvait pas offrir tout le magasin à ce soldat, même s'il appelait à la pitié. Pierre s'attabla, sortant aussitôt quelques piécettes.

— Je prendrais bien du vin de cerises.

— Bien sûr, monsieur, fit l'employée revêche qui s'empressa alors de le servir.

— Dites-moi, reprit Pierre lorsqu'il eut trempé les lèvres dans la liqueur, reconnaissant une saveur oubliée, ce sont de bien belles boîtes que vous avez là. Surtout celles avec la petite fille en costume d'Alsacienne. Le dessin est bien joli !

— La patronne a toujours de bonnes idées, vous savez.

— La patronne ?

— Oui, Mme Montel.

— Je ne comprends pas. Sur les boîtes, il y a un autre nom associé. Ou alors, c'est le nom de son mari ?

La première vendeuse, qui ne voulait pas être en reste devant la soudaine amabilité de sa collègue, entreprit de raconter l'historique du magasin à un Pierre qui avait du mal à ne pas ouvrir en grand son œil soi-disant affaibli. Elle n'était pas peu fière d'évoquer le destin hors du commun qu'avait connu l'employée de Gustave Marquand, depuis l'héritage du magasin dans lequel ils se tenaient actuellement jusqu'à la prospérité de la fabrique que « Mme Montel » réussissait à entretenir malgré la guerre. Elle signala l'idée de génie qu'avait eue Juliette en négociant avec l'armée un marché pour la confection de confitures destinées aux combattants.

— Nous n'avions plus de sucre, il y a deux ans, pour nos fabrications ! se plaignit-elle. Et, grâce au contrat passé avec l'armée, la sucrerie a été autorisée à nous livrer et on a pu reprendre la production ! Ah ça oui, elle sait y faire, Mme Montel !

— Regardez, c'est la confiture des poilus, compléta l'autre employée en montrant une boîte en fer ornée d'une étiquette tricolore. On vous en fournit sur le front ?

Pierre hocha la tête.

— Mais… elle n'est pas mariée, cette dame ? Vous ne parlez pas de son mari…

— Ah ça, lui répondit-on avec un air de mystère. Oui, il y aurait un mari, mais il serait parti faire fortune aux Amériques.

— À vrai dire, on n'en parle pas, coupa l'autre péremptoirement.

— Elle a dû l'être, vous m'avez dit qu'elle avait une fille… Elle est petite ? reprit-il en les encourageant d'un sourire. C'est sans doute elle sur les couvercles des boîtes ?

La première employée s'esclaffa.

— C'est une grande jeune fille maintenant.

Ayant repéré que la librairie qui jouxtait la confiserie paraissait fermée, Pierre s'enquit discrètement de ce qu'était devenu Rodolphe. Les vendeuses n'étaient pas avares de bavardages :

elles ne voyaient en lui qu'un pauvre soldat, à la quarantaine bien entamée, qui malgré son âge avait été envoyé à la guerre, au point de recevoir des éclats d'obus dans les yeux. Pierre avait prétendu bénéficier d'une permission de convalescence pour se rendre à Béziers, où il avait sa famille, et n'avoir fait une halte à Clermont-Ferrand que dans le but de se procurer les précieuses confiseries destinées à son camarade de tranchées. L'évocation de la gentille belle-mère de son ami attendrit les employées, et plus encore la sollicitude de l'homme qu'elles avaient sous les yeux. Elles se doutaient qu'il avait envie de se distraire des horreurs des combats par des petits commérages qui ne prêtaient pas à conséquence. Elles dressèrent le portrait de Rodolphe, son engagement en tant que journaliste sur le front, ce qui expliquait la fermeture temporaire de sa librairie, racontèrent la création d'un quotidien par un ami député. Pour amuser le poilu qui buvait leurs paroles, elles se vantèrent de se douter d'une relation entre le libraire-imprimeur et la confiseuse, aujourd'hui à la tête d'une jolie fortune.

— Si vous voyez ce que je veux dire..., souligna la première employée.

— Mais on ne vous a rien dit ! s'empressa d'ajouter l'autre.

— Ne vous inquiétez pas, je ne connais pas ces personnes, affirma Pierre avant de quitter le magasin, non sans avoir acheté une boîte ornée de la petite Alsacienne.

Pierre avait acquis, à s'inventer une nouvelle vie et camoufler ses turpitudes par le mensonge, un grand sens de la débrouillardise. Le haut du visage dissimulé à la fois par le bandage et la visière du képi, il alla rôder vers les fabriques de confiserie où il se souvenait qu'était établie celle de Gustave Marquand. Dans la rue, quelques vieux s'approchèrent de lui, devinant à son allure un héros de la guerre, pour l'interroger sur les événements du front. Tout en décrivant des combats auxquels il n'avait pas participé, il parvint à se faire renseigner sur l'activité de celle qui demeurait son épouse. Il comprit, à la considération avec laquelle on parlait d'elle, qu'elle avait associé avec succès son nom à celui de son ancien employeur. Alors que des confrères pâtissaient des pénuries liées à la guerre, Juliette avait su rebondir avec la fabrication de confitures envoyées dans les cantines des régiments et les boîtes de confiseries que les épouses, les fiancées et les marraines glissaient dans les colis.

Pierre discutait ainsi avec un vieil homme lorsque celui-ci se fit rejoindre par une employée qui quittait la fabrique. La femme faisait partie de ces emballeuses qui confectionnaient ces fameuses boîtes à l'exemple de celle qu'il avait achetée dans le magasin de la place Delille. Il tenta à nouveau d'obtenir des renseignements sur la fillette qui avait servi de modèle. La femme se montra prolixe, se rengorgeant même d'apprendre à Pierre que Mlle Montel s'occupait de la comptabilité.

— Mlle Montel, avez-vous dit ? Je croyais que c'était le nom de jeune fille de sa mère ?

L'employée haussa les épaules.

— Oui, c'est vrai qu'elle signe les factures sous un autre nom. Mais nous, on ne la connaît que sous ce nom-là.

Pierre réalisa qu'il avait été effacé de la vie de sa femme et de sa fille, jusqu'à son propre nom. Qu'aurait-il pu espérer d'autre ? songea-t-il amèrement.

L'emballeuse conclut en lui signalant que la jeune fille jouait dans des concerts que sa société lyrique donnait les vendredis soir au jardin des Plantes en ces mois d'été.

— Vous serez encore là demain soir ? Allez-y, conseilla-t-elle. Ça fait du bien d'écouter de la musique. Beaucoup de soldats hospitalisés ici y vont, du moins ceux qui peuvent marcher.

Pierre attendit la fin de la journée suivante en lisant le quotidien sorti des presses de son ancien lieu de travail reconverti en atelier typographique. Un long article signé Rodolphe Pradier l'informa des combats qui se poursuivaient à Verdun. Le libraire poète, qu'il avait toujours méprisé, prit à ses yeux dans cet article une étoffe surprenante, à raconter avec des mots poignants la lutte des troupes françaises contre un ennemi invulnérable. L'homme qu'il avait laissé pour mort avait non seulement survécu mais, se trouvant sans doute dans l'impossibilité de faire la guerre, avait voulu s'en approcher au plus près. Il servait la patrie en tissant le lien entre les poilus et ceux qui les attendaient à l'arrière… Que faisait-il lui-même, hormis éplucher des kilos de pommes de terre et faire des croche-pieds aux soldats qui l'agaçaient par le surnom qu'ils lui avaient attribué ? Se rendant compte de la misère de sa vie, il pleura dans sa chambre d'hôtel en attendant l'heure d'aller au concert.

Il s'assit sur l'une des dernières chaises, pour mieux voir sans être vu, fuir au besoin ; il craignait de rencontrer Juliette venue écouter sa fille, d'être reconnu et découvert. Des âmes charitables, voulant l'honorer au regard de son uniforme, lui conseillèrent de se rapprocher ; il prétexta des problèmes de sensibilité au bruit pour demeurer au fond. Lorsque la pianiste salua avant de prendre place sur son tabouret de velours, il porta instinctivement les mains à la poitrine dans un geste d'émerveillement. Comme elle était belle, la petite fille aux boucles d'or et au regard azur devenue cette jeune fille talentueuse. *Sa* fille... Elle ployait la nuque avec grâce, laissant courir ses doigts fins sur le clavier et tout, dans son allure comme dans la maîtrise de ces gestes, lui rappela Juliette. Sa fille s'était transformée en une jeune fille accomplie, elle était, comme Juliette, de ces femmes qui ne se font que par elles-mêmes ; lui n'y était pour rien ! Sa fuite vingt ans plus tôt, son abandon lui apparurent alors d'une lâcheté sans nom.

Quand Agathe se leva pour saluer, entourée des autres musiciens, il regretta que cela soit fini. Les artistes – il s'agissait de jeunes filles pour la plupart, accompagnées de deux ou trois hommes de son âge – rangeaient déjà les violons et les instruments à vent dans les étuis. Le public s'était vite dispersé. Pierre écourta les conversations que les soldats convalescents tentaient de nouer. Mais incapable de partir, il restait là à fixer Agathe. Celle-ci vit ce poilu qui l'observait, lui fit un bref salut de tête. Pierre se leva alors, mû par un instinct très fort, et s'avança. Agathe descendit de l'estrade en bois, ils se rejoignirent dans les premières rangées de chaises.

— Vous jouez très bien, mademoiselle, dit-il un peu gauchement.

— Merci, monsieur. Vous appartenez au 246e régiment ? fit-elle en regardant les chiffres inscrits sur le col de la veste. Vous êtes en convalescence ici ?

— En permission. Je suis de Béziers, mentit-il. En fait… (Il se racla la gorge.) En fait, je me suis arrêté à Clermont-Ferrand pour acheter pour un copain une boîte de pâtes de fruits avec une petite fille dessus, une petite Alsacienne…

— Oui ? encouragea Agathe, surprise. Et alors ?

— Au magasin, on m'a dit que c'était vous, cette image d'enfant, et que vous donniez un concert ce soir… Oh, n'en veuillez pas aux employées, rajouta-t-il comme elle fronçait les sourcils, elles ont eu pitié de moi… Car en découvrant ce dessin, je n'ai pas pu m'empêcher de pleurer…

— Ah bon ? murmura Agathe en invitant Pierre à s'asseoir alors qu'elle prenait place sur une chaise, peinée à la vue de cet homme à l'œil unique larmoyant.

Elle observait discrètement le bandeau qui masquait l'autre œil, le crâne rasé qui apparaissait de chaque côté du képi, marqué de griffures et de croûtes rouges dues sans doute aux poux, les épaules voûtées, les mains noueuses.

— J'avais une petite fille semblable à celle de la boîte, blonde, jolie, mutine… Je l'ai perdue à sept ans, de maladie…

— Oh, je suis désolée pour vous ! s'écria Agathe.

— J'ai cru la reconnaître sur la boîte… ça m'a fait tellement de peine… En me voyant désespéré, les vendeuses m'ont parlé de vous et j'ai voulu voir ce que ma petite fille serait devenue… Pardonnez-moi, mademoiselle.

— Non, vous avez bien fait, approuva Agathe en essuyant une larme. Vous avez connu bien des malheurs ; votre fille, et maintenant la guerre… Comment s'appelait-elle ?

— Juliette, improvisa Pierre.

— Comme ma mère !

La jeune fille, attendrie, raconta quelques anecdotes sur son enfance et sa jeunesse, qu'elle relia à l'aventure commerciale de sa mère.

— Et votre père ? Vous n'en parlez pas ?

Elle préféra s'en tenir à la version officielle, la seule qu'elle connaissait en fait.

— Il était aussi confiseur et il est parti faire fortune aux États-Unis. Il n'est jamais revenu… C'est comme ça, conclut-elle.

Il y avait dans la tristesse de sa voix une pointe d'amertume que Pierre perçut distinctement.

— Même s'il vous a abandonnée, il vous aime toujours, murmura-t-il.

Interloquée, elle essaya de déchiffrer le regard qui était assombri par l'ombre de la visière du képi.

— Qu'en savez-vous ? rétorqua-t-elle, sur la défensive.

— Parce que j'aime toujours ma fille, même si je l'ai perdue.

Il se leva brusquement.

— J'ai un train de nuit à prendre, il faut que j'y aille. Au revoir, mademoiselle… Mademoiselle Montel ? Comme sur la boîte ?

— Mademoiselle Joulet, rectifia Agathe. C'est le nom de mon père.

— Au revoir, mademoiselle Joulet. Heureux de vous avoir connue, dit-il en s'imprégnant une dernière fois du joli visage qu'elle levait vers lui.

Il tourna le dos aussitôt, mais Agathe eut le temps d'apercevoir le rayon azur de l'œil valide qui s'était porté sur elle un bref instant. Déconcertée par la couleur de ce regard autant que par les propos que le soldat lui avait tenus, elle se sentit clouée sur place, incapable de faire un geste ou de prononcer une parole qui aurait pu retenir l'homme. Celui-ci s'était déjà évanoui dans les allées du jardin. Elle se leva à son tour, prit la direction du magasin de la place Delille. Les vendeuses n'eurent aucun mal à lui décrire le soldat borgne qui leur avait acheté une boîte de pâtes de fruits décorée d'une petite Alsacienne. Elle quitta la boutique, un peu plus perturbée d'avoir appris qu'il n'avait absolument pas pleuré ni prétendu que le dessin lui évoquait sa fille décédée en bas âge. Elle jugea préférable de ne pas en parler à sa mère et de garder pour elle les effets de cette flèche que le regard bleu lui avait décochée en plein cœur.

XXXVIII

Décembre 1917

L'explosion d'un obus, à quelques centaines de mètres, fit trembler le sol de terre battue et, avec lui, la petite table à laquelle Rodolphe se cramponna d'une main. De l'autre, il maintint le chariot de sa machine à écrire, attendant que la secousse se soit calmée. Quand il se remit à taper sur le clavier, il constata que le papier s'était légèrement déplacé sur le rouleau et que la ligne qu'il dactylographiait se poursuivait décalée vers le bas. Il s'interrompit pour repositionner correctement sa feuille et en profita pour allumer une cigarette. Ses pensées se tournèrent vers le poste de secours qu'il avait visité le matin même. Odeurs de sang, d'urine, râles des blessés, ordres secs du médecin suivis du cliquetis de pinces et de crissements de scie, visions d'hommes morcelés, guenilles de chairs à vif et d'os brisés. L'article qu'il écrivait taisait pourtant ces impressions d'horreur, conformément à la censure que l'armée imposait à la presse. Les seules ruines qu'il décrivait étaient celles des fermes aux murs éventrés et de l'église mutilée, son clocher tombé à terre à côté d'une nef désossée de ses absidioles millénaires. Quand il écrasa son mégot, il conclut rapidement l'article, ôta rageusement le papier et en replaça un autre. Un chapitre, un deuxième furent rédigés dans la foulée, sans l'ombre de la crainte de la page blanche, pour donner jour au livre qu'il se devait d'écrire sur la guerre. Là, il décrirait la réalité, cette déshumanisation lente de l'individu qui se superposait à la destruction des corps. Il avait vu d'authentiques amitiés se nouer chez les poilus ; les cœurs s'ouvraient, on racontait ses amours, son quotidien d'avant-guerre. L'homme assis en face de soi, avec qui l'on abattait les cartes d'une manille ou vidait un quart de gnôle, devenait un ami, un frère. La mort brisait net cet attachement : éventré, mutilé, défiguré, le camarade de la veille n'était plus qu'un cadavre. Impossible de reconnaître dans ce gisant ensanglanté les émotions, les sentiments que l'on avait partagés. Peut-être était-ce une façon de se protéger, alors qu'on était soi-même encore du côté des vivants ? Mais comment pouvait-on aussi froidement oublier que l'homme tombé au combat communiait la veille au même souffle de vie ? C'était un peu comme si l'on perdait le sens de la valeur humaine.

— Monsieur Pradier, cela va être l'heure qu'on vous ramène, avertit un deuxième classe en pointant le bout de son casque dans l'abri.

Rodolphe termina la phrase qu'il frappait, rangea la machine à écrire dans sa mallette de transport et rejoignit l'homme à la voiture. Il ferma les yeux durant le trajet qui l'éloignait de la guerre. Les bruits s'atténuaient, les odeurs se fondaient dans celle, prégnante, du moteur à essence de l'automobile. Lorsque le soldat le déposa devant le bureau de poste avant de faire demi-tour, il alla télégraphier son article puis gagna la pension où il logeait. Il ne serait pas mécontent de faire un brin de toilette après quatre jours passés dans les tranchées.

— Monsieur, lui dit aussitôt l'hôtelier en lui remettant sa clé, il y a quelqu'un pour vous. Un permissionnaire. Il attend dans la salle à manger.

Intrigué, Rodolphe revint sur ses pas et pénétra dans la pièce. Entre deux tables, un poilu regardait par la fenêtre, entre les pans que des voilages jaunis drapaient sur la vitre. Entendant s'avancer Rodolphe, l'homme se retourna et enleva son képi.

— Vous ? jeta Rodolphe en s'arrêtant net.

Il avait immédiatement reconnu le soldat, malgré le temps qui s'était écoulé depuis qu'ils ne s'étaient plus revus. Pierre avait vieilli, il avait forci, ses cheveux blonds étaient coupés très court, mais le regard bleu ne trompait pas.

— Qu'est-ce que vous faites ici ? reprit-il, complètement désarçonné.

Jamais il ne s'était attendu à revoir Pierre un jour, d'autant plus dans ces circonstances, dans un hôtel à quelques kilomètres de la ligne de front. Mais la guerre, encore elle, bousculait toujours les repères et les certitudes, comme il ne tarda pas à le réaliser.

— On peut s'asseoir ? proposa Pierre.

Il tira une chaise à lui, imité avec réticence par Rodolphe. Celui-ci le dévisageait sévèrement, s'interrogeant sur le but de cette entrevue. Il pensa immédiatement à Juliette : Pierre allait-il d'une manière ou d'une autre s'interposer entre la femme qu'il aimait et lui ?

— J'ai beaucoup réfléchi, commença Pierre. Deux années de guerre m'ont sans doute davantage ouvert les yeux que les vingt-deux ans où je me suis réfugié à Paris. Ma vie est une accumulation d'erreurs, de traîtrises, de malhonnêtetés... Je ne sais pas si le pire a été d'abandonner une femme que j'ai désirée plus que tout, de fuir une paternité qui aurait dû me combler ou d'avoir battu un homme à mort...

Rodolphe serrait la mâchoire en dardant sur Pierre des yeux noircis d'une colère teintée de mépris. Il était contraint d'écouter la confession d'un homme de bien peu de valeur qui venait faire amende honorable. Bientôt, celui-ci lui demanderait pardon et annoncerait tranquillement son intention d'en faire autant auprès d'une épouse et d'une fille qu'il souhaiterait reconquérir.

— Le pire est sans doute les trois réunis, jeta-t-il avec sévérité.

— Vous auriez pu me faire rechercher par les gendarmes et porter plainte contre moi...

— Je ne l'ai pas fait. Cela partait d'une intention unique : vous chasser de ma vie. Ne plus entendre parler de vous, quitte à ne pas demander réparation.

Pierre encaissa sans broncher. Il dodelina même doucement de la tête.

— Je n'ai alors ni à vous remercier ni à demander votre pardon, rétorqua-t-il du même ton monocorde avec lequel il s'exprimait. Vous ne l'accepteriez pas, j'ai bien compris. Je m'en doutais, mais je ne suis pas venu pour cela.

Rodolphe s'attendait tellement à ce qu'il évoquât Juliette que les mots qui suivirent ne l'étonnèrent pas.

— Je voudrais que vous me donniez des nouvelles de Juliette. Comment va-t-elle ?

— Je n'ai aucune envie d'en parler avec vous, ne serait-ce qu'entendre son nom dans votre bouche. Vous en êtes indigne, dit-il en se levant brusquement.

Pierre le maintint par le bras.

— Répondez-moi, je vous en conjure. Répondez au moins à une question : est-ce que vous l'aimez ?

Le regard était terriblement suppliant. Ce n'était pas celui d'un homme qui cherche à reprendre sa femme à son rival de toujours, comme Rodolphe l'avait d'abord supposé. C'était celui d'un repenti qui confie ce qu'il a de plus précieux, comme dans un testament.

— Nous nous aimons, répondit-il en se rasseyant.

— Si elle était libre de tout lien matrimonial, est-ce que vous l'épouseriez ?

Rodolphe observa intensément l'homme qui se tenait devant lui. Ce soldat pitoyable, au visage prématurément marqué, au crâne griffé d'égratignures sous le duvet blond qui repoussait, aux paupières tremblantes sur un regard dont le bleu se voilait, était-ce le même homme que celui avec lequel il s'était battu pour l'honneur de Juliette ? Il répondit en son for intérieur à la question de Pierre avec une évidente certitude. Si Juliette était libre, il la demanderait en mariage, naturellement. Ils auraient enfin le droit de montrer à tous un bonheur qu'ils dissimulaient.

— Oui, je l'épouserais, confirma-t-il à haute voix.

Il discerna une mimique de soulagement sur le visage fatigué de Pierre. Comme celui-ci se levait, Rodolphe lui demanda :

— Comment m'avez-vous retrouvé ?

— J'ai eu connaissance de vos articles dans le journal. J'ai téléphoné au siège, ils m'ont dit où vous étiez. J'ai employé ma permission à vous rejoindre ; je suis arrivé hier, j'ai patienté le temps que vous rentriez du front. Je vous remercie, j'ai les réponses aux questions que je me posais. Une dernière chose : ne parlez pas à Juliette de notre entrevue.

Il disparut avant même que Rodolphe n'ait pu répliquer un mot.

XXXIX

Mai 1918

Pierre jetait désormais un regard sans indulgence sur sa vie. Les femmes qu'il avait voulu séduire dans son seul intérêt personnel le hantaient autant que le libraire qu'il avait violemment frappé, et leurs visages formaient une ronde infernale qui le menaçait d'une malédiction sans fin. Il savait pertinemment ce qui lui restait à faire : expier ses fautes, se racheter une conduite. La mort d'un brancardier lui offrit l'occasion rêvée d'accomplir cette repentance à laquelle il aspirait : il demanda à le remplacer. Le cuisinier qu'il assistait fut heureux de se débarrasser d'un aide qui rechignait trop souvent aux corvées et son souhait d'incorporer le bataillon des infirmiers fut accepté. Il n'eut de cesse alors d'aller chercher les malheureux qui agonisaient sur le champ de bataille. Son zèle s'accommodait d'imprudences certaines, tandis que des tireurs ennemis pouvaient le prendre pour cible, mais il croyait en sa bonne étoile. Il s'était toujours sorti des mauvais pas où son inconséquence l'avait porté et, au pire, il ne craignait pas une balle perdue, si cela permettait de sauver un blessé.

À avoir raté sa vie, sa seule exigence était de ne pas rater sa mort.

Accompagné de l'un de ses coéquipiers, il fut appelé pour rapatrier des soldats blessés tandis qu'un combat se poursuivait entre les forces françaises et ennemies. La difficulté était de traverser une rivière en portant la civière à bout de bras.

— Je ne sais pas bien nager, annonça le second brancardier en guise de prétexte alors qu'il percevait encore le bruit de la canonnade de l'autre côté.

Les eaux grises de cette rivière du nord-est de la France rappelèrent des souvenirs à Pierre, lorsqu'il taquinait le poisson dans les torrents méridionaux de ses jeunes années d'apprentissage. Il ôta sa capote, son képi, franchit la berge pour se retrouver avec de l'eau jusqu'à la ceinture. Il comprit bientôt qu'il devrait s'élancer, n'ayant plus pied, et il se jeta vers l'autre rive à la manière d'un chien.

— Tu n'y arriveras pas ! lui prédisait son collègue.

C'était mal connaître Pierre, qui s'ébroua en émergeant de l'eau et gravit le talus opposé pour disparaître aux yeux du brancardier. Il revint une dizaine de minutes plus tard, soutenant sous les bras un lieutenant atteint par un tir de mortier. Il se laissa glisser dans la rivière et ramena l'officier en le maintenant comme on sauve un noyé. Il fit deux autres allers et retours, accompagné de blessés, puis annonça qu'il avait vu le porte-drapeau tomber.

— Tu ne peux pas attendre la fin des tirs ? reprocha son collègue.

S'apercevant que Pierre était déjà reparti, il se résolut à le suivre en nageant comme il pouvait. Des infirmiers étaient venus chercher les blessés et il était gêné qu'on ne le voie pas prêter main-forte à son coéquipier.

Quand il pointa prudemment la tête par-dessus l'autre berge, vérifiant par précaution qu'on ne tirait pas sur eux, il aperçut Pierre qui rampait vers le blessé. Il le rejoignit en faisant de même et, à eux deux, ils firent glisser le soldat en le soutenant sous les épaules.

— T'as qu'à laisser ça, enjoignit-il en désignant le drapeau que Pierre trouvait le moyen de maintenir sous le bras.

— Certainement pas, hoqueta celui-ci sous l'effort.

Le brancardier plongea le premier dans la rivière pour empoigner l'homme par le torse, comme il avait vu Pierre le faire pour les autres blessés.

— Eh bien, mon gars, tu te gardes le plus facile à rapporter, lança-t-il comme Pierre le laissait se débrouiller et serrait dans sa main la hampe du drapeau.

Il se mit à ronchonner en fendant la rivière, tout en maintenant la tête du blessé hors de l'eau tandis que Pierre demeurait assis au bord de la berge.

— Tu pourrais rentrer avec moi, au moins tu m'aiderais ! Mais qu'est-ce que tu fais ?

Il vit Pierre se relever lentement et escalader le talus. Au loin, on entendait toujours les déflagrations croisées des fusils français et ennemis.

— Pierre, ne fais pas l'idiot ! Tu vas te faire tirer dessus ! Viens !

Pierre n'obéit pas à l'injonction de son camarade. Il planta la hampe d'un mouvement sec dans le sol et cria en direction de l'ennemi :

— La rive droite est à nous ! Nos troupes continuent d'avancer !

Effaré, le brancardier entendit le bruit des balles qui percutaient le corps de Pierre. Il vit son collègue tomber comme une masse au pied du drapeau dont la bannière se déploya, alors qu'une bourrasque se levait dans l'instant. Bien accroché au sol, le drapeau du régiment voltigea comme pour annoncer une victoire que les troupes françaises obtinrent peu après. À son pied, un homme gisait à terre, le poing serré sur la hampe fichée dans la terre. Quand on le découvrit à l'issue du combat, on n'aurait su dire, du mort ou du drapeau, lequel veillait sur l'autre.

Une enveloppe portant l'intitulé d'un régiment qui ne lui était pas familier intrigua Juliette. Deux courriers s'en échappèrent dès qu'elle l'ouvrit : l'un lui était adressé, le second l'était au nom d'Agathe. Elle ne songea pas à s'inquiéter pour Rodolphe, puisque son amant était actuellement à Clermont-Ferrand et attendait, pour repartir, d'avoir l'autorisation du commandement des forces américaines en France, dont il souhaitait suivre l'avancée dans la zone de Verdun. Ses interrogations se cristallisèrent alors sur Louis-Maximilien Marial : le jeune homme aurait-il changé d'affectation ? Voulait-on ménager Agathe en prévenant la mère d'une mauvaise nouvelle ? Les doigts tremblants, elle ouvrit la lettre qui lui était destinée et, très vite, sa crainte se mua en stupeur. L'expéditeur annonçait son identité d'emblée en l'accompagnant de l'expression fatidique :

Si ce courrier te parvient, chère Juliette, c'est que je serai mort...

Le cœur de Juliette se serra à mesure qu'elle prenait connaissance des mots de Pierre, de son revirement, de son intention de se racheter aux yeux de sa femme. Comme il évoquait son emploi de brancardier, elle se douta qu'il avait trouvé la mort en sauvant des blessés. Il exprimait ses regrets de l'avoir quittée, d'avoir abandonné leur fille :

Je n'ai pas voulu me soumettre à la justice des hommes en son temps, je dois me résoudre à livrer mon destin à la justice divine. Si je dois payer, que ce soit maintenant, au champ d'honneur.

Il affirmait l'avoir aimée, même si elle avait eu des raisons de croire que ses attentions étaient liées au commerce qu'il avait tant rêvé de posséder. Il lui demandait pardon de la peine qu'il lui avait faite et de l'avoir si mal reçue lorsqu'elle l'avait retrouvé à Paris.

J'aurais dû t'accorder ce que tu étais venue chercher. Si je rentre vivant de cette guerre, je demanderai le divorce en prenant tous les torts à ma charge. Mais si tu reçois cette lettre, tu seras définitivement libérée de moi. Ce sera mieux ainsi, et tu pourras te donner entièrement au seul homme que tu mérites, Rodolphe.

Avant de voir dans la mort de Pierre cette libération dont il parlait, Juliette constatait plutôt le couronnement d'une vie peu glorieuse. Ébranlée, elle ne put retenir ses larmes. Quand elle se fut calmée, elle reprit l'enveloppe qui contenait les courriers pour mieux déchiffrer le cachet de la zone militaire d'expédition et, en la retournant dans ses doigts, elle découvrit un mince papier plié en deux. Il s'agissait d'un avis du commandement qui informait, en en donnant les circonstances, que Pierre Joulet avait obtenu une citation à l'ordre du régiment pour conduite héroïque.

Elle se résolut à aller porter le second courrier à Agathe. Mais auparavant, elle téléphona à Rodolphe, lui demandant brièvement, sans ajouter d'autres précisions, de la rejoindre pour le dîner. Elle avait tant besoin de partager avec lui le contenu de cette lettre qui ne cessait de l'abasourdir. Elle trouva sa fille à son laboratoire, en train de filtrer dans une étamine de lin l'huile dans laquelle elle avait fait macérer des amandes d'abricot.

— Je n'ai pas assez de mes ouvrières pour honorer mes commandes, je dois mettre la main à la pâte moi-même, c'est le cas de le dire ! se réjouit Agathe avant de remarquer l'air préoccupé de sa mère. Mais qu'as-tu ?

— J'ai reçu des nouvelles dont il faut que nous parlions à l'appartement... Tu pourras m'y retrouver dès que tu auras terminé ? Ne t'en fais pas, il ne s'agit pas de mauvaises nouvelles concernant Louis-Maximilien.

Elle pivota aussitôt, regagnant l'étage, et fut bientôt rejointe par Agathe.

— Il s'agit d'un courrier qui m'a fait un choc, dit-elle en invitant sa fille à s'asseoir au salon. Il y en a un également pour toi et je me doute que la lecture t'en sera infiniment navrante, sans doute encore plus que pour moi. C'est une lettre de ton père, ajouta-t-elle en lui remettant la missive.

Elle-même très pâle, elle vit Agathe, blanche comme un linge, déchiffrer lentement les feuillets qui lui étaient adressés. Juliette se doutait que Pierre avouait le rôle peu avantageux qu'il avait tenu en tant que père. Agathe, quant à elle, ne pouvait détacher les yeux des mots qu'elle lisait. Sans doute reportait-elle le moment où elle devrait se confronter au regard de sa mère, et reconnaître que celle-ci n'était pas responsable du départ de son père comme elle avait toujours voulu s'en persuader.

— C'était bien lui..., murmura la jeune fille.

— Pardon ?

— Il y a un an, c'était bien lui... Il est venu à Clermont, nous nous sommes vus...

Elle raconta à sa mère l'épisode du moment passé avec ce drôle de soldat borgne à la fin du concert au jardin des Plantes.

— Je n'ai pas voulu t'en parler, c'était tellement bizarre. J'ai eu l'impression que la rencontre avait quelque chose d'irréel et, en même temps, le regard qu'il avait était si concret, lui... Dis, maman, on peut échanger les courriers ? Je peux lire celui qu'il t'a envoyé ? Voici ce qu'il m'écrit.

Hésitante, Juliette finit par lui mettre sous les yeux sa propre lettre. Elle se doutait que des questions supplémentaires viendraient à l'esprit de sa fille, tandis que, dans celle que Pierre avait envoyée à Agathe, elle n'apprit rien de plus que des remords déjà connus.

— « La justice des hommes... Si je dois payer, que ce soit maintenant... », relut Agathe à voix haute. Dis, maman, qu'est-ce qu'il a voulu dire ? Qu'est-ce que mon père a fait ? continua-t-elle, la voix étrangement caverneuse. Et pourquoi parle-t-il de Rodolphe en ces termes, comme du seul homme que tu mérites ?

Juliette soupira, cherchant un argument approprié qui ne blesserait pas la jeune fille davantage qu'elle pouvait l'être.

— A-t-il commis quelque chose envers Rodolphe qui aurait dû l'envoyer devant la justice ? insista Agathe.

Juliette préféra répondre indirectement à la question de sa fille :

— Rodolphe lui a pardonné d'une certaine manière. Alors il n'est pas nécessaire que nous en parlions. Garde de ton père l'image de ce soldat qui a voulu constater par lui-même que tu étais devenue une si gracieuse jeune fille, qui t'a dit qu'il t'aimait par-dessus tout et qui est mort en héros.

Agathe chercha auprès de Rodolphe, quand le libraire les rejoignit le soir, à en apprendre davantage.

— Il s'est passé quelque chose entre mon père et toi, n'est-ce pas ? Je veux savoir.

— J'ai toujours aimé ta mère, sans oser le dire, ou si mal, avoua-t-il. Il y avait forcément de la jalousie entre ton père et moi, appelons-la comme ça. Alors, un soir, nous nous sommes battus, et c'est là qu'il est parti. En fait, c'est à cause de moi qu'il a fui, j'aurais dû te le dire plus tôt, tu n'en aurais pas tant voulu à ta mère.

Agathe mit ses bras autour du cou de Rodolphe et déposa un tendre baiser sur sa joue.

— Ce n'est ni à cause de maman ni à cause de toi qu'il est parti. C'est à cause de lui-même.

La jeune fille ne tarda pas, après le repas, à prétexter la fatigue de la journée pour s'éclipser.

Elle savait que Rodolphe et sa mère avaient des confidences à échanger. Juliette se blottit contre Rodolphe qui l'enlaça paisiblement.

— Ça va aller, tu crois, pour Agathe ? dit-il doucement.

— Elle est forte et elle va se raccrocher à l'image de son père héros de guerre, je ne m'en fais pas pour elle.

Après un silence, durant lequel elle ferma les yeux, elle ajouta :

— Et nous, tu crois que ça va aller ?

Rodolphe tourna son visage vers elle, interrogatif :

— Comment ça ?

— Pierre a décidé de me laisser veuve. Il meurt pour nous unir, toi et moi. C'est presque tout d'un coup trop facile. Son ombre ne va-t-elle pas planer entre nous jusqu'à nous séparer ?

Rodolphe choisit ce moment pour apprendre à Juliette que Pierre était venu le voir, avec l'intention justement de lui confier sa femme.

— Agathe et toi, vous m'avez bien caché des choses ! protesta-t-elle.

Il lui fallut un peu de temps pour accepter cette révélation avant de se sentir rassérénée.

— Tu m'avais parlé des belles années que nous aurions à vivre, tu te rappelles ? C'était à l'époque où nous avons entamé notre liaison. Crois-tu que, lorsque cette maudite guerre sera terminée – si on arrive à la terminer –, les belles années seront encore devant nous ?

Rodolphe passa un doigt léger sur la joue de Juliette. La femme qu'il aimait était, à quarante-sept ans, toujours aussi désirable.

— Le temps n'a pas d'emprise sur toi, déclara-t-il un peu théâtralement.

Juliette sourit, amusée, et il fut heureux de la voir se détendre après les révélations dramatiques de cette journée.

— Le poète est ébloui par sa muse, il a mauvaise vue ! Mais il peut s'agir aussi des bienfaits de la crème que concocte Agathe. Un mélange de *cold-cream* et d'huile d'abricot. Tu sais que ma fille n'est pas tentée par la confiserie ? Elle confiera le soin de s'occuper de ma fabrique, quand je ne pourrai plus le faire, à Louis-Maximilien. Remarque, si nous devons fusionner avec les Marial, ce sera pratique pour les initiales... Et Agathe pourra se consacrer à plein temps à ses cosmétiques, pourquoi pas ?

Rodolphe la laissait soliloquer, alors qu'elle semblait perdue dans ses pensées, tandis qu'il effleurait sa tempe de légers baisers.

— À propos d'initiales, M. P., ça t'ira ?

Elle le regarda sans comprendre.

— Madame Montel-Pradier..., souffla-t-il tout doucement dans son oreille.

Épilogue

Septembre 1920

— Madame votre fille et monsieur votre gendre désireraient vous voir, madame. Puis-je les faire entrer ?

— Bien sûr ! s'écria Juliette en réponse à sa secrétaire.

Elle se précipita à la rencontre d'Agathe et de Louis-Maximilien et, après les embrassades rituelles, elle n'eut d'yeux que pour le poupon que sa fille portait dans les bras.

— Ma petite Roxane, comme elle est jolie ! Mais asseyez-vous.

— Tiens, maman. Nous sortons de chez le photographe, où nous sommes allés chercher les tirages. Nous t'offrons un portrait de ta petite-fille !

Émue, Juliette prit le cadre où l'on voyait un bébé joufflu d'environ six mois, au crâne couvert d'un duvet transparent, étendu à plat ventre, qui fixait l'objectif en relevant la tête avec la fierté de réaliser un exploit. Elle posa le sous-verre avec précaution, à la suite des portraits de la famille Marquand, au milieu de deux autres photographies. La petite Roxane prit place ainsi entre le portrait de ses parents le jour de leur mariage et une photographie qui représentait Juliette avec Rodolphe. C'était aussi l'immortalisation d'un couple de mariés, lui très élégant dans un costume sombre, elle en tailleur gris clair, tenant dans les mains un bouquet de roses foncées. Les deux événements avaient eu lieu au printemps de l'an dernier, à deux mois d'intervalle.

— Nous t'avons réservé plein de surprises pour aujourd'hui, annonça Agathe quand sa mère se fut rassise.

— Des surprises ? Ah bon ? En attendant, prenez une de mes cerises, dit-elle en leur avançant une bonbonnière en cristal posée sur le bureau.

— Non, merci, cela ne me dit rien, déclina sa fille. J'en ai déjà mangé, elles sont très bonnes.

— Et vous, Louis-Maximilien ? Vous n'allez pas refuser ? Vous avez goûté ma nouvelle recette avec les cerises fraîchement récoltées en juin, là c'est fait avec des cerises conservées en saumure. Il faut vérifier si le résultat rend aussi bien.

— Humm..., émit son gendre après s'être servi. Elles sont tout autant délicieuses, belle-maman. Le cœur de pâte d'amandes parfumé au kirsch est tout simplement... divin !

— Merci, mon cher gendre, répondit Juliette qui savourait elle aussi l'une de ses cerises confites. Ma recette est bien alors ? J'ai décidé que je devais en changer. Cela fait trente ans que je fais des cerises en chemise, j'ai pensé qu'après ces tristes années de guerre il fallait de la nouveauté. Quand même, Agathe, tu pourrais en prendre une ! dit-elle en proposant à nouveau la bonbonnière à sa fille.

Celle-ci mit la main sous le nez comme si elle avait un haut-le-cœur.

— Oh, n'insiste pas... cela m'écœure.

Devant l'air surpris de Juliette, elle poursuivit :

— La photographie de Roxane n'était pas le seul but de notre visite. Louis-Max et moi, nous voulions t'annoncer que je suis enceinte...

Les yeux de Juliette se mirent à briller tandis qu'elle ne pouvait s'empêcher d'émettre une interjection étonnée.

— Je sais, c'est un peu rapproché, cela date de seulement trois mois après la naissance de Roxane, mais nous avons assez perdu de temps avec la guerre. Je vais avoir vingt-sept ans !

Juliette se leva pour embrasser sa fille et féliciter son gendre.

— C'est ça la surprise ? Elle est merveilleuse ! Et il y en a d'autres après ça ? Elles ne vaudront pas celle-ci !

— Peux-tu te libérer maintenant ? Nous voudrions te montrer le magasin de la place Delille, les travaux sont terminés.

Intriguée, Juliette emboîta le pas du jeune couple qui déposa le bébé dans le landau qu'ils avaient laissé au rez-de-chaussée, et tous trois partirent en direction du plateau central que surmontait la cathédrale. En chemin, Louis-Maximilien demanda des explications à Juliette sur sa nouvelle recette de cerises confites. Sa belle-mère se mit à rire.

— Il va bien falloir que je consente à donner mes recettes à un Marial ! glissa-t-elle malicieusement.

— Disons que nous sommes maintenant amenés à faire patrimoine commun, ma chère belle-maman. Je crois que vous en avez discuté avec mon père...

— Ne vous en faites pas, dit-elle pour tranquilliser le jeune homme qui était bien conscient du différend qui avait pu opposer la mère de sa femme avec son propre père.

Les relations avec Léon s'étaient en effet apaisées, avec la même volonté émise de part et d'autre. Lors du mariage de leurs enfants, l'arrogant barbu avait su montrer à la belle-mère de son fils qu'il la reconnaissait comme une femme de valeur.

— Vos enfants seront les doubles héritiers des confiseries Montel-Marquand et Marial, continua Juliette. Je suis sûre que ma chère fille et vous les réunirez dans une grande fabrique qui reprendra, sans les édulcorer, les meilleures spécialités de chacun.

Lorsque Roxane était née, Juliette n'avait pu s'empêcher d'imaginer que la petite-fille, héritière des confiseries de ses grands-parents, saurait trouver la voie à son tour, dans une époque sûrement plus propice que celle où Juliette avait fait ses premières armes, pour s'imposer dans le monde de la confiserie. Et voilà qu'un nouvel enfant allait s'ajouter à la dynastie : fille, elle accroissait l'espoir que Juliette mettait dans la féminisation de la profession ; garçon, il serait le successeur désigné et poursuivrait l'hégémonie masculine…

— Voici la deuxième surprise, maman.

La voix d'Agathe l'arracha à ses pensées, mais elle était loin de se douter que ce que sa fille voulait lui montrer ne faisait qu'aller dans le sens de ses réflexions.

— Eh bien, s'étonna Juliette devant un bâtiment couvert d'échafaudages, je sais bien que l'on fait des rénovations dans cet hôtel particulier, mais qu'y a-t-il de singulier pour l'instant ?

Au pas lent des jeunes gens qui poussaient le landau, ils avaient emprunté la rue pentue qui montait vers la cathédrale et s'étaient arrêtés devant une demeure en pierre de lave. Sa façade imposante et plutôt austère de style médiéval ne laissait pas supposer qu'à l'arrière, visible sur le côté grâce à une rue perpendiculaire à celle où ils se trouvaient, le bâtiment s'ouvrait sur une charmante cour d'esprit Renaissance avec ses galeries et son escalier à vis typiques. Juliette n'ignorait pas que cette maison avait été achetée par la ville juste avant la guerre et que des travaux de restauration, interrompus à cause du conflit mondial, venaient de reprendre afin de la réhabiliter en musée d'art local.

— Mais c'est en chantier, on ne peut pas entrer, opposa Juliette à son gendre qui l'invitait à franchir le grand porche arrondi.

— L'architecte est un ami, ne vous inquiétez pas. Je veux vous montrer quelque chose. Voilà, c'est ici, au rez-de-chaussée. On a fait appel à un maître verrier pour retracer l'histoire de cet hôtel en rendant hommage aux corporations qui ont fait la gloire de l'Auvergne. Alors, que dites-vous de celui-ci ?

Juliette s'était immobilisée, en contemplation devant un vitrail dédié aux confiseurs. Au sommet, un chevalier en buste, vêtu d'une armure et coiffé d'un casque, représentait ces croisés du XIIe siècle qui avaient rapporté le sucre d'Orient. Sous son bouclier, une femme illuminait le vitrail, tenant de chaque main, avec sûreté, une corne d'abondance qui déversait une guirlande de fruits aux éclatantes couleurs dorées et vermillon.

— Alors, reprit doucement Agathe, ma chère maman, dis-moi : dans la corporation des confiseurs, qui a-t-on mis à l'honneur ?

— Une femme, murmura Juliette, émue aux larmes.

Un tourbillon d'images lui revint en mémoire : le banquet du 3 janvier où elle s'était confrontée à Léon Marial et ses confrères, la vannerie qu'elle avait composée pour la duchesse d'Uzès, les confiseries qu'elle avait exposées à Paris en 1900 et, par-dessus tout, le dessin de *La Confiseuse* que lui avait offert Rodolphe en guise d'encouragement.

— C'est une belle surprise, mes enfants, conclut-elle en quittant les lieux.

— Ce n'est pas fini ! s'exclama Agathe. Maintenant, les travaux de rénovation de notre magasin de la place Delille !

— *Ton* magasin, ma chérie, reprit Juliette.

Cela avait été son cadeau de mariage : elle avait offert la jolie bonbonnière à Agathe. Son intention première, en forme de reconnaissance de l'activité de sa fille, était de lui permettre d'avoir sa propre boutique pour vendre les articles de cosmétiques qu'elle fabriquait. Mis au courant des projets de Juliette, Rodolphe avait apporté sa contribution en offrant à son tour les murs de la librairie. À son retour de la guerre, il avait publié le récit composé sur le front et, s'adonnant désormais uniquement à l'écriture, il avait négligé le commerce des livres qui avait pâti des années de pénurie. Agathe, touchée de l'affection que lui témoignait Rodolphe, avait porté son choix sur la librairie pour la vente de ses produits de beauté. Elle y avait fait faire des travaux de transformation tandis qu'elle se contentait d'un rafraîchissement des *Douceurs du temps* qu'elle souhaitait maintenir comme lieu de vente des confiseries de sa mère.

Rodolphe sortait de son ancien magasin à l'instant où le trio parvenait place Delille et les rejoignit. Juliette vit immédiatement ce qui avait changé dans la devanture de la boutique que lui avait léguée Louis Acrayrias. Ce n'étaient pas les murs, repeints dans un vert amande très doux, ni la vitrine, agrandie et ornée de guirlandes dorées, c'était l'intitulé du magasin qui s'était enrichi d'un mot supplémentaire.

— Oh ! s'exclama Juliette, un peu décontenancée.

Sa fille comprit immédiatement son trouble.

— Tu l'as dit toi-même à propos de ta dernière recette de cerises : le monde est entré dans une nouvelle époque et je pense que la confiserie, même si elle a de beaux jours devant elle, renverra désormais à des gourmandises du temps passé. Elle évoquera une certaine nostalgie, en fait !

— Tu as raison, ma fille, acquiesça Juliette. Le magasin de mon oncle Louis date du siècle dernier, moi-même j'y ai consacré trente ans de ma vie… alors, oui, ce nom lui va bien, à ce magasin.

Prenant Rodolphe par la main, elle énonça à voix lente, comme on déguste une friandise qui fond dans la bouche :

— *Aux douceurs du temps jadis*.

Remerciements

La confiserie d'Auvergne, née sur un terroir propice et grâce au savoir-faire d'hommes et de femmes habiles, a connu son âge d'or sous le Second Empire et la Belle Époque.

Au lendemain de la Seconde Guerre mondiale, un déclin s'est amorcé avec l'apparition d'un goût pour des friandises plus acidulées, puis s'est renforcé avec l'émergence d'une certaine diététique… Et pourtant, c'est d'un réel patrimoine qu'il s'agit, que l'Auvergnat se doit de défendre avec ardeur !

De nos jours, c'est une femme qui s'attache à faire revivre ce patrimoine local, par des conférences, des expositions, des visites guidées où la théorie s'accompagne de dégustations qui permettent de redécouvrir des saveurs oubliées. J'ai nommé Mme Hélène Martin-Mayeux, présidente de l'association Puy Confit®, que je remercie pour sa gentillesse et sa générosité : tout en m'ouvrant les portes d'une mémoire riche en documentation et en objets du quotidien des confiseurs, elle m'a fait partager son enthousiasme et m'a apporté de riches indices pour l'écriture de ce roman.

Que soit aussi remercié M. Michel Pochet, sixième représentant d'une génération de confiseurs clermontois. Ses récits et anecdotes, dont il possède un répertoire impressionnant – remontant à l'époque de la grande armée napoléonienne ! –, m'ont particulièrement sensibilisée sur la place des femmes dans la confiserie.

Enfin, pour ceux qui voudraient aller plus loin dans la découverte de l'histoire de la confiserie d'Auvergne et trouver des renseignements précis sur la profession (notamment sur ce clivage femme-homme que j'ai parfois allègrement dépassé pour des nécessités romanesques), je conseille un livre particulièrement éclairant : *Histoire des confiseries d'Auvergne,* de Jean et Lucien Lajonchère (éd. Arts, fleurs et vie, 2000).

13338

Composition
NORD COMPO

Achevé d'imprimer en Espagne
par CPI Black Print
le 7 décembre 2021

Dépôt légal octobre 2021.
EAN 9782290258361
OTP L21EPLN002984A003

Éditions J'ai lu
87, quai Panhard-et-Levassor, 75013 Paris

Diffusion France et étranger : Flammarion